50가지 그림자

그림자

심연 2

Fifty Shades Darker

FIFTY SHADES DARKER

50가지
그림자

심연 **2**

Fifty Shades Darker

E L 제임스 지음 | 박은서 옮김

시공사

12

"오늘 얘기를 했어요?" 로빈슨 부인이 도착하기를 기다리는 동안 크리스천에게 물었다.

"그래."

"뭐라고 했어요?"

"네가 만나고 싶어 하지 않는다는 얘기를 했어. 왜 그런지 이유를 나도 이해할 수 있다고 했고. 또 등 뒤에서 내 얘기하는 것 달갑지 않다고."

무감한 시선은 속내를 드러내지 않았다.

아, 잘됐네.

"그 여자가 뭐라던가요?"

"엘레나만이 할 수 있는 방식으로 일축해버렸어."

그의 입이 삐뚜름한 일자로 꾹 다물어졌다.

"어째서 여기 온 것 같아요?"

"모르겠는데." 크리스천은 어깨를 으쓱했다.

테일러가 다시 큰 방로 들어왔다. "링컨 부인이 오셨습니다."

그래, 여기 왔구나……. 어째서 저 여자는 빌어먹게 매력적일까? 그 여자는 머리부터 발끝까지 검은색이었다. 타이트한 청바지, 완벽한 몸매를 강조한 셔츠, 후광처럼 반짝이는 윤기 있는 머리카락.

크리스천이 나를 가까이 끌어당겼다.

"엘레나."

곤혹스러운 어조였다.

그 여자는 나를 보고 충격을 받아 입을 떡 벌리고 그 자리에 얼어붙었다. 눈만 깜박이다 마침내 부드러운 목소리를 찾았다.

"미안해. 손님이 있는지 몰랐네, 크리스천. 오늘은 월요일이잖아."

어째서 여기 왔는지 이로써 설명이 된다는 투였다.

"여자 친구죠." 그는 설명차 대답했고 머리를 한쪽으로 갸우뚱 기울이며 차가운 미소를 지었다.

그를 향한 환한 미소가 부인의 얼굴에 서서히 퍼져갔다. 사람 기운 빠지게 하는 미소였다.

"물론이지. 안녕, 아나스타샤. 여기 있는지 몰랐네요. 나와 이야기하기 싫어한다는 것 알아요. 그 뜻 받아들이지."

"그래요?" 내가 그 여자를 바라보며 조용히 받아치자 우리 모두 다 놀랐다. 살짝 얼굴을 찡그리며 그 여자는 방 안으로 좀 더 들어섰다.

"그래요. 뜻은 알았으니까. 아나를 보러온 건 아니에요. 말한 대로, 크리스천은 주중에는 사람을 들이는 법이 별로 없으니까." 엘레나는 잠깐 뜸을 들였다. "문제가 있어서. 크리스천과 의논을 할 일이 있는지라."

"아." 크리스천이 몸을 폈다. "술 한잔할래요?"

"그래, 줘." 엘레나는 고맙다는 말투로 대답했다.

크리스천이 잔을 가지러 간 동안 엘레나와 나는 어색하게 서로를 바라보며 서 있었다. 엘레나는 가운뎃손가락에 낀 커다란 은반지를 만지작거렸고 나는 눈길을 어디 두어야 할지 몰랐다. 마침내 엘레나가 살며시 긴장된 미소를 짓더니 일자형 식탁 맨 끝에 있는 의자에 걸터앉았다. 이곳을 잘 알고 여기저기 편안하게 돌아다니는 것이 분명했다.

여기 있어야 하나? 가야 하나? 아, 참 까다롭기도 하네. 내 잠재의식이 무척 적대적인 하피의 얼굴을 하고 여자를 향해 얼굴을 찌푸렸다.

이 여자에게 하고 싶은 말이 참 많았지만 뭐 하나 듣기 좋은 말은 없었다. 하지만 이 사람은 크리스천의 친구였다. 그의 유일한 친구. 아무리 이 여자를 혐오한들, 나는 천성적으로 예의가 발랐다. 여기 있기로 결심하고 할 수 있는 한 우아하게 크리스천이 떠난 의자에 앉았다. 크리스천이 우리 잔에 와인을 따른 후 그녀와 나 사이에 앉았다. 이게 얼마나 어색한지 그는 모르는 걸까?

"무슨 일이에요?" 크리스천이 물었다.

엘레나는 초조하게 나를 보았고 크리스천은 손을 뻗어 내 손에 깍지를 꼈다.

"아나스타샤는 이제 나와 함께 있어요." 크리스천은 그 여자의 말없는 질문에 대답하고 내 손을 꽉 쥐었다. 나는 얼굴을 붉혔다. 내 잠재의식은 하피 같은 얼굴을 잊고 그를 보고 환히 웃었다.

크리스천이 행복하다니 자기도 기쁘다는 투로 엘레나의 얼굴이 부드러워졌다. 정말로 그를 위해 기뻐하는 표정이었다. 아, 이 여자를 전혀 이해할 수 없었다. 같이 있으려니 불편하고 날이 섰다.

엘레나는 심호흡을 하더니 의자 *끄트머리*에 걸터앉은 자세를 살짝 바꾸며 언짢은 표정을 지었다. 자기 손을 초조하게 내려다 보더니 가운뎃손가락에 낀 커다란 은반지를 미친 듯이 돌리기 시작했다.

왜 이러지? 내가 있어서 그러나? 내가 이 여자에게 이런 효과를 미치나? 나도 같은 기분이었다. 이 여자가 여기 있는 게 싫었다. 엘레나는 한 손을 들면서 크리스천의 눈을 똑바로 보았다.

"협박당하고 있어."

맙소사, 그런 이야기가 나올 줄은 꿈에도 몰랐다. 크리스천이 굳어졌다. 누군가 그 여자가 미성년인 소년들을 때리고 성적으로 탐하는 성향이 있다는 걸 알아낸 걸까? 혐오감을 억누르려고 했지만 자업자득이라는 생각이 마음속을 쓱 스쳐갔다. 내 잠재의식은 환희를 미처 감추지 못하고 두 손을 문질렀다. 잘됐네.

"어떻게?" 두려움이 목소리에서 역력하게 배어 나왔다.

엘레나는 과하게 큰 에나멜가죽 명품 가방 속에 손을 넣더니 쪽지를 하나 꺼내 크리스천에게 건넸다.

"여기 내려놔요." 크리스천은 턱으로 일자형 식탁 위를 가리켰다.

"만지기 싫어?"

"싫어요. 지문이 남으니까."

"크리스천, 내가 이걸 가지고 경찰에 갈 수 없다는 건 알잖아."

어째서 이런 이야기를 듣고 있을까? 이 여자는 다른 불쌍한 남자애하고도 한 걸까?

엘레나는 크리스천이 볼 수 있도록 쪽지를 펼쳐놓았고 그는 몸을 굽혀 읽었다.

"고작 5천 달러 요구하는 건데." 그는 거의 건성으로 대답했다. "누구인지 전혀 몰라요? 커뮤니티 사람이라든가?"

"몰라." 부드럽고 달콤한 목소리로 엘레나는 대답했다.

"링크는?"

링크? 그게 누군데?

"뭐? 이렇게 오랜 시간이 지났는데? 그건 아닐걸." 엘레나가 투덜거렸다.

"아이작은 아나?"

"말 안 했어."

아이작은 누구람?

"걔한테 알려야 할 것 같은데." 크리스천의 말에 엘레나는 고개를 저었다. 이제 나는 방해자 같은 기분이 들었다. 난 여기서 어떤 것도 원하지 않았다. 크리스천의 손에서 내 손을 빼려 했지만 그는 더 꼭 붙잡고 나를 바라보았다.

"왜?" 그가 물었다.

"피곤해요. 침대에 가려고요."

그의 눈이 나를 탐색했다. 뭘 찾는 거지? 비난? 수용? 적대감? 나는 가능한 한 무표정을 유지했다.

"좋아. 나도 곧 갈게."

그가 나를 놓아주자 난 일어섰다. 엘레나가 조심스레 나를 보았다. 나는 입을 꾹 다물고 아무 내색 않은 채 시선을 받아쳤다.

"잘 자요, 아나스타샤." 엘레나는 살짝 미소를 지어 보였다.

"안녕히." 내 목소리는 차갑게 들렸다. 가려고 몸을 돌렸다. 긴장감이 너무 커서 참을 수 없었다. 내가 방을 나갈 때도 두 사람은 대화를 계속했다.

"내가 할 수 있는 일이 별로 없을 것 같은데, 엘레나." 크리스천이 말했다. "돈이 문제라면……." 그가 말꼬리를 흐렸다. "웰치에게 시켜서 조사해보도록 하죠."

"아니, 크리스천. 난 그냥 의논하고 싶었어."

밖으로 완전히 나왔을 때 엘레나가 말하는 소리가 들렸다.

"아주 행복해 보이네."

"행복하니까요." 크리스천이 대답했다.

"행복을 누릴 자격이 있지."

"그 말이 사실이었으면 좋겠지만."

"크리스천." 엘레나가 나무랐다.

나는 그 자리에 얼어붙어 귀를 기울였다. 어쩔 수가 없었다.

"네가 얼마나 자신에게 부정적인지 저 여자애도 알아? 네 문제에 대해서?"

"세상 누구보다 나를 잘 알아요."

"어머, 그건 좀 쓰리네."

"사실인데, 엘레나. 저 여자하고는 게임을 할 필요가 없어요. 게다가 내 말 진심이었어. 저 여자를 가만히 놔둬요."

"문제가 뭐래?"

"당신이죠……. 우리 과거 관계. 우리가 과거에 했던 일. 저 여자는 이해하지 못해요."

"이해시키면 되지."

"그건 과거예요, 엘레나. 우리의 엉망진창인 관계로 뭐 하러 저 사람까지 더럽히고 싶겠어요? 착하고 다정하고 순진한 여자야. 그리고 기적적으로 나를 사랑하고."

"그런 건 기적이 아냐, 크리스천." 엘레나가 온화하게 코웃음 쳤다. "너 자신을 약간만 믿어봐. 넌 정말로 잡고 싶은 남자거든. 내가 몇 번이나 말했니. 쟤도 사랑스럽네. 강하고. 너를 위해 맞서줄 사람이야."

크리스천의 대답은 들리지 않았다. 그래, 강하다고. 내가? 난 확실히 그런 식으로는 느낄 수가 없었다.

"그렇지 않아?" 엘레나가 말을 이었다.

"뭐가?"

"네 오락실."

내 숨이 멎었다.

"그건 정말로 당신이 상관할 바가 아니고." 크리스천이 딱 잘랐다.

오.

"미안해." 엘레나는 진지하지 못하게 콧방귀를 뀌었다.

"가는 게 좋겠어요. 그리고 부탁인데 오기 전에 전화 좀 해요."

"미안해, 크리스천." 어조로 봐서 이번에는 진심 같았다. "언제부터 그렇게 민감했어?" 하지만 다시 그를 나무라고 있었다.

"엘레나. 우린 둘 다에게 엄청난 이익이 되는 사업 관계를 유지하고 있어요. 그런 식으로 계속 지내요. 우리 사이에 있었던 일은 과거일 뿐이고. 아나스타샤는 내 미래고 난 어떤 식으로든 위험에 빠뜨리고 싶진 않아요. 그러니까 허튼짓은 당장 그만둬요."

그의 미래라고!

"알겠네."

"봐요, 문제가 생긴 건 정말 안됐어요. 어쩌면 잘 극복해서 저들의 허풍을 받아쳐야 할지도 모르겠는데." 그의 어조는 좀 더 부드러워졌다.

"난 널 잃고 싶지 않아, 크리스천."

"난 당신 게 아니니까 잃고 말고 할 것도 없는데, 엘레나." 그가 다시 딱 잘랐다.

"내 말은 그게 아닌 걸 알잖아."

"그럼 무슨 뜻이었는데?" 그는 화가 나서 퉁명스러워졌다.

"봐, 너랑 말싸움하고 싶지 않아. 네 우정은 내게 정말 중요하니까. 아나스타샤에게선 물러나지. 하지만 네가 필요할 땐 옆에 있을 거야. 항상 있어줄게."

"아나스타샤는 당신이 지난 토요일에 나를 만났다고 생각하고 있던데. 전화를 한 게 다잖아요. 어째서 다른 말을 했죠?"

"아나스타샤가 떠났을 때 네가 얼마나 화났는지 알려주고 싶었어. 걔가 널 상처 주는 걸 원치 않아."

"아나스타샤도 알아요. 말을 했으니까. 간섭은 그만둬요. 솔직히, 엄마 닭처럼 굴잖아요." 크리스천은 좀 더 체념한 목소리였고 엘레나는 웃음을 터뜨렸다. 하지만 웃음에는 슬픈 기색이 어렸다.

"알아. 미안해. 내가 널 아끼는 것 알지? 네가 결국 사랑에 빠지리라고는 생각하지 못했어, 크리스천. 그 모습을 보니 정말 좋다. 하지만 걔가 널 상처 주면 참을 수 없을 거야."

"운에 맡겨야죠." 그가 건조하게 대답했다. "자, 그럼 웰치에게 조사를 맡겨, 말아?"

엘레나는 무겁게 한숨지었다. "해서 나쁠 건 없겠지."

"좋아요. 아침에 전화 넣지."

나는 두 사람이 이 일을 알아내려 하며 말다툼하는 소리에 귀를 기울였다. 두 사람은 크리스천 말대로 옛 친구 같았다. 그저 친구. 그리고 엘레나는 그를 아꼈다. 약간은 지나치게. 뭐, 그를 아는 사람이라면 누구든 그렇지 않겠어?

"고마워, 크리스천. 게다가 미안하네. 방해할 작정은 아니었는데. 갈게. 다음에는 전화하고 올게."

"그래요."

간다! 젠장! 나는 서둘러 복도를 지나 크리스천의 침실로 가서 침대에 앉았다. 잠시 후 크리스천이 들어왔다.

"갔어." 그는 내 반응을 조심스레 살폈다.

나는 질문을 만들어내려고 하며 그를 올려다보았다.

"그 여자에 대해서 다 얘기해줄 거예요? 어째서 그 여자가 당신을 도왔다고 생각하는지 이해하려고 하는데." 나는 다음 문장을 조심스레 고르며 뜸을 들였다. "난 그 여자를 혐오해요, 크리스천. 그 여자가 당신에게 알려지지 않게 해를 입혔다고 생각해요. 당신은 친구도 없잖아요. 그 여자가 친구들에게서 떼어놓은 거 아니에요?"

그는 한숨을 지으며 한 손으로 머리를 훑었다.

"어째서 그 사람에 대해 알고 싶다고 하는 거야? 우리는 오랫동안 관계를 지속했어. 그 사람이 가끔은 죽도록 나를 때렸고 나는 네가 상상도 할 수 없는 수만 가지 방식으로 그 여자랑 섹스했어. 그게 다야."

나는 창백해졌다. 이런, 화났구나, 나한테. 나는 눈을 깜박거렸다.

"어째서 그렇게 화가 났어요?"

"이 모든 거지 같은 일들은 다 끝났으니까!" 그가 나를 노려보며 고함을 질렀다. 그는 격노해서 한숨을 짓고 고개를 저었다.

내 얼굴이 하얘졌다. 젠장. 한데 모아 무릎에 놓은 두 손을 내려다보았다. 그저 이해하고 싶을 뿐인데.

그는 내 옆에 앉았다. "뭘 알고 싶은 거야?" 그가 피곤하게 물었다.

"나한테 말할 필요 없어요. 방해할 생각은 아니었으니까."

"아나스타샤, 그런 게 아냐. 난 이 거지 같은 일에 대해서 이야기하고 싶지 않아. 나는 몇 년 동안 아무것도 내게 영향을 끼치지 않고 나 자신을 누구에게도 합리화할 필요 없는 공기방울 속에서 살았어. 엘레나는 언제나 비밀을 털어놓을 수 있는 친구로 항상 그 안에 있었지. 이제 내 과거와 미래는 전혀 그럴 줄 몰랐던 방식으로 충돌하고 있어."

슬쩍 쳐다보았더니 그는 눈을 크게 뜨고 나를 응시하고 있었다.

"난 누구와도 미래가 있을 거라는 생각을 해보지 않았어, 아나스타샤. 넌 내게 희망을 주었고 온갖 가능성에 대해 생각해보게 만들었지." 말소리가 점점 줄어들었다.

"나, 엿들었어요." 나는 속삭이며 다시 내 손을 내려다보았다.

"뭐, 우리 대화를?"

"그래요."

"그랬나?" 체념한 말투였다.

"그 여자, 당신을 좋아해요."

"그래, 좋아하지. 그리고 나도 나름대로 좋아해. 하지만 네게 느끼는 감정과는 조금도 비슷하지 않아. 만약 그런 얘기를 하려던 거라면."

"난 질투하는 게 아니에요."

그가 그런 식으로 생각하는 데 상처를 받았다. 아니, 질투인가? 어쩌면 이런 감정이 질투인지도 모른다.

"당신은 그 여자를 사랑하지 않죠."

그는 다시 한숨을 지었다. 정말로 열이 받았다.

"아주 오래전에는 그 여자를 사랑한다고 생각했었어." 그는 이를 악물고 말했다.

오.

"조지아에 있을 때…… 그 여자를 사랑하지 않았다고 말했잖아요."

"그 말이 맞아."

나는 얼굴을 찡그렸다.

"그때도 널 사랑했어, 아나스타샤." 그가 속삭였다. "내가 5천 킬로미터를 날아 만나러 간 사람은 네가 유일해."

아, 맙소사. 이해할 수 없었다. 그때도 그는 나를 서브로 원했잖아. 내 찡그린 표정이 더 깊어졌다.

"내가 네게 느끼는 감정은 그때 엘레나에게 느꼈던 감정과는 아주 달라." 그는 설명했다.

"언제 알았어요?"

그는 어깨를 으쓱했다. "역설적으로 그 사실을 지적해주었던 사람은 엘레나였어. 내게 조지아에 가라고 격려했지."

그럴 줄 알았지! 서배너에서 눈치챘다. 나는 멍하니 그를 보았다.

이걸 어떻게 이해할 수 있을까? 어쩌면 그 여자는 내 편이고 그저 내가 그에게 상처를 줄까 봐 걱정하는 건지도 모른다. 그 생각을 하니 고통스러웠다. 난 그를 상처 주고자 한 적이 한 번도 없는데. 그 여자 말이 맞았다. 그는 이미 충분히 상처받았다.

어쩌면 그렇게 나쁜 사람이 아닌지도 모른다. 나는 고개를 저었다. 그와 그 여자와의 관계를 받아들이고 싶지 않았다. 찬성할 수 없었다. 그래, 바로 그런 거야. 그 여자는 연약한 청소년을 먹이로 삼은 가혹한 인간인 거지. 그가 뭐라 말하든 간에 그에게서 십 대 시절을 빼앗은 거다.

"그럼 그 여자를 갖고 싶었나요? 더 어렸을 땐?"

"그래."

오.

"내게 많은 걸 가르쳐줬어. 나 자신을 믿는 법을 가르쳤지."

아. "하지만 또 당신을 죽도록 때리기도 했죠."

그는 정답게 미소 지었다. "그래, 그랬지."

"그걸 좋아했나요?"

"그땐 그랬어."

"다른 사람에게 해주고 싶을 만큼요?"

그의 눈이 커지고 진지해졌다. "그래."

"그 여자가 그것도 도왔나요?"

"그래."

"당신을 위해 서브도 했어요?"

"그래."

세상에 맙소사. "내가 그 여자를 좋아했으면 좋겠어요?"

내 목소리는 약하고 비통했다.

"아니. 그렇게 되면 내 인생이 무진장 편해지겠지만." 그는 피곤하게 대답했다. "네가 내켜하지 않는 것도 이해할 수 있어."

"내켜하지 않는다니! 크리스천. 그게 당신 아들이라면 기분이 어떨 것 같아요?"

그는 그 질문을 이해하지 못하는 양 나를 보고 눈을 깜박이며 얼굴을 찡그렸다.

"그 여자와 같이 있을 필요는 없었어. 그것도 내 선택이었지, 아나스타샤."

이렇게 해서는 아무런 소용이 없었다.

"링크는 누구예요?"

"옛날 남편."

"목재 사업을 하던 링컨?"

"바로 그 사람." 그가 히죽 웃었다.

"아이작은?"

"현재 서브미시브."

아, 정말.

"그는 이십 대 중반이야, 아나스타샤. 너도 알잖아. 성적 관계에 동의할 수 있는 성인."

그는 내 얼굴에 새겨진 혐오감을 똑바로 해독하고 재빨리 덧붙였다.

"당신 나이네요." 나는 웅얼거렸다.

"봐, 아나스타샤. 내가 말했듯이 그 여자는 내 과거의 일부야. 넌 내 미래고. 그 사람이 우리 사이에 끼어들도록 하지 말자. 아주 솔직히 말하자면 이 화제는 이제 지겨워. 난 일을 좀 하러 가야겠어."

그는 일어서더니 나를 내려다보았다.

"그냥 넘겨, 제발."

나는 고집스럽게 그를 올려다보았다.

"아, 깜박 잊을 뻔했군." 그가 덧붙였다. "네 차가 하루 일찍 배달됐어. 차고에 있지. 테일러가 열쇠를 가지고 있고."

아…… 그 사브? "내일 운전할 수 있어요?"

"안 돼."

"왜 안 되죠?"

"왜 안 되는지 알잖아. 그러고 보니 생각나는데. 사무실을 나갈 거면 내일 알려줘. 소여가 거기서 너를 지켜보고 있었지. 네가 알아서 앞가림을 한다는 건 이제 믿을 수 없는 것 같고."

그의 찡그린 얼굴에 나는 말 안 듣는 아이가 된 기분이었다, 또다시. 그에게 말대꾸할 수 있었지만, 벌써 엘레나를 두고 충분히 설명을 했으니 더 이상 밀어붙이고 싶진 않았다. 하지만 한 마디만 하고 싶은 충동을 억누를 순 없었다.

"나도 당신을 믿을 수가 없겠네요. 소여가 지켜볼지도 모른 다는 얘기를 할 수도 있었잖아요."

"그것 가지고도 싸우고 싶은 거야?" 그가 딱딱거렸다.

"우리가 싸웠는지 몰랐는데요. 그저 의견을 나눈다고 생각했 는데." 나는 토라져서 대꾸했다.

그는 잠깐 눈을 감고 화를 억누르려 애썼다. 나는 침을 꿀꺽 삼키고 걱정스레 보았다. 어느 쪽으로 튈지 몰랐다.

"일하러 가야 해." 그는 조용히 말하더니 방을 나갔다.

나는 숨을 내쉬었다. 숨을 죽이고 있었던 것도 미처 깨닫지 못했다. 나는 침대 위에 털썩 누워 천장을 응시했다.

말싸움으로 번지지 않고 정상적인 대화를 할 수나 있을까? 진이 빠졌다.

우리가 그저 서로를 그렇게 잘 알지 못하는지도 몰랐다. 정말 로 이사 와서 그와 살고 싶은 걸까? 그가 일을 하는 동안 내가 차나 커피 한 잔을 만들어 가져다주어야 하는지도 알 수 없었 다. 그를 방해해도 되는 걸까? 그가 뭘 좋아하고 뭘 싫어하는지 전혀 알지 못했다.

엘레나 얘기를 자꾸 꺼내면 그가 지겨워한다는 건 확실해 보 였다. 그의 말이 맞았다. 나는 그저 앞으로 나가야 했다. 흘려보 내야 했다. 뭐, 적어도 그 여자랑 친하게 지내라고 하진 않았으 니까. 이제 그 여자가 만나자고 귀찮게 굴지나 않기를 바랄 뿐 이었다.

침대에서 일어나 창문으로 걸어갔다. 발코니 문의 걸쇠를 따 고 문을 열어 유리 난간으로 다가갔다. 투명한 유리 난간이 무 서웠다. 높은 곳이라 공기는 서늘하고 신선했다.

시애틀의 반짝이는 불빛들을 내려다보았다. 그는 자기 요새에 들어앉아 모든 것으로부터 멀리 떨어져 있었다. 누군가 불러도 대답할 수 없도록. 그는 방금 나를 사랑한다고 했어. 그런데 그 무서운 여자 때문에 이 모든 쓰레기 같은 이야기들이 끌려 올라온 거지. 나는 눈을 홉떴다. 그의 인생은 너무 복잡했다. 그는 너무 복잡했다.

무거운 한숨을 내쉬고 발밑에 황금 옷감처럼 펼쳐진 시애틀을 마지막으로 힐끔 본 후 나는 레이 아빠에게 전화하기로 했다. 이야기를 나누지 못한 지 한참 되었다. 평소처럼 대화는 짧았지만 아버지가 잘 지낸다는 건 확인했고 중요한 축구 경기 때문에 내 애기를 더 할 순 없었다.

"크리스천하고 잘 지내길 바란다." 레이 아빠는 태연하게 말했다. 아빠는 정보를 슬쩍 캐고는 있지만 정말로 알고 싶어 하지는 않는 눈치였다.

"네. 잘 지내요." 어떤 면에서는. 그의 집으로 이사 왔으니까. 비록 시간표에 대해서는 의논하지 않았지만.

"사랑해요, 아빠."

"나도 사랑한다, 애니."

전화를 끊고 시계를 보았다. 아직 10시밖에 되지 않았다. 그런 논의를 한 끝이라 이상할 정도로 신경이 날카롭고 안정이 되지 않았다.

빨리 샤워를 하고 침실로 돌아가서 캐롤라인 액튼이 니만 마커스에서 사둔 잠옷 중 하나를 입기로 했다. 크리스천은 항상 내가 티셔츠를 입는다고 불평했었다. 잠옷은 세 벌이 있었다. 나는 연분홍을 골라 머리 위로 뒤집어썼다. 천이 피부 위를 스치면서 몸을 감싸듯 어루만지고 달라붙었다. 사치스러운 느낌이었다. 가장 곱고 얇은 새틴. 우와. 거울을 보았더니 마치 1930년대 영화배우 같았다. 길고, 우아한 모습은 나 같지 않았다.

나는 그에 어울리는 가운을 들고 도서실에 가서 책을 찾아보기로 했다. 아이패드로도 읽을 순 있었지만 지금 당장은 물리적 책의 위안과 안도가 필요했다. 크리스천은 혼자 놔둬야지. 어쩌면 그도 일단 일을 끝내면 좋은 기분을 되찾을지도 모르지.

크리스천의 도서실에는 수많은 책들이 있었다. 책 제목 하나하나를 훑어보려면 영원히 걸릴 것 같았다. 어쩌다 당구대를 쳐다보았다가 전날 저녁을 생각하고 얼굴이 붉어졌다. 아직도 바닥에 떨어져 있는 자를 보자 미소가 떠올랐다. 자를 들어 손바닥을 찰싹 때려보았다. 아야! 따끔했다.

어째서 내 남자를 위해 좀 더 고통을 참을 수 없는 걸까? 쓸쓸하게 자를 책상 위에 놓고 재미있는 책을 찾아 나섰다.

책 대부분이 초판본이었다. 그렇게 짧은 시간에 이런 컬렉션을 어떻게 수집할 수 있었던 걸까? 어쩌면 테일러의 업무에 책 구입이 포함되어 있는지도 몰랐다. 대프네 듀 모리에의 《레베카》를 골랐다. 오랫동안 읽어보지 않은 책이었다. 지나치게 폭신한 팔걸이의자에 웅크리고 앉아 미소를 띠며 첫 줄을 읽었다.

지난밤 다시 맨덜리로 간 꿈을 꾸었다……

크리스천이 두 팔로 안아 올리는 바람에 나는 문득 잠에서 깼다. "어이." 그가 나를 불렀다. "잠들었나 봐. 한참 찾았잖아." 그는 내 머리카락에 코를 묻었다. 그가 나를 안아 침실로 데려갈 때 졸음에 겨워 나는 두 팔을 그의 목에 감고 향기를 들이마셨다. 아…… 냄새가 무척이나 좋았다. 그는 나를 침대에 눕히고 이불을 덮어주었다.

"잘 자, 아가씨." 그가 속삭이며 입술을 내 이마에 댔다.

심란한 꿈에서 갑자기 깨어 잠시 방향감각을 잃었다. 나도 모르게 침대 발치를 걱정스레 확인했으나 아무도 없었다. 큰 방에서 피아노의 복잡한 선율이 희미하게 흘러들어왔다.

몇 시지? 알람시계를 확인했다. 새벽 2시. 크리스천은 잠을 자러 오지 않았나? 아직도 입고 있는 가운에 얽혀 있는 다리를 풀고 침대 밖으로 나갔다.

큰 방로 들어간 나는 그림자 속에 서서 귀를 기울였다. 크리스천은 음악에 빠져 있었다. 빛의 거품 속에서 그는 안전하고 무사해 보였다. 그가 연주하는 음악은 경쾌하게 오르내리는 선율로, 익숙한 곡의 일부였지만 무척 정교했다. 참 잘 치네. 어째서 이 사실은 매번 나를 놀라게 할까?

전체 광경은 어쨌든 다르게 보였다. 피아노 뚜껑이 내려져 있기 때문에 가리는 것 없이 그의 모습을 볼 수 있다는 것을 깨달았다. 그는 고개를 들었고 우리 시선이 얽혔다. 회색 눈은 전등에서 퍼져나오는 불빛을 받아 부드럽게 빛을 발했다. 그는 전혀 흔들림 없이 연주를 이어갔고 나는 그에게로 향했다. 그의 눈이 훨씬 더 밝게 타오르며 나를 따르고 들이마셨다. 내가 앞에 서자 그가 멈췄다.

"왜 그만둬요. 참 아름다웠는데."

"지금 이 순간 네가 얼마나 탐스럽게 보이는 줄 알아?" 그의 목소리는 부드러웠다.

오.

"침대로 가요." 내 속삭임에 한 손을 내민 그의 눈이 달아올랐다. 손을 잡자 그는 나를 잡아당겼고 예기치 못하게 그의 무릎 위로 쓰러졌다. 그는 두 팔로 나를 감싸고 귀 뒤의 목 부분에 코를 비볐다. 전율이 내 등뼈를 타고 흘렀다.

"어째서 우린 싸우는 거지?" 그는 이로 귓불을 물며 속삭였다.

내 심장이 한 박자 건너 쿵쿵 뛰며 열기를 몸속으로 실어 보냈다.

"우리가 서로 알아가는 과정에 있기 때문이죠. 그리고 당신이 고집 세고 성미 고약하고 음울하고 까다로운 사람이기 때문에."

그가 내 목에 더 잘 접근할 수 있도록 고개를 돌리면서 나는 숨도 쉬지 않고 늘어놓았다. 그는 코로 내 목을 따라 내려왔고 나는 그의 미소를 느낄 수 있었다.

"내가 그 모든 성격을 다 가지고 있긴 하지, 스틸 양. 그런 나를 참아주다니 참 대단해."

그는 내 귓불을 잘근잘근 씹었고 나는 신음했다.

"언제나 이럴까?" 그가 한숨지었다.

"모르겠어요."

"나도 그래."

그가 끈을 확 잡아 빼자 내가 입고 있던 가운이 확 열렸다. 그의 손이 내 몸을 훑으며 가슴 위에 머물렀다. 그의 부드러운 손길에 내 젖꼭지가 단단해지고 새틴에 쓸렸다. 그의 손이 내 허리 아래, 엉덩이까지 쓸며 내려갔다.

"천 위로 만져지는 느낌이 참 좋은데. 그 속이 다 보이기도 하고. 심지어 이것까지."

그는 천 아래의 내 음모를 부드럽게 잡아당겼고 나는 숨을 헉 들이쉬었다. 그의 다른 손은 목덜미에 떨어진 내 머리카락을 그러모았다. 그는 내 머리를 뒤로 잡아당기며 키스했다. 그의 혀는 긴박했고 가차 없었으며 욕구로 가득 찼다. 나는 그에 대한 응답으로 신음하며 그의 사랑스럽고 사랑스러운 얼굴을 어루만 졌다. 그는 부드럽고도 감질나도록 천천히 내 잠옷을 위로 올렸고, 내 벗은 엉덩이를 어루만지며 엄지손톱을 천천히 허벅지 안쪽으로 밀어넣었다.

갑자기 그가 일어서는 바람에 나는 깜짝 놀랐다. 그는 나를 들어 피아노 위에 올렸다. 내 발이 건반에 닿아 불협화음이 일었다. 그의 두 손이 나의 다리 위로 오르더니 무릎을 벌렸다. 그는 내 손을 움켜쥐었다.

"누워." 그가 내 양손을 잡은 채로 명령하자 나는 피아노 위에 누웠다. 딱딱한 뚜껑이 등에 배겼다. 그는 손을 놓고 내 다리를 더 넓게 벌렸다. 내 다리는 건반 위를 오가며 낮은 음과 높은 음을 뚱땅거렸다.

아, 세상에. 그가 무엇을 하려는지 알았다. 그 기대감이란……. 그가 내 무릎 안쪽에 키스하자 나는 신음을 크게 내뱉었다. 그는 다리에서 허벅지로 더 높이 올라오며 키스하고 빨고 물었다. 그가 천을 밀자 부드러운 새틴 잠옷이 점점 위로 올라가며 민감해진 내 피부 위를 스쳤다. 내가 다리를 굽히자 다시 피아노 소리가 났다. 눈을 감고 그에게 나를 맡겼을 때 그의 입이 허벅지 사이 정점에 도달했다.

그가 내게 키스했다. 그곳에……. 아, 세상에……. 그런 후에는 부드럽게 입김을 불더니 혀로 내 클리토리스 위를 맴돌았다. 그는 내 다리를 더 넓게 벌렸다. 나는 무척이나 열린 느낌, 무척이나 노출된 느낌이었다. 그는 두 손으로 무릎 바로 위를 잡아 나를 고정하고 혀로 계속 고문했다. 전혀 사정도 봐주지 않고 기다리지도 않고 늦추지도 않고……. 나는 엉덩이를 들어 그의 리듬에 맞추면서 점점 기운이 빠져갔다.

"아, 크리스천, 제발." 나는 신음했다.

"오, 안 돼. 아직은." 그가 약을 올렸지만 나는 내 몸이 빨라지는 것을 느꼈다. 그러자 그는 멈췄다.

"안 돼요." 나는 우는 소리로 애원했다.

"이게 내 복수야, 아나." 그가 부드럽게 으르렁댔다. "나랑 말싸움만 해봐. 그럼 어떻게든 네 몸에 복수를 할 테니." 그는 내 배를 따라 키스를 퍼부었고 그의 손은 내 허벅지를 쓰다듬고 문지르고 애를 태우면서 위로 올라왔다. 그의 혀가 내 배꼽 주위를 도는 동안 그의 손은—그리고 엄지손가락은…… 오, 엄지손가락은—허벅지 사이 정점에 이르렀다.

"아!" 그가 한 손가락을 내 안에 넣었을 때 나는 비명을 질렀다. 다른 손가락들은 천천히, 고통스럽게 주위를 돌고 돌면서 나를 끈질기게 벌주었다. 그의 손길 아래서 몸을 뒤트는 동안 내 등이 피아노 위에서 활처럼 휘었다. 참을 수가 없을 정도였다.

"크리스천!" 나는 욕구 때문에 걷잡을 수 없이 빙빙 돌며 그의 이름을 불렀다.

그는 나를 불쌍히 여겼는지 멈추었다. 건반 위에 있던 두 다리를 들더니 나를 밀었다. 갑자기 나는 새틴 위에서 스르르 미끄러져 수월히 피아노 위로 올라갔다. 그는 나를 따라 올라오더니 내 다리 사이에서 잠깐 무릎을 꿇고 콘돔을 끼웠다. 그가 내 위에서 내려왔고 나는 사납게 날뛰는 욕구로 헐떡이며 그를 올려다보았다. 그제야 그가 벌거벗었다는 것을 깨달았다. 언제 옷을 벗은 거지?

그는 내려다보았다. 그의 눈에는 경이가 어려 있었다. 경이와 사랑과 정열. 숨을 쉴 수가 없었다.

"난 몹시도 널 원해."

그는 아주 천천히, 아주 강렬하게 내 안으로 잠겨 들어왔다.

나는 기운이 빠져 그의 몸 위에 뻗었다. 팔다리가 무겁고 나른했다. 우리는 그랜드 피아노 뚜껑 위에 누운 채였다. 오, 세상에. 피아노보다는 그의 몸이 훨씬 편안했다. 그의 가슴을 만지지 않으려 애쓰며 나는 볼을 그에게 대고 전혀 꼼짝도 하지 않았다. 그는 거부하지 않았고 나는 내 숨소리처럼 점점 느려져가는 그의 숨소리를 들을 수 있었다. 상냥하게 그가 내 머리카락을 쓸었다.

"저녁에 차나 커피 같은 것 마셔요?" 나는 졸린 소리로 물었다.

"참 이상한 질문인데." 그가 꿈꾸듯 대답했다.

"서재로 차를 가져다줄까 생각했거든요. 그런데 당신이 뭘 좋아하는지 몰라서."

"아, 그렇군. 저녁에는 물이나 와인이 좋아, 아나. 하지만 차도 시도해볼 순 있겠지."

그의 손이 리드미컬하게 내 등을 따라 내려가며 다정하게 쓰다듬었다.

"우리는 정말로 서로에 대해 아는 게 없네요." 내가 중얼거렸다.

"알아." 그의 목소리는 서글펐다. 나는 몸을 일으켜 그를 보았다.

"왜 그래요?"

그는 불쾌한 생각을 떨쳐버리려는 듯 고개를 저었다. 그는 한 손을 들어 내 뺨을 쓰다듬었다. 빛나는 눈은 진지했다.

"사랑해, 아나 스틸." 그가 말했다.

알람은 오전 6시 교통 뉴스와 함께 울렸다. 나는 지나치게 금발이거나 갈색 머리 여자들로 가득한 악몽에서 퍼뜩 깨어났다. 무슨 꿈인지 이해할 수 없었지만 곧 그 꿈은 잊어버렸다. 크리스천 그레이가 실크처럼 나를 감싸고 있었기 때문이었다. 헝클어진 머리는 내 가슴에, 손은 내 젖가슴에, 다리는 내 몸에 올리고 내리눌렀다. 그는 여전히 잠에 빠져 있었고 나는 너무 뜨거웠다. 하지만 불편함 따위는 무시하고 머뭇머뭇 손을 들어 손가락으로 그의 머리를 부드럽게 쓸었더니 그가 꿈틀거렸다. 환한 회색 눈을 들며 그는 졸음에 겨운 미소를 지었다. 아, 무척이나 사랑스러웠다.

"안녕, 예쁜이." 그가 말했다.

"안녕, 당신이야말로 멋져요." 나도 그를 보고 미소 지었다. 그는 키스를 하고 내게서 떨어져 나가 팔꿈치로 몸을 괴고 나를 내려다보았다.

"잘 잤어?"

"네. 지난밤엔 자다가 좀 방해받긴 했지만."

그의 웃음이 커졌다.

"흠, 그렇게 나도 언제든지 방해해도 좋은데." 그는 다시 키스했다.

"당신은요? 잘 잤어요?"

"너랑 있으면 언제나 잘 자지, 아나스타샤."

"악몽도 안 꾸고?"

"안 꿨어."

나는 얼굴을 찡그리다가 질문할 기회를 잡았다.

"무슨 악몽인데요?"

그가 이맛살을 찌푸렸고 웃음이 시들었다. 젠장, 난 왜 이다지 멍청하게 호기심이 많은 거지.

"어린 시절의 회상이야. 플린 박사가 그렇게 말해. 어떤 건 아주 생생하고 어떤 건 덜 그렇고."

그의 목소리가 뚝 떨어졌고 아련한 고통의 표정이 얼굴을 스치고 지나갔다. 멍하게 그가 손가락으로 내 쇄골을 훑는 바람에 정신이 흐트러졌다.

"울고 비명을 지르면서 깨기도 하나 보죠?" 나는 헛된 농담을 했다.

그는 당혹스러운 얼굴로 쳐다보았다 ."아니, 아나스타샤. 운적은 없어. 내가 기억하는 한." 그는 기억의 심연에 닿은 듯 얼굴을 찡그렸다. 아, 안 돼. 이 시간에 들어가기란 너무 어두운 곳이겠지.

"어린 시절에 행복한 기억은 없어요?" 나는 그의 관심을 다른 데로 돌리려고 재빨리 물었다. 그는 여전히 한 손가락으로 내 피부를 쓸면서 생각에 잠겼다.

"그 약쟁이 창녀가 빵 굽던 생각이 나. 그 냄새. 생일 케이크였던 것 같은데. 나를 위해서. 그리고 어머니와 아버지가 미아를 데려왔던 날. 어머니는 내 반응을 걱정하셨지만, 난 아기 미아를 보자마자 사랑하게 됐지. 내가 처음으로 한 말은 미아였어. 첫 피아노 교습이 생각나. 개인 교사였던 캐시 선생님은 정말 좋은 분이셨지. 말도 길렀고." 그는 그리운 듯한 미소를 띠었다.

"어머니가 구해주셨다고 하셨죠. 어떻게요?"

그는 공상에서 깨어나 내가 2 더하기 2 같은 기초적인 산수도 이해 못한다는 식으로 쳐다보았다.

"나를 입양해주셨잖아." 그의 대답은 간단했다. "처음 만났을 땐 어머니가 천사인 줄 알았지. 하얀 옷을 입고 계셨는데 나를 무척 상냥하고 침착하게 진찰하셨어. 그건 절대 잊지 못할거야. 어머니가 만약 싫다고 하셨거나 아버지가 싫다고 하셨다면…….” 그는 어깨를 으쓱하더니 어깨 너머로 시계를 보았다.

“이런 아침에 하긴 약간 심각한 얘긴데.”

“당신을 더 잘 알아가겠다고 맹세를 했는걸요.”

“그랬나, 스틸 양? 내가 커피를 좋아하는지 차를 좋아하는지 알고 싶어 하는 줄 알았는데.” 그가 히죽 웃었다. “어쨌든 네가 날 알아갈 수 있는 방법 하나가 생각나는데.” 그는 넌지시 하체를 내 쪽으로 밀었다.

“그쪽으로는 이미 충분히 잘 아는 것 같은데요.” 내 목소리는 오만하고 나무라는 듯했다. 그 말에 그가 더 크게 씩 웃었다.

“그런 식으로는 아무리 해도 널 충분히 알진 못할 걸.” 그가 나직이 말했다. “네 옆에서 깨니 확실히 이점이 있군.” 그의 목소리는 부드럽고 뼈가 녹을 듯 유혹적이었다.

“일어나야 하지 않아요?” 내 목소리도 낮고 허스키했다. 오…… 그가 나를 어떻게 만드는지…….

“이렇게 일찍은 아냐. 지금 일으키고 싶은 곳은 딱 하나뿐이지, 스틸 양.” 그의 눈이 호색하게 반짝였다.

“크리스천!” 충격을 받아 숨이 헉 멎었다. 그는 갑자기 자세를 바꾸어 내 몸 위에 올라타고 나를 침대에 눌렀다. 두 손을 잡아 내 머리 위로 올리더니 내 목에 키스했다.

“아, 스틸 양.” 그가 내 피부에 대고 미소를 지었고, 손이 내 몸을 타고 내려가 천천히 새틴 잠옷을 올리자 맛있는 짜릿함이 나를 타고 흘렀다. “아, 내가 너한테 뭘 하고 싶은지 알아.”

그 말에 나를 잊었고 심문은 끝이 났다.

존스 부인은 팬케이크와 베이컨을 내 앞에 놓고 크리스천에 게는 오믈렛과 베이컨을 주었다. 우리는 편안한 침묵 속에서 일자형 식탁 옆에 나란히 앉았다.

"운동 강사, 클로드는 언제 만나서 시작해요?" 내가 물었다. 그는 씩 웃으면서 나를 슬쩍 내려다보았다.

"이번 주에 네가 뉴욕에 가고 싶은지 아닌지에 따라 다르지. 이번 주 중에 아침 일찍 만나고 싶은 게 아니면. 안드레아에게 스케줄을 확인해서 연락하라고 할게."

"안드레아요?"

"내 비서."

아, 그래.

"당신 금발들 중 한 명요." 나는 놀랐다.

"그 여자는 내 금발이 아냐. 내 밑에서 일하는 거지. 네가 내 것이고."

"나도 당신 밑에서 일하는 거죠." 나도 심술궂게 쏘아붙였다.

그는 잊어버렸던 양 씩 웃었다. "너도 그렇지." 그의 환한 미소는 전염성이 있었다.

"어쩌면 클로드가 내게 킥복싱을 가르쳐줄지도 모르겠네요." 나는 경고했다.

"아, 그래? 나를 대적하는 공격력을 키워주기 위해?" 크리스천은 재미있다는 듯 한쪽 눈썹을 치켰다. "덤빌 테면 덤벼봐, 스틸 양."

어제 엘레나가 간 후 우울했던 기분과 비교하면 오늘은 끝내주게 행복해 보였다. 사람 경계심이 다 풀리는 태도였다. 어쩌면 이게 다 섹스 때문인지도……. 어쩌면 그의 기분을 붕 뜨게 만드는 건 그것인지도.

지난밤의 기억을 음미하며 어깨 너머 피아노를 힐끔 보았다.

"피아노 뚜껑 다시 세워놓았네요."

"어젯밤엔 널 깨우지 않으려고 닫아놨어. 별로 소용없었던 것 같지만 소용없어서 기뻤지."

오믈렛을 먹는 그의 입술이 외설적으로 실룩였다. 나는 얼굴이 새빨갛게 되어 그를 보고 생긋 웃었다.

아, 그래……. 피아노에서 재미있는 시간을 보냈지.

존스 부인이 몸을 숙이며 도시락이 든 종이봉투를 내 앞에 놓아두었다. 나는 미안한 마음에 얼굴을 붉혔다.

"나중에 먹어요, 아나. 참치 괜찮죠?"

"그럼요. 감사해요, 존스 부인."

나는 부인에게 수줍은 미소를 지어 보였고 부인은 따뜻하게 미소를 짓더니 큰 방을 나갔다. 우리끼리만 있을 시간을 주려는 듯했다.

"뭐 하나 물어봐도 돼요?" 크리스천에게로 몸을 돌렸다.

재미있다는 표정이 슥 빠져나갔다. "물론이지."

"화 안 낼 거죠?"

"엘레나에 대한 거야?"

"아니에요."

"그럼 화 안 내지."

"하지만 이제 추가 질문이 하나 생겼어요."

"어?"

"그 여자에 대한 것."

그가 눈을 치떴다. "뭐?" 화난 목소리였다.

"그 여자에 대한 걸 물어보면 왜 그렇게 화를 내요?"

"솔직히 듣고 싶어?"

나는 그를 향해 얼굴을 찡그렸다. "나한테 항상 솔직한 줄 알았는데."

"그러려고 노력하지."

난 그를 향해 눈을 가늘게 떴다. "그건 아주 얼버무리는 대답 같은데."

"난 항상 너에게 솔직해, 아나. 게임하고 싶지 않고. 뭐, 이런 종류의 게임은." 그는 달아오른 눈으로 경계를 그었다.

"어떤 종류의 게임을 하고 싶은데요?"

그는 머리를 한쪽으로 기울이더니 나를 보고 히죽 웃었다.

"스틸 양, 참 집중력도 약하단 말이야."

나는 키득키득 웃었다. 그의 말이 맞았다. "그레이 씨, 당신이 이모저모로 내 집중력을 흐트리잖아요."

나는 장난기가 가득한 회색 눈을 쳐다보았다.

"세상에서 내가 제일 좋아하는 소리는 네가 키득키득 웃는 소리야, 아나스타샤. 자, 원래 하려던 질문이 뭐였지?"

그가 시원시원하게 물어서 나를 비웃는 것처럼 느껴졌다. 나는 불쾌하다는 걸 보여주려고 입술을 비죽였지만 장난기 어린 크리스천이 좋았다. 그는 유쾌했다. 아침 일찍 나누는 농담이 좋았다. 난 원래 질문을 기억해내려고 얼굴을 찡그렸다.

"아, 그래요. 이전에는 서브들을 주말에만 만났어요?"

"그래, 맞아." 그는 초조하게 나를 보았다.

나는 그를 보고 씩 웃었다. "그럼 주중에는 섹스를 안 했겠네요."

그가 웃음을 터뜨렸다. "아, 그런 얘기를 하려던 거군."

그는 막연히 안심한 듯했다.

"내가 주중에 매일 운동하는 이유가 뭐라고 생각했어?"

이제 그는 정말로 나를 비웃고 있었지만 나는 신경 쓰지 않았다. 즐거운 나머지 내 몸을 끌어안고 싶었다. 또 한 번의 처음이라는 거지. 그래, 처음이 좀 많네.

"아주 즐거워 보이는데, 스틸 양."

"정말 그렇답니다, 그레이 씨."

"그래야지." 그가 씩 웃었다. "이제 아침 먹어."

아, 고압적인 피프티는 그다지 멀리 있지 않다니까…….

우리는 아우디 뒷좌석에 앉았다. 테일러는 나를 먼저 데려다주고 크리스천을 나중에 내려준다고 했다. 소여는 경호원으로 동승하고 있었다.

"룸메이트의 오빠가 오늘 온다고 하지 않았어?"

크리스천이 태연한 척 물었다. 목소리와 표정엔 아무런 내색도 드러나지 않았다.

"아, 이든." 나는 숨을 헉 들이켰다. "잊고 있었네요. 말해줘서 고마워요. 오늘 아파트에 돌아가야겠네."

그의 얼굴이 어두워졌다. "몇 시에?"

"이든이 언제 오는지 확실히 모르는데."

"네가 어디 혼자 가는 게 싫은데." 그가 날카롭게 말했다.

"알아요." 나는 이 과잉보호 씨에게 눈을 흘기고 싶은 걸 참았다.

"소여가 오늘 나를 감시…… 아니, 경호할 건가요?"

내가 장난스레 소여 쪽을 슬쩍 보자 그의 귀 뒤가 빨개져 있었다.

"그래." 크리스천의 눈은 얼음 같았다.

"내가 사브를 운전하면 훨씬 더 간단할 텐데." 나는 토라진 말투로 웅얼거렸다.

"소여는 차가 있으니 널 아파트까지 태워다 줄 수 있을 거야. 몇 시인지에 따라."

"알았어요. 이든이 오늘 연락하겠죠. 그러면 계획을 알려줄게요."

그는 아무 말 없이 나를 보기만 했다. 아, 무슨 생각을 했던 거야?

"그래." 그가 허락했다. "혼자서는 아무 데도 가지 마. 알겠어?" 그가 한 손가락을 내게 흔들었다.

"알았어요." 나는 작은 소리로 대답했다.

그의 얼굴에 미소의 흔적이 어렸다.

"어쩌면 그냥 블랙베리를 쓰면 될지도 몰라. 그걸로 이메일을 보내지. 그러면 우리 회사의 IT 직원들이 아주 흥미로운 아침 활동을 하지 않아도 되니까. 알겠어?" 냉소적인 목소리였다.

"네, 크리스천." 거부할 수 없었다. 눈을 흘겼더니 그가 나를 보고 히죽 웃었다.

"어이, 스틸 양. 네가 내 손바닥을 근질거리게 하는 것 같은데."

"아, 그레이 씨. 항상 근질거리는 손바닥 말씀이시지요. 그걸 어떻게 하면 좋을까요?"

그는 웃다가 블랙베리 때문에 정신을 딴 데로 돌렸다. 소리가 나지 않은 걸 보니 진동인 모양이었다. 그는 수신자 번호를 보고 얼굴을 찡그렸다.

"무슨 일?"

그는 전화에 대고 딱딱거리더니 집중해서 들었다. 이 틈을 타서 그의 아름다운 모습을 찬찬히 관찰했다. 곧은 코, 이마에 흐트러진 머리카락. 하지만 그의 표정 때문에 비밀스러운 관찰은 방해를 받았다. 못 믿겠다는 듯한 표정에서 재미있다는 표정으로. 나는 관심을 기울였다.

"농담이겠죠……. 그런 소동……. 그 사람이 언제 그런 말을?"

크리스천은 마지못한 태도로 킥킥 웃었다.

"아니, 걱정 마요. 사과할 필요는 없지. 논리적인 설명이 있어서 다행이네. 처음부터 너무 터무니없이 낮은 가격이라고 생각했어……. 당신이라면 아주 사악하고 창조적인 계획을 세우겠죠. 불쌍한 아이작." 그는 미소를 지었다.

"잘됐어요……. 안녕히."

그는 전화를 탁 닫으며 나를 쳐다보았다. 눈은 갑자기 신중해졌지만 이상하게도 안심한 표정이었다.

"누구였어요?"

"정말 알고 싶어?" 그가 조용히 되물었다.

그 반응으로 알았다. 나는 고개를 저으면서 쓸쓸한 기분으로 창문 너머 회색 시애틀의 날씨를 쳐다보았다. 어째서 그 여자는 그를 가만 놔두지 않는 걸까?

"이봐."

그가 내 손을 잡아 손가락 관절에 하나하나 키스를 하더니 갑자기 새끼손가락을 빨았다, 세게. 그러더니 부드럽게 깨물었다.

아! 그는 내 다리 사이와 직통선을 가진 듯했다. 나는 숨을 헉 들이키며 테일러와 소여를 불안하게 보았다. 그런 후에 다시 크리스천을 보았더니 그의 눈은 더 어두워져 있었다. 그는 육욕적인 미소를 천천히 지어 보였다.

"그런 걸로 열 내지 마, 아나스타샤." 그가 말했다. "그 여자는 과거의 사람이야."

그가 내 손바닥 한가운데 키스하자 짜릿한 전율이 사방으로 퍼졌다. 잠깐 솟았던 짜증은 잊혀졌다.

"안녕, 아나."

내가 자리로 갔을 때 잭이 인사했다.

"옷 멋지네."

나는 얼굴을 붉혔다. 믿을 수 없을 정도로 돈이 많은 남자 친구의 호의로 새 옷장에 들어 있던 옷 중 하나였다. 민소매의 짧은 하늘색 리넨 원피스에 크림색 하이힐 샌들을 신었다. 크리스천은 하이힐을 좋아하는 듯했다. 그 생각을 하고 비밀스레 미소를 지었지만 상사가 볼지 모른다는 생각에 재빨리 맥없이 사무적인 미소로 바꾸었다.

"안녕하세요, 잭."

나는 사환에게 잭이 만든 브로슈어를 인쇄부에 가져다달라고 부탁했다. 그가 사무실 문 너머로 고개를 쑥 내밀었다.

"커피 한 잔 부탁할 수 있을까, 아나?"

"물론요." 준비실 안으로 들어가다가 안내 데스크의 클레어와 마주쳤다. 클레어도 커피를 타고 있었다.

"안녕, 아나." 클레어는 명랑하게 인사했다.

"안녕하세요, 클레어."

우리는 잠깐 수다를 떨었다. 클레어는 주말에 대가족 모임에 갔었는데 무척 즐거웠다고 했다. 나는 크리스천과 함께 항해했던 이야기를 했다.

"완전히 꿈의 남자 친구던데, 아나." 클레어의 눈이 흐릿해졌다.

나는 그녀에게 눈을 흘기고 싶은 기분이 들었다.

"그렇게 못생긴 얼굴은 아니죠." 우리는 동시에 웃음을 터뜨렸다.

"왜 이리 오래 걸리나!" 커피를 가지고 들어가자 잭이 호통을 쳤다.

아! "죄송합니다." 나는 얼굴을 붉히며 찡그렸다. 평소와 시간은 똑같이 걸렸는데, 왜 이러는 거지? 어쩌면 뭔가 불안한지도 몰랐다.

그는 고개를 저었다.

"미안해, 아냐. 소리칠 작정은 아니었는데, 자기."

자기?

"최고 경영진에서 무슨 일이 있나 본데, 뭔지 모르겠어. 항상 귀를 쫑긋 세우고 들어요, 알지? 만약 뭔가 들으면 얘기해주고. 여자들은 입이 싸니까."

그는 나를 보고 씩 웃었고 나는 살짝 속이 메스꺼웠다. 우리 '여자들'이 어떻게 입이 싼지 전혀 모르는 모양이었다. 게다가 나는 무슨 일인지 알고 있으니까.

"알게 되면 보고해요."

"네." 나는 어물쩍 대답했다. "브로슈어는 인쇄부에 보냈습니다. 2시까지는 완성된답니다."

"잘됐군. 여기."

그는 원고 한 무더기를 건넸다.

"이거 다 읽고 첫 장 시놉시스 작성해서 정리해 와요."

"네. 해오겠습니다."

그의 사무실 바깥으로 나가 내 자리에 앉으니 안심이 되었다. 아, 속사정을 알고도 모른 척하려니까 힘드네. 잭이 알면 어떻게 할까? 피가 차갑게 식었다. 잭이 언짢아하리라는 예감이 들었다. 나는 블랙베리를 들여다보며 미소를 지었다. 크리스천이 보낸 이메일이 있었다.

보낸 사람: 크리스천 그레이

제목: 해돋이

날짜: 2011년 6월 14일 09:23

받는 사람: 아나스타샤 스틸

아침에 너와 함께 깨어나니 좋더군.

크리스천 그레이

완전히 & 아주 홀린 CEO, 그레이 엔터프라이즈 홀딩스, Inc.

웃음 때문에 얼굴이 반으로 갈라질 것만 같았다.

보낸 사람: 아나스타샤 스틸

제목: 해넘이

날짜: 2011년 6월 14일 09:35

받는 사람: 크리스천 그레이

완전히 & 아주 홀린 사람에게,

당신과 함께 깨어나니 좋았어요. 하지만 침대 속, 엘리베이터 안이나 피아노나 당구대, 보트, 책상 위, 샤워, 욕조, 족쇄가 달린 이상한 나무 십자가나 분홍색 새틴 이불보가 깔린 네 기둥 침대, 보트하우스와 어린 시절 침실에 같이 있는 것도 좋았죠.

당신의

섹스에 미치고 만족할 줄 모르는 연인 xx

보낸 사람: 크리스천 그레이

제목: 촉촉한 연장

날짜: 2011년 6월 14일 09:37

받는 사람: 아나스타샤 스틸

섹스에 미치고 만족할 줄 모르는 연인에게,

지금 막 키보드 위에 커피 뿜을 뻔했어.

한 번도 그런 적 없었던 것 같은데.

난 사물의 위치에 집중하는 여자를 정말로 존경하지.

그럼 네가 그저 몸 때문에 날 원한다고 생각해도 돼?

크리스천 그레이

완전히 & 아주 아연실색한 CEO, 그레이 엔터프라이즈 홀딩스, Inc.

보낸 사람: 아나스타샤 스틸

제목: 키득키득―하지만 역시 촉촉한

날짜: 2011년 6월 14일 09:42

받는 사람: 크리스천 그레이

완전히 & 아주 아연실색한 사람에게,

언제나요.

일하러 가야 해요.

날 방해하지 마요.

SM&I(Sex Mad and Insatiable: '섹스에 미치고 만족할 줄 모르는'의

약자―옮긴이) xx

보낸 사람: 크리스천 그레이
제목: 그래야 하나?
날짜: 2011년 6월 14일 09:50
받는 사람: 아나스타샤 스틸

SM&I에게,
언제나처럼 네 뜻대로 고분고분 따르지.
키득키득 웃으면서 촉촉하게 젖었다니 좋은데.
이따가 봐, 자기.
X

크리스천 그레이
완전히 & 아주 반하고, 아연실색하고, 마법에 걸린 CEO, 그레이
엔터프라이즈 홀딩스, Inc.

나는 블랙베리를 넣고 일에 착수했다.

점심시간이 되자 잭은 내게 점심을 사다줄 수 있겠느냐고 했다. 잭의 사무실에서 나오자마자 크리스천에게 전화를 걸었다.

"아나스타샤." 그는 전화를 받아 따뜻하고 어루만지는 목소리로 대답했다. 이 남자는 어떻게 전화기 너머에서도 나를 녹이는 걸까?

"크리스천, 잭이 점심을 사오라고 나를 보냈어요."

"게으른 자식." 크리스천이 짜증을 냈다.

나는 그의 반응을 무시하고 계속 말을 이었다.

"그래서 사러 가요. 소여의 전화번호를 알려주면 좀 더 편리할 것 같아요. 당신을 귀찮게 할 필요는 없으니까."

"전혀 귀찮지 않은데."

"혼자 있어요?"

"아니, 지금 여섯 명이 나를 쳐다보면서 내가 무슨 이야기를 하나 궁금해하고 있어."

젠장…… "정말이에요?" 나는 기겁해서 숨을 들이켰다.

"아, 정말이야. 제 여자 친굽니다." 그는 수화기 너머에서 사람들에게 알렸다.

맙소사! "다들 당신이 동성애자가 아닐까 생각했을 텐데."

그가 웃음을 터뜨렸다. "그래, 아마도 그랬겠지." 그의 웃음 띤 얼굴이 보이는 듯했다.

"어, 끊어야겠어요."

그를 방해해서 내가 얼마나 당황하고 있는지 뻔히 들켰을 것 같았다.

"소여에게 알려주지." 그가 다시 웃었다. "친구에게서 소식 들었어?"

"아직요. 제일 먼저 보고하죠, 그레이 씨."

"좋아. 이따가 봐, 자기."

"안녕, 크리스천." 나는 생긋 웃었다. 그가 그 말을 할 때마다 미소가 떠올랐다. 무척이나 피프티답지 않은 말. 하지만 어떤 면에서는 무척 그답기도 했다.

몇 초 후 밖으로 나와 보니 소여가 건물 입구에서 기다리고 있었다.

"스틸 양." 그가 정중하게 인사했다.

"소여." 나는 응답으로 고개를 끄덕였고 우리는 함께 가게까지 걸어갔다.

소여와 함께 있을 때는 테일러와 함께 있을 때처럼 편안하지 않았다. 블록을 따라가는 동안 그는 거리를 계속 훑었다. 실로 그 때문에 한층 더 초조했고 나도 모르게 똑같이 따라하고 있었다.

레일라가 밖에 있을까? 아니면 우리 모두 크리스천의 편집증이 옮았을까? 이것도 그의 50가지 빛깔 중 일부일까? 플린 박사와 30분 정도 솔직한 대화를 나눈다면 알아낼 수 있을까.

수상한 건 아무것도 없었다. 그저 점심시간의 시애틀일 뿐이었다. 점심을 먹으러, 쇼핑하러, 친구를 만나러 서두르는 시애틀 사람들. 나는 두 여자가 서로 만나 포옹하는 광경을 보았다.

케이트가 그리웠다. 케이트가 휴가를 떠난 지 2주밖에 되지 않았지만 내 인생에서 가장 긴 2주였다. 내가 말해주면 절대로 믿지 않겠지. 하지만 물론 비공개 합의서에 따라 편집된 요약본을 말해줘야겠다. 난 얼굴을 찡그렸다. 크리스천과 얘기를 해봐야 할 것 같았다. 케이트가 어떻게 생각할까? 그 생각을 하니 얼굴이 창백해졌다. 어쩌면 케이트가 이든과 함께 돌아올지도 모른다. 그 생각을 하니 몹시 들떴지만 그럴 리가 없다는 생각도 들었다. 어쩌면 엘리엇과 계속 머무를지도.

"밖에서 대기하면서 감시할 땐 어디에 서 계세요?"

점심을 사러 줄을 섰을 때 소여에게 물었다. 소여는 내 앞에 서서 문을 주시하며 계속 거리와 들어오는 사람을 확인하고 있었다. 마음이 몹시 불안했다.

"바로 길 건너에 있는 커피숍에 있습니다, 스틸 양."

"지겹지 않으세요?"

"별로 그렇지도 않습니다. 제 일이니까요." 그는 뻣뻣하게 말했다.

나는 얼굴을 붉혔다. "죄송해요. 그런 뜻은 아니었는데……." 그의 친절하고도 이해한다는 표정에 나는 말꼬리를 흐렸다.

"신경 쓰지 마십시오, 스틸 양. 제 일은 보호해드리는 거니까
요. 앞으로도 제가 할 일이고요."

"그럼, 레일라의 흔적은 없나요?"

"없습니다."

나는 얼굴을 찡그렸다. "그 여자가 어떻게 생겼는지 어떻게
알죠?"

"사진을 봤습니다."

"아, 그럼 가지고 있으신가요?"

"아뇨." 그는 머리를 톡톡 두드렸다. "기억력에 의존합니다."

물론이시겠지. 레일라가 유령 여자가 되기 전에는 어떻게 생
겼는지 알고 싶어서 그 사진을 찬찬히 보고 싶은 마음이 간절했
다. 크리스천이 한 장 줄까? 그래, 어쩌면 그럴지도 몰라. 내 안
전을 위해서. 나는 계획을 꾸몄고 내 잠재의식은 흐뭇하게 나를
바라보며 고개를 끄덕여 찬성했다.

브로슈어가 사무실에 들어와서 살펴보니 다행스럽게도 근사
해 보였다. 나는 한 부를 잭의 사무실로 가져갔다. 잭의 눈이 밝
아졌다. 나 때문인지 브로슈어 때문인지는 알 수 없었다. 그냥
후자라고 믿기로 했다.

"이거 근사한데, 아나."

그는 브로슈어를 휘리릭 넘겼다.

"그래, 잘했어요. 오늘 밤 남자 친구 만나나?"

'남자 친구'라는 말을 할 때 그의 입술이 비웃듯 위로 말렸다.

"네. 우리는 같이 살거든요."

그건 일종의 사실이었다. 그 순간은 그랬으니까. 게다가 공식
적으로 들어가 살겠다고 했으니 딱히 하얀 거짓말도 아니었다.

그것만으로 잭에게 충분히 눈치를 주었기를 바랐다.

"오늘 밤 가볍게 술 한잔하러 간다고 하면 그 사람이 싫어할까? 일을 잘해낸 걸 축하하기 위해?"

"오늘 밤에는 친구가 여행 갔다가 와서요. 함께 저녁식사를 하러 가기로 했습니다."

난 매일 밤 바쁠 거라고요, 잭.

"알겠어요." 그는 신경질을 내며 한숨을 쉬었다. "어쩌면 뉴욕에서 돌아왔을 때, 음?"

그는 기대하듯 눈썹을 치켰고 시선이 뭔가 암시하듯 음험해졌다.

아, 안 돼. 난 소름이 끼쳤지만 억누르고, 이러니저러니 별 말 없이 미소만 지었다.

"커피나 차 가져다 드릴까요?"

"커피로 줘요."

그는 내게 뭔가 다른 걸 부탁하듯 낮고 허스키한 목소리로 말했다. 빌어먹을. 물러설 줄을 모르네. 이제야 나도 알 수 있었다. 아…… 어쩌지?

그의 사무실에서 나오자 안도의 한숨을 길게 내뱉었다. 그에 대해선 크리스천 말이 맞았다. 그러나 마음 한편으로는 크리스천이 한 말이 맞다는 게 분했다.

자리에 앉아 있는데 블랙베리가 울렸다. 모르는 번호였다.

"아나 스틸입니다."

"안녕, 스틸!" 이든의 길게 끄는 말투에 나는 잠시 경계심을 잊었다.

"이든! 어떻게 지냈어요?" 나는 기뻐서 거의 새된 소리를 지를 뻔했다.

"돌아와서 기쁘지. 햇볕과 럼 펀치는 이제 너무 지겨워. 그 덩치 큰 녀석과 구제불능으로 사랑에 빠진 여동생도 꼴불견이고. 정말 끔찍했어, 아나."

"야! 바다, 백사장, 태양, 럼 펀치라니 단테의 《신곡》처럼 들리는데요." 나는 키득키득 웃었다. "어디예요?"

"시택 공항. 짐 찾으려고 기다리고 있어. 아나는 뭐 해?"

"직장이에요. 그래요, 나 마침내 돈 주는 직장에 취직했거든요." 나는 그의 숨소리에 대답했다.

"여기 와서 열쇠 받아 갈래요? 아니면 나중에 아파트에서 만나도 되고."

"그게 좋겠네. 45분쯤 후에 갈게. 한 시간 정도 걸리려나? 주소가 어디야?"

나는 그에게 SIP의 주소를 알려주었다.

"곧 봐요, 이든."

"이따가 봐." 그는 전화를 끊었다. 뭐? 이든도 그런 말을 쓰네. 그러고 보니 이든이 엘리엇과 일주일을 함께 보냈다는 생각이 떠올랐다. 재빨리 크리스천에게 이메일을 썼다.

보낸 사람: 아나스타샤 스틸

제목: 햇볕 쨍쨍한 기후에서 돌아온 사람들

날짜: 2011년 6월 14일 14:55

받는 사람: 크리스천 그레이

완전히 & 아주 SS&S(Smitten, Shocked and Spellbound: '반하고 아연실색하고 마법에 걸린'의 약자―옮긴이)인 그대에게,

이든이 돌아왔는데 아파트 열쇠 가지러 여기로 온대요.

이든이 집에 잘 들어가서 자리 잡는 걸 꼭 확인하고 싶은데.

퇴근 후에 나를 데리러 오지 않을래요? 같이 아파트에 가서 우리 '모두' 나가서 식사하면 어때요?

돈은 내가 내고?

여전히 SM&I

당신의 아나 x

아나스타샤 스틸

편집자 잭 하이드의 비서, SIP

보낸 사람: 크리스천 그레이

제목: 외식

날짜: 2011년 6월 14일 15:05

받는 사람: 아나스타샤 스틸

그 계획엔 찬성하겠어. 네가 돈 낸다는 부분만 빼고!

내가 내지.

6시에 데리러 갈게.

x

추신: 어째서 블랙베리를 쓰지 않는 거야!

크리스천 그레이

완전히 아주 화가 난 CEO, 그레이 엔터프라이즈 홀딩스, Inc.

보낸 사람: 아나스타샤 스틸
제목: 고압적인 태도
날짜: 2011년 6월 14일 15:11
받는 사람: 크리스천 그레이

아, 그렇게 까다롭게 성질내지 마요.
모두 암호로 적혀 있으니까요.
6시에 봐요.

아나x

아나스타샤 스틸
편집자 잭 하이드의 비서, SIP

보낸 사람: 크리스천 그레이
제목: 사람 미치게 하는 여자
날짜: 2011년 6월 14일 15:18
받는 사람: 아나스타샤 스틸

까다롭게 성질낸다고!
내가 까다롭게 성질내면 어떻게 되는지 보여주겠어.
기대하라고.

크리스천 그레이
완전히 아주 좀 더 화났지만 영문 모를 이유로 미소 짓고 있는

CEO, 그레이 엔터프라이즈 홀딩스, Inc.

보낸 사람: 아나스타샤 스틸
제목: 약속, 약속
날짜: 2011년 6월 14일 15:23
받는 사람: 크리스천 그레이

덤빌 테면 덤벼봐요, 그레이 씨.
나도 기대하고 있겠어요. ;D
아나 x

아나스타샤 스틸
편집자 잭 하이드의 비서, SIP

그는 답장하지 않았고 나도 그러리라고는 생각하지 않았다. 그가 헷갈리는 암호 때문에 끙끙대는 상상을 하니 미소가 나왔다. 잠깐 그가 어떻게 할지 공상을 하면서 나도 모르게 의자 속에서 몸을 꿈지럭거렸다. 내 잠재의식이 못 마땅하다는 듯 반달 안경 너머로 나를 쳐다보았다. 일이나 해.

잠시 후 전화가 울렸다. 안내 데스크의 클레어였다.

"정말로 귀여운 남자가 안내 데스크 앞에 아나를 만나겠다고 와 있는데? 언젠가 같이 술 한잔하러 나가야겠어요, 아나. 주변에 훈남이 왜 이리 많아?"

그녀는 전화에 대고 음모를 꾸미듯 씩씩댔다.

이든! 가방에서 열쇠를 꺼내 들고 현관으로 서둘러 내려갔다.

맙소사, 햇볕에 탄 금발, 근사하게 그을린 피부, 반짝이는 개암빛 눈이 초록색 가죽 소파에 앉아 나를 올려다보고 있었다. 그는 나를 보자마자 입을 벌렸고 일어서서 내게로 왔다.

"와우, 아나."

그는 나를 안으려고 몸을 숙이면서 얼굴을 찡그렸다.

"좋아 보이네요." 나는 그를 보고 씩 웃었다.

"아나는…… 와우, 달라졌는데. 사회인 같고 좀 더 세련되어 보이고. 어떻게 된 거야? 머리 바꿨나? 옷? 모르겠네, 스틸, 아무튼 섹시한데!"

나는 얼굴을 새빨갛게 물들였다. "아, 이든. 그냥 출근복 입고 있는 거예요."

내가 뭐라고 하자 클레어가 한쪽 눈썹을 치키면서 심술궂게 미소를 지었다.

"바베이도스 어땠어요?"

"재미있었지."

"케이트는 언제 와요?"

"걔랑 엘리엇은 금요일에 온대. 서로 아주 좋아 죽어." 이든은 눈을 굴렸다.

"케이트 보고 싶다."

"그래? 재벌남하고는 어떻게 지내는데?"

"재벌남요?" 나는 킥킥 웃었다. "아, 아주 재밌어요. 오늘 그 사람이 저녁 사준대요."

"좋은데." 이든은 정말로 기뻐하는 것 같았다. 휴!

"여기." 나는 그에게 열쇠를 건넸다. "주소 있어요?"

"그래. 이따가." 그는 몸을 숙이며 내 뺨에 키스했다.

"엘리엇 말투?"

"그래, 버릇이 옮았네."

"그러더라고요. 이따가요."

나는 미소를 지었고 이든은 초록색 소파 옆에 놓아두었던 커다란 배낭을 들고 건물을 나갔다.

등을 돌려보니 로비 먼발치서 잭이 나를 쳐다보고 있었다. 그의 표정은 읽을 수 없었다. 나는 밝게 웃은 후 책상으로 향했다. 그의 시선이 내내 달라붙어 있음을 의식했다. 점점 신경에 거슬렸다. 어떻게 하지? 알 수가 없었다. 케이트가 올 때까지 기다릴 수밖에 없었다. 그 애라면 계획을 짜주겠지. 그 생각이 어두운 기분을 몰아냈고 나는 다음 원고를 집었다.

6시 5분 전에 전화가 울렸다. 크리스천이었다.

"여기 까다롭게 성질내는 인간 왔는데." 그의 말에 나는 생긋 웃었다. 여전히 장난스러운 피프티였다. 내 안의 여신은 작은 아이처럼 기쁨에 겨워 박수를 쳤다.

"뭐, 이쪽은 섹스에 미치고 만족을 모르는 사람이죠. 밖에 있는 거죠?"

"그래, 스틸 양. 널 만나기를 고대하고 있겠어." 그의 목소리가 따뜻하고 유혹적이어서 내 가슴이 거칠게 퍼덕퍼덕 뛰었다.

"동감이에요, 그레이 씨. 곧 나가요." 전화를 끊었다.

컴퓨터 전원을 끄고 가방과 크림색 카디건을 챙겼다.

"저 이제 퇴근합니다, 잭." 나는 안을 보고 외쳤다.

"그래요, 아나. 오늘 수고 많았어요! 좋은 저녁 보내요."

"잭도요."

이 사람도 항상 이러면 얼마나 좋을까? 그를 이해할 수 없었다.

아우디는 보도에 세워져 있었고 내가 다가가자 크리스천이 내렸다. 그는 재킷을 벗고 회색 바지를 입고 있었다. 그런 식으로 딱 맞는 엉덩이의 핏이 좋아서 내가 제일 좋아하는 바지였다. 어쩌다 이런 그리스 신 같은 남자가 내 운명에 나타났을까? 그의 멍청한 웃음에 대한 대답으로 나도 얼간이처럼 히죽 웃고 있었다.

그는 종일 사랑에 빠진 남자 친구처럼 행동했다. 나와 사랑에 빠진 남자. 사랑스럽고 복잡하고 결점 많은 이 남자는 나와 사랑에 빠져 있었고 나도 마찬가지였다. 기쁨이 예기치 않게 내 안에서 터졌고 세상을 정복할 수도 있을 것 같은 기분을 짧게나마 느끼면서 그 순간을 음미했다.

"스틸 양, 오늘 아침처럼 매혹적인데."

그는 나를 품 안으로 끌어들이면서 깊이 키스했다.

"그레이 씨도 마찬가지네요."

"네 친구 만나러 가지." 그는 미소 띤 얼굴로 내려다보며 차 문을 열었다.

테일러가 아파트로 향할 때 크리스천은 하루 일과를 털어놓았다. 어제보다 훨씬 더 나았던 것 같았다. 그가 밴쿠버 워싱턴 주립 대학 환경 공학과에서 획기적인 발견을 했다고 설명하자 나는 그 모습을 사랑스럽게 쳐다보았다. 그의 말 자체는 잘 이해가 되지 않았지만 이런 분야에 대한 그의 정열과 관심에 매료되었다. 어쩌면 앞으로도 이럴지 몰라. 좋은 날도 있고, 나쁜 날도 있고. 좋은 날이 오늘만 같다면 별로 불평할 일도 없을 거야. 그가 내게 종이 한 장을 건넸다.

"클로드가 이번 주에 비는 시간이야."

아! 개인 강사.

아파트 건물 앞에 섰을 때 그가 주머니에서 블랙베리를 획 꺼냈다.

"그레이입니다." 그가 전화를 받았다. "로스, 뭔데?" 그는 열심히 귀를 기울였고 나는 뭔가 복잡한 대화임을 눈치챘다.

"난 가서 이든을 데려올게요. 2분이면 될 거예요."

나는 입 모양으로 크리스천에게 말하고 손가락 두 개를 들어 보였다.

그는 전화에 정신이 팔린 듯 고개를 끄덕였다. 테일러가 따뜻하게 미소 지으며 내 문을 열었다. 나는 그를 보고 씩 웃었다. 심지어도 테일러도 느낄 수 있는 듯했다. 현관 인터폰을 누르고 기분 좋게 소리쳤다.

"안녕, 이든. 나예요. 문 좀 열어줘요."

문이 삑 열렸고 나는 위층 아파트로 올라갔다. 토요일 아침 이후 처음 온다는 생각이 들었다. 아주 오래전 일 같았다. 이든은 친절하게 앞문을 열어두었다. 아파트 안으로 들어가자마자, 이유는 몰랐지만 본능적으로 그 자리에 우뚝 멈춰 서 얼어붙었다. 깨닫기까지는 한참 걸렸다. 부엌 중앙 조리대 옆에 서서 작은 리볼버를 쳐들고 있는 창백하고 야윈 여자가 레일라였기 때문이었다. 레일라는 나를 무감하게 바라보았다.

13

빌어먹을.

그 여자가 사람 불안하게 하는 멍한 표정을 띠고 총을 들고 여기 있었다. 내 잠재의식은 쓰러져 완전히 기절해버려 소금을 갖다대도 정신이 돌아올 것 같지가 않았다.

레일라를 보면서 연신 눈만 깜박이는 동안 정신이 과부하에 걸렸다. 어떻게 들어왔지? 이든은 어디 있지?

젠장할! 이든은 어디 있지?

소름 돋는 차가운 공포가 내 심장을 부여잡았고 머리털이 모두 공포로 바짝 일어서면서 정수리가 따끔거렸다. 레일라가 이든을 해쳤으면 어쩌지? 아드레날린과 뼈를 얼얼하게 하는 공포가 몸속을 흐르면서 숨이 가빠졌다. 침착해, 침착해. 머릿속으로 이 주문을 줄곧 외웠다.

레일라는 마치 내가 괴물 쇼에 나오는 전시물이라도 된 양 머리를 한쪽으로 갸우뚱 기울이고 쳐다보았다. 이런, 여기서 괴물은 내가 아니에요.

이런 생각을 하는 동안 영겁의 세월이 지난 듯했지만 실제로는 아마 1초도 되지 않았을 것이었다. 레일라의 표정은 여전히 멍했고 이전처럼 초라하고 흐트러진 외모였다. 아직도 그 지저분한 트렌치코트를 입고 있었고 목욕을 반드시 해야 할 것 같았다. 기름 긴 머리에선 냄새가 났고 머리카락은 들러붙어 있었다. 탁한 갈색 눈은 흐렸고 혼란스러운 빛이 어렴풋이 떠올라 있었다.

입에 물기란 하나도 없었지만 나는 말을 하려고 시도해보았다.

"안녕, 레일라. 맞죠?"

거슬리는 쇳소리가 났다. 레일라는 웃었지만 진짜 미소라기보다는 기분 나쁘게 입술을 만 쪽에 가까웠다.

"말도 하네." 레일라는 속삭였다. 부드럽기도 하고 동시에 거칠기도 한 쉰 목소리는 기괴한 소리를 냈다.

"네, 말도 해요." 나는 아이 대하듯 말했다. "여기 혼자 있어요?"

이든은 어디 있지? 이든이 다쳤을지도 모른다 생각하니 심장이 쿵쿵 뛰었다.

레일라의 얼굴은 어두워졌다. 어찌나 풀이 죽었는지 꼭 눈물이 터지기 직전이었다. 그녀는 버림받은 사람 같았다.

"혼자야." 그녀가 속삭였다. "혼자."

이 한 마디의 슬픔에 마음이 아팠다. 그게 무슨 뜻일까? 내가 혼자라는 것? 자기가 혼자라는 것? 이든을 해쳤기 때문에 혼자라는 걸까?

아…… 안 돼……. 목을 죄어오는 숨 막히는 공포와 싸우려니 눈물이 나올 것 같았다.

"여기서 뭘 하고 있어요? 내가 도와줘요?"

공포로 숨이 막혔지만 침착하고 상냥하게 말을 던졌다. 내 질문에 완전히 갈피를 잃은 듯 레일라의 미간에 주름이 잡혔다.

하지만 내게 어떤 폭력적인 행동을 보이진 않았다. 여전히 손은 총을 느슨히 잡고 있었다. 나는 머리가 점점 조여오는 느낌을 무시하려 하며 다른 책략을 취하기로 했다.

"차 좀 마실래요?"

어째서 차를 마시겠느냐고 묻는 걸까? 어떤 감정적인 상황이 와도 똑같이 대처하던 레이 아빠의 방법이 어울리지 않게 떠올랐다. 이런, 아빠는 이 순간 나를 보면 발작을 일으키시겠지. 아빠는 군대에서 배운 기술을 발휘해서 지금쯤 무기를 빼앗을지도 몰라. 레일라는 딱히 나를 겨냥하고 있진 않았다. 어쩌면 움직일 수도 있었다. 그녀는 고개를 젓더니 목 운동을 하는 것처럼 머리를 옆으로 기울였다.

나는 소중한 공기를 깊이 들이쉬며 공포에 질린 숨을 고르고 부엌 중앙 조리대로 향했다. 레일라는 내가 뭘 하는지 이해하지 못한다는 듯 살짝 움직이며 여전히 나를 바라보았다. 나는 주전자를 집어 떨리는 손으로 물을 받았다. 움직이니까 숨 쉬기가 편안해졌다. 그래, 이 여자가 나를 죽이고자 했다면 분명 지금 총을 쐈겠지. 여자는 멍하니 영문을 모르는 호기심에 사로잡혀서 나를 보고 있을 뿐이었다. 주전자를 레인지 위에 올려놓고 스위치를 켰을 때 이든 생각이 떠나지 않아 마음이 괴로웠다. 다쳤을까? 묶였을까?

"이 아파트에 누구 없어요?" 나는 머뭇머뭇 물었다.

레일라는 반대쪽으로 머리를 기울이더니 리볼버를 쥐고 있지 않은 오른손으로 길고 기름 낀 머리카락 한 줌을 집어 빙빙 돌리거나 만지작거리고 꼬고 잡아당기고 했다. 나는 숨을 죽이고 레일라의 대답을 기다렸다. 참을 수 없을 정도로 걱정이 치솟았다.

"혼자, 아주 혼자야." 여자가 중얼거렸다. 이 말에 위안이 되었다. 적어도 이든은 여기 없다. 안도감에 힘을 얻었다.

"정말 차나 커피 마시고 싶지 않아요?"

"목마르지 않아." 여자는 부드럽게 대답하더니 조심스럽게 내 쪽으로 한 발 내디뎠다. 힘을 얻은 느낌이 증발해버렸다. 빌어먹을! 다시 공포로 숨을 헐떡였다. 공포가 짙고 거칠게 혈관 속으로 솟구치는 느낌이 들었다. 이런 느낌에도 불구하고 용기를 쥐어짜서 등을 돌리고 찬장에서 컵 두 개를 꺼냈다.

"당신에겐 있는데 내겐 없는 게 뭐지?" 여자의 목소리는 어린아이가 노래하는 억양처럼 울렸다.

"무슨 뜻이에요, 레일라?" 나는 될 수 있는 한 상냥하게 물었다.

"주인님, 그레이 씨가 당신한테는 이름으로 부를 수 있도록 허락했어."

"난 그의 서브미시브가 아니에요, 레일라. 어…… 주인님도 내가 그 역할을 채울 수 없다, 부적당하다는 걸 이해해요."

여자는 머리를 반대편으로 숙였다. 무척이나 불안하고 부자연스러운 동작이었다.

"부—적—당—해." 여자는 소리 내어 말하며 그 단어가 혀에서 어떤 느낌이 나는지 시험해보았다.

"하지만 주인님은 행복해. 그분 봤어. 웃고 미소를 띠었지. 그런 반응은 드물어……. 그분에게는 무척 드물어……."

아.

"당신은 나랑 비슷하게 생겼어."

레일라가 갑자기 화제를 바꾸어 나는 화들짝 놀랐다. 여자의 눈은 처음으로 초점을 맞추어 진짜로 나를 쳐다보는 듯했다.

"주인님은 당신이나 나처럼 생긴 순종적인 사람을 좋아해.

다른 사람들은 모두 같아……. 모두 같아……. 그런데도 당신은 그분 침대에서 자. 나 봤어."

젠장! 그 방에 있었구나.

"내가 그 사람 침대에 있는 걸 봤어요?" 나는 속삭였다.

"난 주인님 침대에서 한 번도 잔 적 없는데."

레일라는 타락한 하늘의 정령 같았다. 반은 사람인. 너무도 가벼워 보였다. 그 여자가 총을 들고 있긴 했어도 갑작스레 동정심이 밀려왔다. 총을 잡은 여자의 두 손이 움찔하자 내 눈은 휘둥그레져 머리에서 튀어나올 것 같았다.

"어째서 주인님은 이런 우리를 좋아하지? 그래서 나는 뭔가…… 뭔가 생각하게 돼……. 주인님은 어두워……. 어두운 남자야. 하지만 난 그를 사랑해."

아니, 아니, 그는 그렇지 않아요. 나는 마음으로 반발했다. 그는 어둡지 않다. 그는 좋은 사람이고 어둠 속에 있지 않았다. 나와 함께 빛 속으로 나왔다. 그런데 이 여자가 나타나서 그를 사랑한다는 왜곡된 생각으로 그를 도로 끌고 가려 한다.

"레일라, 총을 내게 주지 않겠어요?" 나는 부드럽게 부탁했다. 여자는 한 손으로 총을 꼭 쥐고 가슴에 꼭 끌어안았다.

"이건 내 거야. 내게 남은 건 이것뿐이야."

레일라는 부드럽게 총을 어루만졌다.

"이 여자가 이제 자기 연인과 함께할 수 있도록."

젠장! 무슨 연인? 크리스천? 마치 배를 주먹으로 얻어맞은 것 같았다. 내가 왜 이리 지체하나 싶어 그가 곧 나타날 것이었다. 그를 쏘려는 걸까? 그 생각은 너무나 끔찍해서 목 안에 거대한 덩어리가 생기는 것처럼 목이 붓고 아파서 숨이 막혔다. 위장이 꽁꽁 뭉칠 정도의 공포에 버금가는 두려움이었다.

그때 마치 신호라도 받은 듯 문이 벌컥 열리면서 크리스천이 문간에 나타났다. 테일러가 뒤에 서 있었다.

크리스천은 나를 잠깐 머리부터 발끝까지 쓱 훑었다. 작은 안도의 빛이 그의 얼굴에 떠오르는 듯했다. 하지만 시선이 레일라에게 꽂히자 그의 안도감은 금방 사라졌다. 그의 눈은 조금도 흔들리지 않고 그녀에게 고정된 채로 꼼짝도 하지 않았다. 그는 내가 일찍이 보지 못한 강렬함으로 레일라를 노려보았다. 크게 뜬 그의 눈은 거칠었고 분노와 두려움이 동시에 떠올라 있었다.

아, 안 돼. 안 돼.

레일라가 눈을 크게 떴고 순간 이성이 돌아온 듯했다. 빠르게 눈을 깜박이더니 다시 한 번 손으로 총을 더 꽉 쥐었다.

숨이 막혔고 심장이 어찌나 세게 뛰는지 귀에서 쿵쿵 울리는 맥박 소리가 들릴 지경이었다. 안 돼, 안 돼, 안 돼!

내 세계가 이 불쌍하고 엉망진창으로 망가진 여자의 손에서 뒤뚱뒤뚱 흔들렸다. 쏠까? 우리 둘 다? 아니면 크리스천만? 그 생각만 해도 제대로 몸을 움직일 수가 없었다.

하지만 우리 주위에 영원과 같은 시간이 흘렀을 때, 여자가 머리를 살짝 수그리더니 뉘우치는 표정을 띠며 긴 속눈썹 사이로 그를 올려다보았다.

크리스천은 한 손을 들어 테일러에게 제자리에 있으라는 신호를 주었다. 테일러의 창백한 얼굴에는 분노가 그대로 새어나왔다. 이런 얼굴의 테일러는 한 번도 본 적이 없었지만, 크리스천과 레일라가 서로를 응시하는 동안 그는 꼼짝 없이 가만히 서 있었다.

나는 어느새 숨을 죽이고 있었다. 그녀가 어떻게 할까? 그가 어떻게 할까? 하지만 그들은 그저 서로 쳐다보고 있었다. 크리스천의 표정은 원초적이었고 이름 할 수 없는 감정으로 가득 차 있었다. 동정, 공포, 애정…… 아니면 사랑일까? 아니, 제발, 사랑은 안 돼!

그의 눈이 그녀의 눈에 박혔고 고통스러울 정도로 천천히 아파트의 분위기가 바뀌었다. 긴장감이 치솟아 두 사람 사이에 흐르는 전류를 감지할 수가 있을 정도였다.

안 돼! 두 사람이 서로 쳐다보며 서 있는 동안 갑자기 난 내 쪽이 끼어든 방해자 같은 기분이 들었다. 난 외부자, 닫힌 커튼 뒤 금단의 친밀한 장면을 몰래 훔쳐보는 구경꾼이었다.

크리스천의 강렬한 시선이 좀 더 환하게 타오르더니 그의 몸가짐이 슬며시 바뀌었다. 그는 더 키가 크고 각이 진 모습으로 변했다. 어떤 면에서는 더 차갑고 더 멀어졌다. 나도 아는 자세였다. 그의 이런 모습을 이전에 본 적이 있었다. 오락실에서.

머리가 다시금 따끔거렸다. 이 모습이 도미넌트인 크리스천이었다. 얼마나 쉽게 이렇게 변할 수 있는지. 그가 이런 역할로 태어난 건지 만들어진 건지 알 수는 없었지만 나는 내려앉은 심장과 메슥거리는 위장을 안고 레일라의 반응을 보았다. 레일라의 입술이 벌어졌고 처음으로 뺨에 홍조가 오르며 숨결이 가빠졌다. 안 돼! 그의 과거를 이런 식으로 들여다보는 건 달갑지 않았다. 보기 고통스러운 광경이었다.

마침내 그가 입 모양으로 한 마디 했다. 그게 뭔지 알아들을 순 없었지만, 레일라에게 미치는 효과는 즉각적이었다. 레일라는 바닥에 털썩 꿇어앉았고 머리를 수그렸다. 총이 떨어져 별쓸모없이 바닥에 주르르 미끄러졌다. 빌어먹을.

크리스천은 침착하게 총이 떨어진 자리로 걸어갔고 허리를 굽혀 우아하게 주웠다. 그는 혐오감을 숨기지 못하고 총을 바라보더니 재킷 주머니 속에 슥 넣었다. 그는 다시 한 번 부엌 중앙 조리대 옆에 고분고분하게 무릎을 꿇고 앉은 레일라를 보았다.

"아나스타샤, 테일러와 함께 가." 그는 명령했다. 테일러가 문지방을 넘어 나를 쳐다보았다.

"이든은요." 나는 속삭였다.

"아래층에." 그는 사무적으로 대답했다. 그의 눈은 레일라에게서 떠나지 않았다.

아래층에. 여기 없구나. 이든은 무사하다. 안도감이 거세고 빠르게 내 피를 타고 흘렀다. 순간 기절할 것만 같았다.

"아나스타샤."

경고를 담은 크리스천의 어조는 또박또박했다.

나는 그를 보고 눈을 깜박였다. 갑자기 움직일 수가 없었다. 그를 떠나고 싶지 않았다. 그 여자와 함께 남겨두고 싶진 않았다. 그는 발치에 무릎 꿇고 있는 레일라 옆으로 가서 섰다. 그는 보호하듯 그 여자의 위에 섰다. 레일라가 꼼짝 않는 모습은 너무나 부자연스러웠다. 나는 두 사람에게서 눈을 뗄 수 없었다. 둘이 함께 있는 모습에서…….

"젠장할, 아나스타샤. 평생 한 번만이라도 시키는 대로 해. 가!"

호통을 치는 크리스천의 눈이 나와 얽혔다. 그의 목소리는 차가운 얼음 파편 같았다. 조용하고 신중하게 전하는 말 아래 숨겨진 분노가 손에 잡힐 듯 생생했다.

내게 화났어? 말도 안 돼. 제발, 안 돼! 그에게 뺨을 세게 한 대 얻어맞은 기분이었다. 어째서 이 여자와 함께 남겠다는 걸까?

"테일러. 스틸 양을 아래로 데려가. 당장."

테일러가 고개를 끄덕였을 때 나는 크리스천을 보았다.

"왜요?" 나는 속삭였다.

"가. 아파트로 돌아가." 나를 보는 그의 눈이 얼음처럼 타올랐다. "난 레일라와 단둘이 있고 싶어." 그는 긴박하게 말했다.

그가 뭔가 메시지를 전달하려고 한다고 생각했지만 방금 일어난 일에 어리둥절해서 확실히 알 수는 없었다. 레일라를 슬쩍 내려다보니 아주 희미한 미소가 입술을 스치고 지나가는 것을 볼 수 있었다. 하지만 그 외에는 완전히 무감한 표정을 짓고 있었다. 완전한 서브미시브! 빌어먹을! 내 심장이 서늘해졌다.

그가 필요로 하는 것이 이것이었다. 그가 좋아하는 것이었다. 아니야! 나는 울부짖고 싶었다.

"스틸 양, 아나."

테일러가 한 손을 내게 뻗으며 가자고 간청했다. 나는 눈앞에 펼쳐진 끔찍한 광경에 꼼짝할 수 없었다. 내가 품었던 최악의 공포를 확인해주었고 온갖 나의 불안함을 자극했다. 크리스천과 레일라가 함께 있다. 돔과 그의 서브가.

"테일러." 크리스천이 재촉했다. 테일러는 몸을 아래로 숙이면서 나를 팔로 안아 올렸다. 나가면서 마지막으로 보았던 건 크리스천이 레일라의 머리를 상냥하게 쓰다듬으며 무슨 말을 그녀에게 속삭이는 모습이었다.

안 돼!

테일러가 계단 아래로 나를 데려갈 때 나는 그의 팔에 힘없이 안겨 지난 10분간 일어났던 일을 이해하려 해보았다. 그보다 더 길었을까? 짧았을까? 시간관념을 완전히 잃었다.

크리스천과 레일라. 레일라와 크리스천……. 둘이 함께? 그는 그 여자와 뭘 하고 있는 걸까?

"세상에, 아나! 대체 이게 무슨 난리야?"

아직도 커다란 가방을 들고 작은 로비를 오가던 이든의 모습을 보자 안심했다. 아, 천만다행이야. 무사하구나. 테일러가 나를 내려놓자 나는 거의 이든에게 몸을 던지다시피 달려가 두 팔로 목을 감았다.

"이든, 아, 정말 다행이야!" 나는 그를 꼭 끌어안았다. 무척 걱정이 되기도 했고 짧은 순간이나마 아파트 위층에서 펼쳐지고 있는 일 때문에 솟아오르는 공포를 잠깐이나 잊고 미룰 수 있다는 사실을 기뻐했다.

"대체 무슨 난리야, 아나? 이 남자는 누구야?"

"아, 미안해요, 이든. 여긴 테일러. 크리스천과 같이 일해요. 테일러, 여긴 이든. 내 룸메이트의 오빠예요."

두 사람은 목례를 나눴다.

"아나, 위층에서 무슨 일이 있었어? 내가 아파트 열쇠를 찾고 있는데 이 남자들이 난데없이 나타나서 빼앗아가지 뭐야. 그중 한 명은 크리스천이었고……." 이든이 말꼬리를 흐렸다.

"집에 늦게 왔네요……. 다행이에요."

"그래. 워싱턴 주립 대학 풀먼 캠퍼스에 다니던 친구를 만났거든. 가볍게 술 한잔했지. 무슨 일이냐니까?"

"여자가 하나 있었어요. 크리스천 옛날 애인인데. 우리 아파트에요. 정신이 나간 여자라 크리스천이 지금……."

목소리가 갈라지며 눈물이 고였다.

"어이." 이든이 속삭이더니 나를 좀 더 가까이 끌어안았다. "경찰에 신고는 했어?"

"아니요. 그런 일은 아니에요."

나는 그의 가슴에 안겨 흐느꼈다. 한 번 터진 눈물은 멈추지 않고, 최근에 일어났던 일로 쌓였던 긴장이 눈을 타고 빠져나갔다. 이든은 나를 감싼 팔에 더 힘을 꽉 주었지만 그의 곤혹스러움을 감지할 수 있었다.

"어이, 아나. 가서 술 한잔하자."

그가 어색하게 내 어깨를 두드렸다. 뜬금없이 나도 어색한 기분이 들고 창피했다. 아주 솔직히 말하면 나는 혼자 있고 싶었다. 하지만 나는 고개를 끄덕이며 그의 제안을 받아들였다. 여기에서, 위층에서 벌어지는 일로부터 멀어지고 싶었다.

나는 테일러를 향했다.

"아파트 수색을 했었다고요?"

나는 눈물 가득한 눈으로 그에게 물으며 손등으로 코를 닦았다.

"오늘 오후에요."

테일러는 사과하듯 어깨를 으쓱하며 손수건을 건넸다. 망연자실한 표정이었다.

"미안합니다, 아나."

나는 얼굴을 찡그렸다. 이런, 몹시 죄책감을 느끼는 표정이었다. 나는 그렇지 않아도 나쁠 그의 기분을 더 이상 상하게 하고 싶지 않았다.

"그 여자는 우리를 피하는 수상쩍은 능력을 가지고 있었나 봐요."

그는 얼굴을 찌푸리며 다시 덧붙였다.

"이든과 가서 가볍게 술 한잔하고 에스칼라로 갈게요." 나는 눈물을 닦았다.

테일러는 불안하게 발의 위치를 바꾸었다.

"그레이 씨는 바로 아파트로 돌아가라고 하셨습니다만."

그가 조용히 말했다.

"뭐, 이젠 레일라가 어디 있는지 알잖아요."

내 목소리에서 배어 나오는 신랄한 기운을 누를 수가 없었다.

"그럼 이제 경호할 필요도 없겠죠. 나중에 보잔다고 크리스천에게 전해주세요."

테일러가 무어라 말을 하려고 입을 열었지만 현명하게 다시 다물었다.

"가방은 테일러에게 맡길까요?" 나는 이든에게 물었다.

"아니, 갖고 다녀도 괜찮아, 고마워."

이든은 테일러에게 목례하더니 나를 데리고 정문으로 나갔다. 뒤늦게 가방을 아우디 뒷좌석에 놓고 온 걸 깨달았다. 몸에 지닌 게 하나도 없었다.

"내 지갑……."

"걱정 마." 이든의 얼굴은 근심으로 가득 찼다. "괜찮아. 내가 낼게."

우리는 길 건너 바를 고른 후 창문 앞에 있는 나무 스툴에 앉았다. 나는 무슨 일이 일어나는지 보고 싶었다. 누가 오는지, 더 중요하게는 누가 가는지. 이든이 내게 맥주 한 병을 건넸다.

"전 애인이랑 문제가 생겼나 보지?" 이든이 상냥하게 물었다.

"그보다는 좀 더 복잡해요." 갑작스레 경계심이 들어 나는 얼버무렸다. 이 이야기를 할 순 없었다. 비공개 합의서에 서명도 했다. 처음으로 정말로 그 사실을 후회했다. 크리스천이 이를 취소하는 방법에 대해서 아무 말도 하지 않은 것까지 더하여.

"난 시간 많은데."

이든은 친절하게 말하며 맥주를 꿀꺽 들이켰다.

"그 여자는 아주 오래전에 사귀었던 옛 애인인데, 다른 남자 때문에 남편을 떠났대요. 그런 후 2주 전쯤인가 그 남자가 교통 사고로 죽었고, 이제는 크리스천을 쫓아다녀요."

나는 어깨를 으쓱했다. 뭐, 이 정도는 말해도 되겠지.

"그를 쫓아다닌다고?"

"총이 있었어요."

"헐, 망할!"

"실제로 총을 가지고 누굴 위협한 적은 없어요. 자해할 생각이 아니었나 싶어요. 하지만 그래서 이든을 무척 걱정한 거예요. 이든이 아파트 안에 있는지 없는지 몰라서."

"알겠군. 그 여자, 꽤 불안정해 보이는데."

"네, 실제로 그래요."

"그럼 이제 크리스천은 그 여자랑 뭘 하고 있어?"

피가 내 얼굴에서 빠져나가고 신물이 목에서 솟았다.

"모르겠어요."

이든이 눈이 커졌다. 마침내 이해한 것이었다.

이게 내 문제의 핵심이었다. 대체 두 사람이 뭘 하고 있을까? 얘기하고 있겠지. 내 바람이었다. 그저 얘기만. 하지만 마음의 눈으로는 그 여자를 상냥하게 쓰다듬던 그의 손이 떠올랐다.

그 여자는 정신이 나갔으니까 크리스천이 걱정하는 것도 당연하지. 그것뿐일 거야. 나는 합리화했다. 하지만 마음 뒤편에서는 내 잠재의식이 머리를 슬프게 흔들었다.

그 이상이었다. 레일라는 내가 알 수 없는 방식으로 그의 욕구를 채워줄 수 있었다. 그 생각을 하니 우울했다.

지난 며칠 간 우리가 했던 모든 일에 집중해보려 했다. 그의 사랑 고백, 사람을 희롱하는 농담, 장난기. 하지만 엘레나의 말이 계속 돌아와 나를 비웃었다. 엿듣는 사람이 어떤 벌을 받는지에 대한 속담은 사실이었다.

'그렇지 않아…… 오락실?'

기록적인 속도로 맥주를 벌컥 마셔버리니 이든이 하나 더 시켜주었다. 나는 술친구로 썩 좋은 상대가 아니었지만 이든은 다정하게도 나랑 같이 있어주면서 수다를 떨며 내 기분을 가볍게 해주려고 애썼다. 바베이도스 이야기와 더불어 케이트와 앨리엇의 농담을 늘어놓았다. 그 덕에 기분 좋게도 정신을 딴 데로 돌릴 수 있었다. 하지만 그뿐이었다. 정신을 딴 데 파는 것.

내 정신, 심장, 영혼은 여전히 그 아파트에 남아 내 피프티 셰이드와 그의 서브미시브와 함께 있었다. 아직도 그를 사랑한다고 생각하는 여자. 나와 닮은 여자.

맥주를 석 잔째 마셨을 때 창문에 짙은 선팅을 한 거대한 차 한 대가 나타나서 아파트 앞 아우디 옆에 섰다. 나는 차에서 내리는 남자가 플린 박사임을 알아보았다. 그는 거대한 연하늘 덤불처럼 보이게 옷을 입은 여자와 동행하고 있었다. 테일러가 앞문으로 그들을 들여보내는 모습이 보였다.

"저 사람은 누구야?" 이든이 물었다.

"플린 의사 선생님예요. 크리스천이 아는 사람."

"어떤 의사인데?"

"정신과."

"아."

우리가 보고 있는 가운데, 몇 분 후 사람들이 다시 밖으로 나왔다. 크리스천은 담요에 싸인 레일라를 안아들고 있었다. 뭐? 나는 그들이 모두 함께 크루저에 올라타는 모습을 기겁하고 바라보았다. 차는 속도를 내어 떠났다.

이든은 동정하듯 나를 힐끔 보았다. 나는 버려진 느낌, 완전히 버려진 느낌이었다.

"좀 더 강한 거 마셔도 돼요?" 나는 작은 목소리로 부탁했다.

"물론이지. 뭘 마실래?"

"브랜디로 할래요."

이든은 고개를 끄덕이더니 바 쪽으로 향했다. 나는 창문 너머로 현관을 보았다. 몇 분 후 테일러가 나타나서 아우디에 타더니 에스칼라 쪽으로 향했다. 크리스천을 뒤따라간 걸까? 알 수 없었다.

이든이 커다란 브랜디를 내 앞에 놓아주었다.

"자, 스틸. 잔뜩 마시고 취하자고."

최근 들어본 말 중에서 최고의 제안이었다. 건배한 후 나는 타는 듯한 호박색 액체를 꿀꺽꿀꺽 들이켰다. 불같은 열기 때문에 마음속에서 추악하게 피어나는 고통을 달갑게도 잊을 수 있었다.

늦은 시간이었고 술기운에 머리가 핑글핑글 돌았다. 이든과 나는 아파트 문이 잠겨서 안으로 들어갈 수 없었다. 그는 나를 에스칼라까지 배웅해주겠다고 우겼지만 자고 가겠다고 하진 않았다. 그는 아까 만났던 친구에게 술을 마시자고 전화해서 거기서 하룻밤을 보내기로 했다.

"그래, 여기가 바로 그 재벌이 사는 데구나." 이든은 감명받았는지 잇새로 휘파람을 불었다.

나는 고개를 끄덕였다.

"내가 같이 들어가지 않아도 괜찮겠어?" 이든이 물었다.

"아니, 이 일은 나 혼자 알아서 맞서야죠. 아니면 그냥 잠자리에 들든가."

"내일 만날까?"

"그래요, 고마워요, 이든." 나는 그를 안았다.

"잘 해결해, 스틸." 그는 내 귀에 대고 속삭였다. 그는 나를 놔주었고 내가 건물 안으로 들어가는 걸 지켜보았다.

"이따가!" 그가 외쳤다. 나는 그에게 희미하게 웃어 보이고는 손을 흔들었다. 그런 후 엘리베이터 버튼을 눌렀다.

엘리베이터에서 내려 크리스천의 아파트 안으로 들어갔다. 테일러는 여느 때와 다르게 기다리고 있지 않았다. 양 여닫이문을 열고 큰 방 쪽을 향했다. 크리스천은 피아노 가까이에서 방을 오가면서 전화를 하고 있었다.

"왔어." 그가 딱딱거렸다. 그는 전화를 끊고 몸을 돌려 나를 노려보았다.

"망할, 대체 어딜 돌아다닌 거야!"

그는 으르렁댔지만 내게 다가오진 않았다.

그가 내게 화를 내? 미친 옛 여자 친구랑 한참 있다가 온 건 자기 아닌가? 그런데 지금 나한테 화를 내?

"술 마셨어?" 그는 어이없다는 듯 물었다.

"약간요." 그렇게 티가 날 줄은 몰랐는데.

그는 숨을 들이쉬더니 한 손으로 머리를 훑었다.

"여기로 돌아가라고 말했잖아."

빈정대듯이 조용한 목소리였다.

"지금 10시 15분이야. 내가 얼마나 걱정했는지 알아?"

"당신이 옛날 여자 친구 시중을 드는 동안 난 이든이랑 술 한두 잔 한 것뿐이에요." 나는 식식댔다. "당신이 얼마나 오래 걸릴 줄 몰랐죠…… 여자랑."

그는 눈을 가늘게 뜨고 내 쪽으로 몇 걸음 다가오다 멈췄다.

"어째서 그런 말을 하는 거야?"

나는 어깨를 으쓱하면서 손가락을 내려다보았다.

"아나, 무슨 일이야?" 처음으로 그의 목소리에서 분노 말고 다른 것을 들었다. 뭐, 공포?

무어라 말해야 할지 생각해내려고 하면서 침을 꿀꺽 삼켰다.

"레일라는 어디 있어요?" 그를 올려다보며 물었다.

"프레몬트에 있는 정신병원에." 그의 얼굴이 내 얼굴을 꼼꼼히 살폈다.

"아나, 왜 그래?"

그는 내 앞으로 걸어와 바로 앞에 섰다.

"무슨 일이야?"

나는 고개를 저었다. "난 당신에게 아무 쓸모도 없어요."

"뭐?" 그는 숨소리처럼 내뱉었다. 눈이 놀라서 휘둥그레졌다.

"어째서 그런 생각을 해? 어떻게 그런 생각을 할 수 있어?"

"당신이 필요한 모든 게 다 될 수 없으니까요."

"넌 내가 원하는 모든 것이야."

"당신이 그 여자랑 같이 있는 모습을 보니까⋯⋯." 나는 말꼬리를 흐렸다.

"어째서 내게 이러는 거야? 이건 네 문제가 아니야. 그 여자의 문제라고."

그는 한 손으로 머리를 다시 훑으면서 날카롭게 숨을 들이켰다.

"지금 그 여자는 아주 아파."

"하지만 난 느꼈어요⋯⋯ 당신 두 사람이 함께했던 것을."

"뭐? 아니야."

그는 내게 손을 뻗으려 했지만 난 본능적으로 물러났다. 그는 손을 떨구고 눈을 깜박거리며 나를 보았다. 그의 얼굴은 마치 공포에 사로잡힌 듯했다.

"도망가는 거야?" 공포로 커진 눈으로 그는 속삭였다.

나는 흩어진 생각을 수습하려고 하며 아무 말도 하지 않았다.

"그럴 수 없어." 그가 애원했다.

"크리스천…… 난……." 나는 생각을 모으려고 애썼다. 무슨 말을 하려는 거지? 나는 시간이 필요했다. 이걸 처리할 시간. 내게 시간을 줘요.

"아니, 아니야!" 그가 말했다.

"난……."

그는 미친 듯이 방 안을 둘러보았다. 좋은 생각이 나나 보려고? 신의 계시를 받고 싶어서? 알 수 없었다.

"갈 수 없어, 아나. 난 널 사랑해!"

"나도 당신을 사랑해요, 크리스천. 그저……."

"아니, 안 돼!" 그는 절망에 빠져 소리치더니 두 손을 머리에 얹었다.

"크리스천……."

"안 돼." 그의 눈이 공포로 커졌다. 갑자기 그는 내 앞에 무릎을 털썩 꿇더니 고개를 수그리고 두 손을 펴서 허벅지에 얹었다. 그는 심호흡을 하고 움직이지 않았다.

뭐?

"크리스천, 뭐 하는 거예요?"

그는 나를 보지 않고 계속 아래만 보았다.

"크리스천! 뭐 하는 거예요!" 나는 고음으로 소리치며 되풀이했다. 그는 움직이지 않았다.

"크리스천, 날 봐요!" 나는 공포에 질려 명령했다.

그는 주저 없이 머리를 휙 들었다. 차가운 회색 시선으로 무감하게 나를 바라봤다. 그는 평온해 보였다……. 기대하고 있었다.

빌어먹을…… 크리스천. 서브미시브의 모습이었다.

14

크리스천은 내 발치에 무릎을 꿇고 흔들림 없는 회색 시선으로 나를 보았다. 이제까지 본 중에서 가장 서늘하고도 정신이 확 드는 광경이었다. 총을 든 레일라보다도 더 소름 끼쳤다. 그 동안 머릿속에 껴 있던 희미한 술기운이 즉시 증발했다. 대신에 머리카락이 쭈뼛하고 핏기가 얼굴에서 쫙 빠져나가는 파멸의 기운이 기어들었다.

나는 충격으로 날카로운 숨을 들이켰다. 아니, 아니. 이건 잘 못됐어. 잘못됐고 끔찍해.

"크리스천, 제발. 이러지 마요. 이건 싫어요."

그는 무감하게 나를 바라보기만 할 뿐, 움직이지도 않고 말을 하지도 않았다.

오, 빌어먹을. 내 불쌍한 피프티. 내 심장이 죄어들었고 비틀 렸다. 대체 내가 그에게 무슨 짓을 한 걸까? 눈물이 솟아 눈이 따끔거렸다.

"왜 이런 짓을 하는 거예요? 내게 말해요." 나는 속삭였다.

그는 한 번 깜박였다.

"내가 무슨 말을 했으면 좋겠어?" 그가 부드럽고 멍하게 말했다. 순간 그가 말을 한다는 사실에 안도했지만, 이런 식은 아니었다. 아니, 아니야.

눈물이 볼을 타고 흘러내렸다. 갑자기 그가 레일라 같은 불쌍한 존재처럼 무릎 꿇은 자세로 있는 걸 보는 게 너무 끔찍했다. 그렇게 강한 남자는 실은 아직도 작은 어린 소년이었다. 무시무시할 정도로 학대당하고 무시당하여 완벽한 가족과 그다지 완벽하지 않은 여자 친구에게 사랑받을 가치가 없다고 느끼는 남자……. 내 길 잃은 소년……. 마음이 무너졌다.

동정, 상실, 절망이 내 심장 속에서 부풀어 올랐고 필사적인 감각 때문에 숨이 막히는 느낌이었다. 그를 되찾으려면 싸워야 했다. 나의 피프티를 다시 찾으려면.

누군가를 지배한다는 생각은 소름이 끼쳤다. 크리스천을 지배한다는 생각은 구역질이 났다. 그렇게 하면 그 여자와 똑같은 사람이 될 뿐이었다. 그에게 이런 짓을 한 그 여자와.

나는 그런 생각에 몸을 떨며 목에서 솟구치는 신물과 싸웠다. 절대 그렇게 할 수 있을 리 없어. 절대 그런 짓을 원할 리가 없어.

생각이 맑아지자 딱 한 가지 방법만이 보였다. 그에게서 시선을 떼지 않으면서 나는 그의 앞에 무릎을 꿇었다.

나무 바닥이 정강이에 배겼다. 나는 손등으로 대충 눈물을 훔쳤다.

이런 식으로 우리는 동등해졌다. 같은 눈높이에 있었다. 이것만이 그를 되찾을 유일한 방법이었다.

내가 그를 올려다보자 그의 눈이 살짝 커졌다. 하지만 그 이상으로는 표정과 자세에 변화가 없었다.

"크리스천, 이럴 필요 없어요." 나는 애원했다. "난 도망가지 않아요. 당신에게 말하고 말하고 또 말했잖아요. 도망 안 가요. 그냥 일어났던 일들이 모두…… 벅찼던 것뿐이에요. 그저 생각할 시간이 필요했어요······. 나 혼자 있을 시간. 어째서 항상 최악의 상황부터 가정하는 거예요?"

그 이유를 알기 때문에 심장이 다시 죄어들었다. 그렇게 큰 의심과 끔찍한 자기혐오로 가득 차 있기 때문이었다.

엘레나의 말이 다시 돌아와 떠돌았다. '네가 얼마나 자신에게 부정적인지 저 여자애도 알아? 네 문제에 대해서?'

아, 크리스천. 다시 한 번 공포가 내 심장을 움켜쥐었고 나는 아무 말이나 중얼대기 시작했다.

"오늘 오후 내 아파트로 돌아가겠다는 말을 하려고 했어요. 당신이 내게 시간을 주지 않으니까. 그저 깊이 생각해볼 시간을."

나는 흐느꼈다. 희미하게 찡그린 표정이 그의 얼굴을 스치고 지났다.

"그저 생각할 시간이 필요했어요. 우리는 서로 잘 모르죠. 게다가 당신에게 따라오는 부록은······. 난 필요해요······. 난 찬찬히 생각해볼 시간이 필요해요. 그런데 레일라까지······. 글쎄, 레일라가 뭐든 간에······ 그 여자가 거리를 떠돌아다닐 때는 외려 위협적이지 않았어요. 난 생각했어요······. 내 생각엔······."

나는 말꼬리를 흐리며 그를 응시했다. 그가 강렬히 나를 바라보고 있어 내 말이 들리는 거라고 생각했다.

"당신이 레일라와 함께 있는 모습을 보니까······."

그가 이전 서브와 상호작용하는 모습을 보았던 고통스러운 기억이 마음을 새로이 갉아 들어오자 나는 눈을 감았다.

"정말 충격이었어요. 당신의 삶이 어땠는지 슬쩍 엿볼 수 있었고······."

나는 깍지 낀 손가락을 내려다보았다. 눈물이 뺨에서 방울져 흘러내렸다.

"이건 내 문제예요. 내가 당신에게 충분한 사람인가 하는 문제. 당신 삶을 이해할 수 있는 깨달음이 들었고……. 그래서 나에게 싫증이 날까 봐 두려웠어요. 그러면 당신이 떠날 거고…… 나도 레일라처럼 끝나겠죠. 그림자가 되어……. 난 당신을 사랑하니까요, 크리스천. 당신이 나를 떠나면, 빛이 없는 세계나 마찬가지예요. 난 어둠 속에 남게 되겠죠. 난 도망가고 싶지 않아요. 그저 당신이 떠날까 봐 두려웠던 것뿐……."

그가 들어주기를 바라는 마음에 이 말을 하면서 내 진짜 문제가 뭔지 알았다. 난 그가 어째서 나를 좋아하는지 알지 못했다. 어째서 그가 나를 좋아하는지 한 번도 이해한 적이 없었다.

"나를 매력적이라고 생각하는 이유를 이해할 수 없었어요." 나는 중얼거렸다. "당신은…… 음, 당신은 당신이지만, 나는……." 나는 어깨를 으쓱하며 그를 올려다보았다. "그저 알 수가 없었어요. 당신은 아름답고 섹시하고 성공했으며 착하고 친절하며 배려심이 깊죠. 그런데 난 아니에요. 난 당신이 좋아하는 걸 해 줄 수도 없고요. 필요로 하는 걸 줄 수도 없어요. 그런데 어떻게 당신이 나랑 행복할 수 있겠어요? 내가 당신을 안을 수 있을까요?"

내 가장 깊은 곳의 공포를 표현할 때 내 목소리는 속삭임이나 다름없었다.

"당신이 내게서 뭘 봤는지 전혀 이해할 수 없었어요. 그런데 당신이 그 여자와 함께 있는 모습을 보니 뼈저리게 느꼈죠."

나는 코를 킁킁거리며 손등으로 코를 닦고 무감한 그의 표정을 올려보았다.

아, 그 때문에 너무 화가 났다. 말해요, 젠장!

"여기 밤새 무릎 꿇고 있을 거예요? 그럼 나도 그럴 테니까." 나는 그를 얼렀다.

그의 표정이 부드러워진 듯했다. 어쩌면 희미하게 재미있어하는 듯도 했다. 하지만 잘 알 수가 없었다.

손을 뻗으면 그를 만질 수 있었지만 그건 지금 놓인 상황을 악용하는 셈일 터였다. 그건 원치 않았다. 그리고 그가 원하는 것, 뭘 하려고 하는지도 알지 못했다. 그저 이해하지 못했다.

"크리스천, 제발. 제발…… 내게 말 좀 해봐요." 나는 무릎에 놓은 내 두 손을 비틀면서 호소했다. 무릎을 꿇고 있으려니 불편했지만 그의 진지하고 아름다운 회색 눈을 들여다보면서 계속 그렇게 기다렸다.

기다렸다.

기다렸다.

"제발." 나는 다시 한 번 빌었다.

그의 강렬한 시선이 갑자기 어두워지더니 그가 눈을 깜박였다.

"난 너무 두려웠어." 그가 속삭였다.

오, 하느님, 감사합니다! 내 잠재의식이 비틀거리며 자기 팔걸이의자로 돌아가서는 안도감에 털썩 주저앉아 진을 꿀꺽 들이켰다.

그가 말을 한다. 고마움이 밀려왔다. 나는 숨을 삼키며 내 감정과 막 솟아오르려 하는 눈물을 억누르려 했다.

그의 목소리는 부드럽고 나직했다.

"이든이 밖에 온 걸 보자 누구 다른 사람이 너를 안으로 들여보냈다는 걸 알았지. 테일러와 나 둘 다 차에서 뛰어나갔어. 직감했지. 그 여자가 너랑 그러고 있는 걸 본 거야. 총을 가지고. 그때 아마 수천 번은 죽었을 거야, 아나. 누가 너의 생명을 위협하다니. 내 최악의 공포가 실현되었지. 나는 무척이나 화가 났어. 그 여자에게, 너에게, 테일러에게, 나 자신에게."

그는 고통을 드러내듯 고개를 흔들었다.

"그 여자가 얼마나 격해질 수 있는지 몰랐지. 어떻게 해야 할지 몰랐어. 그 여자가 어떻게 반응할지 몰랐어."

그는 말을 멈추고 얼굴을 찡그렸다.

"그때 그 여자가 내게 실마리를 줬지. 뉘우치는 표정을 지었거든. 그래서 어떻게 해야 하는지 알았어."

그는 말을 멈추고 내 반응을 가늠하듯 나를 보았다.

"계속해요."

그는 침을 꿀꺽 삼켰다.

"그 상태에 있는 그 여자를 보니 내가 그 여자의 정신착란과 관계가 있다는 걸 알고⋯⋯."

그는 다시 한 번 눈을 감았다.

"항상 장난을 잘 치고 활기가 넘쳤던 사람이었거든."

그는 몸을 떨더니 마치 한 번 흐느끼듯 거친 숨을 들이쉬었다. 그 이야기를 듣는 것은 고문이었지만 나는 무릎을 꿇은 자세로 주의 깊게 이런 깨달음에 열심히 귀 기울였다.

"그 여자가 너를 해칠 수도 있었어. 그랬다면 내 잘못이었겠지."

그의 눈이 멍하니 떠돌며 이해하지 못하는 공포로 가득 찼다. 그는 또다시 입을 다물었다.

"하지만 그러지 않았잖아요." 나는 속삭였다. "게다가 그 여자가 그런 상태인 건 당신 책임이 아니에요, 크리스천."

나는 그에게 계속하라고 격려하며 눈을 깜박였다.

그때 그가 한 모든 행동이 나를 안전히 지키려는 의도였다는 생각이 떠올랐다. 어쩌면 레일라도. 그는 여전히 그 여자를 배

려했기 때문이었다. 하지만 얼마나 배려하는 걸까? 그 질문이
내 머릿속에 달갑지 않게 떠돌았다. 그는 나를 사랑한다고 하지
만 그때 나를 거칠게 내 아파트에서 쫓아냈지 않은가.

"난 그저 네가 가길 바란 것뿐이야."

그는 내 마음을 읽는 기이한 능력으로 대답했다.

"네가 위험에서 벗어나길 원했어……. 그러니까. 제발. 가지. 마."

그는 이를 악물고 식식거리며 고개를 저었다. 분노가 손에 잡
힐 듯 생생했다.

그는 나를 강렬히 바라보았다.

"아나스타샤 스틸, 넌 내가 아는 여자 중 가장 고집 센 여자
야." 그는 눈을 감고 다시 한 번 못 믿겠다는 고개를 저었다.

아, 그가 돌아왔구나. 나는 안도감에 긴 한숨을 씻어내듯 뱉
었다.

그는 다시 눈을 떴다. 쓸쓸하고 진지한 표정이었다.

"도망가지 않을 거지?"

"안 가요!"

그는 다시 눈을 감았고 온몸에서 긴장이 빠져나갔다. 다시 눈
을 떴을 땐 그의 고통과 고뇌를 볼 수 있었다.

"내 생각은……." 그는 말을 멈췄다. "이게 나야, 아나. 나의
모든 것이지……. 나는 이제 너의 것이고. 어떻게 해야 네게 이
걸 깨닫게 할 수 있지? 내가 할 수 있는 모든 방식으로 너를 원
한다는 걸 어떻게 알릴 수 있지? 내가 너를 사랑한다는 걸."

"나도 사랑해요, 크리스천. 당신이 이런 모습인 걸 보자……."

나는 숨이 막혔고 새로운 눈물이 솟았다.

"내가 당신을 망가뜨렸다고 생각했어요."

"망가뜨려? 나를? 아, 아니야, 아냐. 그 반대지."

그는 내 손을 잡았다.

"넌 내 생명줄이야."

그는 속삭이며 내 관절에 키스하고 손바닥끼리 맞댔다.

공포로 가득 찬 눈을 크게 뜨며 그는 부드럽게 내 손을 잡아 당겨 자기 심장 위 가슴에 댔다. 금지 구역이었다. 그의 숨소리가 빨라졌다. 심장이 미친 듯이 뛰며 내 손가락 아래서 문신을 새겼다. 그는 내게서 눈을 떼지 않았다. 그의 턱이 굳어지고 이가 꽉 다물어졌다.

나는 숨을 들이켰다. 오, 내가 사랑하는 이 종잡을 수 없는 50가지 빛깔의 남자! 내가 손을 댈 수 있도록 허락하다니. 폐속의 모든 공기가 증발한 느낌이었다. 사라졌다. 귀에서 피가 쿵쿵 뛰고 심장이 그의 심장에 맞춰 같은 리듬으로 뛰었다.

그는 내 손을 놓았지만, 내 손은 여전히 그의 심장 위에 놓여 있었다. 나는 손가락을 살짝 구부려 얇은 셔츠 옷감 아래 피부의 온기를 느꼈다. 그는 숨을 죽였다. 난 참을 수 없었다. 내 손을 움직이려 했다.

"안 돼." 그가 재빨리 막으며 한 손을 내 손 위에 다시 올려 놓 렀다.

"하지 마."

이 말에 용기를 얻은 나는 서로의 무릎이 닿도록 좀 더 가까이 다가갔다. 내가 뭘 하려고 하는지 그가 정확히 알 수 있도록 머뭇머뭇 다른 손을 올렸다. 그의 눈이 더 커졌지만 나를 말리진 않았다.

부드럽게 나는 그의 셔츠 단추를 풀기 시작했다. 한 손으로 하려니 힘들었다. 그가 누르고 있는 손의 손가락을 움직였더니 그는 내가 두 손을 이용해서 셔츠 단추를 풀 수 있도록 손을 놓아주었다. 나는 그에게서 눈을 떼지 않은 채 그의 셔츠를 풀어 헤쳐 가슴을 드러냈다.

그는 침을 꿀꺽 삼켰고 숨이 좀 더 격해지자 입술을 살짝 벌렸다. 그의 공포가 점점 솟아오르는 것이 느껴졌지만 그는 몸을 떼진 않았다. 아직도 서브 상태일까? 알 수 없었다.

이렇게 해야 할까? 나는 그를 상처 입히고 싶진 않았다. 신체적으로든 정신적으로든. 자기 자신을 내게 맡기는 그의 모습을 보는 것만으로도 정신이 퍼뜩 들었다.

내 손이 그의 가슴 위에서 떠돌았다. 나는 허락을 구하듯 그를 응시했다. 아주 미묘하게 그는 고개를 옆으로 기울이며 내 손길에 대한 기대감에 자기를 다잡는 것 같았다. 그에게서 긴장감이 발산되었지만 이번에는 분노가 아니었다. 공포였다.

나는 망설였다. 정말 그에게 이렇게 해도 될까?

"돼." 그가 다시 한 번 나의 말없는 질문에 대답하는 이상한 능력을 발휘했다.

나는 손가락 끝을 그의 가슴 털에 대고 가슴 위를 가볍게 쓸었다. 그는 눈을 감았다. 마치 참을 수 없는 고통을 경험하는 듯 그의 얼굴에 주름이 잡혔다. 그런 모습을 보는 게 참을 수 없어서 즉시 손가락을 들었지만 그가 재빨리 내 한 손을 잡아 다시 맨 가슴 위에 내려놓았다. 가슴 털이 내 손바닥을 간질였다.

"안 돼." 그가 긴장된 목소리로 말했다. "이렇게 할 필요가 있어."

그가 눈을 꽉 감아버렸다. 아마 고통일 테지. 정말로 보기에 괴롭기 그지없었다. 조심스럽게 나는 손가락으로 그의 가슴을 지나 심장까지 쓸었다. 그의 감촉에 감탄했다. 정말로 더 멀리까지 내디딘 한 발짝에 두렵기까지 했다.

그가 눈을 떴다. 이제 그 눈은 나를 보며 타오르는 회색 불길이었다.

맙소사. 그의 표정은 강렬함을 넘어 작열했고 동물적이었다. 그의 호흡이 점차 빨라졌다. 그 소리가 내 피를 휘저었다. 나는 그의 시선 아래서 꿈틀거렸다.

그가 나를 말리지 않았기 때문에 나는 손가락 끝으로 다시 가슴을 훑었다. 그의 입이 늘어졌다. 그는 숨을 헐떡였다. 공포 때문인지 다른 감정 때문인지 알 수가 없었다.

오랫동안 그곳에 키스하고 싶었기 때문에 무릎을 꿇은 채로 몸을 숙였다. 내 뜻을 아주 똑똑히 전하기 위해 그의 시선을 한참 받았다. 그런 후에 허리를 굽혀 그의 심장 위에 부드럽게 입을 맞추었다. 그의 따뜻하고 달콤한 냄새가 나는 피부를 내 입술 아래 느꼈다.

목 졸린 듯한 신음 소리에 놀라 나는 뒤로 물러나 앉았다. 그의 얼굴에서 보게 될 표정이 공포일까 두려웠다. 그는 눈을 꽉 감고 있었지만, 움직이지 않았다.

"또." 그가 속삭였다. 나는 다시 한 번 그의 가슴에 몸을 숙이고 이번에는 그의 흉터 하나에 키스했다. 그가 숨을 들이쉬었고 나는 계속해서 흉터 하나하나에 키스했다. 그는 큰 소리로 신음하더니 갑자기 두 팔로 나를 안았다. 한 손은 머리카락에 묻어 내 머리를 아프게 잡아당겨 위로 쳐들었다. 내 입술은 그의 끈질긴 입을 맞았다. 키스하면서 나는 손가락으로 그의 머리카락을 감았다.

"아, 아나." 그는 내 몸을 돌려 바닥으로 끌어내렸고 나는 그의 몸 밑에 깔렸다. 두 손을 들어 그의 아름다운 얼굴을 감싼 순간, 그의 눈물을 느낄 수 있었다.

그가 울고 있었다……. 아니야, 안 돼!

"크리스천, 울지 마요. 당신을 절대로 떠나지 않는다고 한 말은 진심이었어요. 다른 인상을 주었다면 너무 미안해요……. 제발, 제발 날 용서해줘요. 난 당신을 사랑해요. 영원히 사랑할 거예요."

그는 내 몸 위에서 나를 내려다보았다. 무척 괴로워하는 표정이었다.

"왜 그래요?"

그의 눈이 더 커졌다.

"내가 도망갈 거라고 생각한 그 비밀이 뭐예요? 그게 뭐기에 내가 떠날 거라고 굳게 믿게 된 거예요?"

나는 떨리는 목소리로 간청했다.

"말해줘요, 크리스천. 제발……."

그는 일어나 앉았지만 이번에는 책상다리를 했다. 나도 똑같이 일어나 앉으며 다리를 폈다. 막연하게 이 바닥에서 일어나는 게 더 좋지 않을까 생각했지만 생각의 흐름을 방해하고 싶진 않았다. 그가 마침내 내게 비밀을 털어놓으려 하고 있었다.

그는 내려다보았다. 완전히 고독한 표정이었다. 아, 이런. 심한 거구나.

"아나……." 그는 말을 멈추며 할 말을 찾았다. 고통스러운 표정……. 대체 뭐기에 이런 걸까?

그는 심호흡을 하더니 침을 꿀꺽 삼켰다.

"나는 사디스트야, 아나. 너처럼 작은 갈색 머리 여자들을 채찍질하는 걸 좋아하지. 모두들 그 약쟁이 창녀를 닮았으니까. 내 생모. 그 이유는 너도 짐작할 거야."

그는 며칠이나 머릿속으로 곱씹었던 문장을 없애버리고 싶어서 필사적인 사람처럼 재빨리 쏟아놓았다.

내 세계가 멈췄다. 아, 안 돼.

내가 예상했던 진실이 아니었다. 이 진실은 나빴다. 정말로 나빴다. 나는 그가 방금 한 말의 속뜻을 이해하려고 하며 그를 바라보았다. 어째서 우리 모두가 다 닮았는지 설명이 되었다.

즉각적으로 떠오른 생각은 레일라의 말이 맞았다는 것이었다. '주인님은 어두워.'

고통의 빨간 방에서 그의 성향에 대해서 얘기할 때 처음으로 했던 대화가 떠올랐다.

"당신, 사디스트는 아니라고 했잖아요." 나는 이해하려고 필사적으로 애쓰며 속삭였다. 그를 위해 변명을 하고 싶었다.

"그래, 난 도미넌트라고 말했어. 내가 네게 거짓말을 했다면 생략을 했다는 의미의 거짓말이지. 미안해." 그는 잘 다듬은 손톱을 잠깐 내려다보았다.

그는 수치스러워하는 것 같았다. 내게 거짓말을 한 것에 대한 수치? 아니면 자기 모습에 대한 수치?

"내게 그 질문을 했을 때 나는 우리 사이의 다른 관계를 상상했었어." 그가 나직이 말했다. 그의 시선으로 보아 겁을 먹고 있다는 것을 알았다.

그때 철퇴처럼 그 생각이 밀려왔다. 그가 만약 사디스트라면 채찍질과 회초리가 정말로 필요할 거라고. 오, 빌어먹을. 난 머리를 두 손에 묻었다.

"그럼 사실이군요." 나는 그를 올려다보며 속삭였다. "난 당신이 원하는 걸 줄 수 없어요." 그걸로 끝이었다. 이건 우리가 정말로 함께 할 수 없다는 걸 의미했다.

그는 얼굴을 찡그렸다.

"아니, 아니야. 할 수 있어. 넌 내가 원하는 걸 줄 수 있어."

그는 주먹을 쥐었다.

"부디 내 말 믿어."

그의 말은 정열에 가득 찬 간청 같았다.

"뭘 믿어야 할지 모르겠어요, 크리스천. 이건 너무 엉망진창이에요."

목이 조여들어 쉬고 아팠다. 흘리지 않은 눈물로 목이 막혔다.

다시 나를 보는 그의 눈은 커졌고 빛을 발했다.

"아니, 내 말 믿어. 널 벌주고 네가 떠난 후 내 세계관은 바뀌었어. 그런 기분을 피하기 위해선 뭐든 하겠다고 한 말은 농담이 아니었어."

그는 고통스러운 탄원으로 나를 보았다.

"네가 나를 사랑한다고 말했을 때, 그건 하나의 계시였지. 이전에는 아무도 내게 그 말을 한 사람이 없었고, 그때 나는 무언가를 가라앉힐 수 있는 기분이었어. 아니, 네가 무엇을 가라앉혔다고 해야 하나. 모르겠군. 플린 박사와 나는 그에 대해 아직도 깊은 논의를 하고 있어."

오. 희망이 심장 속에서 짧게 타올랐다. 어쩌면 괜찮을지도 몰라. 나는 우리 사이가 괜찮길 바랐다. 그렇지 않아?

"그게 무슨 뜻이에요?"

"내게 그런 것이 필요 없을지도 모른다는 거야. 지금은."

뭐?

"어떻게 알아요? 어떻게 그렇게 확신해요?"

"그냥 알아. 너를 상처 입힌다는 생각만 해도…… 진짜 방식으로…… 그건 혐오스러워."

"난 잘 이해하지 못하겠어요. 자, 손으로 나를 때린 거나 그 모든 변태 섹스는 어쩌고요?"

그는 한 손으로 머리를 훑으며 미소를 짓는가 했으나 대신 서글프게 한숨을 내쉬었다.

"난 심한 짓들 이야기를 하고 있는 거야, 아나스타샤. 내가 회초리나 채찍으로 뭘 할 수 있는지 한 번 봐야 할걸."

나는 아연실색하여 입을 딱 벌렸다. "차라리 안 볼래요."

"알아. 네가 그걸 하고 싶다고 하면 좋지만…… 넌 안 할 거고 나도 알아. 네가 하고 싶지 않다면 너랑 그런 짓들은 할 수 없어. 이전에 한 번 말했지. 힘을 가진 쪽은 너라고. 그리고 지금 네가 돌아온 이후로 나는 그런 충동을 느낀 적이 없어."

나는 이 모든 말을 받아들이려 노력하며 입을 떡 벌리고 그를 잠깐 쳐다보았다.

"하지만 우리가 처음 만났을 땐 그걸 원했죠?"

"그래, 확실히."

"그 충동을 어떻게 그냥 해소할 수 있어요, 크리스천? 내가 무슨 만병통치약이라도 되는 것처럼. 게다가 당신은…… 뭐라고 말해야 좋을지……. 치료된 것처럼? 난 이해가 안 돼요."

그는 한 번 더 한숨지었다.

"'치료'됐다고는 할 수 없지……. 내 말 못 믿겠지?"

"믿기지 않는 이야기라는 거예요. 그건 다르잖아요."

"네가 날 떠나지 않았다면, 아마 난 이런 기분을 느끼지 못했겠지. 나를 버리고 가버렸던 건 네가 제일 잘한 일이야. 우리를 위해서. 그 때문에 너를 얼마나 원하는지 깨닫게 됐어. 그저 너를, 너를 가질 수 있는 모든 방법으로 가질 거라고 했던 말은 진심이야."

나는 그를 보았다. 이 말 믿을 수 있을까? 이 모든 얘기를 찬찬히 생각해보니 머리가 아팠고 저 깊은 곳 아래는…… 얼얼했다.

"아직 여기 있구나. 지금이면 문 밖으로 도망갈 거라 생각했는데." 그가 속삭였다.

"왜요? 당신이 엄마같이 생긴 여자들을 채찍질하고 섹스하기를 좋아하는 정신병자라고 생각할지 모르기 때문에? 뭐가 당신에게 그런 인상을 주었어요?" 나는 쏘아붙였다.

그는 내 야멸친 말에 창백해졌다.

"뭐, 그런 식으로 말하진 않겠지만, 그래."

크게 뜬 눈은 상처받은 듯했다.

그의 표정에 정신이 든 나는 부아를 터뜨린 것을 후회했다. 죄책감이 마음을 찔러 나는 얼굴을 찡그렸다.

오, 난 어쩐단 말인가? 그를 보니 진심으로 뉘우치는 표정이었다……. 그는 정말 나의 피프티다웠다.

갑자기 제멋대로 그의 어린 시절 침실에서 보았던 사진이 기억 속으로 들어왔다. 그 순간 어째서 그 사진 속의 여자가 그렇게 낯이 익었는지를 깨달았다. 그 여자는 그와 닮았다. 친어머니임이 분명했다.

그가 그 여자를 하찮은 사람으로 치부해버렸던 게 떠올랐다. '별로 중요한 사람 아냐.' 그 여자가 이 모든 일에 책임이 있었지……. 그런데 나는 그 여자를 닮았다……. 빌어먹을!

그는 꾸밈없는 눈으로 나를 바라보았다. 그가 나의 다음 행동을 기다린다고 생각했다. 그는 거짓 없이 성실해 보였다. 나를 사랑한다고 말했었지. 나는 정말로 혼란스러웠다.

이 모든 게 엉망진창이었다. 그는 레일라와는 아무 일도 없다고 안심시켜주었다. 하지만 이젠 더 확실히 그 여자가 어떻게 그에게 흥분을 줄 수 있었는지를 알게 되었다. 그 생각은 사람을 지치게 하며 쓴맛을 남겼다.

"크리스천, 나 지쳤어요. 이거 내일 의논할 수 있어요? 난 잠자리에 들고 싶어요."

그는 놀라 나를 보고 눈을 깜박였다. "떠나지 않는 거야?"

"내가 떠났으면 좋겠어요?"

"아니! 네가 사실을 알면 떠날 거라고 생각했어."

그동안 내내 그는 내가 그의 가장 어두운 비밀을 알면 떠날 거라고 넌지시 말했다는 생각이 마음속을 스쳐갔다. 이제 나는 그 비밀을 알게 되었다. 젠장. 주인님은 어두웠다.

떠나야 할까? 나는 그를 보았다. 내가 사랑하는 이 미친 남자. 그래, 사랑.

그를 떠날 수 있을까? 이전에 한 번 떠났지만 그 경험은 나를 무너뜨렸다……. 그도. 나는 그를 사랑했다. 이 모든 사실을 깨달은 후에도 그것만은 알았다.

"날 떠나지 마." 그가 속삭였다.

"아, 제발 몇 번을! 아니에요! 나는 떠나지 않는다고요!"

외치는 순간 카타르시스가 느껴졌다. 그래, 말해버렸어. 나는 떠나지 않을 거야.

"정말이지?" 그가 눈을 크게 떴다.

"어떻게 해야 내가 도망가지 않는다는 걸 믿겠어요? 뭐라고 말해요?"

그가 공포와 고뇌를 다시 드러내며 나를 보았다. 그는 침을 꿀꺽 삼켰다.

"네가 할 수 있는 게 하나 있어."

"뭔데요?" 나는 퉁명스럽게 물었다.

"결혼해줘." 그가 속삭였다.

뭐? 그가 정말로 지금…….

30분도 안 되는 시간 동안 두 번째로 내 세계가 멈췄다.

맙소사. 심하게 망가졌지만 내가 사랑하는 이 남자를 응시했다. 그가 방금 한 말을 믿을 수가 없었다.

결혼? 지금 청혼한 거야? 농담일까? 나는 믿을 수 없는 마음에 작고 불안하게 키득키득거리는 웃음을 채 억누르지 못하고 터뜨리고 말았다. 완전히 신경질적인 웃음으로 번지지 못하게 입술을 깨물어보았지만 여지없이 실패했다. 나는 바닥에 벌러덩 누워 웃음에 항복하고 말았다. 이전에 웃어본 적 없는 웃음, 치유 효과를 주는 카타르시스가 느껴지는 웃음을 깔깔 터뜨리고 말았다.

순간 나는 몸 밖으로 나가 이 황당한 상황을 내려다보고 있었다. 불안해하는 아름다운 남자 옆에 누워 어쩔 줄 모르며 깔깔 웃는 여자. 웃음이 뜨거운 눈물로 바뀌자 나는 한 팔로 눈을 가렸다. 안 돼, 안 돼. 이건 너무 심해.

히스테리가 가라앉자 크리스천이 부드럽게 내 팔을 얼굴에서 치웠다. 나는 몸을 돌려 그를 올려다보았다.

그가 내 위로 몸을 숙였다. 그의 입은 쓰디쓴 재미로 비뚤어져 있었지만 눈만은 타는 듯한 회색이었다. 어쩌면 상처받은 듯도 했다. 아아.

그는 손등으로 길 잃은 눈물을 부드럽게 닦아주었다.

"내 청혼이 우스워, 스틸 양?"

아, 50가지 빛깔을 가진 사람! 나는 손을 들어 그의 뺨을 부드럽게 어루만지며 손가락 아래 돋아난 짧은 수염의 느낌을 즐겼다. 이런, 나는 이 남자를 사랑했다.

"그레이 씨…… 크리스천. 타이밍이 정말……."

그를 올려다보았을 때 말이 나오지 않았다.

그는 나를 보고 씩 웃었지만 눈가에 잡힌 주름으로 봐서 상처 입은 기색이 역력했다. 정신이 확 들었다.

"단도직입적으로 들어가자, 아나. 나랑 결혼할 거야?"

나는 일어나 앉으며 그에게로 몸을 숙이고 두 손을 그의 무릎에 댔다. 그의 아름다운 얼굴을 들여다보았다.

"크리스천. 난 지금 총을 든 당신의 옛날 사이코 애인을 만났고 내 아파트에서 쫓겨난 데다가 당신의 핵폭탄급 변덕을 겪었어요……."

그는 뭐라 말하려 입을 열었으나 나는 한 손을 들었다. 그가 순순히 입을 다물었다.

"당신은 지금 지나치게 솔직할 정도로 충격적인 정보까지 폭로했죠. 그런데 나보고 결혼하자고 하네요."

그는 그 사실을 고려해보는 듯 고개를 좌우로 까딱 움직였다. 재미있어하는 표정이었다. 다행이네.

"그래, 이 상황을 공정하고도 정확하게 잘 요약했네." 그는 건조하게 말했다.

나는 그를 보고 고개를 저었다.

"유예된 만족은 어떻게 된 거예요?"

"그건 극복했어. 이젠 즉각적 만족을 적극적으로 지지하게 되었지. 카르페 디엠, 아나." 그가 속삭였다.

"봐요, 크리스천. 난 당신을 진짜로 안 지 3분밖에 되지 않았고 알아야 할 게 훨씬 많아요. 술도 많이 마셨고 배도 고프네요. 피곤하고 침대에 가고 싶어요. 당신 청혼은 이전에 계약을 고려했던 것처럼 고려해볼 필요가 있어요. 그리고."

불쾌함을 보여주기도 하고 둘 사이의 분위기를 가볍게 하기 위해 입술을 앙다물었다.

"그건 별로 낭만적인 청혼은 아니었어요."

그는 머리를 한쪽으로 기울였고 입술을 치키며 미소를 지었다.

"좋은 지적이야. 항상 그렇듯이, 스틸 양."

그의 목소리에는 안도감이 서려 있었다.

"그럼 거절은 아닌 거지?"

난 한숨지었다.

"아니에요, 그레이 씨. 거절은 아니에요. 그렇다고 해도 승낙도 아니에요. 당신이 청혼한 건 그저 두렵기 때문, 나를 믿지 않기 때문이죠."

"아니, 내가 청혼한 건 마침내 내 남은 평생을 함께하고 싶은 사람을 만났기 때문이야."

오. 내 심장은 한 발짝 건너뛰었고 마음속에서 나는 녹아내렸다. 어쩌면 이렇게 괴상하기 짝이 없는 상황 한가운데서 그는 그처럼 낭만적인 말을 할 수 있는 걸까? 나는 충격을 받아 입을 떡 벌렸다.

"그런 일이 내게 일어나리라는 생각을 못했어." 그의 표정에선 희석되지 않은 순수한 진지함이 발산되었다.

나는 입을 벌린 그대로 적당한 말을 찾으려 했다.

"생각 좀 해볼 수 있겠어요…… 제발. 게다가 오늘 있었던 다른 일들도 생각하고. 나한테 뭐라고 했어요? 인내와 믿음을 달라고 하지 않았나요? 음, 그 말을 그대로 돌려줄게요, 그레이. 나도 지금 그게 필요해요."

그의 눈이 내 눈을 탐색했고 잠시 후 그는 몸을 앞으로 숙여 내 머리카락을 귀 뒤로 넘겼다.

"그거면 버틸 수 있을 것 같군." 그는 입술에 재빨리 키스했다.

"별로 낭만적이지 않다고, 어?"

그는 눈썹을 치켰고 나는 나무라듯 고개를 저었다.

"마음과 꽃?" 그는 부드럽게 말했다.

내가 고개를 끄덕이자, 그가 내게 살며시 미소를 지어 보였다.

"배고파?"

"그래요."

"밥 안 먹었군." 눈이 서릿발처럼 차가워지고 턱이 굳었다.

"그래요, 안 먹었죠."

나는 무릎 꿇고 앉은 자세로 그를 열정적으로 쳐다보았다.

"내 남자 친구가 옛날 서브미시브와 친밀하게 교감을 나누는 장면을 목격한 후 아파트에서 쫓겨났더니 식욕이 싹 달아나던데."

나는 주먹을 쥐어 허리에 얹고 그를 노려보았다.

크리스천은 고개를 저으며 우아하게 일어났다. 오, 마침내 마룻바닥에서 일어나네. 그는 한 손을 내게 내밀었다.

"뭔가 만들어주도록 하지."

"그냥 자면 안 돼요?" 나는 그의 손을 잡으며 피곤하게 중얼거렸다.

그가 나를 일으켰다. 온몸이 뻣뻣했다. 그는 부드러운 표정으로 내려다보았다.

"아니, 너 뭐 먹어야 해. 가자."

고압적인 크리스천이 돌아왔고 한편으로는 안심이 되었다.

그는 나를 부엌으로 데리고 가 의자에 앉힌 후 냉장고로 향했다. 시계를 보았더니 11시 30분쯤 되었다. 아침에 출근하려면 일찍 일어나야 했다.

"크리스천, 나 정말 배고프지 않아요."

그는 고의로 나를 무시하며 거대한 냉장고 안을 뒤졌다. "치즈?"

"이 시간에요?"

"프레첼?"

"냉장고 안에 있는 거? 싫어요."

그는 뒤돌아보며 씩 웃었다. "프레첼 싫어?"

"11시 30분에는요. 크리스천. 난 자야 해요. 당신은 원하면 밤새 냉장고를 뒤지든가요. 나는 피곤해요. 오늘 지나치게 신나는 하루를 보냈거든요. 잊고 싶은 하루."

내가 의자에서 쓱 내려가자 그가 나를 보고 얼굴을 찌푸렸으나 지금은 신경 쓰지 않았다. 잠자리에 들고 싶었다. 기진맥진했다.

"마카로니와 치즈?"

그는 포일로 덮은 하얀 대접을 들었다. 희망에 찬 그의 모습이 참 사랑스러웠다.

"마카로니와 치즈 좋아해요?"

그가 열정적으로 고개를 끄덕이자 내 마음이 녹았다. 그는 갑자기 무척 어려 보였다. 누가 생각했겠어? 크리스천 그레이가 유아식을 좋아하다니.

"좀 줄까?"

그는 희망찬 목소리로 말했다. 그를 거부할 순 없었고 배도 고팠다.

나는 고개를 끄덕이며 희미한 미소를 지었다. 그가 대답 대신 보낸 미소는 숨이 막힐 것 같았다. 그는 대접을 덮은 포일을 벗기고 전자레인지에 넣었다. 나는 의자에 걸터앉아 그레이 씨, 나와 결혼하겠다는 남자가 우아하고 수월하게 부엌 안을 돌아다니는 모습을 보았다.

"전자레인지 쓰는 법도 아네요?" 나는 살짝 놀렸다.

"포장 안에 들어 있으면 어떻게든 해낼 수 있어. 내가 못하는 건 진짜 음식이지."

30분 전만 해도 내 앞에 무릎을 꿇고 있던 남자와 동일인이라는 것을 믿을 수 없었다. 그는 변덕스러운 본래의 모습으로 돌아와 있었다. 접시와 식기 받침을 일자형 식탁 위에 놓았다.

"너무 늦은 시간인데." 내가 중얼거렸다.

"내일 출근하지 마."

"어떻게 출근을 안 해요. 내일 상사가 뉴욕 출장 가는데."

크리스천이 얼굴을 찡그렸다. "주말에 거기 갈래?"

"일기예보를 확인했더니 비가 온다던데요." 나는 고개를 저었다.

"아, 그럼 뭘 하고 싶어?"

전자레인지의 땡 소리가 음식이 다 데워졌음을 알렸다.

"그저 지금은 한 번에 하루만 헤쳐 나가는 것도 버거워요. 이처럼 흥분되는 일들을 너무 많이 겪다니…… 피곤해요."

나는 그를 향해 한쪽 눈썹을 치켰지만 그는 현명한 판단대로 무시해버렸다.

크리스천은 하얀 대접을 매트 사이에 놓고 내 옆에 앉았다. 그는 딴 데 정신이 깊이 팔려 있었다. 나는 마카로니를 우리 접시에 조금 덜었다. 냄새가 끝내주게 황홀해서 입에서 군침이 돌았다. 나는 정말 허기져 있었다.

"레일라 일은 미안." 그가 웅얼웅얼 사과했다.

"어째서 당신이 사과해요?" 으음, 마카로니는 냄새만큼 맛도 좋았다. 위장이 고맙게도 쿨렁거렸다.

"아파트에서 그렇게 마주쳤으니 너한테는 큰 충격이었겠지. 테일러가 먼저 직접 수색했었거든. 그 친구 아주 언짢아하고 있어."

"테일러 잘못이 아닌걸요."

"나도 그렇게 생각해. 테일러는 너 찾으러 나갔어."

"정말요? 왜요?"

"네가 어디 있는지 몰랐으니까. 지갑도 전화도 놓고 가고. 심지어 추적도 할 수 없었지. 어디 갔었어?" 목소리는 부드러웠지만 말 속에는 불길한 기운이 깔려 있었다.

"이든과 나는 그저 길 건너 술집에 갔었어요. 무슨 일이 생기면 볼 수 있게."

"알았어." 우리 둘 사이의 분위기가 미묘하게 변했다. 더 이상 가볍지 않았다.

그래, 좋아……. 손뼉도 마주쳐야 소리가 나는 거지. 그대로 갚아주겠어요, 크리스천. 타오르는 호기심을 달래고 싶긴 했지만 대답을 두려워하며 나는 짐짓 태연한 척 물었다.

"그래, 아파트에서 레일라와 뭘 했어요?"

그를 올려다보았더니 그는 마카로니를 포크 가득 찍어 입에 넣으려다 말고 그대로 얼어붙어 있었다. 아, 이건 좋지 않은데.

"정말 알고 싶어?"

창자가 꼬이는 듯했고 식욕이 사라졌다.

"그래요."

그런가? 정말 그래? 내 잠재의식이 빈 술병을 바닥에 내던지더니 팔걸이의자에서 일어나 앉으며 기겁해서 나를 노려보았다.

크리스천의 입이 일자로 꾹 다물어졌고 그는 대답을 망설였다.

"얘기를 하고 내가 레일라를 씻겨줬어."

쉰 목소리였다. 내가 아무런 대답이 없자 그는 재빨리 말을 이었다.

"그런 다음 네 옷을 찾아 입혀줬어. 기분 나쁘게 생각 안 했으면 좋겠어. 하지만 워낙 더러워서."

빌어먹을, 씻겨줘?

이 얼마나 어울리지 않는 짓인지. 나는 어지러워서 먹다 만 마카로니를 내려다보았다. 그 광경을 상상하니 욕지기가 났다.

이성적으로 이해하려고 해봐. 내 잠재의식이 나를 코치했다. 내 머리의 냉정하고 지적인 부분은 그 여자가 더러웠기 때문에 그랬다는 것을 알지만 너무 힘들었다. 내 연약하고 질투심 많은 자아는 참을 수가 없었다.

갑자기 울고 싶었다. 숙녀처럼 예쁘게 뺨 위로 눈물을 뚝뚝 흘리는 게 아니라 늑대처럼 달을 보고 포효하듯 울고 싶었다. 충동을 억누르기 위해 심호흡을 했지만 흘리지 않은 눈물과 흐느낌 때문에 목이 마르고 불편했다.

"내가 할 수 있는 일이라곤 그게 다였어, 아나." 그가 부드럽게 말했다.

"아직도 그 여자에게 감정이 있어요?"

"아니!" 그는 오싹하다는 듯 소리치며 눈을 감았다. 고뇌의 표정이 떠올랐다. 나는 얼굴을 돌리고 역겨운 음식을 다시 내려다보았다. 그의 얼굴을 차마 볼 수가 없었다.

"그런 모습의 레일라를 보니 마음이 안됐더군. 너무 달라지고 너무 망가져서. 난 그 여자가 걱정돼. 한 인간으로서 다른 인간을." 그는 불쾌한 기억을 떨쳐버리려는 듯 어깨를 으쓱했다. 참, 내 동정을 기대하는 걸까?

"아나, 날 봐."

볼 수가 없었다. 그렇게 하면 눈물을 터뜨릴 게 뻔했다. 받아들이기 너무 벅찬 일이었다. 난 넘쳐흐르는 가솔린 탱크 같았다. 용량 이상으로 가득 찬 탱크. 더 이상 들어갈 자리가 없었다. 더 이상 허튼소리에 대항할 수 없었다. 불이 붙어 터져버리기 직전이었다. 그러다간 너무 추한 꼴을 보이겠지. 이런!

크리스천이 그렇게 친밀한 방식으로 이전 서브를 보살피는 장면이 내 머릿속을 스쳐갔다. 세상에, 목욕을 시켜줘? 알몸으로. 격렬하고 고통스러운 떨림이 내 몸을 흔들었다.

"아나."

"왜요?"

"그러지 마. 아무 의미 없는 거야. 아이를 돌보는 거나 같아. 망가지고 부서진 아이."

대체 아이를 돌보는 일에 대해서 당신이 뭘 안다고? 그 여자는 한때 과격하게 비정상적인 성적 관계를 맺고 있던 상대잖아.

아, 정말 아프네. 진정하려고 깊은 숨을 들이마셨다. 어쩌면 자기 얘기를 하는 건지도 몰라. 망가진 아이는 그 사람이니까. 그게 더 말이 되지. 아니, 어쩌면 전혀 말이 되지 않는지도 모른다. 오, 이건 정말 엉망진창이었다. 갑자기 뼈가 부서질 정도로 피곤했다. 잠이 필요했다.

"아나?"

일어서서 접시를 개수대로 가져가 내용물을 쓰레기통에 쓸어 넣었다.

"아나, 제발."

나는 빙그르르 돌아 그를 보았다. "그만해요, 크리스천! 그냥 '아나, 제발'이라는 말 좀 그만해!" 나는 그에게 고함을 질렀다. 눈물이 얼굴을 타고 흐르기 시작했다.

"이 거지 같은 일들을 오늘 충분히 겪었어요. 난 이제 자러 가요. 피곤하고 마음도 안 좋으니. 그러니 가만 놔둬요."

뒤로 돌아 거의 뛰다시피 침실로 갔다. 커다랗게 뜬 눈과 충격받은 눈길의 기억이 나를 따라왔다. 나도 그에게 충격을 줄 수 있다는 걸 알다니 반갑네. 두 배로 속도 내어 옷을 벗고 그의 서랍장을 뒤져 티셔츠 하나를 꺼낸 뒤 욕실로 향했다.

거울에 비친 내 모습을 보았다. 퀭한 분홍 눈에 얼룩이 진 뺨을 한 노파가 나를 쏘아보고 있다는 것도 미처 알아차리지 못했다. 너무 심했다. 바닥에 주저앉아 더 이상 억누를 수 없는 버거운 감정에 굴복하고 말았다. 나는 가슴이 터질 듯한 흐느낌을 쏟아내며 걷잡을 수 없는 눈물이 흘러내리도록 놔두었다.

15

"어이."

크리스천이 나를 품 안에 끌어안으며 상냥하게 말했다.

"제발 울지 마, 아나, 제발."

그는 욕실 바닥에 앉아 있었고 나는 그의 무릎 위에 안겼다. 나는 두 팔을 그에게 두르고 목에 대고 흐느꼈다. 그는 내 머리에 대고 부드럽게 속삭이며 내 등과 머리를 상냥하게 쓰다듬었다.

"미안해, 자기."

그의 속삭임에 나는 엉엉 울며 그를 더 꼭 껴안았다.

우리는 이렇게 한참을 앉아 있었다. 마침내 내가 다 울고 났을 때 크리스천이 나를 안고 비틀비틀 일어서 방 안으로 데려가 침대에 눕혔다. 몇 초 후에 그도 내 옆에 누웠고 불이 꺼졌다. 그는 나를 품 안으로 끌어당기며 꼭 껴안았다. 나는 마침내 어둡고 심란한 잠으로 빠져들었다.

퍼뜩 놀라 잠에서 깼다. 머리가 어질어질했고 몸이 너무 뜨거웠다. 크리스천이 덩굴처럼 나를 감싸고 있었다. 내가 팔에서 빠져나오자 그가 잠꼬대로 툴툴거렸으나 잠에서 깨진 않았다.

일어나 앉으며 알람 시계를 보았다. 새벽 3시였다. 진통제를 먹고 싶었다. 다리를 침대 아래로 내리고 일어서 큰 방에 있는 부엌으로 갔다.

냉장고에서 오렌지 주스 한 통을 찾아 잔에 좀 따랐다. 음……맛있는 주스에 어지러웠던 머리가 금방 진정되었다. 진통제를 찾아 벽장을 뒤졌고 마침내 약이 가득 든 플라스틱 상자를 발견했다. 애드빌 두 알을 삼키고 오렌지 주스 한 잔을 더 따랐다.

거대한 유리벽으로 걸어가 잠자는 시애틀을 내려다보았다. 하늘 높이 있는 크리스천의 성 아래서 불빛이 깜박이며 윙크했다. 아니 요새라고 해야 할까? 이마를 차가운 창문에 댔다. 안도가 되었다. 어제 수많은 사실을 깨달은 후라 생각할 게 너무 많았다. 등을 유리에 대고 바닥으로 주르르 미끄러졌다. 어둠에 잠긴 큰 방은 동굴 같았고 조명이라고는 부엌 일자형 식탁 위에 있는 전등 세 개에서 나오는 빛뿐이었다.

크리스천과 결혼해 여기서 살 수 있을까? 그가 여기서 그런 일들을 했다는 것을 다 아는데도? 이 장소가 그를 위해 품고 있는 모든 역사를 보면서도?

결혼이라니. 믿을 수 없고 전혀 예상하지 못했던 청혼이었다. 하지만 생각해보면 크리스천의 모든 것이 다 예상할 수 없는 것 투성이었다. 이 현실의 역설을 떠올리자 내 입술이 피식 올라갔다. 크리스천 그레이, 예상할 수 없다는 것을 예상하라. 50가지 빛깔로 엉망진창 망가진 남자.

내 미소가 스러졌다. 난 그의 어머니를 닮았지. 그 사실이 날 깊이 상처 입혔고 공기가 내 허파에서 황급히 빠져나갔다. 우린 모두 그의 엄마를 닮았다.

이 작은 비밀을 알기까지 했는데 어떻게 앞으로 더 나아간단

말인가? 나한테 말을 해주고 싶어 하지 않은 것도 당연했다. 하지만 확실히 엄마를 별로 기억하지 못할 터였다. 다시 한 번 플린 박사와 이야기를 해봐야 하나 고민이 되었다. 크리스천이 허락해줄까? 어쩌면 그가 공백을 채워줄지도 몰랐다.

나는 고개를 흔들었다. 세상에 지친 느낌이었지만 큰 방의 고요한 평안함과 아름다운 예술 작품이 좋았다. 차갑고 소박하지만 그늘 속에서도 여전히 아름다운, 어마어마한 가격이 나갈 듯한 작품들이었다. 여기서 살 수 있을까? 기쁠 때나 슬플 때나? 아플 때나 건강할 때나? 눈을 감고 고개를 유리에 기댄 채 마음을 씻어내는 숨을 깊이 들이마셨다.

평화로운 정적이 본능적이고 원시적인 울음소리에 산산이 깨졌고 내 몸의 털이 바짝 긴장해 일어섰다. 크리스천! 맙소사! 무슨 일이지? 나는 일어서서 침실로 달려갔다. 그 끔찍한 메아리는 아직도 다 스러지지 않았고 심장이 공포로 쿵쿵 뛰었다.

조명 스위치 하나를 탁 올려 켜니 크리스천의 침대 머리맡 등이 들어왔다. 그는 몸을 뒤척이면서 고통에 몸부림치고 있었다. "안 돼!" 다시 비명을 질렀고 기괴하고 지독한 소리가 나를 새로이 찔렀다.

세상에, 악몽이구나!

"크리스천!" 나는 그 위에 몸을 숙이고 어깨를 잡아 흔들어 깨웠다. 그가 눈을 떴다. 야성적이고 텅 빈 눈이 빈 방을 빠르게 두리번거리다 마침내 내게로 돌아와 앉았다.

"너 떠났군, 떠났어. 날 버리고 갔던 거야."

그가 중얼거렸다. 크게 뜬 눈은 점점 비난하는 빛을 띠었다. 버림받은 표정이 내 심장을 옥죄었다. 불쌍한 피프티.

"여기 있어요."

나는 그의 옆 침대에 앉았다.

"나 여기 있어." 그를 안심시키고자 부드럽게 중얼거렸다. 내 손바닥을 그의 얼굴 옆에 대고 달래려 했다.

"너 사라졌었어."

그가 빠르게 속삭였다. 눈은 여전히 거칠고 겁에 질렸지만 훨씬 진정된 듯했다.

"물 마시러 갔었어요. 목이 말라서."

그는 눈을 감고 얼굴을 문질렀다. 다시 눈을 떴을 땐 무척이나 쓸쓸해 보였다.

"너 여기 있구나. 아, 다행이다."

그는 나를 꽉 잡으며 침대 위 그의 옆자리로 끌어내렸다.

"그저 뭘 마시러 갔던 것뿐이에요."

아, 이다지도 강렬한 공포라니…… 생생하게 느껴져. 그의 티셔츠는 땀으로 젖었고 나를 꽉 안은 심장은 쿵쿵 뛰었다. 그는 내가 정말로 여기 있다는 사실을 확인하려는 듯 나를 쳐다보고 있었다. 나는 부드럽게 머리카락을, 다음에는 뺨을 쓰다듬었다.

"크리스천, 제발. 나 여기 있어요. 아무 데도 안 가요." 나는 달랬다.

"아, 아나." 그는 내 턱을 잡아 움직이지 못하게 했다. 그의 입이 내 입을 덮었다. 욕망이 그를 쓸고 갔고 내 몸이 제멋대로 반응했다. 내 몸은 그에게 딱 묶여 조율되었다. 그의 입이 내 귀, 목, 아랫입술에 닿았고 손은 몸 위로 올라, 엉덩이부터 가슴으로 향하며 티셔츠를 끌어올렸다. 그는 나를 어루만지고 내 피부의 오목한 곳들을 다 더듬어가며 익숙한 반응을 이끌어냈다. 그의 손길에 내 온몸이 전율했다. 그의 손이 내 가슴을 감싸고 손가락이 내 젖꼭지 위로 조여오자 나는 신음을 내뱉었다.

"난 널 원해." 그가 속삭였다.

"난 여기 당신을 위해 있어요. 오로지 크리스천 당신을 위해."

그는 신음하며 다시 한 번 열정적으로 키스했다. 이전에 그에게서 느껴본 적 없는 열렬하고 필사적인 키스였다. 그의 티셔츠 자락을 잡아당기자 그는 내가 머리 위로 벗길 수 있도록 도와주었다. 그는 내 다리 사이에 무릎을 꿇고 성급하게 나를 앉힌 후 내 티셔츠를 끌어올려 벗겼다.

그의 눈은 진지했고 갈망하며 어두운 비밀로 가득 차 있었다. 그렇지만 이제는 노출된 비밀이었다. 그는 두 손으로 내 얼굴을 감싸 키스했다. 우리는 다시 침대 안으로 가라앉았다. 그의 허벅지가 내 허벅지 사이로 들어와서 그는 내 위에 반쯤 누운 자세가 되었다. 팬티 아래에서 그의 일어선 부분이 내 엉덩이에 딱딱하게 닿았다. 그는 나를 원했지만 아까 들었던 말, 그의 어머니에 대한 말이 이 틈을 골라 내게 돌아와 떠돌았다. 내 리비도에 양동이 하나 가득 찬물을 끼얹은 것 같았다. 젠장. 할 수 없었다. 지금은.

"크리스천…… 멈춰요. 난 안 되겠어요."

그의 귀에 다급하게 속삭이며 두 손으로 그의 팔뚝을 밀었다.

"뭐? 뭐가 안 되는데?"

그가 웅얼거리며 내 목에 키스를 퍼부었다. 그의 혀끝이 가볍게 내 목을 핥으며 내려갔다. 오…….

"아니, 제발. 할 수 없어요. 지금은. 시간이 필요해요, 제발."

"오, 아나. 생각을 많이 하지 마."

그는 내 귓불을 잘근잘근 깨물며 속삭였다.

"아아!" 난 다리 사이에서 그 느낌을 느끼며 숨을 들이켰다. 내 마음과는 달리 몸이 뒤로 휘었다. 이건 너무 혼란스러웠다.

"나도 마찬가지야, 아나. 난 널 사랑하고 널 필요로 해. 날 만져, 제발."

그가 코로 내 코를 비볐고 조용하고 진심 어린 간청이 나를 감동시켜 녹여버렸다.

그를 만진다. 우리가 사랑할 때 그를 만질 수 있다. 아, 이런.

그는 나를 내려다보며 몸 위에서 뒤로 물러났다. 침대 맡 전등에서 나오는 침침한 빛 속에서 그가 내 결정을 기다리고 있다는 것을 알았다. 그는 내 마법에 사로잡혔다.

머뭇머뭇 내 손을 그의 가슴골의 부드러운 털 위에 댔다. 그는 숨을 들이쉬며 몸을 웅크리고 고통스러운 듯 눈을 감았다. 하지만 나는 이번에는 손을 치우지 않고 어깨까지 올렸다. 그를 뚫고 가는 전율이 느껴졌다. 그는 신음했고 나는 그를 내 쪽으로 끌어당기며 두 손을 그의 등에 댔다. 이전에는 한 번도 만진 적이 없는 어깨뼈 위에 손을 대고 그를 안았다. 목이 졸린 듯한 신음이 무엇보다도 나를 흥분시켰다.

그는 머리를 내 목에 묻고 키스하고 빨고 물었다. 그러더니 코를 내 턱까지 들어 키스했다. 그의 혀가 내 입을 소유했고 두 손은 한 번 더 내 몸 위로 올라왔다. 그의 입이 내려갔다. 아래로…… 아래로…… 내 가슴까지. 가는 길마다 내 몸을 경배했다. 나는 두 손을 그의 어깨와 등에 대고 섬세하게 가꾼 근육의 굴곡과 흔들림을 즐겼다. 그의 피부는 아직도 악몽 때문에 흘린 식은땀으로 축축했다. 그의 입술이 내 젖꼭지를 덮더니 물고 잡아당겼다. 젖꼭지는 솟아올라 현란하게 능숙한 입을 맞았다.

나는 신음하며 손톱으로 그의 등을 긁었다. 그는 숨을 들이켰다가 목 졸린 듯한 신음을 냈다.

"아, 빌어먹을, 아나." 반쯤은 울음, 반쯤은 신음이었다. 그 소리가 내 심장을 찢었지만 몸속 깊은 곳, 허리 아래의 모든 근육 역시 조여들었다. 아, 내가 그를 어떻게 만들 수 있는지! 나도 이제 헐떡이며 고통스러운 그의 숨소리에 박자를 맞추었다.

그의 손이 아래로 내려왔다. 내 배를 지나 내 여성까지. 그의 손가락이 내 위에 있다가 내 안으로 들어왔다. 그가 내 안에 넣은 손가락을 빙 돌렸을 때 나는 신음했다. 나는 골반을 위로 들어 그의 손길을 환영했다.

"아나."

그는 갑자기 나를 놓고 일어나 앉았다. 그는 팬티를 벗고 침대 옆 탁자 위로 몸을 숙여 포일 포장을 집었다. 내게 콘돔을 건네줄 때 그의 눈은 타는 듯한 회색이었다.

"이거 하고 싶어? 아직도 싫다고 해도 돼. 넌 언제나 싫다고 해도 돼." 그가 나직이 속삭였다.

"내게 생각할 기회를 주지 마요, 크리스천. 나도 당신을 원해요."

나는 이로 포장을 찢었고 그는 내 다리 사이에 무릎을 꿇었다. 나는 떨리는 손가락으로 콘돔을 그 위에 뒤집어씌웠다.

"침착하게 해. 나를 남자 구실 못하게 하려는 게 아니면, 아나."

내 손길이 이 남자에게 끼친 영향에 감탄했다. 그는 내 위로 몸을 쭉 뻗었다. 지금 당장엔 내 의심은 멀리 밀려나 어둠 속, 내 마음 구석 무서운 심연 속에 갇혀버렸다. 나는 이 남자에게 취했다. 내 남자, 변덕스러운 50가지 빛깔의 남자. 그가 갑자기 자세를 바꾸어 나를 깜짝 놀라게 했다. 나는 어느새 그의 몸 위에 있었다. 와.

"네가, 나를 가져."

그의 눈은 동물적인 강렬함으로 번득였다.

아, 이런. 천천히, 아, 너무도 천천히 나는 그의 몸 위로 내려앉았다. 그가 고개를 뒤로 젖히고 눈을 감으며 신음했다. 나는 그의 두 손을 잡고 움직이기 시작했다. 그가 내 밑에서 풀려나 가는 모습을 보며 내가 소유한 충만함을 누리고, 그의 반응을 누렸다. 나는 여신 같은 기분이 들었다. 나는 몸을 앞으로 숙이고 그의 턱에 키스하고 이로 짧은 수염이 돋아난 턱을 훑었다. 그는 맛있었다. 그가 내 엉덩이를 붙잡고 리듬을 일정하게 맞추었다. 느리고 편하게.

"아나, 날 만져…… 제발."

아, 나는 몸을 앞으로 숙여 두 손을 그의 가슴에 댔다. 그가 마치 흐느낌 같은 신음을 내지르며 내 안으로 깊이 찔러 들어왔다.

"아아아." 나는 우는 소리를 내며 손톱 끝으로 그의 가슴 털 속을 훑었다. 그가 더 큰 소리로 신음하더니 몸을 갑자기 트는 바람에, 나는 다시 한 번 밑에 깔렸다.

"충분해." 그가 끙 신음했다. "더 이상은 제발." 진심 어린 간청이었다.

나는 두 손으로 그의 얼굴을 잡고 축축한 뺨을 느끼면서 키스할 수 있도록 그를 내 입으로 끌어내렸다. 나는 두 손을 그의 등에 둘렀다.

그는 깊고 낮은 소리로 신음하며 내 안으로 들어오며 앞으로, 안으로 밀었다. 하지만 난 배출구를 찾을 수 없었다. 내 머리는 복잡한 문제 때문에 흐렸다. 나는 그의 안에 지나치게 꼭 감싸여 있었다.

"풀어버려, 아나." 그가 다그쳤다.

"안 돼요."

"돼." 그가 으르렁거렸다. 그는 잠깐 자세를 바꾸더니 엉덩이를 돌렸다. 다시, 또다시.

이런…… 악!

"자, 자기. 난 이게 필요해. 내게 줘."

그래서 난 폭발했다. 내 몸은 그의 몸의 노예였다. 그가 내 이름을 외치며 나와 함께 절정에 오를 때 나는 몸으로 그를 감싸고 덩굴처럼 매달렸다. 그러다 나도 무너져 내렸다. 그의 모든 몸무게가 나를 매트리스로 내리눌렀다.

나는 크리스천을 내 품 안에 안아 얼렀다. 그의 머리는 내 가슴에 얹혔고, 우리는 사랑의 여운에 젖어 누워 있었다. 손가락으로 그의 머리를 훑으면서 정상으로 돌아오는 숨소리에 귀를 기울였다.

"날 떠나지 마."

그가 속삭였고, 나는 그가 나를 보지 못한다는 것을 똑똑히 알고 있었기에 눈을 흘겼다.

"네가 눈 흘기는 거 알아."

그의 목소리에는 희미한 장난기가 묻어 있었다.

"날 너무 잘 아네." 내가 중얼거렸다.

"더 잘 알고 싶어."

"다시 당신 이야기나 해요, 그레이. 무슨 악몽을 꿨어요?"

"평소와 같아."

"말해봐요."

그는 침을 꿀꺽 삼기고 굳어지더니 멎었던 숨을 내쉬었다.

"아마 세 살 때였을 거야. 그 약쟁이 창녀의 포주가 미친개처럼 화가 났어. 그는 담배를 피우고 또 피웠지. 한 대, 또 한 대. 그런데 재떨이를 찾을 수 없었지."

그가 말을 멈추었고 소름끼치는 냉기가 내 심장을 부여잡아

나는 얼어붙었다.

"아팠어." 그가 말했다. "내가 기억할 수 있는 고통이야. 그래서 악몽을 꾸는 거지. 그것과 그 여자가 그 자식을 말리기 위해 아무것도 하지 않았다는 사실 때문에."

아, 그럴 수가. 참을 수가 없었다. 나는 감은 손과 다리에 더 힘을 주며 그를 더 꼭 끌어안았다. 절망 때문에 목이 막히지 않도록 노력했다. 어떻게 아이에게 그럴 수가 있을까? 그는 고개를 들더니 강렬한 회색 시선으로 나를 꼼짝 못하게 눌렀다.

"넌 그 여자 같지 않아. 그런 생각 하지도 마."

나는 그를 보고 눈을 깜박였다. 그 말을 들으니 무척 안심되었다. 그는 다시 머리를 내 가슴에 기댔다. 얘기가 끝난 줄 알았으나 다시 이어져서 놀랐다.

"가끔 꿈속에서 그 여자는 그냥 바닥에 누워 있기도 해. 난 잔다고 생각하지. 하지만 움직이지 않아. 절대 움직이지 않아. 나는 배가 고프지. 정말로 배가 고파."

아, 빌어먹을.

"큰 소리가 나더니 그 자식이 돌아와. 그 자식은 나를 세게 치고 약쟁이 창녀에게 욕을 퍼붓지. 그의 첫 번째 반응은 언제나 주먹이나 허리띠를 쓰는 거였어."

"그래서 남이 손을 대는 걸 싫어하게 되었나요?"

그는 눈을 감고 나를 더 꼭 안았다. "복잡해." 그가 내 주의를 딴 데로 돌리려는 듯 코를 내 가슴 사이에 비비면서 깊이 들이마셨다.

"말해요." 나는 재촉했다.

그는 한숨지었다. "그 여잔 날 사랑하지 않았어. 나는 나를 사랑하지 않았고. 내가 아는 손길이란…… 거칠었어. 거기서부터 시작된 거야. 플린은 나보다 더 잘 설명할 거야."

"내가 플린 박사를 만나도 돼요?"

그는 고개를 들어 나를 보았다.

"50가지 빛깔이 네게도 묻은 거야?"

"그거랑 좀 더. 지금 당장은 이렇게 묻히니까 기분 좋네요."

나는 그의 밑에서 선정적으로 몸을 꿈틀거렸고 그는 미소를
지었다.

"그래, 스틸 양. 나도 좋아."

그는 몸을 일으켜 내게 키스했다. 그는 잠깐 나를 바라보았다.

"넌 내게 무척이나 소중해, 아나. 너랑 결혼하고 싶다는 건 진
심이고. 그때부터 서로를 알아갈 수 있어. 난 너를 돌봐줄 수 있
을 거야. 네가 날 돌봐줄 수 있을 거고. 네가 원한다면 아이도
가질 수 있어. 내 세계를 네 발밑에 바칠 거야, 아나스타샤. 난
널 원해. 몸과 영혼을 영원히. 부디 생각해봐."

"생각해볼게요, 크리스천. 약속해요."

나는 또다시 현기증을 느끼며 확인해주었다. 아이들? 세상에.

"하지만 정말 플린 박사와 얘기해보고 싶어요. 괜찮다면."

"너에게는 뭐든 괜찮아. 뭐든. 언제 만나고 싶은데?"

"빠르면 빠를수록 좋죠."

"좋아. 아침에 약속을 잡도록 하지."

그는 시계를 보았다.

"밤이 깊었다. 자야지."

그가 몸을 돌려 침대 맡 전등을 끄고 나를 자기 쪽으로 끌어
당겼다.

나는 시계를 보았다. 이런. 3시 45분이었다.

그가 두 팔을 내게 감더니 뒤에서 나를 안으며 내 목에 코를

비볐다.

"사랑해, 아나 스틸. 내 옆에 있어줘. 언제나."

그는 내 목에 키스했다.

"이제 자."

나는 눈을 감았다.

마지못해 무거운 눈꺼풀을 들었더니 환한 빛이 방을 채우고 있었다. 나는 끙 신음했다. 머리가 흐렸다. 납덩이처럼 무거운 팔다리에서 분리된 느낌이었다. 크리스천은 담쟁이덩굴처럼 나를 감고 있었다. 평소처럼 너무 뜨거웠다. 아침 5시가 넘었을 리가 없었다. 알람이 아직 켜지지 않았다. 나는 그의 열기에서 빠져나오려고 기지개를 켜면서 팔 안에서 몸을 돌렸고 그는 자면서 알아들을 수 없는 말을 웅얼거렸다. 나는 시계를 힐끔 보았다. 8시 45분.

망했다. 지각이잖아. 빌어먹을. 침대에서 뛰어나와 욕실로 뛰어 들어갔다. 4분 안에 샤워를 마치고 뛰어나왔다.

크리스천은 침대에서 윗몸을 일으키고 앉아 나를 보았다. 내가 머리를 말리고 옷을 챙기는 동안 차마 숨기지 못한 즐거움이 피곤함과 짝을 지어 얼굴에 떠올라 있었다. 어쩌면 내가 어제의 깨달음에 반응하기를 기다리고 있었는지도 몰랐다. 지금 당장은 시간이 없었다.

옷을 확인했다. 검은 바지, 검은 셔츠. 약간 로빈슨 부인스럽긴 했지만 마음을 바꿀 겨를이 없었다. 서둘러 검은 브라와 팬티를 입었다. 그는 내 동작 하나하나를 보고 있었다. 아주…… 불편한 느낌이었다. 팬티와 브라가 이 정도면 괜찮겠지.

"멋진데." 그가 침대에서 만족스러운 소리를 냈다.

"아프다고 전화하면 되잖아."

그는 사람을 완전히 압도하는 특유의 삐뚜름한 미소를 시었다. 150퍼센트 팬티가 터져 나갈 만한 표정이었다. 오, 그는 무척이나 유혹적이었다. 내 안의 여신이 선정적으로 나를 보고 입술을 삐쭉 내밀었다.

"아니, 크리스천. 안 돼요. 나는 미소가 예쁘지만 과대망상증 환자인 CEO가 아니라서 자기 좋을 대로 오고 갈 수 없거든요."

"자기 좋을 대로 온다는 부분이 좋은데." 그의 찬란한 미소가 한 단계 상승되어 고화질 아이맥스 화면으로 펼쳐지는 듯했다.

"크리스천!" 나는 수건을 그에게 던졌고 그는 웃음을 터뜨렸다.

"미소가 예쁘다며, 허?"

"그래요. 당신 미소가 내게 어떤 효과를 미치는 줄 알잖아요." 나는 시계를 찼다.

"내가 안다고?" 그는 짐짓 순진하게 눈을 깜박였다.

"알면서. 여자들에게는 다 같은 효과를 미치잖아요. 모든 여자들이 기절하는 모습을 보는 것도 이제 지쳐."

"그래?" 그는 좀 더 재미있어하며 나를 보고 눈썹을 치켰다.

"순진한 척하지 마요, 그레이 씨. 정말로 안 어울리니까."

나는 건성으로 중얼거리며 머리를 포니테일로 묶고 검은 하이힐을 신었다. 자, 이만하면 되겠지.

출근 인사를 하러 그에게 몸을 숙였을 때 그가 나를 잡아 침대 위에 눕히고 귀에 걸리는 미소를 지었다. 아, 이런. 무척 아름다웠다. 장난스럽게 반짝이는 눈, 막 섹스하고 나서 헝클어진 머리, 눈부신 미소. 이제 그는 장난기가 가득했다.

나는 피곤에 전 데다 어제 알아낸 사실들로 아직도 머리가 어질어질한데 그는 반짝반짝 눈이 부시고 끝내주게 섹시했다. 아, 짜증나.

"너를 못 가게 하려면 내가 어떻게 해야 해?"

그의 부드러운 말에 내 심장이 한 박자 쿵쿵 뛰기 시작했다. 그야말로 유혹의 화신이었다.

"할 수 있는 게 없죠." 나는 도로 일어나 앉으려고 하며 툴툴 거렸다. "날 놔줘요."

그는 입술을 내밀었고 나는 포기했다. 생긋 웃으며 손가락으로 조각 같은 그의 입술을 쓸었다. 나의 피프티 셰이드. 역사적일 정도로 어마어마하게 엉망진창으로 망가진 남자이지만 나는 그를 무척 사랑했다. 다만 어제의 사건들과 그에 대해 어떻게 느끼는지를 생각할 겨를이 아직 없었다.

나는 몸을 들어 그에게 키스했다. 양치했다는 게 다행이었다. 그가 길고 거칠게 키스를 하더니 나를 살짝 일으켜 세웠다. 그 바람에 나는 어지러웠고 숨을 쉴 수 없었으며 약간 비틀거렸다.

"테일러가 태워다 줄 거야. 주차할 곳을 찾는 것보다 그게 빠르겠지. 건물 밖에서 기다리고 있어."

크리스천은 친절하게 말했고 안도한 듯했다. 오늘 아침 내 반응이 어떨지 걱정했나? 분명히 지난밤―아, 오늘 새벽이지― 내가 도망가지 않으리라는 것을 증명했나 보다.

"네, 고마워요."

나는 똑바로 섰다. 그의 주저하는 태도에 실망했고 당황스러웠다. 다시 한 번 내가 사브를 운전할 수 없다는 데 약간 화가 났다. 하지만 물론 그의 말이 맞았다. 테일러랑 같이 가는 편이 더 빨랐다.

"게으른 아침 잘 보내요. 그레이 씨. 나도 집에 있었으면 좋겠지만 우리 회사 주인은 그 직원이 뜨거운 섹스하려고 땡땡이치면 싫어할 거예요." 나는 가방을 집었다.

"개인적으로는 말이지, 스틸 양. 그 사람이 찬성하리라는 데 의심의 여지가 없어. 실제로 그렇게 하라고 주장할지도 모르지."

"어째서 아직도 침대에 있어요? 당신답지 않은데."

그는 두 손을 깍지 껴 뒤통수에 대고 씩 웃었다.

"나는 그럴 능력이 되니까, 스틸 양."

나는 고개를 절레절레 저었다. "이따가 봐요, 자기." 나는 그에게 키스를 날리면서 문 밖으로 나섰다.

테일러가 기다리고 있었다. 그는 내가 늦었다는 걸 알고 9시 15분까지 출근할 수 있도록 미친 듯이 질주했다. 그가 보도에 세워주었을 때는 고마웠다. 살아 있다는 게 고마웠다. 그의 운전은 무시무시했다. 또한 그렇게 끔찍하게 늦지 않았다는 것도 고마웠다. 고작 15분 늦었을 뿐이니까.

"고마워요, 테일러." 나는 잿빛이 된 얼굴로 인사했다. 그가 탱크를 몰았었다고 한 크리스천의 말이 생각났다. 자동차 경주에 나가도 될 만했다.

"아뇨."

그가 목례를 하자 나는 사무실로 튀어 들어갔다. 안내 데스크로 향하는 문을 열었을 때 테일러가 나를 스틸 양이라고 부르는 형식적인 관계를 이제 넘어선 것 같다는 생각이 들었다. 미소가 떠올랐다.

안내 데스크를 지나 내 자리로 갈 때 클레어가 나를 보고 웃었다.

"아나!" 잭이 나를 불렀다. "안으로 들어와요."

아, 젠장.

"몇 시에 출근하는 거지?" 그가 딱딱거렸다.

"죄송합니다. 늦잠 잤어요." 얼굴이 새빨개졌다.

"다신 그런 일 없도록 해요. 커피 가져오고. 그 다음에는 편지를 써야 하니까. 뛰어가요."

그가 고함을 지르는 바람에, 나는 움찔 놀랐다.

왜 이렇게 화를 내는 거야? 문제가 뭐래? 내가 무슨 짓을 했기에? 나는 서둘러 준비실로 가서 커피를 만들었다. 아예 결근을 했어야 하는지도 몰라. 그랬다면 나는…… 뭐, 크리스천과 뭔가 뜨거운 일을 할 수 있었겠지. 그와 아침식사를 하거나 아니면 그저 이야기를 나누거나. 그것도 새롭겠는데.

커피를 가지고 잭의 사무실로 돌아갔을 때 그는 나를 아는 척하지도 않았다. 그는 종이 한 장을 내게 던졌다. 거의 알아볼 수 없는 필기체로 휘갈겨 있었다.

"이거 컴퓨터로 쳐 와요. 나한테 서명을 받고. 그 다음에 사본을 만들어서 우리 저자들에게 다 보내도록."

"네, 잭."

내가 나갈 때 그는 고개를 들지도 않았다. 이런, 화가 났잖아.

마침내 자리에 앉았을 땐 안도할 수 있었다. 차를 한 잔 마시면서 컴퓨터가 부팅될 때까지 기다렸다. 이메일을 확인했다.

보낸 사람: 크리스천 그레이
제목: 그립군
날짜: 2011년 6월 15일 09:05
받는 사람: 아나스타샤 스틸

블랙베리를 써.

X

크리스천 그레이

CEO, 그레이 엔터프라이즈 홀딩스, Inc.

보낸 사람: 아나스타샤 스틸

제목: 누구는 괜찮겠지만

날짜: 2011년 6월 15일 09:27

받는 사람: 크리스천 그레이

내 상사가 화났어요.

나를 그렇게까지 늦게 못 자게 잡아두니까 그렇잖아요. 당신……

수작으로.

부끄러운 줄 알아요.

아나스타샤 스틸

편집자 잭 하이드의 비서, SIP

보낸 사람: 크리스천 그레이

제목: 수작이 뭐래?

날짜: 2011년 6월 15일 09:32

받는 사람: 아나스타샤 스틸

넌 일할 필요 없어, 아나스타샤.

수작이라는 말에 내가 얼마나 황당해하고 있는지 넌 모를 거야.

하지만 너를 늦게까지 못 자게 잡아두는 건 좋지. ;)

부디 블랙베리를 써.

아, 나랑 결혼해줘, 제발.

크리스천 그레이

CEO, 그레이 엔터프라이즈 홀딩스, Inc.

보낸 사람: 아나스타샤 스틸

제목: 생계유지

날짜: 2011년 6월 15일 09:35

받는 사람: 크리스천 그레이

천성적으로 남 귀찮게 조르기를 좋아한다는 것은 알지만 그만둬요.

당신 정신과 의사랑 얘기를 해야겠어요.

그런 후에 대답할게요.

죄악 속에 사는 걸 반대하진 않아요.

아나스타샤 스틸

편집자 잭 하이드의 비서, SIP

보낸 사람: 크리스천 그레이

제목: **블랙베리**

날짜: 2011년 6월 15일 09:40

받는 사람: 아나스타샤 스틸

아나스타샤, 플린 박사 이야기를 꺼낼 거라면 부디 **블랙베리를 써.**
이건 요청이 아냐.

크리스천 그레이
이젠 열 받은 CEO, 그레이 엔터프라이즈 홀딩스, Inc.

어머나, 화가 났구나. 뭐, 조바심 좀 치라지. 나는 가방에서
블랙베리를 꺼내 의심스럽게 쳐다보았다. 그러는 동안 전화가
울리기 시작했다. 나 좀 가만 놔두면 안 돼?

"네." 나는 퉁명스럽게 받았다.

"아나, 안녕……."

"호세! 어떻게 지냈니?"

그의 목소리를 들으니 무척 반가웠다.

"잘 지내, 아나. 있잖아, 아직도 그레이 만나?"

"어…… 그래. 왜?"

무슨 이야기를 하려고 이러는 걸까?

"뭐, 그 사람이 네 사진을 다 샀잖아. 그래서 그걸 시애틀에
직접 배달할까 하는데. 전시가 목요일에 끝나니까 금요일 저녁
에 가서 주고 오려고. 그때 만나서 술이나 한잔할까 싶어서 전
화했지. 사실 잘 데가 있나 해서."

"호세, 그거 좋다. 응, 알아볼게. 크리스천하고 얘기해보고 다
시 전화할게, 알았지?"

"좋아. 그럼 연락 기다릴게. 안녕, 아나."

"안녕."

맙소사, 전시회 이후로 호세를 보지도 못하고 만나지도 못했네. 심지어 어떻게 지냈는지, 사진을 더 팔았는지 물어보지도 못하고. 난 친구랍시고 뭐 이럴까.

그래, 금요일 저녁엔 호세랑 보낼 수 있다. 크리스천이 좋아할까? 나도 모르게 아플 때까지 입술을 깨물고 있다는 사실을 깨달았다. 아, 그 남자는 이중 잣대를 가지고 있어. 나는 그 생각에 몸을 떨었다. 자기 옛날 연인은 목욕시켜도 되고, 나는 호세랑 술 한잔하겠다고 했다간 엄청나게 곤욕을 당할 테지. 이 일을 어떻게 해결하지?

"아나!" 잭이 나를 공상에서 돌연히 끄집어냈다. 아직도 화났나? "편지는 어디 있어?"

"네, 가져다 드릴게요." 왜 저렇게 뿔이 났을까?

나는 두 배로 빠르게 편지를 쳐서 인쇄하고 초조하게 사무실로 갔다.

"여기 있습니다."

편지를 책상 위에 놓고 떠나려 했다. 잭이 비판적인 눈으로 뚫어져라 편지를 읽었다.

"밖에서 뭘 하는지 모르지만, 난 일하라고 월급 주는 거야."

"잘 알고 있습니다, 잭." 나는 사과의 뜻으로 대답했다. 홍조가 천천히 피부로 퍼져나가는 것을 느꼈다.

"이거 실수투성이잖아." 그가 딱딱거렸다. "다시 해 와."

젠장, 이제 내가 아는 누구처럼 말하고 있네. 하지만 크리스천의 무례함은 참을 수 있었다. 잭은 점점 나를 열 받게 하고 있었다.

"다시 하는 동안 커피 한 잔 더 가져다주고."

"죄송합니다." 가능한 한 서둘러 사무실을 나왔다.

세상에 맙소사. 그는 참아내기 힘들게 굴었다. 책상에 앉아 서둘러 편지를 다시 쳤다. 실수가 두 군데 있었고 인쇄하기 전에 철저히 확인했다. 이제는 완벽했다. 나는 잭에게 커피를 가져다주고 클레어에게 내가 아주 난처한 꼴에 처했다는 뜻으로 눈을 굴려 보였다. 심호흡을 하고 다시 잭의 사무실로 갔다.

"나아졌네." 그는 마지못해 웅얼거리며 편지에 서명했다.

"사본을 만들고 원본은 서류에 철해서 모든 저자들에게 발송해요. 알겠나?"

"알겠습니다." 나는 백치가 아니었다. "잭, 뭔가 잘못된 점이 있습니까?"

그는 고개를 들었다. 내 몸을 훑는 그의 파란 눈이 어두워졌다. 내 피가 차갑게 식었다.

"아니."

그의 대답은 간결하고 무례했으며 내 질문을 일축해버렸다. 나는 백치가 아니라고 했지만 그렇게 거기 서 있다가 사무실을 나왔다. 어쩌면 그 또한 인격 장애를 앓고 있는지도 모르지. 어휴. 그런 사람들이 사방에 천지였다. 나는 복사기로 갔다. 복사기에는 언제나 종이가 걸린다. 마침내 고쳤을 때는 용지가 없었다. 일진이 사나웠다.

마침내 내 자리로 돌아가서 봉투에 편지를 넣고 있을 때 블랙베리가 울렸다. 유리벽 너머로 잭이 전화를 하고 있는 것을 확인했다. 전화를 받았다. 이든이었다.

"안녕, 아나. 어젯밤엔 어땠어?"

어젯밤. 여러 영상들이 몽타주가 되어 마음속을 휙 스쳐 지났다. 무릎 꿇은 크리스천, 고백, 청혼, 마카로니와 치즈, 내 울음, 그의 악몽, 섹스, 그를 만졌던 것……

"어…… 괜찮았어요." 나는 자신 없이 대답했다.

이든은 잠깐 아무 말 하지 않았지만 내가 부인하니 장단을 맞춰주기로 한 모양이었다.

"좋아. 열쇠 가지러 가도 돼?"

"물론요."

"30분 후에 도착할 거야. 커피 마실 시간 돼?"

"오늘은 안 될 것 같아요. 지각한 데다 상사가 엉덩이에 뿔난 송아지처럼 기분이 안 좋네요."

"고약한 상황 같은데."

"고약하고 추악해요." 나는 킥킥 웃었다.

이든이 웃자 내 기분도 약간 밝아졌다.

"좋아. 30분 후에 봐." 그는 전화를 끊었다.

고개를 들어 잭을 보니 그가 나를 응시하고 있었다. 아, 젠장. 나는 신중하게 그를 무시하고 봉투에 넣는 작업을 계속했다.

30분 후 내선전화가 울렸다. 클레어였다.

"그 사람 다시 왔어. 안내 데스크에. 금발 훈남 말이야."

어제 그 난리를 겪고 오늘 기분 안 좋은 상사에 괴롭힘을 당한 뒤라 이든을 다시 보니 반가웠지만 이든은 금방 돌아갔다.

"오늘 밤에 집에 와?"

"아마 크리스천 집에 있을 것 같아요." 나는 얼굴을 붉혔다.

"너 그 사람에게 완전히 반했구나." 이든이 온화하게 말했다.

나는 어깨를 으쓱했다. 그 말로는 반도 표현하지 못하지만 그 순간은 반한 것 이상이었다. 평생 가지고 갈 사랑이었다. 놀랍게도 크리스천도 같은 식으로 느끼는 듯했다. 이든이 나를 살짝 안아주었다.

"이따가, 아나."

새로운 깨달음과 씨름하며 내 자리로 돌아왔다. 이런 생각을 찬찬히 해볼 수 있도록 나 혼자서 하루라도 보내려면 어떻게 해야 할까?

"어디 갔었나?" 잭이 갑자기 나타나 우뚝 섰다.

"안내 데스크에서 할 일이 있어서요."

그는 정말로 내 신경을 건드리고 있었다.

"내 점심 좀 사왔으면 하는데. 평소처럼." 그는 퉁명스럽게 말하고 사무실로 쿵쿵 돌아갔다.

크리스천과 그냥 집에 있지 뭐 하러 나왔니? 내 안의 여신이 팔짱을 끼고 입술을 꾹 다물며 그 질문에 대한 대답도 따져 물었다. 가방과 블랙베리를 들고 문으로 향했다. 메시지를 확인해 보았다.

보낸 사람: 크리스천 그레이

제목: 그립네

날짜: 2011년 6월 15일 09:06

받는 사람: 아나스타샤 스틸

네가 없는 침대가 너무 크군.

결국 나도 일하러 가야 할 것 같아.

과대망상증 CEO라도 할 일은 필요하니까

X

크리스천 그레이

할 일 없이 엄지손가락 빨고 있는 CEO, 그레이 엔터프라이즈 홀딩스, Inc.

오늘 아침에 메일이 한 통 더 와 있었다.

보낸 사람: 크리스천 그레이
제목: 신중함이
날짜: 2011년 6월 15일 09:50
받는 사람: 아나스타샤 스틸

용감함보다 더 좋은 부분이지.
부디 신중해, 좀…… 네 직장 메일은 검열당한다니까.
몇 번이나 이 이야기를 해야 해?
네 블랙베리를 써.
플린 박사가 내일 저녁 만나주겠대.
x

크리스천 그레이
여전히 열 받아 있는 CEO, 그레이 엔터프라이즈 홀딩스, Inc.

나중에 한 통 더…… 아, 세상에.

보낸 사람: 크리스천 그레이
제목: 농담이 썰렁했나
날짜: 2011년 6월 15일 12:15
받는 사람: 아나스타샤 스틸

답장이 없네.
괜찮다고 말해줘.

내가 얼마나 걱정하는지 알잖아.

테일러를 보내서 확인하라고 할지도!

x

크리스천 그레이

과하게 걱정하고 있는 CEO, 그레이 엔터프라이즈 홀딩스, Inc.

나는 눈을 굴리며 전화를 했다. 그가 걱정하는 것은 원치 않았다.

"크리스천 그레이 씨 전화입니다. 저는 안드레아 파커입니다."

아, 전화받은 사람이 크리스천이 아니라는 데 무척이나 당황한 나머지 길 한가운데에 우뚝 멈춰 섰다. 내 뒤의 젊은 남자가 나한테 부딪치지 않으려고 빙 돌아가면서 짜증 냈다. 나는 샌드위치 가게의 녹색 차양 아래 섰다.

"여보세요? 무슨 일이십니까?"

안드레아가 어색한 침묵의 공백을 채웠다.

"죄송합니다……. 어…… 크리스천과 통화하고 싶은데요."

"그레이 씨는 지금 회의 중이십니다."

안드레아는 유능한 기운이 철철 넘쳤다.

"메모 남겨 드릴까요?"

"아나가 전화했다고 전해주시겠어요?"

"아나? 아나스타샤 스틸 양이십니까?"

"어…… 네." 안드레아의 질문에 나는 당황했다.

"잠깐만 기다리십시오, 스틸 양."

안드레아가 전화를 놓자 주의 깊게 귀를 기울였지만 무슨 일이 벌어지고 있는지는 알 수 없었다. 몇 초 후 크리스천이 전화를 받았다. "괜찮아?"

"괜찮아요."

그는 안도해서 참았던 숨을 내쉬었다.

"크리스천, 내가 괜찮지 않을 이유가 뭐 있어요?" 나는 안심시키듯 속삭였다.

"보통 이메일에 답장을 금방 하잖아. 어제 그런 얘기를 했으니 걱정이 됐지."

그는 조용히 말했다. 그러다 사무실 안 누구에게 말을 건넸다.

"아니, 안드레아. 사람들에게 기다리라고 해."

그는 엄하게 말했다. 아, 그런 어투 잘 알지.

안드레아의 대답은 들을 수 없었다.

"아니, 기다리라고 했잖아." 그가 딱딱거렸다.

"크리스천, 바쁜 것 같네요. 그저 내가 괜찮다는 걸 알려주려고 전화했어요. 진심이에요. 그냥 오늘 무척 바빴어요. 잭이 채찍을 휘두르며 사람을 몰아대서. 어⋯⋯ 내 말은⋯⋯."

나는 얼굴이 붉어져서 아무 말도 하지 못했다.

크리스천 역시 잠시 아무 말 하지 않았다.

"채찍을 휘둘러, 어? 참, 그 자식을 운이 좋다고 말할 날이 다 있군."

그의 목소리에는 건조한 장난기가 가득했다.

"그 자식이 널 위에서 누르도록 하지 마."

"크리스천!" 나는 나무라는 어조로 말했지만 그가 씩 웃고 있음을 감지할 수 있었다.

"그냥 조심하라는 거야, 그게 다지. 네가 괜찮다니 다행이네. 몇 시에 데리러 가?"

"업무 중이니까 이메일 쓸게요."

"블랙베리로 해." 그가 엄격하게 말했다.

"네, 사장님." 나도 도로 톡 쏘았다.

"이따가 봐, 자기."

"안녕……."

그는 여전히 끊지 않고 있었다.

"끊어요." 나는 나무라며 미소 지었다.

그는 전화에 대고 무거운 한숨을 내쉬었다.

"오늘 아침 너를 출근시키지 말았어야 하는 건데."

"나도 그런 생각 했어요. 하지만 지금 바빠요. 끊어요."

"네가 먼저 끊어." 그의 미소가 귀로 들리는 듯했다. 아, 장난기 넘치는 크리스천. 난 장난기 넘치는 크리스천을 사랑하지. 흐음. 난 그냥 크리스천을 사랑해. 끝.

"이전에도 한 번 이랬던 것 같은데요."

"너 입술 깨물고 있군."

이런, 그의 말이 맞았다. 어떻게 알았지?

"넌 내가 너를 모른다고 생각하지, 아나스타샤. 하지만 난 네 생각보다 더 잘 알아."

그는 내 힘이 빠지도록 유혹적으로 말했다. 내가 젖도록.

"크리스천, 나중에 얘기해요. 지금은 나도 오늘 아침에 출근하지 말걸 후회하는 중이에요."

"이메일 기다리지, 스틸 양."

"좋은 하루 보내요, 그레이 씨."

전화를 끊으면서 나는 샌드위치 가게의 차갑고 딱딱한 유리창에 기댔다. 아, 심지어 전화로도 그는 나를 소유했다. 그레이 생각을 모두 지워내기 위해 고개를 흔들면서 난 샌드위치 가게로 향했다. 잭 생각을 하니 기분이 축 처졌다.

그는 내가 돌아오자 험악하게 얼굴을 찌푸렸다.

"지금 점심 먹으러 가도 될까요?"

나는 머뭇거리며 물었다. 그는 나를 올려다보았고 찌푸린 표정은 더 깊어졌다.

"꼭 그러겠다면." 그가 딱딱거렸다. "45분이야. 오늘 아침에 빼먹은 시간을 보충해야지."

"잭, 뭐 하나 물어봐도 됩니까?"

"뭔데?"

"오늘 약간 불편한 데가 있는 것 같은데요. 제가 뭐 기분 거슬릴 만한 행동이라도 했습니까?"

그는 잠깐 눈을 깜박였다.

"당신이 저지른 사소한 실책들을 일일이 열거해줄 만한 기분이 아닌데. 바빠."

그는 컴퓨터 화면을 계속 응시하며 효과적으로 나를 쫓아냈다.

하…… 내가 뭘 잘못했기에?

나는 몸을 돌려 사무실을 나갔다. 잠깐은 울 것만 같았다. 어째서 갑자기 저렇게 나를 몹시도 미워하게 되었을까? 아주 달갑지 않은 생각이 머리 위에 팍 솟아올랐지만 무시했다. 지금 당장 잭의 허튼짓까지 더할 필요는 없었다. 이미 내 문제만으로도 충분했다.

건물을 나가 가까운 스타벅스로 가서 라테 한 잔을 주문하고 창가에 앉았다. 가방에서 아이팟을 꺼내 헤드폰을 꼈다. 아무렇게나 곡을 골라 계속 되풀이되도록 반복을 눌렀다. 생각할 때는 배경 음악이 필요했다.

내 마음이 떠돌았다. 사디스트였던 크리스천. 서브미시브였던 크리스천. 손댈 수 없는 크리스천. 오이디푸스적 충동이 있는 크리스천. 레일라를 씻겨주었던 크리스천. 마지막 이미지가 따라오자 나는 신음하며 눈을 감았다.

정말로 이 남자와 결혼할 수 있을까? 받아들일 게 너무 많았다. 복잡하고 까다로웠지만 나는 깊은 곳에서는 그 모든 문제에도 그를 떠날 수 없다는 것을 알았다. 나는 그를 결코 떠날 수 없었다. 그를 사랑했다. 내 오른쪽 팔을 잘라내는 경험이리라.

지금처럼 이렇게 살아 있고 활력이 넘친 기분을 느낀 적이 없었다. 그를 만난 이후로 온갖 혼란스럽고 심오한 감정과 새로운 경험에 마주쳤다. 그와 함께라면 지루했던 순간이 없었다.

크리스천 이전의 삶을 되돌아보니 호세의 사진처럼 모든 게 흑백이었던 듯했다. 이제 내 모든 세계는 풍부하고 밝은 순색으로 가득 차 있었다. 나는 눈부신 빛, 크리스천의 눈부신 빛 속에서 솟아오르고 있었다. 아직도 태양 가까이에서 날고 있는 이카로스였다. 혼자 코웃음을 쳤다. 크리스천과 함께 난다. 날 수 있는 남자에 누가 저항할 수 있을까?

내가 그를 포기할 수 있을까? 포기하고 싶은가? 마치 그가 스위치를 올려 내 안의 불이 켜진 것 같았다. 그를 안다는 것은 하나의 교육이었다. 나는 지난 몇 주 동안 나 자신에 대해서 많은 것을 발견했다. 내 몸에 대해서, 고정 한계와 유동 한계에 대해서, 관용과 인내에 대해서, 공감과 사랑할 수 있는 능력에 대해 알았다.

그때 벼락에 맞은 듯 정신이 번쩍 들었다. 그가 내게서 필요로 하는 것은, 그가 받을 자격이 있는 것은 무조건적인 사랑이었다. 그의 생모로부터 한 번도 받지 못했던 것. 그가 필요한 것이었다. 내가 그를 무조건적으로 사랑할 수 있을까? 어제 그가 고백한 사실과 상관없이 그를 있는 그대로 받아들일 수 있을까?

그가 망가졌다는 건 알지만 구원할 수 없다고 생각하지도 않았다. 테일러의 말을 떠올리며 나는 한숨지었다.

'그는 좋은 분이십니다, 스틸 양.'

그의 선량함을 뒷받침해주는 유력한 증거를 이미 보지 않았는가. 그의 자선 사업, 사업 윤리, 관대한 기부. 그렇지만 그는 자기를 선량하다 여기지 못했다. 사랑을 받을 자격이 있다고 느끼지 않았다. 과거와 특이한 편향성을 생각하면 그의 자기혐오를 어렴풋이 감지할 수 있었다. 그래서 아무도 들이지 않았던 것이었다. 내가 이곳을 지나갈 수 있을까?

그는 언젠가 내가 그의 박탈감의 깊이를 이해하지 못한다는 말을 한 적이 있었다. 그래, 이제 그는 털어놓았다. 지난 몇 년의 삶을 생각해보면 놀랍지도 않았다. 하지만 그걸 직접 귀로 들으니 여전히 충격이었다. 적어도 그는 내게 말했다. 그리고 이제 이전보다는 더 행복해 보였다. 나는 모든 것을 알았다.

이것으로 나에 대한 그의 사랑을 깎아내릴 수 있을까? 아니, 그런 생각은 들지 않았다. 그는 전에는 이런 식으로 느낀 적이 없었고 나도 마찬가지였다. 우리는 둘 다 여기까지 먼 길을 왔다.

지난 밤 그가 나에게 자신을 만지도록 허락했을 때 마지막 장벽이 무너져 내린 것을 기억하며 눈물이 따끔따끔 솟아 눈에 고였다. 우리가 거기까지 이르기 위해서는 레일라와 그 모든 미친 짓을 겪어야만 했다.

어쩌면 나는 감사해야 할지도 몰랐다. 그가 그 여자를 씻겨주었다는 사실은 이제 내 혀에 그렇게 쓴맛을 남기지 않았다. 레일라에게 어떤 옷을 입혔을까 궁금했다. 자두색 원피스만은 아니길 바랐다. 난 그 옷을 좋아했으니까.

그러면 나는 이 모든 문제를 가진 남자를 무조건적으로 사랑할 수 있을까? 그는 그만한 가치가 있는 사람이니까. 그는 여전히 한계나 동정과 같은 작은 것들을 배우고 통제에 대한 욕심을 버려야 할 필요가 있었다. 그는 이제 더 이상 내게 상처를 주고 싶은 충동을 느끼지 않는다고 했다. 어쩌면 플린 박사가 그를 이해할 수 있도록 깨우쳐줄지 모른다는 생각이 들었다.

본질적으로 내가 가장 걱정하는 점은 그가 그걸 필요로 하고, 역시 그걸 필요로 하는 비슷한 생각의 여자들을 찾아냈다는 것이었다. 나는 얼굴을 찡그렸다. 그래, 내가 다시 확신하고 싶어하는 점이 그것이었다. 나는 이 남자에게 전부가 되고 싶었다. 그의 알파와 오메가, 그 사이의 모든 것이 되고 싶었다. 그가 나의 전부이기 때문에.

난 플린 박사가 해답을 갖고 있길 바랐고 어쩌면 그 후에 '네'라고 말할지도 몰랐다. 크리스천과 나는 태양에 가까운 천국의 한 조각을 찾을 수 있을지도 모른다.

나는 분주하게 술렁이는 점심시간의 시애틀을 내다보았다. 크리스천 그레이 부인, 누가 생각이라도 했을까? 문득 시계를 보았다. 어머나! 자리에서 벌떡 일어나 문으로 뛰어갔다. 한 시간을 그저 앉아만 있었다. 시간이 다 어디로 갔을까? 잭이 폭발할 텐데!

내 자리로 슬며시 돌아갔다. 다행스럽게도 잭은 사무실에 없었다. 걸리지 않고 무사히 빠져나갈 수 있을 것 같았다. 나는 딱히 뭘 읽지는 않았지만 열심히 컴퓨터 화면을 들여다보면서 작업 상태로 내 생각을 재조립하려고 했다.

"어디 갔었어?"

벌떡 일어났다. 잭이 팔짱을 끼고 내 뒤에 서 있었다.

"지하실에서 복사하고 있었는데요." 나는 거짓말을 했다. 잭은 완고하게 가는 일자로 입술을 꾹 다물었다.

"비행기가 6시 45분에 떠나니까, 그때까지는 남아 있도록."

"알겠습니다."

나는 할 수 있는 한 사근사근하게 미소를 띠었다.

"뉴욕 출장 일정을 출력해서 10부 복사해요. 브로슈어도 싸놓고. 그리고 커피 좀 갖고 와요."

그는 으르렁거리면서 사무실로 뚜벅뚜벅 걸어갔다.

나는 안도의 한숨을 쉬고 문을 닫는 잭 뒤로 혀를 내밀었다. 개자식.

4시에 안내 데스크의 클레어가 내선으로 전화를 걸었다.

"미아 그레이가 전화 바꿔달라는데요."

미아? 쇼핑몰에서 만나 같이 돌아다니자는 전화가 아니기를.

"안녕, 미아!"

"아냐, 안녕. 어떻게 지냈어요?" 들뜬 목소리가 숨이 막힐 정도였다.

"잘 지냈어요. 오늘은 좀 바빠서. 미아는?"

"너무 심심해요! 할 일이 필요한 거 있죠. 그래서 크리스천 오빠 생일 파티 준비 중이에요."

크리스천의 생일 파티? 이런, 전혀 몰랐네. "언제에요?"

"그럴 줄 알았지. 오빠가 말 안 했을 줄 알았어요. 토요일이에요. 엄마랑 아빠랑 다들 축하 저녁 같이하자고. 아냐는 제가 공식적으로 초대하는 거예요."

"아, 그거 좋네요. 고마워요, 미아."

"벌써 크리스천 오빠한테는 전화해서 말했어요. 그랬더니 여기 전화번호 가르쳐주던데."

"잘했어요." 얼떨떨해서 머리가 빙빙 돌았다. 대체 크리스천에게 생일 선물로 뭘 주지? 없는 게 없는 남자에게 뭘 사다주면 좋담?

"그럼 다음 주 정도에 점심 같이하러 나갈 수 있어요?"

"그래요. 내일 어때요? 상사가 뉴욕으로 출장 가서."

"아, 그게 좋겠네요. 아나. 몇 시?"

"12시 45분쯤?"

"그때 갈게요. 잘 있어요, 아나."

"안녕." 나는 전화를 끊었다.

크리스천. 생일. 대체 뭘 줘야 하지?

보낸 사람: 아나스타샤 스틸

제목: 옛날 옛적

날짜: 2011년 6월 15일 16:11

받는 사람: 크리스천 그레이

그레이 씨,

대체 언제 정확히 내게 말할 생각이었어요?

내 늙은 아저씨에게 생일 선물로 뭘 주면 좋을까요?

보청기에 넣을 새 건전지?

A x

아나스타샤 스틸

편집자 잭 하이드의 비서, SIP

보낸 사람: 크리스천 그레이
제목: 선사시대
날짜: 2011년 6월 15일 16:20
받는 사람: 아나스타샤 스틸

노인을 놀리면 안 되지.
네가 살아서 발길질 하는 게 기뻐.
미아랑 연락이 된 것도.
건전지는 언제나 유용하지.
내 생일 축하는 별로 내키지 않지만.
x

크리스천 그레이
가는귀먹은 CEO, 그레이 엔터프라이즈 홀딩스, Inc.

보낸 사람: 아나스타샤 스틸
제목: 흐으음
날짜: 2011년 6월 15일 16:24
받는 사람: 크리스천 그레이

그레이 씨,
마지막 문장을 쓰면서 입술을 내미는 게 그려지네요.
그랬더니 내게 이런저런 효과가 있는데요.
A xox

아나스타샤 스틸

편집자 잭 하이드의 비서, SIP

보낸 사람: 크리스천 그레이

제목: 눈 흘기기

날짜: 2011년 6월 15일 16:29

받는 사람: 아나스타샤 스틸

스틸 양,

블랙베리를 쓰라니까!!!

x

크리스천 그레이

손바닥이 근질거리는 CEO, 그레이 엔터프라이즈 홀딩스, Inc.

나는 눈을 흘겼다. 어째서 이메일에 이처럼 과민하게 구는 걸까?

보낸 사람: 아나스타샤 스틸

제목: 영감

날짜: 2011년 6월 15일 16:33

받는 사람: 크리스천 그레이

그레이 씨,

아…… 근질거리는 손바닥은 오래 가만히 있을 순 없나 보죠?

플린 박사가 그건 뭐라고 하는지 궁금하네요?

하지만 이제 당신 선물로 뭘 줘야 하는진 알겠어요. 그걸로 나를 쓰리게······.

;)

A x

보낸 사람: 크리스천 그레이

제목: 협심증

날짜: 2011년 6월 15일 16:38

받는 사람: 아나스타샤 스틸

스틸 양,

그런 메일을 또 한 번 받으면 긴장감에 내 심장이 터져 나갈 거야. 아니면 바지가 터져 나가든가.

얌전하게 굴어.

x

크리스천 그레이

CEO, 그레이 엔터프라이즈 홀딩스, Inc.

보낸 사람: 아나스타샤 스틸

제목: 바가지

날짜: 2011년 6월 15일 16:42

받는 사람: 크리스천 그레이

크리스천,

난 아주 바가지 긁는 상사를 위해 일하려고 하고 있어요.

그러니까 날 방해하면서 바가지 긁지 마요.

당신이 보낸 마지막 이메일에 나 거의 불붙을 뻔했어요.

x

추신: 6시 30분에 데리러 올래요?

보낸 사람: 크리스천 그레이

제목: 그때 가지

날짜: 2011년 6월 15일 16:47

받는 사람: 아나스타샤 스틸

다른 어떤 것도 이보다 더 기쁘진 않을 거야.

실제로 나를 더 기쁘게 해줄 수 있는 여러 가지 것들을 생각해볼 수 있긴 하겠네. 모두 네가 관련되어 있지만.

x

크리스천 그레이

CEO, 그레이 엔터프라이즈 홀딩스, Inc.

그의 답장을 읽으면서 얼굴이 붉어져서 나는 고개를 저었다. 이메일 농담은 모두 즐겁고 좋았지만 우리는 실제로 얘기를 해야 했다. 어쩌면 플린 박사를 만난 후에. 나는 블랙베리를 놓고 사소한 현금 비용 정산을 끝냈다.

6시 15분이 되자 다들 퇴근하고 사무실이 황량했다. 잭이 시킨 일은 다 마쳐 두었다. 공항까지 갈 택시를 예약했고 서류만 건네면 되었다. 초조하게 유리벽 너머를 힐끔 보았다. 그는 여전히 전화 통화를 하고 있었고 나는 방해할 마음이 없었다. 특히 오늘 같은 기분일 때는.

전화 통화가 끝나기를 기다리는데, 문득 오늘 밥을 안 먹었다는 생각이 들었다. 아, 젠장. 크리스천이 눈 감고 봐줄 것 같지 않은데. 재빨리 준비실로 뛰어가 쿠키라도 남은 게 있나 살폈다.

회사 쿠키 단지를 여는데 잭이 불쑥 준비실 문간에 나타나 나는 화들짝 놀랐다.

여기서 뭐 하는 거람?

그는 나를 응시했다.

"음, 아냐. 이제 당신의 사소한 잘못들을 논하기 좋은 기회로군."

그는 안으로 들어오며 등 뒤로 문을 닫았다. 머릿속에서 경보 장치가 시끄럽게 울리자 입이 재깍 말랐다.

빌어먹을.

그의 입술이 실룩이며 기괴한 미소를 떠었다. 그의 눈은 깊고 진한 청색으로 번득였다.

"마침내, 너랑 단둘만 있게 되었네."

뭐?

"자, 그럼 착하게 굴면서 내가 하는 말을 잘 들을 거야?"

16

잭의 눈이 진청색으로 번뜩였고 그는 내 몸을 음흉하게 훑어보며 코웃음 쳤다.

공포에 숨이 막혔다. 이게 뭐지? 뭘 원하는 거지? 어딘가 깊은 곳에서, 입이 말랐지만 결의와 용기를 발휘하며 몇 마디 말을 끄집어낼 수 있었다. 호신술 수업에서 배운 '계속 말을 걸라'는 주문이 마치 천상의 파수꾼처럼 내 머릿속을 빙빙 돌았다.

"잭, 지금은 그런 얘기하기에 좋은 때가 아닌 것 같네요. 10분 후면 택시가 오고 전 서류를 다 갖다줘야 하니까요."

내 목소리는 조용했지만 내 뜻과는 달리 쉰 소리가 나왔다.

그는 미소를 지었다. '웃기지 마'라는 식의 독재자 같은 미소가 마침내 그의 눈까지 미쳤다. 칙칙한 창문 없는 방 안, 머리 위의 거친 형광등 불빛을 받아 번득이는 눈이었다. 그는 내게서 시선을 떼지 않으며 한 발짝 다가섰다. 자세히 보니 동공이 확장되어 검은 구멍이 푸른 홍채를 가릴 정도였다. 아, 안 돼. 공포가 한층 더 고조되었다.

"너에게 이 자리를 주려고 엘리자베스랑 싸웠던 건 알아······?"
그가 말꼬리를 흐리며 내게 한 발짝 더 다가섰고 나는 더러운 찬장 쪽으로 물러났다. 계속 말을 시켜. 계속 말을 시켜야 해.

"잭, 대체 뭐가 문제예요? 업무 관련 불평을 하고 싶으면 인사부에 보고할 수 있잖아요. 좀 더 공식적인 자리에서 엘리자베스와 함께할 수도 있고."

경비는 어디 있지? 아직 건물 안에 있나?

"이런 상황에 과하게 대처하기 위해 인사부에 보고할 필요까지 없어, 아나." 그는 코웃음 쳤다. "내가 널 고용하자고 했을 땐 일을 열심히 할 줄 알았지. 잠재력이 있을 줄 알았어. 그런데 지금 보니 모르겠네. 점점 정신을 딴 데 팔고 게으름을 피우고. 궁금하단 말이지……. 널 나쁜 길에 빠지게 한 건 네 남자 친구인가?" 그는 서늘한 경멸을 담아 '남자 친구'라고 말했다.

"무슨 단서가 있을까 싶어 네 이메일 계정을 확인하기로 했지. 그랬더니 뭘 찾아냈는지 알아, 아나? 이상한 게 뭔지? 네 계정에 있는 유일한 개인 이메일은 네 거물 남자 친구에게 보낸 것이더라고."

그는 내 반응을 재며 잠깐 뜸을 들였다.

"그래서 생각했지……. 그자가 보낸 메일은 어디 있지? 하나도 없어. 한 통도 없더라 말이지. 그래, 무슨 일이 일어나고 있는 거지, 아나? 어떻게 그자가 보낸 메일이 우리 시스템에 없냐고? 너 그레이 회사가 여기 심어놓은 산업스파이 같은 거야? 그런 거야?"

세상에. 이메일. 아, 안 돼. 내가 뭐라고 썼더라?

"잭, 무슨 얘기를 하는 거예요?"

나는 당혹스러운 척하려 했지만 아주 확신하고 있었다. 이 대화는 내가 기대한 방향으로는 흐르지 않을 것이었고 그는 조금도 신뢰할 수 없었다. 잭이 발산하는 원초적 페로몬 때문에 나는 바짝 경계했다. 이 남자는 화가 나 폭발할 것 같았고 완전히 예측하기가 힘들었다. 논리로 설득해야 했다.

"방금 나를 고용하자고 엘리자베스와 싸우기까지 했다고 당신 입으로 말하지 않았나요. 그런데 어떻게 내가 그레이 회사에서 심은 스파이일 수가 있겠어요? 정신 제대로 차려요, 잭."

"하지만 그레이가 뉴욕 출장을 망쳤지?"

아, 이런.

"어떻게 그럴 수 있었지, 아나? 네 부유한 아이비리그 출신 남자 친구가 어떻게 했어?"

얼굴에서 핏기가 거의 빠져나가자 기절할 것만 같았다.

"무슨 얘기 하는지 모르겠네요, 잭." 나는 속삭였다. "택시가 곧 올 거예요. 서류를 챙겨다 드릴까요?"

아, 제발, 날 놔줘요. 그만둬요.

잭은 내 불편을 즐기면서 말을 이었다.

"그자는 내가 너한테 접근한다고 생각하는 모양이지?"

그는 달뜬 눈으로 히죽 웃었다.

"그래, 내가 뉴욕에 간 동안 다른 생각을 해봤으면 좋겠어. 내가 네게 일자리를 주었으니 감사의 표시를 해야 할 거 아냐. 사실 난 받을 자격이 있지. 널 얻으려고 싸워야 했으니까. 엘리자베스는 좀 더 자격이 나은 사람을 원했지만 난…… 난 네게 뭘 봤거든. 그러니까 우리는 거래를 할 필요가 있어. 네가 내 비위를 맞춰주는 거래. 내가 무슨 말 하는지 알겠어, 아나?"

웃기지 마!

"원한다면 네 업무 내용을 상세화하는 걸로 봐도 좋아. 네가 내 비위에 맞으면 네 남자 친구가 어떻게 배후에서 조종을 하면서 통신을 도청하거나 그 회사 다니는 아이비리그 출신 아첨꾼들을 이용했는지 파고들지 않겠어."

내 입이 떡 벌어졌다. 이 사람 나를 협박하고 있잖아. 섹스를 대가로! 뭐라고 말한담? 크리스천의 SIP 인수 소식은 앞으로 4주 동안은 공개 금지였다. 믿을 수가 없었다. 섹스, 나랑!

잭이 좀 더 가까이 오면서 내 앞에 똑바로 서서 내 눈을 들여다보았다. 신물 나는 달콤한 코롱 냄새가 내 코로 밀고 들어왔다. 토할 것 같았다. 게다가 내 오해가 아니라면 입에서 역한 술 냄새도 났다. 맙소사, 술도 마신 거야? 언제?

"소심하고 거치적거리는 주제에 사람 꼬여놓고 손도 못 대게 하는 계집 같으니." 그가 악문 잇새로 속삭였다.

뭐? 내가 먼저 꼬였다고?

"잭, 무슨 얘기인지 전혀 모르겠네요."

아드레날린이 솟구쳐 몸을 타고 흘러가는 기분이었다. 그는 이제 한층 더 가까이 와 있었다. 나는 동작을 취할 틈을 엿보고 있었다. 레이 아빠가 자랑스러워하겠지. 아빠는 내게 어떻게 할지 가르쳐주셨다. 아빠는 호신술을 알았다. 잭이 내게 손이라도 대면, 심지어 내게 너무 가까이 입김이라도 불면 그를 때려눕힐 생각이었다. 내 숨이 얕아졌다. 기절하지 않을 거야, 기절하지 않을 거야.

"널 봐."

그는 조소하는 표정을 지었다.

"아주 흥분했잖아. 딱 보면 알지. 정말로 나를 유인해놓고. 깊은 곳에선 너도 원하지, 알아."

미친 자식, 완전히 망상에 빠졌다. 내 공포는 데프콘1 수준으로 상승해서 나를 덮치겠다고 위협했다.

"아니, 잭, 난 당신을 유인한 적 없어요."

"그랬잖아. 사람 꼬여놓고 발로 차는 년. 내가 눈치 하나 없는지 아나."

그는 손등으로 내 얼굴을 살짝 쓸면서 턱까지 내려왔다. 집게 손가락이 내 목을 쓸자 심장이 목까지 튀어올랐고 반사적으로 토하고 싶은 충동을 간신히 참았다. 그는 내 검은 셔츠 맨 위 단추가 풀려서 드러난 목 아래 움푹한 곳에 손을 올리더니 한 손으로 가슴을 지그시 눌렀다.

"너도 원하잖아. 인정해, 아나."

두 눈을 그에게서 떼지 않으면서 뭉게뭉게 피어오르는 혐오감과 공포에 질려 떨기보다는 해야 하는 일에 집중했다. 한 손을 가슴을 만진 그의 손 위에 댔다. 그는 의기양양하게 미소 지었다. 나는 그의 새끼손가락을 붙잡아 뒤로 비튼 후 아래로 잡아당겨 허리 뒤로 꺾었다.

"악!" 그가 아프고 놀라서 비명을 질렀다. 그가 균형을 잃고 허리를 굽히자 나는 무릎을 재빨리 들어 그의 사타구니를 세게 쳐서 급소를 정확히 가격했다. 그의 무릎이 꺾였을 때 나는 왼쪽으로 민첩하게 돌진했고 그는 신음을 내며 다리 사이를 붙들고 부엌 바닥에 쓰러졌다.

"나한테 다시 한 번 손만 대봐." 나는 그를 향해 으르렁거렸다.

"당신 출장 일정과 브로슈어는 잘 싸서 내 책상 위에 뒀어요. 난 지금 퇴근하니까. 여행 잘해요. 앞으로 빌어먹을 커피는 직접 타 먹고."

"망할 년!" 그는 고함 반, 신음 반을 내질렀지만 나는 이미 문밖으로 나왔다.

전속력으로 내 자리로 가서 재킷과 가방을 들고 안내 데스크로 돌진했다. 아직도 부엌 바닥에 엎드린 개자식이 쏟아내고 있는 신음과 욕설은 무시해버렸다. 건물을 튀어나왔을 때 찬바람이 얼굴에 부딪치자 일단 멈춰 섰다. 나는 심호흡을 하면서 진정하려 했다. 하지만 하루 종일 아무것도 먹지 못한 탓에 달갑지 않은 아드레날린이 물러가자 다리에 힘이 빠져 땅에 주저앉고 말았다.

내 앞에서 슬로모션으로 흘러가는 영화를 슬며시 동떨어진 느낌으로 바라보았다. 검은 양복에 하얀 셔츠를 입은 크리스천과 테일러가 기다리던 차에서 뛰어내려 내게 뛰어온다. 크리스천은 내 옆에 무릎을 꿇었다. 무의식적인 수준에서 떠오르는 생각은 이뿐이었다. 그가 여기 있어. 내 사랑이 여기 있어.

"아나, 아나! 왜 그래?"

그가 나를 자기 무릎 위로 안아 올리며 두 손으로 내 팔을 위아래로 쓸고 어디 다친 데가 없나 살폈다. 두 손으로 머리를 붙들고 겁에 질린 회색 눈을 크게 뜨고 내 눈을 쳐다보았다. 난 갑자기 감당할 수 없는 안도와 피로에 휩싸여 그에게 기대 축 늘어졌다. 아, 크리스천의 팔. 이보다 더 반가운 곳은 없었다.

"아나." 그가 나를 살짝 흔들었다. "무슨 일이야? 아파?"

나는 고개를 흔들었고 상황을 이야기해야 한다는 것을 깨달았다.

"잭." 나는 속삭였다. 크리스천이 테일러에게 재빨리 눈길을 보내는 것을 눈으로보다는 느낌으로 알았다. 테일러는 돌연히 건물 안으로 사라졌다.

"빌어먹을." 그가 나를 팔로 감쌌다. "그 재수 없는 새끼가 너한테 무슨 짓을 했어?"

거의 광기에 가까운 키득키득 웃음이 목구멍에 맺혔다. 완전히 충격을 받았던 잭을 떠올리며 나는 그의 손가락을 잡았다.

"내가 이렇게 해줬죠." 키득거림이 멈추지 않았다.

"아나!" 크리스천이 나를 다시 흔들자 웃음 발작이 멈췄다. "그 새끼가 널 만졌어?"

"딱 한 번요."

분노가 크리스천을 휩쓸고 지나며 근육이 뭉치고 굳어졌다. 그는 나를 팔에 안고 흔들림 하나 없이 재빨리, 힘차게 일어섰다. 그가 불같이 화가 났다. 안 돼!

"그 새끼 어디 있어?"

건물 안에서 먹먹한 고함이 들려왔다. 크리스천은 나를 내려놓았다.

"설 수 있겠어?"

나는 고개를 끄덕였다.

"안에 들어가지 마요, 안 돼요, 크리스천." 갑자기 내 공포가 돌아왔다. 크리스천이 잭을 어떻게 할지 모른다는 공포.

"차에 들어가." 그가 호통쳤다.

"크리스천, 안 돼요." 나는 그의 팔을 잡았다.

"빌어먹을 차에 들어가 있어, 아나." 그가 나를 뿌리쳤다.

"안 돼요, 제발! 가만히 있어요. 나 혼자 놔두지 마요."

나는 궁극의 무기를 사용했다.

부글부글 끓으며, 크리스천은 한 손으로 머리를 훑더니 나를 노려보았다. 결정을 내리지 못해 괴로워하는 기색이 역력했다. 건물 안의 고함 소리가 높아지더니 뚝 끊겼다.

아, 안 돼. 테일러가 무슨 짓을 한 거지?

크리스천이 블랙베리를 꺼냈다.

"크리스천, 그 사람이 내 이메일을 가지고 있어요."

"뭐?"

"내가 당신에게 보낸 이메일. 당신이 내게 보낸 이메일은 어디 있는지 궁금해했어요. 그걸로 나를 협박하려 했어요."

크리스천의 표정은 사람 하나 죽일 기세였다.

아, 젠장.

"망할!" 그는 나를 보고 눈을 가늘게 떴다. 그는 블랙베리에 번호 하나를 눌렀다.

아, 안 돼. 나 큰일 났구나. 누구에게 전화하는 거지?

"바니. 그레이야. SIP 메인 서버에 접근해서 아나스타샤 스틸이 내게 보낸 이메일을 다 삭제해. 잭 하이드의 개인 데이타 파일에 접근해서 거기 저장되어 있지 않은지 확인해. 저장이 되어 있다면 그것도 삭제해……. 그래, 모두 다. 자, 다 되면 보고하고."

그는 종료 버튼을 누른 후 다른 번호를 눌렀다.

"로치. 그레이요. 하이드 말인데, 그 사람 해고했으면 합니다. 당장. 보안팀을 불러요. 책상을 즉시 비우라고 해요. 그렇게 하지 않으면 아침에 가장 먼저 이 회사를 해체할 테니까. 그 사람 해고할 만한 정당한 근거는 벌써 가지고 있으시죠. 알겠습니까?" 그는 짧게 귀를 기울이더니 만족스러운 표정으로 전화를 끊었다.

"블랙베리를 쓰라고 했잖아." 그가 꾹 악문 잇새로 식식댔다.

"나한테 화내지 마요." 나는 눈을 깜박이며 그를 올려다보았다.

"지금은 무척 화가 나." 그는 다시 한 번 한 손으로 머리를 쓸었다. "차에 타."

"크리스천, 제발."

"빌어먹을 차에 타, 아나스타샤. 아니면 내가 직접 너를 태울 테니까."

그는 분노로 활활 타오르는 눈으로 협박했다.

"바보 같은 짓은 하지 마요." 나는 애원했다.

"바보 같다니!" 그가 폭발했다. "내가 블랙베리를 쓰라고 몇 번이나 말했지! 그런데 누가 누구보고 바보 같다는 말을 해? 망할 차에 당장 올라타지 못해, 아나스타샤! 당장!"

그가 으르렁댔고 분노의 전율이 나를 훑고 지나갔다. 이게 바로 노발대발한 크리스천이지. 그가 이처럼 화를 내는 걸 이전에 본 적이 없었다. 통제력을 다 놓아버렸다.

"좋아요." 나는 그를 달래기 위해 중얼거렸다. "하지만 제발 조심해요."

입을 한일자로 꾹 다물고 그는 나를 노려보며 차를 가리켰다.

그래, 알았어요. 무슨 뜻인지 똑똑히 알았다고요.

"부디 조심해요. 당신이 무슨 일 당하길 원치 않으니까. 그랬다간 나도 죽을 거예요."

그는 눈을 빠르게 깜박이며 가만히 서더니 심호흡을 하며 한 팔을 내렸다.

"조심할게." 그의 눈이 부드러워졌다. 아, 다행이다. 그의 타오르는 눈길을 받으며 나는 차로 가서 조수석 문을 열고 올라탔다. 편안한 아우디 안에서 안전해지자 그는 건물 안으로 사라졌고 내 심장이 목 안으로 튀어올랐다. 어쩔 작정이지?

나는 자리에 앉아 기다렸다. 기다리고 기다렸다. 영원처럼 느껴지는 5분이 흘렀다. 잭의 택시가 아우디 앞에 서 있었다. 10분, 15분. 저런, 이 사람들이 저 안에서 뭐 하는 거지? 테일러는 괜찮을까? 기다림이 괴로웠다.

25분 후, 잭이 마분지 상자를 들고 건물에서 나왔다. 그 뒤에는 경비원이 서 있었다. 아까는 어디 갔던 거야? 그 뒤로 크리스천과 테일러가 나왔다. 잭은 아픈 표정이었다. 그는 곧장 택시로 향했다. 아우디 창문에 짙은 선팅이 되어 있어 그가 나를 볼 수 없다는 사실이 감사했다. 택시가 떠나고—행선지가 시택 공항은 아닌 듯 싶었다—크리스천과 테일러가 차로 왔다.

운전석 문을 열면서 크리스천이 쓱 앞에 앉았다. 아마도 내가 앞에 타고 있기 때문인 듯했다. 테일러가 내 뒤에 탔다. 둘 다 한 마디도 하지 않았고 크리스천이 시동을 걸어 차들의 흐름 속으로 섞여들었다. 나는 감히 크리스천을 슬쩍 쳐다보았다. 그의 입은 굳게 한일자로 굳어졌지만 생각은 딴 데 팔려 있었다. 차량전화가 울렸다.

"그레이요." 크리스천이 퉁명스럽게 받았다.

"그레이 씨, 바니입니다."

"바니, 지금 스피커폰이고 다른 사람들도 차에 있으니까." 크리스천이 경고했다.

"다 끝났습니다. 사장님. 하지만 하이드 씨의 컴퓨터에서 발견한 다른 일로 말씀을 좀 드렸으면 합니다."

"목적지에 도착하면 전화하지. 고마워, 바니."

"알겠습니다, 그레이 씨."

바니가 전화를 끊었다. 내 기대보다도 훨씬 더 젊은 목소리였다.

잭의 컴퓨터에서 발견한 다른 것?

"지금 나 야단치는 거예요?" 나는 조용히 물었다.

크리스천이 힐끔 나를 보더니 다시 앞의 도로에 시선을 고정했다. 그가 아직도 화났다는 것을 알 수 있었다.

"안 해." 그는 뚱하게 대답했다.

아, 이거 봐…… 얼마나 유치한지. 나는 두 팔로 몸을 감싸고 멍하니 창밖만 바라보았다. 어쩌면 내 아파트에 내려달라고 해야 할지 몰랐다. 그러면 에스칼라라는 안전한 고지에서 나를

'야단치지 않을' 수도 있고 불가피한 싸움을 피할 수도 있었다. 하지만 그 생각을 하는 중에도 그를 혼자 놔두고 떠나고 싶진 않았다. 특히 어제 일이 있었던 후에는.

마침내 그의 아파트 건물 앞에 이르렀고 크리스천은 차에서 내렸다. 편안하고 우아한 동작으로 내 쪽으로 오더니 차 문을 열어주었다.

"가자."

테일러가 운전석에 올라타자 그가 명령했다. 나는 그가 내민 손을 잡고 거대한 현관을 따라 엘리베이터로 갔다. 그는 내 손을 놓지 않았다.

"크리스천, 어째서 그렇게 화가 난 거예요?" 엘리베이터를 기다리고 있을 때 내가 속삭였다.

"왜인지 알잖아." 그는 엘리베이터로 올라타며 대답하고 버튼을 눌렀다.

"젠장, 네게 무슨 일이라도 생겼다면 그 자식은 지금 내 손에 죽었어."

크리스천의 말투는 뼛속까지 얼어붙을 정도로 서늘했다. 문이 닫혔다.

"어쨌든 이미 지금까지 만으로도 그 자식이 다시는 젊은 여자들을 이용하지 못하게 경력을 끝장내줄 테니까. 그 자식 같은 인간에게는 한심한 핑계지."

그가 고개를 저었다.

"제길, 아나!"

그는 갑자기 나를 붙잡고 엘리베이터 구석으로 몰아붙였다.

그는 두 손으로 내 머리카락을 움켜잡고 얼굴을 들어 자기 얼굴을 보게 했다. 그의 입이 내 입에 닿았다. 키스에는 열정적인 좌절감이 어려 있었다. 어째서 그런지는 모르겠지만 나는 놀라고 말았다. 그의 혀가 내 입을 소유하는 동안 안도감, 갈망, 남은 분노를 맛볼 수 있었다. 그는 키스를 멈추고 나를 내려다보았다. 그의 무게가 나를 누르고 있어 꼼짝도 할 수 없었다. 숨도 쉴 수 없었다. 넘어지지 않기 위해 그에게 매달려서 장난기라고는 하나도 없이 결의만 가득한 그 아름다운 얼굴을 올려다보았다.

"네게 무슨 일이라도 일어났다면……. 그 자식이 너를 해쳤다면……."

그의 몸을 훑고 지나는 떨림이 느껴졌다.

"블랙베리." 그가 조용히 명령했다. "지금부터. 알겠어?"

나는 침을 꿀꺽 삼키고 고개를 끄덕였다. 험악하지만 최면을 거는 듯 매혹적인 표정에서 눈을 뗄 수가 없었다.

엘리베이터가 멈추자 그는 몸을 쭉 펴고 나를 놓아주었다.

"그 자식 말로는 네가 급소를 찼다고 하던데." 크리스천의 어조에 감탄의 기색이 어리며 훨씬 더 가벼워져서 난 용서받은 듯했다.

"네." 아직도 강렬한 키스와 열정적인 명령으로 머리가 어지러웠다.

"잘했어."

"레이 아빠가 군인 출신이잖아요. 교육을 잘 받았죠."

"아버님이 그렇게 해주셔서 무척 다행이군."

그는 한쪽 눈썹을 치켰다.

"나도 기억해둬야겠는데."

그는 내 손을 잡고 엘리베이터 밖으로 나갔고 나는 안심해서 따라갔다. 그가 이렇게 기분이 나쁜 적은 없었던 것 같았다.

"바니랑 통화를 좀 해야겠어. 오래 걸리지 않을 거야."

그는 나를 오도 가도 못하게 거대한 거실에 남겨두고 서재로 들어가버렸다. 존스 부인은 요리의 끝손질을 하고 있었다. 새삼 배가 고팠지만 뭐라도 해야 할 것 같았다.

"도와드릴까요?" 나는 물었다.

부인이 웃음을 터뜨렸다. "괜찮아요, 아나. 술이나 뭐 마실 것 한 잔 드릴까요? 완전히 녹초가 됐네요."

"와인 한 잔이면 좋겠어요."

"화이트로?"

"네, 부탁드려요."

나는 의자에 걸터앉았고 부인은 내게 차갑게 식힌 와인을 건넸다. 뭔진 몰랐지만 맛있었고 조각난 신경을 달래주면서 술술 넘어갔다. 오늘 오전에는 무슨 생각을 했었지? 크리스천을 만난 이후로 정말로 살아 있는 것 같다는 생각. 내 인생이 흥미로워졌다는 생각. 이런, 며칠이라도 심심한 날이 있으면 안 될까?

크리스천을 만나지 않았더라면 어땠을까? 내 아파트 안에 틀어박혀서 이든이랑 수다 떨고, 잭이 그런 식으로 집적거려도 금요일에 다시 만나야 한다는 걸 알고 겁에 질렸겠지. 어쨌든 이젠 그를 다시 볼 일은 전혀 없을 것 같았다. 하지만 그렇다면 이제 내 상사는 누구지? 나는 찡그렸다. 그 생각은 해보지 않았네. 젠장, 내 자리가 남아 있기나 할까?

"안녕, 게일."

크리스천이 큰 방으로 들어오는 바람에 나는 생각에서 끌려나왔다. 그는 냉장고로 곧장 가더니 자기 와인도 한 잔 따랐다.

"안녕하세요, 그레이 씨. 10분 후에 저녁 내오겠습니다. 괜찮으시죠?"

"좋은데요."

크리스천이 잔을 들었다.

"딸들 교육을 잘 시키는 전직 군인들을 위해서." 그의 눈빛이 부드러웠다.

"건배." 나도 잔을 들었다.

"뭐가 문제지?" 크리스천이 물었다.

"아직 내 일자리가 있는지 몰라서요."

그가 머리를 한쪽으로 갸우뚱 기울였다. "아직도 있었으면 좋겠어?"

"물론이죠."

"그럼 있을 거야."

단순했다. 봤어? 그가 내 우주의 주인이었다. 나는 그를 보고 눈을 흘겼고 그는 미소를 지었다.

존스 부인은 근사한 치킨 포트파이를 내놓았다. 부인은 노동의 열매를 우리 둘끼리만 즐기게 놔두고 나갔고 나는 음식을 앞에 두고 있으니 기분이 훨씬 나아졌다. 일자형 식탁에 앉아 최선을 다해 구슬렸지만 크리스천은 바니가 잭의 컴퓨터에서 뭘 찾아냈는지 말해주지 않으려 했다. 나는 그 화제는 그만두고 대신 호세가 곧 찾아온다는 거북한 문제를 해결하기로 했다.

"호세가 전화했었어요." 나는 태연하게 말을 꺼냈다.

"그래?" 그가 얼굴을 돌려 나를 보았다.

"금요일에 당신 사진을 배달하겠대요."

"직접 배달해주네. 참 싹싹하기도 하지."

"같이 외출했으면 하던데요. 술 한잔하자고. 나하고."

"그래."

"케이트와 엘리엇도 그날 올 거예요." 나는 재빨리 덧붙였다.

크리스천이 얼굴을 찡그리며 포크를 내려놓았다.

"정확히 뭘 부탁하는 거야?"

나는 슬며시 신경질이 났다. "부탁하는 게 아니에요. 내 금요일 계획을 알려주는 거지. 봐요, 난 호세를 만나고 싶고, 호세는 하룻밤 잘 데가 필요하대요. 여기 있어도 좋고, 우리 집에 머무를 수도 있는데. 호세가 그렇게 하면 저도 그 아파트에 가야 할 거예요."

크리스천이 눈이 커졌다. 말문이 막힌 모습이었다.

"그 친구, 네게 접근했어."

"크리스천, 그거 몇 주 전 일이잖아요. 술에 취했고 나도 취했고 당신이 구해줬죠. 그런 일은 다시없을 거예요. 세상에, 호세는 잭과 같은 인간이 아니에요."

"이든이 거기 있잖아. 친구해 주겠지."

"호세는 나를 보러 오는 거예요. 이든이 아니라."

크리스천이 나를 보고 험악하게 얼굴을 찌푸렸다.

"호센 그냥 친구예요." 나는 강조했다.

"마음에 안 들어."

그래서 어쩌라고? 이런, 이 사람은 가끔 정말 짜증난다니까. 난 심호흡을 했다.

"걘 내 친구예요, 크리스천. 전시회 이후로 한 번도 못 봤어요. 그때도 짧게만 봤고. 당신이야 그 끔찍한 여자 말고는 다른 친구가 없다는 건 알지만, 내가 당신이 그 여자 못 만나게 징징대진 않잖아요." 나는 딱딱거렸다. 크리스천은 충격을 받고 눈을 깜박였다.

"난 호세를 만나고 싶어요. 걔하고는 오랫동안 가난한 친구 사이로 지냈으니까."

내 잠재의식이 화들짝 놀랐다. 너 지금 발 구르는 거니? 이제 진정해!

회색 눈이 나를 보고 타올랐다. "그게 네 생각이야?"

"무슨 생각?"

"엘레나. 내가 안 만났으면 좋겠어?"

"바로 그거예요. 안 만났으면 좋겠어요."

"어째서 그런 말 안 했어?"

"그런 말할 처지가 아니니까요. 그 여자가 유일한 친구라면
서요."

나는 성나서 어깨를 으쓱했다. 그는 정말로 이해하지 못했다.
어떻게 대화가 그 여자 쪽으로 흘렀지? 그 여자 생각은 하고 싶
지도 않았다. 다시 호세 쪽으로 대화의 방향을 돌리려 했다.

"마찬가지로 내가 호세를 만날지 말지도 당신이 결정할 처지
가 아니에요. 모르겠어요?"

크리스천은 곤혹스럽다는 듯 나를 바라보았다. 오, 대체 무슨
생각이래?

"여기 묵을 수도 있을 것 같군." 그가 중얼거렸다. "그래야 감
시할 수 있으니까."

부루퉁한 목소리였다.

할렐루야!

"고마워요! 당신도 알겠지만 내가 여기서 살게 된다면……."
나는 말꼬리를 흐렸다. 그는 내가 무슨 말을 하려는지 알았다.
"여기 방이 모자라는 것도 아니니까요." 나는 헤실헤실했다.

그의 입술이 천천히 위로 올라갔다.

"지금 나를 보고 비웃는 거야, 스틸 양?"

"그렇고말고요, 그레이 씨."

나는 그의 손바닥이 근질거리기 시작할 때를 대비해서 일어

서서 접시를 치운 후 식기세척기에 넣었다.

"게일이 할 거야."

"이제까진 내가 직접 했어요." 나는 일어서서 그를 보았다. 그는 나를 강렬히 보고 있었다.

"잠시 일을 좀 해야 하는데." 그가 사과하듯이 말했다.

"좋아요. 저도 할 일을 찾을게요."

"여기로 와." 명령조긴 했지만 그의 목소리는 부드럽고 유혹적이었으며 눈은 달아올랐다. 전혀 망설임 없이 의자에 걸터앉아 있는 그의 품 안으로 걸어가 그의 목을 끌어안았다. 그가 두 팔로 나를 감싸며 으스러져라 끌어안았다가 그 다음에는 그저 안고만 있었다.

"괜찮아?" 그가 머리카락에 대고 속삭였다.

"괜찮다뇨?"

"그 새끼랑 그런 일 겪은 후에도? 어제와 같은 일이 있었는데도?"

그의 목소리는 조용하고 진지했다.

나는 어둡고 진지한 눈을 들여다보았다. 난 괜찮을까? "그래요."

그가 나를 안은 팔을 더 꽉 죄었다. 나는 안전하고 소중하게 대접받고 동시에 사랑받는 느낌이었다. 행복했다. 눈을 감고 그의 품 안에 있는 느낌을 즐겼다. 나는 이 남자를 사랑했다. 취하게 하는 향기와 힘, 변덕스러운 방식을 사랑했다. 나의 피프티.

"싸우지 말자." 그가 내 머리에 키스하며 깊이 들이마셨다. "평소 때처럼 무척 좋은 향기가 나는군, 아나."

"당신도요." 나는 속삭이며 그의 목에 키스했다.

너무 급하게 그가 나를 놓았다. "두 시간 정도 걸릴 거야."

나는 께느른하게 아파트를 돌아다녔다. 크리스천은 아직도 일하는 중이었다. 나는 샤워를 하고 내 스웨트 팬츠와 티셔츠를 입었다. 심심했다. 독서를 할 기분은 아니었다. 가만히 앉아서 책과 내 몸에 닿았던 손가락을 기억했다.

옛날 침실, 서브의 방을 확인했다. 호세가 여기서 잘 수도 있을 거야. 전망을 좋아할 테지. 8시 15분쯤이라 태양이 서편으로 가라앉는 중이었다. 도시의 불빛이 내 발 밑에서 반짝였다. 찬란했다. 그래, 호세는 좋아할 거야. 호세가 찍은 내 사진을 크리스천이 어디에 걸까를 한가하게 고민해보았다. 안 걸었으면 좋겠다는 생각이 들었다. 난 자기 모습을 보는 걸 그렇게 좋아하는 사람은 아니었다.

복도로 도로 내려가다 나도 모르게 오락실 밖에 이르렀다. 생각하지 않고 문손잡이를 돌렸다. 크리스천은 보통 그 방을 잠가둔다고 했지만, 놀랍게도 문이 열렸다. 이상하기도 하지. 땡땡이치고 금단의 숲에서 헤매는 아이처럼 안으로 들어갔다. 스위치를 켰더니 천장 돌림띠 아래 붙은 조명이 부드러운 빛을 냈다. 기억하는 그대로였다. 자궁 같은 방.

지난번의 기억이 내 마음속에 번쩍 스쳐갔다. 허리띠……. 그 기억에 움찔했다. 이제 그 허리띠는 다른 도구들과 함께 문옆 선반에 천진하게 걸려 있었다. 머뭇거리며 손가락으로 허리띠, 플로거, 패들, 채찍을 쓸어보았다. 젠장. 이것도 플린 박사와 솔직히 의논할 문제였다. 이런 생활 방식을 가진 사람이 그만둘 수 있을까? 불가능해 보였다. 침대로 천천히 걸어가 부드러운 빨간 새틴 이불 위에 앉아 모든 기구들을 둘러보았다.

내 옆에는 기다란 의자가 있고 그 위에는 다양한 매가 걸려 있었다. 많기도 하지! 한 개면 충분한 것 아냐! 뭐, 얘기를 덜하면 덜할수록 더 좋겠지. 그리고 커다란 탁자. 거기서 그가 뭘 하는지 모르지만 한 번도 시험해보진 않았다. 내 눈은 체스터필드 소파에 가 닿았다. 나는 그리로 가서 앉아보았다. 그저 소파일 뿐 딱히 특별한 건 없었다. 묶을 수 있는 장치도 없었고 보이지도 않았다. 뒤를 슬쩍 보니 박물관식 서랍장이 보였다. 호기심이 치솟았다. 거기 뭘 넣어놓았을까?

맨 위 서랍을 열었을 땐 피가 혈관 속을 쿵쿵 흘러갔다. 어째서 이렇게 떨리는 거지? 불법 침입을 한 듯 불온한 느낌이었다. 물론 그런 셈이었다. 하지만 그가 나와 결혼하고자 한다면…….

맙소사, 이게 다 뭐람? 각종 도구와 기이한 장치들……. 그들이 뭔지, 뭐에 쓰는지 감도 잡을 수 없었다. 그런 것들이 장식장 안에 세심하게 놓여 있었다. 하나를 집었다. 손잡이가 달린 총알 모양의 물건이었다. 흠…… 이런 걸로 대체 뭘 한담? 난해하기 짝이 없었지만 뭔지 알 것도 같았다. 다른 크기로 네 개나 있네! 머리가 따끔거려 시선을 들었다.

크리스천이 문간에 서서 나를 응시하고 있었다. 그의 얼굴은 읽을 수 없었다. 얼마나 오래 저기 있었을까? 과자 단지에서 몰래 훔쳐 먹다가 걸린 기분이었다.

"안녕." 나는 불안한 미소를 지었지만 내 눈이 커지고 얼굴은 죽은 사람처럼 창백하다는 것도 알았다.

"뭐 하고 있어?" 목소리는 부드러웠지만 그 밑에는 뭔가 깔려 있었다.

아, 저런. 화났을까? 나는 얼굴을 붉혔다.

"어…… 지루하고 궁금하기도 해서."

들킨 게 부끄러웠다. 두 시간 있다 온다고 하고선.

"아주 위험한 조합인데."

그는 조용히 생각하며 내게서 눈을 떼지 않은 채 집게손가락으로 아랫입술을 쓱 쓸었다. 나는 침을 꿀꺽 삼켰다. 입이 바짝 말랐다.

그는 천천히 방 안으로 들어오더니 조용히 문을 닫았다. 그의 눈은 액체 같은 회색 불길이었다. 아. 그는 무심하게 서랍장에 기댔지만 나는 그의 태도가 기만적이라고 생각했다. 내 안의 여신은 대결할 때인지 도망갈 때인지 갈피를 잡지 못했다.

"그래, 정확히 뭐가 궁금했는데, 스틸 양? 어쩌면 내가 알려줄 수 있을지도 모르잖아."

"문이 열려 있어서 난……."

나는 숨을 죽이고 크리스천을 보면서 눈만 깜박였다. 그의 반응이 어떨지, 뭐라 말을 해야 할지 전혀 알 수가 없었다. 그의 눈이 어두웠다. 재미있어하는 것 같았지만 확실히 말할 순 없었다. 그는 박물관 서랍장에 두 팔꿈치를 대고 깍지 낀 손에 턱을 얹었다.

"아까 이걸 다 어떻게 해야 하나 생각하면서 들어왔었지. 잠그는 걸 잊었나 봐."

그는 마치 문을 열린 채 놔둔 게 끔찍한 판단 실수라는 양 잠깐 얼굴을 찌푸렸다. 나도 얼굴을 찡그렸다. 건망증이라니 그답지 않았다.

"그래요?"

"하지만 이제 네가 여기 왔네. 아주 궁금해서 말이야." 부드럽고 당혹스러운 목소리였다.

"화난 건 아니죠?" 나는 남아 있는 숨을 사용해서 속삭였다.

그는 한쪽으로 고개를 기울였고 입술이 흥미로 실룩였다.

"내가 어째서 화내는데?"

"불법 침입한 기분이 들었어요……. 게다가 당신은 나한테 항상 화내니까."

안도하긴 했지만 내 목소리는 조용했다. 다시 한 번 크리스천의 미간에 주름이 잡혔다.

"그래, 불법 침입했지. 하지만 난 화나지 않았어. 언젠가 네가 여기서 같이 살기를 바라니까. 이 모든 건……." 그는 한 손으로 두루뭉술하게 방 안을 가리켰다. "네 것이기도 해."

내 오락실이라고……? 나는 입을 떡 벌렸다. 받아들여야 할 게 너무 많았다.

"그래서 오늘 여기 온 거야. 어떻게 할지 결정하려고."

그는 집게손가락으로 입술을 톡톡 쳤다.

"내가 너한테 항상 화를 내? 오늘 아침엔 안 그랬던 것 같은데."

아, 그건 사실이었다. 아침에 일어났을 때 크리스천의 기억을 떠올리고 미소 지었다. 그 생각에 오락실의 운명은 어떻게 될지 하는 생각은 잠시 잊었다. 오늘 아침의 그는 참으로 유쾌한 피프티였다.

"장난기가 넘쳤죠. 난 장난스런 크리스천이 좋아요."

"그래?" 그는 한쪽 눈썹을 치켰다. 그의 아름다운 입이 휘어 수줍은 미소를 띠었다. 와!

"이게 뭐죠?"

나는 은색 총알 같이 생긴 물건을 들었다.

"언제나 정보에 굶주렸다니까, 스틸 양. 그건 버트 플러그야."

그가 상냥하게 말했다.

"아……."

"널 위해 샀어."

뭐? "날 위해서요?"

그는 천천히 고개를 끄덕였다. 그의 얼굴은 이제 진지하고 신중했다. 나는 얼굴을 찡그렸다.

"아…… 서브미시브가 새로 올 때마다 새…… 장난감을 사요?"

"어떤 건 그래."

"버트 플러그도?"

"그래."

좋아……. 나는 침을 꿀꺽 삼켰다. 버트 플러그라. 단단한 금속인데 이거 불편하지 않을까? 졸업 전에 우리가 장난감들과 고정 한계에 대해 했던 논의를 떠올렸다. 그때는 시험해보겠다고 했었다. 이젠 실제로 보고 있으려니 이런 걸 하고 싶은지 알 수가 없었다. 한 번 더 살펴본 후 서랍장 속에 넣었다.

"이건요?"

길고 검은 고무 재질의 물건을 꺼냈다. 크기가 점차적으로 줄어드는 구슬이 줄줄이 붙어 있었다. 첫 번째 구슬은 크고, 마지막은 상대적으로 작았다. 구슬은 모두 다 해 여덟 개였다.

"애널 비드지." 크리스천은 나를 조심스럽게 보며 말했다.

아! 나는 매혹되기도 하고 두렵기도 한 마음으로 관찰했다. 이 모든 게 몸 안에 들어간다니……. 그것도 거기에! 전혀 몰랐었다.

"오르가즘을 느끼는 중에 꺼내면 꽤 효과가 있어." 그는 사실을 전달하는 말투로 말했다.

"이것도 나를 위한 것?" 나는 속삭였다.

"널 위한 거야." 나는 천천히 고개를 끄덕였다.

"그럼 이건 두부용 서랍인가요?"

그는 히죽 웃었다. "원한다면 그렇게 불러."

나는 얼굴이 새빨개지는 것을 느끼면서 재빨리 닫았다.

"둔부용 서랍이 마음에 안 드나 봐?"

그는 재미있어하며 천진하게 물었다. 나는 충격을 감추려고 뻔뻔스러운 표정을 지으면서 그를 보며 어깨를 으쓱했다.

"크리스마스 선물로 제일 받고 싶은 건 아니네요." 태연하게 대답했지만, 머뭇거리면서 두 번째 서랍을 열었다. 그가 씩 웃었다.

"다음 서랍에는 온갖 바이브레이터가 있어."

그 서랍도 재빨리 닫아버렸다.

"그럼 다음은요?" 내 얼굴은 잿빛이 되었지만 이번에는 부끄러워서였다.

"좀 더 흥미롭지."

아! 나는 그의 아름답지만 다소 독선적인 얼굴에서 눈을 떼지 않고, 주저하면서 그 다음 서랍을 열었다. 안에는 온갖 금속 제품과 빨래집게 같은 물건들이 모여 있었다. 빨래집게라니! 그중 커다란 클립 같은 장치를 들었다.

"성기 집게야." 크리스천이 말했다. 그는 일어나더니 아무렇지 않게 돌아서 내 옆에 섰다. 나는 즉시 내려놓고 좀 더 섬세한 물건 두 개를 골랐다. 작은 클립 두 개가 사슬에 연결된 물건이었다.

"어떤 건 고통을 위한 거지만 대부분은 쾌락을 위한 거지." 그가 웅얼거렸다.

"이게 뭔데요?"

"유두 집게. 이건 둘 다를 위한 것이지."

"둘 다요? 양쪽에?"

크리스천이 나를 보고 히죽 웃었다. "뭐, 집게가 두 개 있어. 그래. 양쪽에. 하지만 내 말은 그게 아니었어. 쾌락과 고통 둘 다 위한 것이라고."

아. 그가 그걸 내게서 받아갔다.

"새끼손가락 들어봐."

나는 그가 시키는 대로 했다. 그는 클립 하나를 내 손가락 끝에 끼웠다. 그렇게 아프지 않았다.

"감각은 아주 강렬하지만 떼낼 때 가장 아프기도 하고 쾌락도 주지."

나는 집게를 뗐다. 흠…… 괜찮을지도 몰라. 그 생각에 움츠러들었다.

"이거 모양이 마음에 드네요." 내가 웅얼거리자 크리스천이 미소를 지었다.

"그래, 스틸 양? 그런 것 같군."

나는 수줍게 고개를 끄덕이며 클립을 다시 서랍에 넣었다. 크리스천은 앞으로 몸을 숙여 두 개를 더 꺼냈다.

"이건 조절 가능해." 그는 내가 볼 수 있도록 들어 보였다.

"조절 가능?"

"아주 꽉 조일 수도 있고…… 아닐 수도 있지. 기분에 따라서."

어떻게 그런 말을 그처럼 에로틱하게 할 수 있을까? 나는 침을 꿀꺽 삼키고 그의 관심을 다른 데로 돌리기 위해 뾰족한 패스트리 반죽 절단기처럼 생긴 물건을 꺼냈다.

"이건요?" 나는 얼굴을 찡그렸다. 오락실에서 빵 구울 일은 없잖아.

"와텐베르크 핀휠이야."

"뭐에 쓰는 건데요?"

그는 손을 뻗어 내게 받아갔다.

"손 줘봐. 손바닥을 위로 해서."

나는 그에게 왼손을 내밀었고 그는 그 손을 부드럽게 잡으며 엄지손가락으로 관절을 쓱 훑었다. 전율이 나를 훑고 지나갔다. 그의 피부가 닿을 때마다 어김없이 나는 전율했다. 그는 휠을 손바닥에 대고 쓱 밀었다.

"아!" 뾰족한 가시가 내 피부를 찔렀다. 단순히 따끔거리는 것 이상이었다. 사실 간지러웠다.

"이게 가슴에 닿는다고 상상해봐." 그가 외설적으로 중얼거렸다.

오! 나는 얼굴을 붉히며 손바닥을 휙 빼냈다. 호흡과 심장박동이 증가했다.

"쾌락과 고통 사이엔 아주 가는 선 하나밖에 없어, 아나스타샤."

그는 몸을 숙이며 부드럽고 말하고는 그 장치를 다시 서랍에 넣었다.

"빨래집게는요?" 나는 속삭였다.

"빨래집게로는 무척 많은 걸 할 수 있지." 그의 눈이 타올랐다. 나는 서랍장에 몸을 기대 닫았다.

"다 끝났어?" 그가 재미있어하며 말했다.

"아니요……."

나는 네 번째 서랍을 열었다. 가죽과 끈들이 가득 들어 있었다. 끈 하나를 꺼냈다. 끝에 공 같은 게 붙어 있는 듯했다.

"공 재갈이야. 조용하게 하기 위한 거지." 크리스천은 다시 한 번 재미있어했다.

"유동 한계네요." 나는 웅얼거렸다.

"나도 기억해. 하지만 그래도 숨은 쉴 수 있어. 이로 공을 무는 거니까."

그는 내게서 그 물건을 받아 가더니 손가락으로 공을 입에 무는 흉내를 내 보였다.

"당신도 이런 거 해본 적 있어요?"

그는 굳어지더니 시선을 내게로 내렸다. "그래."

"비명을 가리려고?"

그는 눈을 감았다. 왠지 화가 난 듯했다. "아니, 그런 게 아니야."

아?

"이건 통제에 관한 거지, 아나스타샤. 묶여서 말을 못하면 얼마나 무력한 줄 알아? 내가 너보다 더 강한 힘을 가지고 있다는 걸 알면 얼마나 나를 신뢰해야 할까? 나는 말보다도 너의 몸과 반응을 읽을 수 있어야 하겠지? 그렇게 되면 너는 더 의존적이 되고 나에겐 궁극의 통제권을 주는 거야."

나는 침을 꿀꺽 삼켰다.

"그리워하는 것 같네요."

"그저 알고 있는 걸 얘기했을 뿐."

크게 뜬 눈은 진지했다. 그가 마치 고해실에 들어온 것처럼 우리 사이의 공기가 변했다.

"당신은 내게 힘을 행사하고 있어요. 알잖아요." 나는 속삭였다.

"그래? 너 때문에 나는…… 무력한 기분이 드는데."

"그럴 리가요! 왜요?"

"나를 진짜로 상처 입힐 수 있는 유일한 사람이니까."

그는 손을 들어 내 머리카락을 뒤로 넘겼다.

"아, 크리스천…… 그건 양쪽 다 마찬가지예요. 당신이 나를 원하지 않으면…….."

나는 몸을 떨면서 저절로 꼬이는 손가락을 내려다보았다. 내가 우리 사이에 대해 주저하는 또 다른 이유가 거기에 있었다. 그가 그렇게…… 망가지지 않았다면, 나를 원했을까? 나는 고개를 저었다. 그런 생각은 하지 말아야 했다.

"내가 절대로 하고 싶지 않은 일은 당신을 상처 입히는 거예요. 사랑해요."

나는 두 손을 들어 손가락으로 그의 구레나룻을 훑고 뺨을 부드럽게 쓸었다. 그는 얼굴을 내 손길에 맡기며 재갈을 서랍 속에 넣더니 두 손으로 내 허리를 감았다. 그는 나를 자기 쪽으로 끌어당겼다.

"이제 물품 설명 시간은 끝났나?"

그의 목소리는 부드럽고 유혹적이었다. 그의 손이 내 등으로 올라와 목덜미까지 이르렀다.

"왜요? 뭘 하고 싶었는데요?"

그는 몸을 숙이고 내게 상냥하게 키스했다. 나는 그의 팔을 잡고 몸에 기대 녹아버릴 것 같았다.

"아나, 넌 오늘 공격당할 뻔했어." 그의 목소리는 부드러웠지만 신중했다.

"그래서요?" 나는 그가 내 등에 댄 손의 감촉과 가까이 있는 느낌을 즐겼다. 그가 머리를 뒤로 빼고 나를 보며 얼굴을 찌푸렸다.

"'그래서'가 무슨 뜻이야?"

그의 아름답고 헝클어진 모습을 올려다보니 매혹되었다.

"크리스천, 난 괜찮아요."

그는 나를 두 팔로 감싸 안고 꼭 끌어안았다.

"네게 어떤 일이 생겼을지도 모른다고 생각했을 때……." 그는 내 머리카락에 얼굴을 묻었다.

"내가 보기보다 강하다는 걸 언제야 알겠어요?"

나는 그의 목에 대고 속삭이며 맛있는 향기를 들이마셨다. 이 지구상에 크리스천의 품 안에 있는 것보다 더 좋은 일은 없었다.

"네가 강하다는 건 알아."

크리스천은 내 머리에 키스했지만 무척 실망스럽게도 나를 놓아주었다. 오?

나는 몸을 숙이며 열린 서랍에서 다른 물건 하나를 꺼냈다. 긴 막대에 수갑 몇 개가 붙어 있는 도구였다. 나는 그걸 들어 보였다.

"그건." 크리스천의 눈이 음험해졌다. "발목과 손목을 묶을 수 있는 스프레더바야."

"어떻게 써요?" 나는 순수하게 궁금해서 물었다.

"보여주길 원해?" 그가 놀라며 잠깐 눈을 감았다.

나는 그를 보고 눈을 깜박였다. 그가 눈을 다시 떴을 땐 활활 타오르고 있었다.

"그래요. 시범을 원해요. 난 묶이는 걸 좋아하니까."

내 안의 여신이 벙커에서 훌쩍 장대높이뛰기를 하더니 긴 침대 의자로 떨어졌다.

"아, 아나." 그는 불현듯 고통스러운 표정이었다.

"왜요?"

"여기선 안 돼."

"무슨 뜻이에요?"

"내 침대 속에서 널 원해. 여기가 아니라. 가자."

그는 바와 내 손을 잡더니 곧장 방에서 끌고 나갔다.

어째서 나가는 걸까? 나는 뒤를 돌아보았다.

"여기서는 왜 안 돼요?"

크리스천은 계단 위에 멈춰서더니 엄숙한 얼굴로 나를 올려다보았다.

"아냐. 넌 다시 돌아갈 준비가 되었는지 모르지만 난 아냐. 마지막에 우리가 거기 갔을 때 네가 날 떠났잖아. 몇 번이나 말했지. 언제쯤 이해할 거야?"

그는 손짓으로 설명할 수 있게 내 손을 놓았다.

"결과적으로 내 전체적인 태도가 변했어. 인생관이 급격히 바뀌었지. 이 얘기 했잖아. 내가 하지 않은 이야기는……."

그는 말을 멈추고 한 손으로 머리를 훑으며 적당한 말을 골랐다.

"난 재활 중인 알코올중독자나 같아. 알겠어? 지금 할 수 있는 비유가 그것밖에 없네. 강박적 충동은 사라졌지만 유혹이 방해하길 원치 않아. 난 너를 상처 입히기 싫어."

그는 진심으로 후회에 가득 찬 표정이었고, 그 순간 날카롭고 괴로운 고통이 나를 찌르고 지나갔다. 내가 이 남자에게 무슨 짓을 한 걸까? 그의 인생을 개선한 걸까? 그는 나를 만나기 전에도 행복했잖아?

"너를 사랑하니까, 네게 상처를 준다면 견딜 수 없어."

그의 표정은 아주 단순한 진실을 말하는 어린 소년처럼 절대적으로 진지했다.

그는 완전히 가식을 벗어던졌고 그 때문에 난 숨이 막혔다. 나는 세상 무엇보다, 누구보다 그를 숭배했다. 이 남자를 정말로 조건 없이 사랑했다. 내가 그에게 세게 달려드는 바람에 그는 들고 있던 걸 놓치고 나를 잡아야만 했다. 나는 그를 벽에 밀어붙였다. 얼굴을 두 손으로 잡고 그의 입술을 내 입술에 끌어당겼다. 내 혀를 그의 입에 밀어넣으며 그의 놀라움을 맛보았다. 나는 그보다도 한 계단 위에 서 있었기 때문에 키 높이가 같았고 힘을 얻은 행복에 도취되었다. 열정적으로 키스하고 손가락으로 머리카락을 감으면서 나는 그를 만지고 싶었다. 온몸을. 하지만 그의 공포를 알기 때문에 자제했다. 그럼에도 뜨겁고 무거운 욕망이 퍼져 나가 내 안 깊은 곳에서 꽃피었다. 그는 신음하며 내 어깨를 잡고 나를 밀어냈다.

"내가 너를 여기 계단 위에서 가졌으면 좋겠어?" 숨소리가 토막토막 끊겼다. "왜냐하면 지금 당장 그럴 거거든."

"그렇게 해요."

내 음험한 시선이 그의 눈빛과 잘 어울렸다.

그는 눈을 무겁게 내리깔고 나를 노려보았다.

"아니, 널 침대에서 가지길 원해."

그는 갑자기 어깨 위에 나를 둘러뗐다. 내가 꺅 소리를 지르자 그는 내 엉덩이를 세게 쳤고, 나는 다시 작게 비명을 질렀다. 계단을 내려가면서 그는 떨어진 스프레더바를 다시 주웠다.

우리가 복도를 지나갈 때 존스 부인이 무슨 일인가 싶어 다용도실에서 나왔다. 부인은 우리를 보고 웃었고 나는 거꾸로 매달려 사과의 뜻으로 손을 흔들었다. 크리스천은 부인을 못 본 것 같았다.

침실에 들어가자 그는 나를 내려놓고 스프레더바를 침대 위에 떨어뜨렸다.

"당신이 날 상처 입힐 거라고 생각 안 해요." 내가 나직이 말했다.

164

"나도 당신을 상처 입힐 거라곤 생각 안 해."

그는 두 손으로 내 머리를 잡고 길고 거칠게 키스하며 이미 달아오른 피에 불을 붙였다.

"널 무척이나 원해." 그는 헐떡이며 내 입에 대고 속삭였다. "이거 괜찮겠어? 오늘 같은 일이 있었는데?"

"그래요, 나도 당신을 원해요. 당신 옷을 벗기고 싶어요."

얼른 그에게 손을 대고 싶어 기다릴 수가 없었다. 내 손가락이 그를 만지고 싶어 근질거렸다.

그는 눈을 크게 떴다. 내 요청을 고려하는지 잠깐 망설였다.

"좋아." 그는 조심스럽게 말했다.

그의 셔츠 두 번째 단추에 손을 댔을 때 그가 숨을 헉 참는 소리가 들렸다.

"원하지 않으면 안 만질게요." 나는 속삭였다.

"아니야." 그가 재빨리 대답했다. "해, 괜찮아. 나는 괜찮아."

나는 부드럽게 단추를 끄르고 손가락을 쓱 미끄러뜨려 다음 단추로 향했다. 커다래진 눈에선 빛이 났으며 입술은 얕은 숨을 몰아쉬며 살짝 벌어졌다. 그는 무척이나 아름다웠다. 두려워하고 있을 때도…… 두려움 때문에. 세 번째 단추를 끌렀을 때 'V'자 모양 셔츠의 앞섶에 삐져나온 부드러운 가슴 털을 보았다.

"여기 키스하고 싶어요." 내가 나직이 말했다.

그는 날카롭게 숨을 들이마셨다. "내게 키스해?"

"그래요."

내가 다음 단추를 끄르는 동안 그는 숨을 멈췄다. 나는 아주 천천히 몸을 숙이며 내 의도를 명확히 했다. 그는 숨을 죽였지만 꼼짝도 하지 않고 있었고 나는 부드럽고 곱슬거리는 털에 살짝 입을 맞췄다. 마지막 단추를 풀고 얼굴을 들어 그를 보았다. 내려다보는 얼굴에는 만족과 침착과…… 경이가 떠올라 있었다.

"훨씬 쉬워지죠?" 내가 속삭였다.

그가 고개를 끄덕였을 때 나는 천천히 셔츠를 어깨 위로 밀어 벗기고 바닥에 떨어지도록 놔두었다.

"나를 어떻게 한 거야, 아나?" 그가 중얼거렸다. "뭐가 되었든 그만두지 마."

그는 나를 두 팔에 안더니 손을 머리카락에 찔러 넣고 내 목에 더 쉽게 닿을 수 있도록 내 머리를 뒤로 젖혔다.

그는 입술로 내 턱을 따라가며 부드럽게 깨물었다. 나는 신음했다. 오, 이 남자를 원했다. 내 손가락이 그의 허리밴드를 더듬으며 단추를 풀고 지퍼를 끌어내렸다.

"아, 자기."

그는 내 귀 뒤에 키스하며 숨을 내뱉었다. 그의 일어선 부분이 내 몸에 닿는 게 느껴졌다. 단단하고 세게. 나는 그를 원했다. 입으로. 나는 돌연히 한 발 물러서 무릎을 꿇었다.

그가 숨을 헉 들이켰다.

그의 바지와 팬티를 휙 끌어내리자 그가 자유롭게 풀려 튀어 올랐다. 그가 나를 막기 전에 나는 그를 입안에 넣고 세게 빨면서 그의 충격 섞인 감탄을 즐겼다. 그의 입이 벌어졌다. 그는 무척이나 어둡고 육체적 행복감에 가득한 눈으로 내 동작 하나하나를 내려다보았다. 나는 이를 입술 안에 넣고 더 세게 빨았다. 그는 눈을 감고 행복에 가득한 육체적 쾌락에 굴복했다. 나는 그에게 어떤 영향을 미치는지 잘 알았다. 그 생각을 하니 무척이나 향락적이었고 자유로웠으며 죽도록 섹시했다. 그 느낌은 머리가 어지러울 정도로 강력했다. 난 그저 힘이 있는 정도가 아니었다. 나는 전능했다.

"빌어먹을." 그는 부드럽게 내 머리를 받치고 엉덩이를 움직여 내 입안으로 더 깊이 들어왔다. 아, 그래. 난 이걸 원했다. 혀를 그에게 감으며 세게 당겼다. 다시 또다시.

"아나." 그가 물러나려 했다.

아, 안 돼요. 그럴 순 없죠, 그레이. 난 당신을 원하니까. 나는 그의 엉덩이를 꽉 잡고 내 노력을 두 배로 늘렸다. 그가 거의 가까워졌음을 알았다.

"제발." 그가 헐떡였다. "나 할 것 같아, 아나." 그가 신음했다.

좋아. 내 안의 여신이 열락에 젖어 머리를 젖혔고 그는 큰 소리를 내지르며 내 입안에서 축축하게 절정을 느꼈다.

그는 빛나는 회색 눈을 뜨고 나를 내려다보았고 나는 입술을 핥으며 올려다보고 미소 지었다. 그도 웃음을 지었다. 짓궂고 호색한 웃음이었다.

"아, 이게 우리가 하는 게임이었나, 스틸 양?"

그는 몸을 숙여 내 겨드랑이를 잡아 일으켜 세웠다. 갑자기 그의 입이 내 입으로 다가왔다. 그는 신음했다.

"내가 어떤 맛인지 알겠어. 네 쪽이 훨씬 맛있는데." 그는 내 입에 대고 웅얼거렸다. 그는 내 티셔츠를 벗겨 바닥에 대충 던져버리고 나를 들어 침대 위에 던졌다. 그는 내 스웨트 팬츠 끝자락을 잡더니 한 번에 휙 벗겨버렸다. 그 아래 나는 벌거벗은 채로 그의 침대에 대자로 뻗어 누워 있었다. 기다리면서. 갈망하면서. 그는 내게서 눈을 떼지 않은 채 나를 음미하면서 나머지 옷들을 다 벗어버렸다.

"너 참 아름다운 여자야, 아나스타샤."

그가 찬탄하듯 중얼거렸다.

으음……. 나는 애교 있게 머리를 한쪽으로 기울이고 그를 보고 환히 웃었다.

"당신도 아름다운 남자예요, 크리스천. 게다가 맛도 무척 좋고."

그는 내게 짓궂은 미소를 짓더니 스프레더바를 집었다. 내 왼쪽 발목을 잡고 그는 재빨리 족쇄를 채우더니 버클을 단단히 조였지만 여유는 있었다. 그는 족쇄와 발목 사이에 새끼손가락을 집어넣어 얼마나 공간이 있는지 확인했다. 그러면서도 내게서 눈을 떼지 않았다. 자기가 뭘 하는지 굳이 눈으로 확인할 필요도 없었다. 으음…… 이전에 해봤겠지.

"네가 어떤 맛이 나는지 봐야겠어. 내 기억이 맞다면 너는 드물게 맛있는 별미였던 것 같은데, 스틸 양."

오.

그는 내 다른 발목도 잡더니 재빠르고 효율적으로 족쇄에 넣어버렸다. 그리하여 나는 다리를 60센티미터 정도 벌린 자세가 되었다.

"이 스프레더바의 좋은 점은 늘어난다는 거지."

그가 바에 붙은 무언가를 눌러 밀었더니 내 다리가 점점 벌어졌다. 아, 90센티미터 정도까지. 내 입이 벌어졌다. 나는 심호흡을 했다. 맙소사, 이거 섹시하잖아. 내 몸은 불이 붙었고 불안과 욕망에 들떴다.

크리스천이 아랫입술을 핥았다.

"아, 우린 이걸로 좀 재미를 볼 거야, 아나."

그는 손을 아래로 내려 바를 잡더니 휙 비틀어 나를 엎드리게 했다. 나는 깜짝 놀랐다.

"내가 어떻게 할 수 있는지 봤지?"

그는 음험하게 말하며 다시 한 번 바를 휙 뒤집었다. 나는 또다시 등을 대고 눕게 되었다. 나는 숨이 막힌 채로 입을 벌리고 그를 쳐다보았다.

"다른 수갑은 손목에 채울 거지만 그건 나중에 생각해보자. 네가 얌전히 행동하느냐에 따라서."

"내가 얌전하게 굴지 않으면요?"

"그러고 보니 몇 가지 불량 행동이 생각나네."

그는 손가락으로 발바닥을 쓸었다. 간지러운 나머지 꿈틀거리며 그의 손가락을 피하려 해도 바에 묶여 있어서 꼼짝할 수 없었다.

"가령 블랙베리라든가."

나는 숨을 들이켰다. "어떻게 할 건데요?"

"아, 계획을 미리 알려줄 순 없지." 그의 눈은 순전한 장난기로 불이 붙었다.

와. 그는 혼이 나갈 만큼 섹시했다. 나는 숨도 쉴 수 없었다. 그는 찬란한 알몸으로 침대에 기어 올라와 내 다리 사이에 무릎을 꿇었다. 나는 무력했다.

"흠…… 노출이 심한데, 스틸 양."

그는 양손 손가락으로 둥글게 원을 그리면서 내 다리 안쪽을 천천히, 그러면서도 확실히 쓰다듬었다. 내게서 시선은 떼지 않았다.

"이건 기대감이 중요한 거야. 아나, 내가 널 어떻게 할까?"

그의 부드러운 말이 내 몸의 가장 깊고 어두운 곳을 뚫고 들어갔다. 나는 침대 위에서 몸을 뒤틀며 신음했다. 그의 손가락이 계속 내 다리를 천천히 공격하며 무릎 뒤를 지났다. 본능적으로 나는 다리를 오므리려 했지만 할 수 없었다.

"기억해, 마음에 들지 않는 게 있다면 그냥 그만두라고 하면 돼."

그는 몸을 숙이면서 내 배에 키스했다. 부드럽게 빠는 키스.

그동안에도 그 손은 고문처럼 천천히 여행을 계속하며 허벅지 안쪽을 만지고 애태웠다.

"아, 제발. 크리스천." 나는 애원했다.

"아, 스틸 양. 너도 나를 요염하게 공격할 때는 가차 없던데. 그 호의를 되돌려줘야지."

그의 공격에 굴복할 때 내 손가락이 이불을 움켜쥐었다. 그의 입은 부드럽게 남쪽으로 이동했고 손가락은 북쪽으로 이동하며 내 허벅지 사이의 가장 연약하고 노출된 정점으로 향했다. 그가 내 안에 손가락을 넣었을 때 나는 신음을 뱉으며 그를 맞으려 골반을 들었다. 크리스천도 신음으로 대답했다.

"너랑 있으면 즐거움이 끝이 없다니까, 아나. 흠뻑 젖었군."

그는 내 음모가 배와 만나는 선에 대고 중얼거렸다. 그의 입이 나를 찾았을 때 내 몸이 활처럼 휘었다.

아, 안 돼.

그는 천천히 관능적인 공격을 시작했다. 손가락이 내 안으로 들어가는 동안 혀가 돌고 돌았다. 다리를 오므리거나 움직일 수 없기 때문에 그 느낌은 무척이나 강렬했다. 그 감각을 흡수하려 하니 등이 아팠다.

"아, 크리스천." 나는 비명을 질렀다.

"알아, 자기." 그는 나를 누그러뜨리기 위해 내 몸의 가장 민감한 부분에 훅 입김을 불었다.

"아악! 제발!" 나는 애원했다.

"내 이름을 말해봐." 그가 명령했다.

"크리스천." 내 목소리 같지가 않았다. 무척 높고 날카로웠으며 욕망에 달떠 있었다.

"다시."

"크리스천, 크리스천, 크리스천 그레이." 나는 크게 외쳤다.

"넌 내 거야." 그의 목소리는 부드러웠고 치명적이었다. 그가 마지막으로 혀를 할짝였을 때 나는 장대한 오르가즘을 끌어안으며 떨어지고 말았다. 다리가 벌어져 있었기 때문에 오르가즘은 계속되고 또 계속되었으며 나는 자신을 잊었다.

어렴풋이 크리스천이 나를 뒤로 뒤집는 것을 깨달을 수 있었다.

"이걸 해보자, 자기. 마음에 안 들거나 너무 불편하면 말해. 멈출 테니."

뭐? 나는 아까의 여운에 빠져서 분별이 있거나 일관성 있는 생각을 할 수가 없었다. 나는 크리스천의 무릎 위에 얹힌 자세였다. 어떻게 그렇게 됐지?

"몸을 웅크려." 그가 내 귀에 대고 속삭였다. "머리와 가슴은 침대에 대고."

어질한 가운데 나는 시키는 대로 했다. 그는 내 두 손을 등 뒤로 돌려 바에 달린 수갑을 채웠다. 내 손목은 발목 옆에 놓이게 되었다. 아……무릎이 끌어올려졌고 엉덩이는 허공에 들렸다. 전적으로 연약하고 완전히 그에게 소유당한 모습이었다.

"아나, 참 아름다워."

그의 목소리에는 경이감이 넘쳤고 포일을 찢는 소리가 들렸다. 그는 등뼈 아래를 손가락으로 훑으며 내 여성 쪽을 향하다 엉덩이에 잠깐 머물렀다.

"네가 준비가 되면, 이것도 갖고 싶어." 그의 손가락이 내 위에서 떠돌았다. 그의 부드러운 탐색 하에 몸이 굳어지는 걸 느끼고 나는 큰 소리로 숨을 들이쉬었다.

"오늘은 아냐, 달콤한 아나. 하지만 언젠가…… 너를 모든 면으로 원하니까. 너의 구석구석까지 다 소유하고 싶어. 너는 내 거니까."

버트 플러그를 떠올리니 내 몸 안의 모든 것이 단단히 죄어왔다. 그의 말에 나는 신음을 뱉었다. 손가락은 아래로 내려가며 좀 더 익숙한 영역을 돌았다.

잠시 후, 그가 내 안으로 쿵 밀고 들어왔다.

"악! 부드럽게요!" 내가 비명을 지르자 그가 굳어졌다.

"괜찮아?"

"부드럽게 해줘요……. 내가 익숙해지도록."

그는 천천히 내게서 빠져나갔다 부드럽게 다시 들어와 나를 채우고 늘렸다. 두 번, 세 번. 나는 무력했다.

"그래, 좋아요. 이젠 느껴요." 나는 그 느낌을 누렸다.

그는 신음하며 리듬을 탔다. 가차 없이 앞으로, 안으로 움직이고 또 움직이며 나를 채웠다. 무척이나 근사했다. 나의 무력함, 그를 향한 굴복에는 기쁨이 있었고 그도 원하는 방식으로 내 안에서 자기를 잊을 수 있다는 것을 알자 거기에도 기쁨이 있었다. 나도 이렇게 할 수 있었다. 그가 나를 이 어두운 곳, 내가 존재하는지도 모르는 곳으로 데려왔지만 우리 둘이 함께 그곳을 눈이 멀 듯한 빛으로 채웠다. 아, 그래. 눈을 멀게 할 정도로 활활 타오르는 빛.

그래서 나는 놓아버렸다. 그가 나에게 해준 것을 한껏 누리면서 내 달콤하고 달콤한 해방을 찾았다. 나는 큰 소리로 그의 이름을 부르면서 절정을 느꼈다. 그도 마음과 영혼을 내게 쏟아붓고 잠잠해졌다.

"아나." 그는 내 이름을 부르면서 내 옆에서 무너져 내렸다.

그가 능숙하게 끈을 풀더니 처음에는 발목, 다음에는 손목을 문질렀다. 그가 다 마치고 내가 마침내 자유로워졌을 때 그는 나를 품 안에 끌어안았다. 나는 기진맥진해서 잠 속으로 흘러들었다.

다시 표면 위로 떠올랐을 땐 그의 옆에 웅크리고 누워 있었고 그가 나를 보고 있었다. 시간이 얼마나 됐는지 알 수 없었다.

"네가 자는 건 영원히 봐도 질리지 않을 것 같아, 아나."

그는 내 이마에 키스했다.

나는 미소를 짓고 나른하게 그의 옆에서 자세를 바꾸었다.

"널 절대 보내고 싶지 않아."

그는 부드럽게 말하면서 두 팔로 나를 감쌌다.

흐음. "나도 가고 싶지 않아요. 날 보내지 마요."

나는 졸린 목소리로 중얼거렸다. 눈꺼풀이 떠지지 않았다.

"난 네가 필요해." 그가 속삭였지만 목소리는 꿈속 한 부분처럼 아련하고 공기처럼 가벼웠다. 그가 나를 필요로 한다……. 필요로 해……. 마침내 어둠 속으로 미끄러질 때 마지막으로 떠오른 생각은 회색 눈을 가진 작은 소년의 모습이었다. 더럽고 지저분한 구릿빛 머리의 소년이 나를 보고 미소 짓는 모습.

17

으음.

내가 천천히 깨어나자 크리스천이 내 목에 코를 비볐다.

"좋은 아침, 자기." 그는 속삭이며 내 귓불을 잘근잘근 물었다. 내 눈이 파닥거리며 떠졌다가 금방 감겼다. 밝은 아침 햇빛이 방 안에 흘러넘쳤고 그가 손으로 내 젖가슴을 부드럽게 어루만지며 살짝 애를 태웠다. 내 등 뒤에 누운 크리스천은 천천히 손을 내려 내 엉덩이를 붙잡고 몸을 꼭 끌어안았다.

나는 그의 손길을 누리면서 옆에서 기지개를 쭉 폈다. 그의 일어선 부분이 엉덩이에 와 닿는 게 느껴졌다. 오, 세상에. 크리스천 그레이식 모닝콜이네.

"날 봐서 반가운가 봐요." 나는 졸음에 겨워 웅얼거리며 그의 옆에서 은근히 꼼지락거렸다. 내 턱에 닿은 그의 웃음을 느낄 수 있었다.

"만나서 무척 반가워." 그는 한 손으로 내 배를 쓸다가 내 여성을 감싸 쥐며 손가락으로 그곳을 탐색했다.

"네 옆에서 일어나니 확실히 이점이 있군, 스틸 양."

그는 감질나게 애태우다 부드럽게 내 몸을 돌려 똑바로 눕게 했다.

"잘 잤어?" 그가 손가락으로 관능적 공격을 이어가며 물었다. 그가 내려다보며 미소 지었다. 완벽한 치아를 드러내며 보는 이가 덜컥 숨 막혀 죽어버릴 것 같은 미소를 짓는 매력적인 미국 남성 모델들처럼 눈부신 미소였다. 그는 내 숨을 앗아갔다.

내 엉덩이가 그의 손가락이 시작한 춤의 리듬에 맞춰 돌았다. 그는 점잖게 내 입술에 키스하더니 목을 따라 내려가며 천천히 물고 키스하고 빨았다. 나는 신음했다. 그는 다정했고 가벼운 손길은 천상의 느낌을 주었다. 대담한 손가락은 점점 아래로 내려갔고, 천천히 그는 한 손가락을 내 안에 쑥 넣었다. 나는 경탄에 겨워 조용히 쌕쌕거렸다.

"아, 아나." 그는 내 목에 대고 공손하게 속삭였다.

"너 벌써 준비가 됐네."

그는 손가락 움직임에 맞추어 키스를 했고, 그의 입술은 여유롭게 내 쇄골을 가로질러 젖가슴으로 내려갔다. 그는 이와 입술로 한쪽 젖꼭지를 괴롭히더니 곧이어 다른 쪽으로 옮겨갔다. 그렇지만 그가 얼마나 부드러웠는지 내 젖꼭지는 달콤한 반응으로 조여지고 길어졌다.

나는 신음했다.

"으흠." 그가 부드럽게 그르렁대는 소리를 내더니 고개를 들어 타오르는 회색 눈으로 쳐다보았다.

"나, 지금 너를 원해."

그는 침대 맡 탁자에 손을 뻗었다. 그는 내 위로 올라와 무게를 팔꿈치로 지탱하며 코로 내 코를 문질렀다. 그러는 동안 자기 다리로 내 다리를 쉽사리 벌렸다. 그는 무릎을 꿇고 포일 포장을 찢었다.

"토요일까지 못 기다리겠어." 그의 눈은 호색한 즐거움으로 번득였다.

"생일 파티 때문에?" 나는 헐떡였다.

"아니. 이 죽일 놈의 물건을 그땐 그만 써도 되니까."

"적절한 별명이네요." 나는 키득키득 웃었다.

그는 콘돔을 끼우면서 나를 보고 히죽 웃었다. "지금 키득키득 웃은 거야, 스틸 양?"

"아니요." 나는 시치미 뚝 떼려 했으나 실패했다.

"키득키득 웃을 때가 아닐걸."

그는 나무라듯 고개를 저었다. 목소리는 낮고 엄격했지만 표정만은—맙소사—빙산 같은 동시에 화산 같았다.

숨이 목에 걸렸다. "내가 키득키득 웃으면 좋아하는 줄 알았는데." 나는 쉰 목소리로 속삭이며 폭풍 같은 눈의 심연을 들여다보았다.

"지금은 아니야. 키득키득 웃을 때와 장소가 있지. 이건 둘 다아니야. 그만 웃게 해야겠다. 방법은 내가 잘 아는 것 같은데."

그는 불길하게 말했고 그의 몸이 내 몸을 덮었다.

"아침으로 뭐 먹고 싶어요, 아나?"

"전 그냥 그래놀라 주세요. 고맙습니다, 존스 부인."

일자형 식탁에 가서 크리스천 옆에 자리를 잡으며 나는 얼굴을 붉혔다. 마지막으로 부인을 제대로 봤을 때 나는 점잖지 못하게 크리스천의 어깨에 매달려 침실로 끌려가던 중이었다.

"예쁘네." 크리스천이 부드럽게 말했다. 나는 회색 펜슬 스커트와 회색 실크 블라우스를 다시 입고 있었다.

"당신도요." 나는 그를 보며 수줍게 웃었다. 그는 하늘색 셔츠와 청바지를 입었다. 언제나처럼 근사하고 신선하며 완벽해 보였다.

"치마 몇 벌 사러 가야겠다." 그가 사무적으로 말했다. "사실 너를 데리고 쇼핑 가고 싶어."

으음, 쇼핑이라. 나는 쇼핑을 싫어했다. 하지만 크리스천과 함께라면 그렇게 나쁘지 않을지 몰랐다. 가장 좋은 방어의 형태로 산란 작전을 펴기로 했다.

"오늘 직장에서 어떻게 될지 모르겠네요."

"그 재수 없는 자식의 대타를 찾을 거야." 크리스천은 유난히 불쾌한 일에 발을 들여놓은 사람처럼 험악하게 인상을 썼다.

"새 상사로 여자가 왔으면 좋겠어요."

"왜?"

"그래야 내가 출장을 가더라도 당신이 반대 안 하죠." 나는 약을 올렸다.

그는 입술을 실룩이며 오믈렛을 먹기 시작했다.

"뭐가 웃겨요?" 내가 웃었다.

"네가. 그래놀라나 먹어. 다. 그것만 먹을 거라면."

평소처럼 고압적이긴. 나는 그를 보고 입을 꾹 다물었지만 퍼먹기 시작했다.

"자, 열쇠는 여기에 꽂아." 크리스천은 기어 옆의 시동 장치를 가리켰다.

"이상한 데 있네요." 나는 투덜거리긴 했지만 사소한 부분 하나까지도 즐거워서 마치 편안한 가죽 시트에 앉은 작은 아이처럼 통통 튀었다. 크리스천이 마침내 차를 운전할 수 있게 허락을 했다.

그는 냉정하게 나를 쳐다보았지만 눈은 장난기로 빛났다.

"운전한다니 아주 들떴군?"

나는 얼간이처럼 씩 웃으면서 고개를 끄덕였다. "새 차 냄새가 나네요. 서브미시브 특별 차보다 훨씬 좋아요. 음…… 그 A3보다." 나는 얼굴을 붉히면서 재빨리 덧붙였다.

크리스천의 입이 비틀렸다. "서브미시브 특별 차? 넌 정말 말장난을 잘 한다니까, 스틸 양." 그는 짐짓 못마땅한 표정을 지으며 등을 기댔지만 날 속일 순 없었다. 그도 좋아한다는 것을 알 수 있었다.

"뭐, 그만두자."

그는 차고 입구로 향하면서 한 손을 흔들었다.

나는 박수를 치고 시동을 걸었다. 엔진이 부르릉 살아났다. 기어를 주행에 놓고 브레이크에서 발을 떼니 사브가 부드럽게 앞으로 나갔다. 테일러가 뒤에서 아우디 시동을 걸었고 차고 문이 열리자 우리를 따라 에스칼라를 나와 거리로 들어섰다.

"라디오 켜도 괜찮아요?" 처음 만난 정지 신호에서 기다릴 때 내가 물었다.

"집중했으면 좋겠는데." 그는 날카롭게 말했다.

"크리스천, 제발. 난 음악 켜놓고도 운전 잘하는데." 나는 눈을 흘겼다. 그는 잠시 얼굴을 찌푸렸지만 라디오를 켰다.

"여기엔 시디뿐만 아니라 아이팟이나 엠피쓰리도 연결해서 들을 수 있어." 그가 설명했다.

갑작스레 폴리스의 감미로운 선율이 지나치게 시끄럽게 차 안을 채웠다. 크리스천이 음악 소리를 줄였다. 으음……. "〈킹 오브 페인(고통의 왕)〉이군."

"당신 주제가네요." 나는 약을 올렸지만 그의 입이 얇은 선으로 굳어지는 것을 보자 즉시 후회했다. "나 이 앨범 가지고 있는데, 어딘가." 나는 그의 관심을 다른 데로 끌기 위해 성급히 말을 이었다. 으음…… 내가 별로 지낸 적 없는 아파트 어딘가에 있겠지.

이든은 어떻게 지내는지 궁금했다. 오늘 전화를 해봐야 할 것 같았다. 아마 직장에서는 할 일이 많지 않을 테니.

걱정이 배 속에서 피어났다. 사무실에 가면 무슨 일이 일어날까? 잭 소식을 다들 들었을까? 크리스천이 관여되어 있다는 걸 모두 알았을까? 내 자리가 아직도 있을까? 젠장, 직업이 없다면 난 뭘 하지?

저 억만장자 재벌이랑 결혼해, 아나! 내 잠재의식이 심술궂은 얼굴을 들었다. 나는 무시해버렸다. 탐욕스러운 계집.

"어이, 말대꾸 아가씨. 어디 갔나." 내가 다음 신호등에 멈췄을 때 크리스천이 나를 현재로 끌어냈다.

"계속 딴생각하네. 집중해, 아나." 그가 꾸짖었다. "사고는 집중 안 할 때 일어나는 거야."

아, 맙소사. 갑자기 레이 아빠에게 처음 운전을 배우던 때로 휙 돌아갔다. 아버지는 이제 더 이상 필요 없었다. 어쩌면 남편은 필요할지도. 변태 남편이라면. 흐음…….

"그저 일 생각하고 있었어요."

"넌 괜찮을 거야. 날 믿어." 크리스천이 미소를 지었다.

"혹시나 해서 하는 말인데 간섭하진 말아요. 나 혼자 하고 싶으니까. 크리스천, 제발. 이건 내게 중요해요." 나는 될 수 있는 한 상냥하게 말했다. 말싸움하고 싶지 않았다. 그가 다시 한 번 고집스럽게 입을 꾹 다물었다. 나한테 야단칠 것만 같았다.

아, 싫어.

"싸우지 마요, 크리스천. 오늘 아침 무척 좋았잖아요. 지난밤도……." 말이 안 나왔다. 지난밤은……. "천국 같았잖아요."

그는 아무 말 하지 않았다. 그를 힐끔 보니 그는 눈을 감고 있었다.

"그래, 천국 같았지." 그가 부드럽게 말했다. "그 말은 진심이었어."

"뭐요?"

"널 보내고 싶지 않다는 말."

"나도 떠나고 싶지 않아요."

그는 미소를 지었다. 이 새롭고 수줍은 미소가 길을 가로막았던 모든 것을 녹였다. 참, 강렬하기도 했다.

"좋아." 그는 눈에 띄게 느긋해졌다.

"직장까지 바래다줄게. 테일러가 거기서 날 태우면 되니까."

도착 후 나는 통이 좁은 펜슬 스커트 때문에 어색하게 차에서 내렸지만 크리스천은 우아하게 내렸다. 자기 몸을 편안히 느끼는 것 같았다. 혹은 적어도 자기 몸을 편안히 느끼는 사람 같은 인상을 주었다. 흠…… 남이 만지는 것을 참을 수 없는 사람이 그렇게 편안할 수 없을 텐데. 나는 왜곡된 생각에 얼굴을 찡그렸다.

"오늘 7시에 플린 박사 만나러 가기로 한 것 잊지 마." 그는 손을 내밀었다. 나는 리모컨으로 차문을 닫고 그의 손을 잡았다.

"잊지 않을게요. 박사님에게 물어볼 질문 목록을 만들어야지."

"질문? 나에 대해서?"

나는 고개를 끄덕였다.

"나에 대한 질문은 뭐든 내가 대답을 해줄 수 있는데." 크리스천은 모욕을 받은 표정이었다.

나는 그를 향해 미소 지었다. "그래요. 하지만 난 돈 비싸게 받는 돌팔이 의사의 편견 없는 의견을 원하니까요."

그는 얼굴을 찡그리더니 갑자기 내 두 손을 등 뒤로 모으고 나를 자기 품 안으로 끌어당겼다. "이게 과연 좋은 생각일까?" 그의 목소리는 낮고 허스키했다.

나는 몸을 뒤로 젖히고 그의 눈에 크고 넓게 펼쳐진 근심을 보았다. 그 눈빛이 내 영혼을 찢었다.

"당신이 싫다면 안 갈게요."

나는 눈을 깜박이며 그를 쳐다보았다. 그의 얼굴에서 떠오른 근심을 어루만져 몰아내고 싶었다. 내가 한 손을 잡아당기니 그가 풀어주었고 나는 그 손으로 그의 뺨을 다정하게 어루만졌다. 오늘 아침에 면도를 해서 매끄러웠다.

"뭘 걱정하는 거예요?" 나는 부드러운 목소리로 달랬다.

"네가 갈까 봐."

"크리스천, 몇 번이나 말해야 해요? 나는 아무 데도 가지 않아요. 최악의 비밀은 벌써 말했잖아요. 난 당신을 떠나지 않아요."

"그러면 왜 대답을 안 하는 거야?"

"대답요?" 나는 짐짓 모르는 척 우물거렸다.

"내가 무슨 말 하는지 알잖아, 아나."

나는 한숨을 지었다. "내가 당신에게 충분한지 알고 싶어요, 크리스천. 그뿐이에요."

"그럼 내 말은 믿지 않겠다는 거야?" 그가 화를 내며 나를 놓았다.

"크리스천, 이 모든 일이 너무 빨리 일어났어요. 스스로 인정했듯이, 당신은 50가지 빛깔로 망가진 사람이잖아요. 난 당신이 필요로 하는 걸 줄 수 없어요." 나는 조용히 말했다. "그건 단지 나에게 맞지 않을 뿐이에요. 하지만 그 때문에 나는 적당하지 않다는 생각이 들어요. 특히 당신과 레일라가 함께 있는 것을 보았을 때. 당신이 언젠가 원하는 걸 기꺼이 해주는 사람을 만나지 않는다는 보장이 어디 있어요? 게다가 당신이…… 그 여자에게 반하지 않는다는 보장은? 당신의 욕구에 더 잘 어울리는 사람에게요."

크리스천이 다른 사람을 만난다는 생각에 속이 메슥거렸다. 나는 깍지 낀 손가락을 내려다보았다.

"내가 좋아하는 걸 기꺼이 하는 여자들을 몇 명 알아. 그들 중 누구도 당신처럼 나를 매혹하진 못했어. 그들 중 누구와도 감정적으로 연결된 적 없었지. 오로지 너뿐이었어, 아나."

"그 사람들에게 기회를 주지 않아서 그런 거예요. 당신의 요새에 너무 오래 갇혀 있었으니까, 크리스천. 봐요, 이 얘기는 나중에 해요. 출근해야 하니까. 어쩌면 플린 박사가 우리에게 통찰력을 줄지도 모르겠네요." 아침 8시 50분에 주차장에서 토론하기에는 너무 무거운 주제였다. 처음으로 크리스천도 동의했다. 그는 고개를 끄덕였지만 눈은 신중했다.

"가자." 그가 손을 내밀었다.

내 자리에 갔을 때 곧장 엘리자베스의 사무실로 오라는 쪽지가 놓여 있었다. 심장이 입까지 튀어올랐다. 아, 올 게 왔구나. 난 해고당할 거야.

"아나스타샤." 엘리자베스가 친절하게 웃으며 책상 앞의 의자를 손으로 가리켰다. 나는 자리에 앉아 기대하는 시선으로 바라보았다. 쿵쿵 뛰는 심장 소리가 밖에까지 들리지 않길 바랐다. 엘리자베스는 숱 많은 검은 머리를 넘기더니 침울하지만 맑고 푸른 눈으로 나를 보았다.

"조금 슬픈 소식이 있어요."

슬프다니!

"잭이 급작스럽게 회사를 떠나게 되었다는 소식을 알리려고 불렀어요."

나는 얼굴을 붉혔다. 내겐 전혀 슬프지 않았다. 안다고 말해야 하나?

"서둘러 회사를 떠나는 바람에 공석이 생겼는데, 아나스타샤가 그 자리를 채워줬으면 좋겠어요. 충원 인력을 찾을 때까지."

뭐? 피가 머리에서 싹 빠져나가는 것을 느꼈다. 내가?

"하지만 입사한 지 일주일 정도밖에 되지 않았습니다만."

"그래요, 아나스타샤. 이해해요. 하지만 잭이 항상 능력을 칭찬했죠. 당신에게 큰 기대를 걸고 있었어요."

나는 숨을 멈췄다. 아마도 날 덮칠 기대를 걸고 있었겠지.

"여기 자세한 업무 내용이에요. 잘 살펴봐요. 이따가 의논해요."

"하지만."

"자, 이게 급작스럽다는 건 잘 알아요. 하지만 벌써 잭이 관리하는 주요 필자들과 접촉을 했죠. 원고 정리 노트도 다른 편집자들이 살펴보았어요. 아주 영민하더군요, 아나스타샤. 우리 모두 당신이 할 수 있다고 생각해요."

"네." 이건 현실이 아냐.

"자, 생각해봐요. 그동안은 잭의 사무실을 쓰고."

엘리자베스는 나가 보라는 뜻으로 일어서더니 손을 내밀었다. 나는 뭐가 뭔지 영문을 모르고 악수했다.

"그 사람이 나가서 속 시원해요." 엘리자베스가 속삭였다. 어떤 기억에 사로잡힌 불안한 표정이 그 얼굴을 스쳐갔다. 세상에. 잭이 엘리자베스에게 무슨 짓을 했을까?

자리로 돌아온 후 블랙베리를 집어 크리스천에게 전화했다.

신호가 두 번 울리자 그가 전화를 받았다. "아나스타샤, 괜찮아?" 걱정하는 목소리였다.

"회사에서 방금 내게 잭의 자리를 줬어요. 물론 임시지만요." 나는 불쑥 내뱉었다.

"농담이겠지." 그는 충격받은 듯했다.

"당신, 이 일이랑 전혀 상관없어요?" 내 목소리는 원래 의도보다 더 날카롭게 들렸다.

"아니, 전혀. 말하기 좀 뭐 하지만, 아나스타샤. 넌 취직한 지 일주일 정도밖에 되지 않았잖아. 심술궂은 뜻으로 하는 말은 아니지만."

"알아요." 난 얼굴을 찡그렸다. "잭이 정말로 날 높이 평가했었나 봐요."

"그랬대?" 크리스천의 어조는 서릿발 같았다. 그러더니 그는 한숨지었다.

"뭐, 회사에서 할 수 있다고 생각하면 너야 잘해내겠지. 축하해. 어쩌면 오늘 플린 박사 만난 후에 축하해야겠네."

"으음…… 정말로 당신은 아무 상관없어요?"

그는 잠시 아무 말 없더니 낮은 소리로 빈정댔다.

"날 의심하는 거야? 그렇다면 정말 화나는데."

나는 침을 삼켰다. 참 나, 정말 쉽게도 화 낸다.

"미안해요." 나는 누그러져서 말했다.

"뭐 필요한 거 있으면 말해. 내가 여기 있으니까. 그리고 아나스타샤?"

"왜요?"

"블랙베리를 써." 그는 간결하게 덧붙였다.

"그래요, 크리스천."

전화를 끊을 줄 알았지만 그는 대신 심호흡을 했다.

"진심이야. 네가 날 필요로 하면 난 언제나 그 자리에 있을 거야."

그의 말은 훨씬 더 부드럽고 위로가 되었다. 오, 참 변덕스러워라. 휙휙 바뀌는 기분이 마치 프레스토로 움직이는 메트로놈 바늘 같기도 하지.

"그래요." 나는 나직이 말했다. "가야겠어요. 사무실을 옮겨야 해서."

"내가 필요한 일 있으면. 진심이야."

"알아요. 고마워요, 크리스천. 사랑해요."

수화기 건너편에서 그의 웃음이 느껴졌다. 그를 도로 찾은 것이다.

"나도 널 사랑해." 아, 이런 말이 질리는 날이 올까?

"나중에 얘기해요."

"이따가 봐, 자기."

전화를 끊고 잭의 사무실을 힐끔 보았다. 내 사무실. 맙소사, 아나스타샤 스틸. 대리 편집자. 누가 생각이나 했을까? 월급을 올려달라고 해야 하나.

잭이 안다면 뭐라고 생각할까? 그 생각을 하니 몸이 떨렸다. 그가 오늘 아침을 어떻게 보냈을지 막연히 궁금해졌다. 아마도 애초에 기대했던 것처럼 뉴욕에서 보내진 못했겠지. 나는 새 사무실로 가서 책상에 앉은 후 업무 내용을 읽기 시작했다.

12시 30분에 엘리자베스가 호출했다.

"아나, 1시에 이사회실에서 열리는 회의에 참석해줘요. 제리로치와 케이 베스티가 올 거예요. 사장님과 부사장님 알죠? 다른 편집자들도 모두 참석할 거고요."

어째!

"준비해야 하는 게 있습니까?"

"아니, 이건 우리가 한 달에 한 번씩 갖는 약식 회의예요. 점심도 나올 겁니다."

"가겠습니다." 나는 전화를 끊었다.

맙소사! 잭이 현재 확보한 작가 명단을 확인했다. 그래, 썩 많은 이들을 파악해놓았다. 잭이 칭찬한 원고 다섯 편에, 출판을 고려해봐야 할 원고 두 편을 가지고 있었다. 심호흡을 했다. 벌써 점심시간이라니 믿어지지 않았다. 하루가 정신없이 휙 날아갔고 바쁜 게 좋았다. 오늘 아침엔 흡수해야 할 사안이 너무 많았다. 캘린더 프로그램에서 핑 소리가 나며 약속이 있음을 알렸다.

안 돼, 미아! 너무 들떠서 오늘 점심 약속을 잊고 있었다. 나는 블랙베리를 꺼내 들고 미친 듯 미아의 전화번호를 찾아 넘겼다.

내선전화가 울렸다. "그 사람이에요. 데스크에 와 있어." 클레어가 숨죽인 소리로 말했다.

"누구요?" 처음에는 크리스천일지도 모른다고 생각했었다.

"금발 훈남."

"이든."

아, 무슨 일일까? 이든에게 오랫동안 전화하지 않았다는 데 즉시 죄책감을 느꼈다.

체크무늬 파란 셔츠 속에 하얀 티셔츠를 받쳐 입고 청바지를 입은 이든은 내가 나타나자 환히 웃었다.

"와! 오늘 섹시하다." 그는 감탄하듯 고개를 끄덕이며 말하더

186

니 나를 잠깐 포옹했다.

"별 일 없어요?" 나는 물었다.

그는 얼굴을 찡그렸다. "별 일 없어. 아냐. 그저 널 보고 싶었어. 한참 연락이 없기에, 재벌남이 널 어떻게 다루나 확인해보고 싶었지."

나는 얼굴을 붉혔지만 미소를 억누를 순 없었다.

"좋아!" 이든은 두 손을 들었다. "그 비밀스런 미소를 보니 말안 해도 알겠네. 더 이상은 알고 싶지도 않아. 그냥 점심이나 같이할까 해서 들렀어. 9월에 시애틀 대학에서 심리학 수업을 들으려고 등록하고 왔어. 석사 학위 과정으로."

"아, 이든. 정말 많은 일이 있어서 할 얘기가 산더미 같은데, 지금 당장은 안 돼요. 회의가 있어서."

어떤 생각이 불현듯 떠올랐다.

"정말로, 정말로 중요한 부탁 하나만 꼭 들어줄래요?"

나는 부탁하듯 두 손을 맞잡았다.

"물론." 그는 내 애원에 영문을 몰랐다.

"오늘 크리스천과 엘리엇의 여동생인 미아와 함께 식사를 하기로 했는데, 나 아직 연락을 못 했어요. 그런데 갑자기 회의가 생겨서. 나대신 미아에게 점심 좀 사줄래요? 부탁해요!"

"아, 아냐! 난 보모 노릇하고 싶진 않아."

"부탁해요, 이든."

나는 파란 눈을 있는 대로 크게 뜨고 속눈썹을 깜박거리는 표정으로 간청했다. 그는 눈을 흘겼지만 내 말에 넘어가고 말았다.

"나중에 요리해줄 거지?" 그가 웅얼거렸다.

"그럼요. 무엇이든, 언제라도."

"그럼 그 아가씨는 어디 있어?"

"지금 올 때가 됐어요."

그 말이 마치 신호인 양, 미아의 목소리가 들렸다.

"아나!" 미아가 정문에서 소리쳤다.

둘 다 등을 돌리니 거기 미아가 서 있었다. 굴곡진 몸매에 매끄러운 검은 보브 단발, 푸른 기 도는 녹색 미니드레스와 그와 어울리는 스트랩 하이힐. 미아는 눈이 부셨다.

"저 애야?" 이든이 속삭이며 입을 떡 벌렸다.

"그래요. 보모가 필요한 애." 나도 다시 속삭였다. "안녕, 미아." 나는 미아를 재빨리 껴안았지만, 미아는 약간 뻔뻔하게 이든을 대놓고 쳐다보고 있었다.

"미아, 이쪽은 이든. 케이트의 오빠."

그는 놀라움에 눈썹을 치키면서 고개를 끄덕였다. 미아는 몇 번 눈을 깜박이다 그에게 손을 내밀었다.

"만나서 반갑습니다." 이든은 매끄럽게 인사했고 미아는 다시 눈을 깜박였다. 말문이 막힌 걸 처음 봤다. 미아는 얼굴을 붉혔다.

맙소사. 미아도 얼굴 붉힐 줄 아는 줄 몰랐네.

"나 점심 같이 못해요." 나는 별로 설득력 없이 말했다. "대신 이든이 데려가 준대요. 괜찮죠? 우리 점심은 나중으로 미뤄두고?"

"물론이죠." 미아가 조용히 말했다. 조용한 미아라니 새롭네.

"그래요. 내가 데려가 주죠. 이따가 봐, 아나."

이든은 미아에게 팔을 내밀었다. 미아는 수줍은 미소를 띠며 팔을 잡았다.

"안녕, 아나." 미아가 몸을 돌려 입 모양으로 말했다. "어머나 세상에!" 나는 과장되게 윙크를 했다.

미아가 이든에게 반했네! 두 사람이 건물을 나갈 때 나는 손을 흔들었다. 여동생이 데이트한다면 크리스천이 어떤 태도를 보일까 궁금했다. 그 생각을 하니 불편했다. 미아는 내 나이니까 반대할 수 없겠지? 할까?

우리가 상대하는 건 크리스천이야. 심술궂은 잠재의식이 돌아왔다. 입술을 불룩 내밀고 카디건을 입고 팔에 가방을 건 모습. 나는 그 이미지를 떨쳐버렸다. 미아는 성인 여성이고 크리스천도 합리적으로 굴 수 있겠지. 그 생각을 밀어버리고 잭의…… 내 사무실로 돌아가 회의를 준비했다.

회의를 끝내고 돌아왔을 때는 3시 30분이었다. 회의는 잘 진행되었다. 내가 지지하는 원고를 받겠다는 찬성까지 받았다. 머리가 어질어질했다.

책상 위에는 화사한 흰 장미와 분홍 장미가 가득 꽂힌 거대한 고리버들 바구니가 놓여 있었다. 와. 향기만으로도 천국에 오른 느낌이었다. 미소를 띠며 카드를 집었다. 누가 보냈는지 뻔했다.

축하해, 스틸 양.
그것도 혼자 해내다니!
과하게 친절한 이웃이자 과대망상증 CEO의 도움 따위는 안 받았으니.
사랑을 보내며.

크리스천

나는 블랙베리를 들고 이메일을 보냈다.

보낸 사람: 아나스타샤 스틸

제목: 과대망상증……

날짜: 2011년 6월 16일 15:43

받는 사람: 크리스천 그레이

……은 정신병자 중에서도 내가 제일 좋아하는 유예요. 예쁜 꽃 고마워요. 거대한 고리버들 바구니에 담겨 왔던데 소풍이랑 담요가 생각나더라고요.

　　x

보낸 사람: 크리스천 그레이

제목: 신선한 공기

날짜: 2011년 6월 16일 15:55

받는 사람: 아나스타샤 스틸

정신병자라고? 플린 박사가 할 말이 있겠네.

소풍 가고 싶어?

야외에서 재미있게 보낼 수 있을 것 같긴 한데, 아나스타샤…….

오늘 하루 어땠어?

크리스천 그레이

CEO, 그레이 엔터프라이즈 홀딩스, Inc.

어머나, 나는 답장을 읽고 얼굴을 붉혔다.

보낸 사람: 아나스타샤 스틸

제목: 정신없었죠

날짜: 2011년 6월 16일 16:00

받는 사람: 크리스천 그레이

하루가 날아가듯 지났어요. 일 말고는 다른 걸 생각할 겨를이 없었고요. 이 일을 해낼 수 있을 것 같아요! 집에 가면 좀 더 자세히 말할게요. 야외…… 재미있을 것 같은데요.

사랑해요.

A x

추신: 플린 박사는 걱정하지 마요.

전화가 울렸다. 클레어는 누가 내게 꽃을 보냈으며 잭에게 무슨 일이 생겼는지 알고 싶어 죽을 지경이었다. 하루 종일 사무실에 처박혀 있었기 때문에 수다가 그리웠다. 꽃은 남자 친구가 보낸 거라고 말했고 잭이 그만둔 이유는 잘 모른다고 전했다. 블랙베리가 진동해서 보니 크리스천이 또 다른 이메일을 보냈다.

보낸 사람: 크리스천 그레이

제목: 노력할게

날짜: 2011년 6월 16일 16:09

받는 사람: 아나스타샤 스틸

걱정시키지 않도록…….

이따가 봐, 자기. x

크리스천 그레이

CEO, 그레이 엔터프라이즈 홀딩스, Inc.

5시 30분에 책상 정리를 했다. 하루가 어찌나 빨리 지나갔는지 믿을 수 없었다. 에스칼라로 돌아가서 플린 박사를 만날 준비를 해야 했다. 질문을 생각해볼 겨를도 없었다. 어쩌면 오늘은 초기 상담만 하고 나중에 크리스천에게 부탁해서 다시 만나야 할지도 모른다. 사무실을 빠져나가면서 그 생각을 털어버리고 클레어에게 빨리 손을 흔들며 작별인사를 했다.

크리스천의 생일 선물도 생각해봐야 했다. 뭘 줄 건지는 정했다. 오늘밤 플린 박사를 만나기 전에 주고 싶었지만, 어떻게? 주차장 옆에 관광 기념품을 파는 작은 가게가 있었다. 좋은 생각이 떠올라서 나는 안으로 쏙 들어갔다.

30분 후 거대한 방으로 들어가자 크리스천이 유리벽 앞에 서서 내다보며 블랙베리로 통화를 하고 있었다. 등을 돌리며 그는 나를 보고 환히 웃더니 통화를 마무리했다.

"로스, 좋은데. 바니에게 거기서부터 하자고……. 안녕."

그는 문가에 수줍게 서 있는 내 쪽으로 다가왔다. 하얀 티셔츠와 청바지로 갈아입고 있었다. 불량소년 같은 느낌이 물씬 풍겼다. 우아.

"안녕, 스틸 양." 그는 허리를 굽혀 내게 키스했다. "승진 축하해." 그는 두 팔로 나를 감쌌다. 맛있는 냄새가 났다.

"샤워했네요."

"클로드와 막 운동했어."

"아."

"그를 두 번 KO시켰지." 크리스천은 소년처럼 기뻐하며 환히 웃었다. 그 웃음은 전염성이 있었다.

"그런 일이 별로 없나 보죠?"

"그래. 그래서 아주 만족스럽지. 배고파?"

나는 고개를 저었다.

"왜 그래?" 그가 얼굴을 찡그렸다.

"초조해요. 플린 박사를 만나는 게."

"나도 그래. 오늘 하루 어땠어?"

그가 나를 놔주었고 나는 간단히 요약해서 전했다. 그는 주의 깊게 들었다.

"아, 한 가지 더 말할 게 있어요." 나는 덧붙였다. "원래 미아 와 점심 같이하기로 했었거든요."

그는 놀라 눈썹을 치켰다. "그런 얘기 안 했잖아."

"잊어버리고 있었어요. 회의 때문에 약속을 지킬 수 없어서 이든이 대신 데리고 갔어요."

그의 얼굴이 어두워졌다. "알겠군. 아랫입술 그만 깨물어."

"나 옷 좀 갈아입을게요." 나는 화제를 바꾸며 그가 더 이상 반응을 보이기 전에 몸을 돌려 나왔다.

플린 박사 진료소는 크리스천 아파트에서 멀지 않았다. 아주 편리하네. 응급 상담도 할 수 있고.

"보통은 집에서 뛰어가." 사브를 주차하며 크리스천이 말했다.

"이거 좋은 찬데." 그가 나를 보며 미소 지었다.

"나도 그렇게 생각해요." 나도 미소로 답례했다. "크리스천, 나……." 나는 불안하게 쳐다보았다.

"뭔데, 아나?"

"여기요." 가방에서 작은 선물 상자를 꺼냈다. "생일 선물이에요. 지금 주고 싶었어요. 하지만 토요일까지 열어보지 않겠다고 약속해요, 알겠어요?"

그는 깜짝 놀라 눈을 깜박이다 침을 삼켰다. "알았어."

심호흡을 하며 상자를 그에게 건넨다. 당혹스러운 표정은 무시했다. 그는 상자를 흔들어보았다. 아주 만족스럽게 달가닥거렸다. 그는 얼굴을 찡그렸다. 그 안에 든 게 뭔지 알고 싶어서 죽을 지경이겠지. 그러더니 그는 씩 웃었다. 젊고 태평한 흥분으로 그의 눈이 밝아졌다. 아, 맙소사. 그는 자기 또래로 보였다. 무척이나 멋졌다.

"토요일까지는 열어보면 안 돼요." 나는 경고했다.

"알았어." 그가 대꾸했다. "그런데 어째서 지금 주는 거야?"

그는 상자를 파란 핀스트라이프 재킷 안주머니에 넣었다. 가슴 가까운 곳에.

참 적절하기도 하네. 나는 생각하며 생긋 웃었다.

"그럴 능력이 되니까요, 그레이 씨."

그의 입술이 재미있다는 듯 쓴웃음을 지었다.

"어이, 스틸 양. 내 대사를 훔쳤군."

싹싹하고 친절한 안내직원이 플린 박사의 웅장한 진료소에서 우리를 맞아주었다. 안내직원은 크리스천에게 따뜻한 인사를 건넸다. 내 취향에는 지나치게 따뜻했다. 안내직원은 그의 엄마라고 해도 괜찮을 정도로 나이가 많았다. 그는 이름도 알고 있었다.

박사의 방 자체는 소박했다. 연두색 벽지에 진녹색 소파가 두 개 놓여 있고 그 앞에는 가죽 윙체어 두 개가 마주보고 있었다. 신사 클럽 같은 분위기가 풍겼다. 플린 박사는 방 맨 끝 책상에 앉아 있었다.

우리가 들어가자, 박사가 일어서서 걸어 나와 의자들이 놓인 곳에서 맞았다. 그는 검은 바지에 연청색 셔츠를 입었다. 넥타이를 하지 않고 목 부분의 단추는 열어놓은 모습이었다. 환한 푸른 눈은 아무것도 놓치지 않을 듯했다.

"크리스천." 그가 정답게 인사했다.

"존." 크리스천은 그의 손을 잡았다. "아나스타샤 기억하죠?"

"어떻게 잊겠습니까? 아나스타샤, 환영해요."

"아나라고 불러주세요." 그가 내 손을 굳게 잡았다. 나는 그의 영국 억양이 좋았다.

"아나." 그는 친절하게 말하며 우리를 소파로 이끌었다.

크리스천은 나를 보고 소파 하나를 가리켰다. 나는 여유 있게 보이려 애쓰며 앉아서 한 손을 팔걸이에 올렸다. 크리스천은 내 옆 다른 소파에 앉았기 때문에 우리는 직각을 이루었다. 사이에는 간소한 전등이 놓인 작은 탁자가 있었다. 나는 전등 옆에 화장지 곽이 놓여 있는 것을 흥미롭게 보았다.

내 예상과는 달랐다. 마음속으로는 검은 긴 의자가 놓인 새하얀 방을 그렸었다.

여유롭게 상황을 통제하는 듯한 모습의 플린 박사는 휠체어에 앉아 가죽 메모판을 들었다. 크리스천은 한쪽 발목을 다른 쪽 무릎 위에 올려놓고 한 팔을 뻗어 의자 등걸이에 기댔다. 다른 손은 소파 팔걸이에 놓인 내 손을 잡아 안심시키듯 한 번 꽉 쥐었다.

"크리스천의 말에 의하면 아나가 우리 상담에 따라오겠다고 했다면서요." 플린 박사가 온화하게 시작했다. "아시겠지만 이 상담은 절대적인 비밀 유지가 필수적으로서……."

나는 한쪽 눈썹을 들어 그의 말을 중간에 막았다.

"아, 음…… 전 합의서에 서명했으니까요."

그가 말을 멈추자 당황한 나는 웅얼거렸다. 플린과 크리스천 둘 다 나를 보았고 크리스천이 내 손을 놓았다.

"비공개 합의서요?" 플린 박사가 이맛살을 찌푸리더니 의아 하다는 듯 크리스천을 힐끔 보았다.

크리스천은 어깨를 으쓱했다.

"여자와 관계는 모두 비공개 합의서로 시작했습니까?" 플린 박사가 물었다.

"계약 관계는 그랬죠."

플린 박사의 입술이 실룩였다. "여자와 다른 관계가 있긴 했 어요?" 그는 재미있어하는 표정이었다.

"없었습니다." 크리스천은 잠시 후 대답했다. 그도 유쾌하게 받아들이는 듯했다.

"생각한 대로군요." 플린 박사는 주의를 다시 내게로 돌렸다. "뭐, 비밀 유지는 걱정하지 않아도 될 것 같군요. 그 문제는 두 사람이 어느 시점이 되면 의논해보라고 말씀드려도 되겠죠? 제 가 알기로 두 분은 이제 계약 관계를 맺고 있지 않다면서요."

"다른 종류의 계약을 희망하고 있죠." 크리스천이 부드럽게 대답하며 나를 힐끔 보았다. 나는 얼굴을 붉혔고 플린 박사는 눈을 가늘게 떴다.

"아나, 실례라면 죄송합니다만, 생각보다 전 아나에 대해서 많이 알고 있어요. 크리스천은 그동안 아주 솔직했습니다."

나는 불안하게 크리스천을 보았다. 뭐라고 말했을까?

"비공개 합의서요?" 그가 말을 이었다. "그건 충격이었겠네 요."

나는 그를 보고 눈을 깜박였다. "아, 그때의 충격은 크리스천이 최근 털어놓은 사실 때문에 이제 많이 약해진 것 같네요."

부드러운 목소리였지만 망설이는 기색이 있었다. 무척 불안하게 들렸다.

"그러시겠죠." 그는 나를 향해 친절히 웃었다. "그래요, 크리스천. 무슨 이야기를 하고 싶습니까?"

크리스천은 뚱한 십 대처럼 어깨를 으쓱했다.

"아나스타샤가 만나고 싶어 했으니 이쪽에 물어보시죠."

플린 박사의 얼굴에는 다시 한 번 놀랍다는 기색이 떠올랐다. 그는 빈틈없는 시선을 내게 던졌다.

맙소사. 이건 창피했다. 나는 손가락을 내려다보았다.

"크리스천이 잠깐 나가 있으면 좀 더 편안할까요?"

내 눈길이 크리스천에게 가 박히자 그는 나를 기대하듯 바라보았다.

"네." 나는 나직이 대답했다.

크리스천은 찡그리더니 뭐라 말하려고 입을 열었다 재빨리 다시 다물고는 우아하게 벌떡 일어났다.

"대기실에서 기다리죠." 그의 입이 불만스럽게 꾹 다물어졌다.

아, 안 돼.

"고맙습니다, 크리스천." 플린 박사가 무감하게 말했다.

크리스천은 나를 향해 탐색하는 표정을 길게 던졌지만 방에서 뚜벅뚜벅 걸어 나갔다. 하지만 문을 쾅 닫지는 않았다. 휴우. 나는 금방 긴장이 풀렸다.

"그가 겁나나요?"

"네. 하지만 이전만큼은 아니에요."

그를 배신하는 기분이 들었지만 사실이었다.

"별로 놀랍진 않군요. 뭘 도와드릴까요, 아나?"

나는 깍지 낀 손가락을 내려다보았다. 뭘 물어보지?

"플린 박사님, 전 이전에는 사람을 사귄 적이 없습니다. 크리스천은…… 음, 크리스천이죠. 지난 일주일 동안 많은 일들이 있었어요. 아직 찬찬히 생각해볼 기회가 없었습니다."

"무엇을 찬찬히 생각해보게요?"

나는 시선을 들어 그를 보았다. 머리를 한 쪽으로 기울인 그가 동정 어린 시선으로 나를 보고 있다는 생각이 들었다.

"음…… 크리스천 말로는 기꺼이 포기하겠다고 합니다. 그…….'" 나는 더듬거리며 말을 멈췄다. 이런 이야기를 의논하기란 생각보다도 훨씬 더 어려웠다.

플린 박사가 한숨지었다. "아나, 크리스천을 알게 된 지 얼마 안 됐지만 아나는 지난 2년 동안 진료했던 저보다도 훨씬 더 대단한 진전을 끌어냈어요. 그에게 지대한 효과를 미치는 게 분명합니다. 아나도 그걸 알 텐데요."

"그도 제게 재대한 효과를 미쳤어요. 전 그저 제가 충분한지 모르겠습니다. 그의 욕구를 충족시키기에." 나는 나직이 말했다.

"저한테 필요한 게 그겁니까? 확인?"

나는 고개를 끄덕였다.

"욕구는 변합니다." 그가 간결하게 말했다. "크리스천은 이제까지 대처했던 방식이 더 이상 효과적이지 않은 상황에 처한 겁니다. 아주 간단히 말해서, 그가 악마들에 대적하고 다시 생각하도록 아나가 밀어붙였어요."

나는 눈을 깜박였다. 이 말은 크리스천이 한 말을 반영하고 있었다.

"네, 그의 악마들요." 나는 웅얼거렸다.

"우린 그걸 곰곰이 생각하진 않습니다. 그들은 다 과거의 존재들이니까요. 크리스천은 자기 악마가 뭔지 알고 있어요. 나도 그렇죠. 아마 아나도 분명히 알고 있을 거라고 생각합니다. 전 미래와 크리스천이 가고 싶은 곳으로 데려가는 일에 더 관심이 많습니다."

나는 얼굴을 찡그렸고 박사는 한쪽 눈썹을 치켰다.

"전문용어로는 SFBT라고 합니다. 미안해요." 그가 미소 지었다. "해결중심단기치료(Solution-Focused Brief Therapy)라고 합니다. 본질적으로 목적지향적이죠. 우리는 크리스천이 어디 가고 싶은지, 어떻게 가고 싶은지에 집중합니다. 이건 변증법적 방식이에요. 과거에 대해서 가슴 치며 호소해봤자 아무 관심이 없습니다. 그거야 크리스천이 이제까지 만났던 모든 내과 의사, 심리학자, 정신과 의사가 택했던 방식이죠. 우리는 어째서 그가 지금처럼 됐는지를 압니다. 하지만 중요한 건 미래죠. 크리스천이 스스로 그려보는 곳, 자기가 가고 싶은 곳. 그가 이런 형태의 치료를 진지하게 여기게 된 데는 당신이 떠난 게 컸어요. 자기 목적이 당신과 사랑하는 관계를 맺는 것임을 깨닫게 된 겁니다. 그렇게 간단해요. 우리가 지금 집중하고 있는 부분이 거깁니다. 물론 장애물도 있죠. 그의 하페포비아입니다."

뭐라고? 나는 숨을 들이쉬었다.

"미안해요. 접촉공포증이라는 뜻입니다." 플린 박사는 자기를 나무라듯 고개를 저었다. "물론 아나도 알고 있겠죠."

나는 얼굴을 붉히며 끄덕였다. 아, 그거!

"크리스천은 병적인 자기혐오감을 느끼고 있어요. 아나에게도 별로 놀랍지 않을 겁니다. 물론 파라섬니아도 있습니다. 음…… 죄송합니다만 사람들은 보통 야경증이라고 하죠."

나는 이 복잡한 용어들을 흡수하려 하며 눈을 깜박였다. 다

아는 사실들이긴 했다. 하지만 내 주된 불안은 아직 언급하지 않았다.

"하지만 그는 사디스트예요. 그 자체로 내가 채울 수 없는 욕구를 가지고 있어요."

플린은 눈을 흘기더니 입을 엄하게 꾹 다물었다.

"그 증상은 이제 더 이상 정신병리학적 용어로 인정되지 않습니다. 크리스천에게 수없이 많이 말했건만. 이제 더 이상 성적 도착으로 분류되지 않아요. 적어도 90년대부터는."

플린 박사의 말을 또다시 이해할 수 없었다. 나는 그를 보고 눈을 깜박였다. 그는 친절하게 미소 지었다.

"이게 바로 제가 싫어하는 점이죠." 그는 고개를 저었다. "크리스천은 어떤 상황에서도 최악을 생각합니다. 그것도 자기혐오의 일환이에요. 물론, 성적 사디즘이라고 하는 것이 있습니다만 그건 질병은 아니에요. 다만 생활 방식의 선택이죠. 동의한 성인 사이에서 안전하고 이성적으로 실시된다면 문제가 되지 않습니다. 제가 이해하기로는 크리스천의 모든 BDSM 관계는 이런 방식으로 행해졌던 것 같습니다만. 동의하지 않은 연인은 아나가 처음이죠. 그래서 그는 그렇게 할 마음을 잃었던 겁니다."

연인!

"하지만 그렇게 간단하지 않은걸요."

"어째서요?" 플린 박사는 온화하게 어깨를 으쓱했다.

"음…… 그가 그렇게 하는 이유들요."

"아나, 그게 핵심입니다. 해결집중치료에선 그렇게 간단해요. 크리스천은 아나와 함께 있고 싶어 합니다. 그러기 위해선 그런 관계의 더 극단적인 측면을 삼갈 필요가 있습니다. 결국 아나의 부탁은 그다지 비합리적인 것이 아니지 않습니까? 그런가요?"

나는 얼굴을 붉혔다. 비합리적이지 않잖아, 그런가?

"그런 것 같진 않아요. 하지만 그는 그렇게 생각할까 걱정될 뿐이에요."

"크리스천은 그것을 인지하고 그에 따라 행동했습니다. 그는 정신이상이 아니에요." 플린은 한숨지었다. "요약하면 그는 사디스트가 아니에요, 아나. 그저 화나고 겁에 질린 영리한 젊은 이로, 그가 태어날 때 나눠 받았던 나쁜 패를 처리해야 했던 것뿐이죠. 그런 얘기를 가슴 치면서 털어놓고 누가, 어떻게, 왜를 열심히 분석할 순 있죠. 혹은 크리스천은 그저 앞으로 나가면서 어떻게 살고 싶은지 결정할 수 있습니다. 그는 몇 년 동안 효과를 보았던 무언가를 찾았어요. 어느 정도는요. 하지만 아나를 만난 이후로는 더 이상 효과가 없었습니다. 결과적으로 크리스천은 작동 방식을 바꾸고 있는 거죠. 아나나 나는 그의 선택을 존중하고 그를 지지해야 합니다."

나는 입을 벌리고 그를 보았다. "제게 확인시켜주시는 건가요?"

"그렇다면 더할 나위 없이 좋겠지만요, 아나. 이 삶에는 보증이라는 게 없습니다." 그는 미소 지었다. "그리고 그게 제 전문가적 의견입니다."

나도 희미하게 미소 지었다. 의사들의 농담이란…… 이런.

"하지만 크리스천은 자기를 재활 중인 알코올중독자로 생각해요."

"크리스천은 항상 자기에 대해 최악을 생각할 겁니다. 말한 대로 그건 자기혐오의 일부분이죠. 뭐가 되었든 그의 기질 안에 있습니다. 자연히 그는 삶에서 이런 변화를 일으키는 데 불안감을 갖고 있습니다. 잠재적으로는 감정적인 고통이 가득한 세계에 자신을 드러내고 있는 것이니까요. 그런데 우연히도 아나가 떠났을 때 그는 이 고통을 맛보았죠. 그러니 당연히 불안해하지 않겠습니까."

플린 박사는 말을 멈추었다.

"크리스천은 사도 바울이 다마스쿠스로 갈 때 개종한 것처럼 엄청난 변화를 겪고 있어요. 거기서 아나가 얼마나 중요한 역할을 하고 있는지 강조를 하려는 게 아닙니다. 하지만 아나의 역할은 중요해요. 크리스천이 아나를 만나지 않았더라면 지금 이곳에 있지 않았을 겁니다. 개인적으로는 알코올중독자가 좋은 비유라고는 생각하진 않아요. 하지만 지금 당장은 효과가 있으니, 유리하게 해석하도록 합시다."

유리하게 해석하자. 그 생각에 나는 얼굴을 찡그렸다.

"감정적으로 크리스천은 청소년입니다, 아나. 그는 인생에서 그 단계를 완전히 건너뛰었어요. 그는 그 에너지를 다 돌려 재계에서 성공하는 데 썼고, 기대를 넘어서 잘해냈습니다. 그의 감정적 세계가 나중에 따라잡아야 하는 거죠."

"그럼 내가 어떻게 돕죠?"

플린 박사가 웃었다. "그저 하던 대로 계속하세요." 그가 나를 보고 씩 웃었다. "크리스천은 아나에게 홀딱 반했어요. 보고 있으면 아주 재밌습니다."

나는 얼굴을 붉혔지만 내 안의 여신은 환희로 자기 몸을 껴안았다. 하지만 뭔가 거슬리는 점이 있었다.

"한 가지만 더 물어봐도 될까요?"

"물론입니다."

나는 심호흡했다. "제 마음 한 구석에서는 그가 이처럼 망가지지 않았다면…… 나를 원하지 않았을 거라는 생각이 있어요."

플린 박사가 화들짝 놀라 눈썹을 치켰다.

"그건 아주 자기부정적인 말인데요, 아나. 솔직히 그건 크리스천보다 아나에 관해서 좀 더 많은 걸 알려주는군요. 그의 자기혐오에는 비할 바가 아니겠지만, 놀랐는데요."

"뭐, 그를 보세요……. 그리고 저를 보세요."

플린 박사가 찡그렸다. "봤습니다. 매력적인 젊은이가 있고 매력적인 아가씨가 있죠. 아나, 왜 자기가 매력적이라는 생각을 못하죠?"

아, 아니야……. 난 이 상담이 내 얘기로 돌아가는 걸 원치 않았다. 나는 손가락만 쳐다보았다. 날카롭게 문을 두드리는 소리에 펄쩍 뛰었다. 크리스천이 우리 둘을 쏘아보면서 방 안으로 들어왔다. 나는 얼굴을 붉히며 재빨리 플린 박사를 보았고, 박사는 자상하게 크리스천을 보고 미소 지었다.

"잘 돌아왔어요, 크리스천."

"시간이 된 것 같아서요, 존."

"거의 다 됐죠, 크리스천. 우리와 함께 합시다."

크리스천은 이번엔 내 옆에 앉아서 소유권을 주장하듯 한 손을 내 무릎에 얹었다. 플린 박사는 그의 행동을 놓치지 않았다.

"다른 질문 있습니까, 아나?" 플린 박사의 관심은 확연했다. 젠장…… 그런 질문은 하지 않았어야 하는데. 나는 고개를 저었다.

"크리스천은?"

"오늘은 없습니다, 존."

플린 박사는 고개를 끄덕였다.

"두 사람이 다시 함께 오는 게 이로울지도 모르겠네요. 아나가 좀 더 질문이 많을 것 같습니다."

크리스천이 마지못해 고개를 끄덕였다.

나는 얼굴을 붉혔다. 젠장…… 박사는 파고들고 싶어 하는구나. 크리스천은 내 손에 깍지를 끼고 강렬하게 쳐다보았다.

"괜찮지?" 그가 부드럽게 물었다.

나는 미소 지으며 고개를 끄덕였다. 그래, 일단은 유리하게 해석해도 되겠지. 영국에서 온 좋은 의사 덕분에.

크리스천은 내 손을 꽉 쥐고 박사에게로 몸을 돌렸다.

"그 사람 어때요?" 그는 부드럽게 물었다.

나?

"좋아질 겁니다." 그가 안심을 시켜주듯 말했다.

"잘됐네요. 그 사람 경과를 계속 알려주세요."

"그러죠."

맙소사. 레일라 얘기구나.

"가서 승진 축하할까?" 크리스천이 신랄하게 물었다.

나는 수줍게 고개를 끄덕였고 크리스천이 일어섰다.

우리는 플린 박사에게 서둘러 작별 인사를 했고 크리스천은 어색할 정도로 서둘러 나를 밖으로 안내했다.

거리에 나오자 그가 나를 돌아보았다. "어땠어?" 걱정스러운 목소리였다.

"좋았어요."

그는 의심스럽게 나를 바라보았다. 나는 머리를 한쪽으로 기울였다.

"그레이 씨, 그런 식으로 보지 마요. 의사의 명령에 따라 당신을 유리하게 해석하려고 할 테니까."

"그게 무슨 뜻이야?"

"두고 보면 알죠."

그의 입이 비틀리고 눈이 가늘어졌다.

"차에 타." 그는 사브 문을 열었다.

아, 방향을 바꾸시겠다? 내 블랙베리가 진동하는 바람에 가방에서 서둘러 꺼냈다.

어머나, 호세!

"안녕!"

"아나, 안녕……."

크리스천을 보니 의심스럽게 나를 쳐다보는 중이었다. "호세." 나는 입 모양으로 말했다. 그는 무감하게 쳐다보았지만 눈이 굳어졌다. 내가 모를 줄 알고? 나는 다시 호세에게로 주의를 돌렸다.

"전화 못해서 미안. 내일 어때?" 묻기는 호세에게 물었지만 눈은 크리스천을 보았다.

"그래. 있잖아, 그레이 집에서 일하는 사람이랑 이야기를 했거든. 어디로 사진 배달할지 물어보려고. 거기 아마 5시나 6시쯤 도착할 거야. 그 이후에는 아무 일 없고."

아.

"음, 나 지금은 크리스천이랑 같이 있거든. 그러니까 크리스천 말로는 네가 좋으면 그 집에 묵고 가라고."

크리스천은 입을 엄하게 일자로 다물었다. 흠, 손님 맞는 태도하며.

호세는 이 소식을 받아들이려는지 잠시 아무 말도 하지 않았다. 나는 속으로 움츠렸다. 호세와 크리스천 얘기를 할 기회가 없었다.

"그래." 호세가 마침내 말했다. "그레이랑 진지한 사이인 거야?"

나는 차에서 몸을 돌리고 보도 반대편으로 걸어갔다.

"그래."

"얼마나 진지해?"

나는 눈을 굴리다 멈췄다. 크리스천은 어째서 듣고 있담?

"진지해."

"지금 같이 있어? 그래서 짧게 대답하는 거야?"

"그래."

"그럼, 내일 너 외출해도 되는 거지?"

"당연하지." 그러길 바랐다. 나도 모르게 거짓말을 해버렸다.

"그럼 어디서 만나?"

"회사로 오면 어떨까?"

"그래."

"주소는 문자로 보낼게."

"몇 시?"

"6시쯤?"

"그래. 그때 보자, 아니. 보고 싶다."

나는 씩 웃었다. "그래, 그때 봐." 전화를 끄고 등을 돌렸다.

크리스천은 차에 기대 나를 조심스레 살피고 있었다. 표정은 읽을 수 없었다.

"친구는 어떻게 지낸대?" 그는 차갑게 물었다.

"잘 있대요. 내일 나를 회사로 데리러 온대요. 그 다음에 술 한잔하러 가려고요. 당신도 낄래요?"

크리스천은 망설였다. 회색 눈은 차가웠다. "그 친구가 뭐 접근하는 건 아니고?"

"아니에요!" 나는 화난 말투로 대꾸했지만 눈을 흘기는 건 참았다.

"좋아." 크리스천이 졌다는 듯 두 손 들었다. "친구랑 나가 놀아. 하지만 저녁 늦게는 보자고."

싸움을 기대했건만 그가 순순히 보내주자 오히려 허를 찔렸다.

"봐, 나도 합리적으로 굴 수 있다고." 그가 싱긋 웃었다.

내 입이 비틀렸다. 어디 두고 보라지.

"내가 운전해도 돼요?"

크리스천이 내 부탁에 놀란 듯 눈을 깜박였다.

"안 했으면 좋겠는데."

"왜요? 정확한 이유는?"

"남이 운전하는 차 타는 걸 싫어하니까."

"오늘 아침에는 탔잖아요. 그리고 테일러가 운전하는 차는 잘만 타면서."

"테일러의 운전은 절대적으로 신뢰하거든."

"나는 아니고요?" 나는 두 손을 허리에 얹었다. "솔직히, 당신의 통제광 성향은 정말 선을 지킬 줄 모르네요. 난 열다섯 살 때부터 운전했다고요."

그는 사실이야 어쨌든 하등 중요하지 않는다는 식으로 어깨를 으쓱했다. 오, 정말 짜증나게 하네! 유리하게 해석하라고? 웃기는 소리.

"이거 내 차 맞아요?" 나는 따졌다.

그가 얼굴을 찡그렸다. "물론 네 차지."

"그럼 열쇠 줘요. 두 번 운전해봤지만 출퇴근할 때만 썼으니까. 근데 재미는 당신만 보고."

나는 완전히 삐친 상태였다. 크리스천의 입술이 미소를 억누르는 듯 실룩였다.

"하지만 우리가 어디 가는지 모르잖아."

"가르쳐주면 되잖아요, 그레이 씨. 이제까지 잘만 했으면서."

그는 어이가 없다는 듯 나를 쳐다보다가 미소를 지었다. 이 새로운 수줍은 미소에 나는 숨이 막혀 결국 마음을 풀었다.

"잘했다고, 어?" 그가 놀렸다.

나는 얼굴을 붉혔다. "대부분은요."

"뭐, 그런 경우라면." 그는 내게 열쇠를 건네고 운전석으로 가서 문을 열었다.

"여기서 왼쪽."

크리스천이 명령했고 우리는 5번 주간 고속도로를 향해 북쪽으로 향했다.

"어이, 부드럽게 해, 아나."

그가 계기반을 잡았다.

아, 정말. 나는 눈을 흘겼지만 고개를 돌려서 그를 보진 않았다. 밴 모리슨의 노래가 카오디오에서 흘러나오고 있었다.

"속도 줄여!"

"줄이고 있다고요!"

크리스천이 한숨지었다.

"플린이 뭐라고 했어?"

그의 목소리에서 근심이 배어 나왔다.

"말했잖아요. 당신을 유리하게 해석해주라고 했다고."

젠장, 크리스천에게 운전하라고 맡길걸. 그래야 그를 볼 수 있었을 텐데. 사실…… 나는 세우겠다는 신호를 보냈다.

"뭐 하는 거야?" 그가 퍼뜩 놀라 딱딱거렸다.

"당신에게 운전을 맡기려고요."

"왜?"

"그래야 당신 볼 수 있으니까요."

그가 웃었다. "아니, 운전하고 싶다면서. 그러니 네가 운전해. 난 너를 볼 테니."

나는 그를 보고 얼굴을 찌푸렸다. "앞을 봐!" 그가 고함을 질렀다.

피가 끓었다. 알았다고! 신호등 앞에 차를 대고 뛰어내리면서 문을 쾅 닫았다. 나는 보도에 서서 팔짱을 끼고 그를 노려보았다. 그도 차에서 내렸다.

"뭐 하는 거야?" 그가 나를 쏘아보며 화난 소리로 물었다.

"아니, 당신이야말로 뭐 하는 거예요?"

"여기 주차하면 안 돼."

"알아요."

"그런데 왜 했어?"

"당신이 떽떽거리면서 명령하는 데 질렸으니까! 당신이 운전하든지 내가 운전할 때 입을 닫든지!"

"아나스타샤, 딱지 떼기 전에 다시 차에 타."

"싫어요."

그는 완전히 어쩔 줄 모르고 눈을 깜박이면서 한 손으로 머리를 훑었다. 분노가 당혹으로 바뀌었다. 갑자기 너무 우스워 보여서 나는 그를 보고 웃지 않을 수 없었다. 그는 얼굴을 찡그렸다.

"뭐야?" 그가 다시 한 번 딱딱거렸다.

"당신요."

"아, 아나스타샤! 넌 정말 이 지구상에서 가장 속수무책인 여자야." 그가 허공에 두 손을 들었다. "좋아, 내가 운전하지."

나는 그의 재킷을 잡고 내 쪽으로 잡아당겼다.

"아니, 당신이야말로 이 지구상에서 가장 속수무책인 남자죠, 그레이 씨."

내려다보는 그의 눈이 어둡고 강렬했다. 그는 두 팔을 내 허리에 감고 꼭 끌어안았다.

"그러면 우리가 천생연분인가 보지."

그는 부드럽게 말하며 내 머리카락에 코를 대고 깊이 숨을 쉬었다. 나도 그에게 두 팔을 감고 눈을 감았다. 오늘 아침 이후처음으로 긴장이 풀리는 느낌이었다.

"아…… 아나, 아나, 아나."

그의 입술이 내 머리카락을 눌렀다. 나는 그를 안은 팔에 더힘을 꼭 주었다. 우리는 꼼짝도 않고 거리에서 예기치 않은 평온함의 순간을 음미했다. 그는 나를 놔주더니 조수석 문을 열었다. 나는 차에 올라타서 조용히 앉아 그가 차를 돌아가는 모습을 보았다.

크리스천은 다시 시동을 걸어 차들의 흐름 속으로 섞여 들었다. 그러면서 건성으로 밴 모리슨의 노래를 따라 불렀다.

아, 그의 노래는 처음 들었다. 심지어 샤워하면서도 들은 적없는데. 난 얼굴을 찡그렸다. 목소리가 아름다웠다. 물론이지. 으으음. 내가 노래하는 걸 그가 들었던가?

네 노래를 들었으면 너한테 청혼 안 했을걸? 내 잠재의식은버버리 체크 옷을 입고 팔짱을 끼고 있었다. 노래가 끝나고 크리스천이 씩 웃었다.

"알지? 딱지 떼면 이 차는 네 명의로 되어 있다는 거."

"뭐, 승진해서 다행이네요. 벌금은 낼 수 있을 테니."

나는 잘난 체하며 그의 아름다운 옆모습을 쳐다보았다. 그의 입술이 실룩였다. 그가 5번 주간 고속도로 북쪽으로 향하는 램프에 올라섰을 때 밴 모리슨의 또 다른 노래가 흘러나왔다.

"어디로 가는 거예요?"

"깜짝 선물이야. 플린이 그거 말곤 뭐라고 했어?"

나는 한숨지었다. "FFFSTB인가 뭔가 말했어요."

"SFBT겠지. 최근 치료 요법이야."

"다른 것도 해봤어요?"

그가 콧방귀를 뀌었다. "다 겪어봤지. 인지주의, 프로이트, 기능주의, 게슈탈트, 행동주의……. 이름만 대봐. 수년간 다 해봤으니까."

말투에서는 신랄함이 배어 나왔다. 목소리에 담긴 증오는 음울했다.

"이 최근 요법이 효과가 있는 것 같아요?"

"플린이 뭐래?"

"과거에 매달리지 말라고. 미래에 집중하라고. 당신이 어디 가고 싶은지."

크리스천은 고개를 끄덕였으나 동시에 어깨를 으쓱하기도 했다. 신중한 표정이었다.

"또 다른 건?"

"접촉공포증도 말했어요. 비록 다른 이름을 썼지만. 또 악몽이랑 자기혐오도."

저녁 불빛 속에 그는 생각에 잠겼고 운전하면서 엄지손가락을 씹고 있었다. 그가 나를 힐긋 보았다.

"앞을 봐요, 그레이." 나는 눈썹을 찌푸리며 야단했다.

그는 재미있어하면서도 약간 열 받은 것 같기도 했다.

"두 사람이 끝도 없이 얘기하더니만. 또 뭐라고 해?"

나는 침을 꿀꺽 삼켰다. "당신이 사디스트는 아니라고 생각한다고 했어요."

"정말?" 크리스천이 조용히 말하더니 얼굴을 찡그렸다. 차 안의 분위기가 푹 가라앉았다.

"정신분석학에서는 그 용어를 인정하지 않는다네요. 90년대 이후로는." 나는 우리 사이의 분위기를 어떻게든 살려보려고 재빨리 덧붙였다.

크리스천의 얼굴이 어두워졌다. 그는 천천히 숨을 내쉬었다.

"플린과 나는 이 점에 대해서 의견이 달라."

"박사님 말로는 당신은 항상 자기를 최악으로 생각한다고. 그건 사실이죠." 나는 중얼거렸다. "또 성적 사디즘에 대해서 말했어요. 하지만 그건 생활 방식의 선택이지 정신과적 질환은 아니라고 했어요. 어쩌면 당신은 그렇게 생각할지 모르지만."

그의 눈이 다시 내 쪽을 휙 향했다. 그의 입이 냉혹하게 다물어졌다.

"좋은 의사랑 한 번 얘기하더니 전문가가 되었군."

그는 신랄하게 말하고 눈을 앞으로 향했다.

아, 정말……. 나는 한숨지었다.

"저기요, 의사 선생님이 뭐라고 했는지 듣고 싶지 않다면, 애초에 묻지를 마요."

말싸움은 싫었다. 어쨌든 그의 말이 맞았다. 그의 거지 같은 문제에 대해 내가 뭘 안다고? 알고 싶긴 한가? 눈에 띄는 점을 줄줄 열거할 수도 있었다. 통제광 성향, 소유욕, 질투, 과잉보호 성향. 난 이젠 그의 출신을 완전히 알 수 있었다. 심지어 어째서 그가 만지는 걸 싫어하는지도 알았다. 물리적 흉터도 보았다. 하지만 정신적 흉터는 오로지 상상할 수만 있을 뿐이고 그의 악몽은 딱 한 번 엿보았을 뿐이었다.

"네가 뭘 의논했는지도 듣고 싶어."

크리스천은 172번 출구에서 고속도로를 빠져나가며 내 생각을 끊었다. 그는 천천히 가라앉는 태양을 향해 서쪽을 향하고 있었다.

"나보고 당신 연인이래요."

"그랬어?" 화해를 청하는 어조였다.

"플린은 용어 선택에 무척 까다로운데. 그게 정확한 묘사인 것 같아. 안 그래?"

"당신 서브들도 연인이라고 생각했어요?"

크리스천이 다시 한 번 이맛살을 찌푸렸지만 이번에는 생각하느라 그런 것이었다. 그는 사브를 다시 한 번 부드럽게 북쪽으로 몰았다. 어디로 가는 걸까?

"아니, 그들은 섹스 파트너였지."

다시 그의 목소리는 신중해졌다.

"네 연인은 너뿐이야. 그리고 그 이상이 되어주길 바라고."

오, 다시 가능성으로 찰랑찰랑 가득 찬 그 마법의 단어. 그 말에 나는 미소를 지었다. 마음속으로 기쁨을 억누르기 위해 나를 끌어안았다.

"알아요."

나는 흥분을 감추려 무던히 애쓰며 속삭였다.

"그저 시간이 좀 필요해요, 크리스천. 며칠 동안 일어났던 일들을 정리할 시간."

그는 곤혹스럽다는 듯 머리를 한쪽으로 기울이고 나를 이상하게 쳐다보았다.

한 박자 후 우리가 서 있던 교차로의 신호등이 녹색으로 바뀌었다. 그는 고개를 끄덕이며 음악 소리를 높였다. 우리의 토론은 끝이 났다.

밴 모리슨이 아직도 노래하고 있었다. 이제는 좀 더 낙천적인, 달빛 아래 춤추기에 멋진 밤에 관한 곡이었다. 창문을 내다보니 이울어지는 햇빛이 소나무와 가문비나무 위에 금색 가루를 흩뿌리고 있었다. 긴 나무 그림자가 길 위에 어렸다. 크리스천은 주거 지역으로 돌았고 우리는 사운드를 향해 서쪽으로 달렸다.

"어디 가는 거예요?"

어떤 길로 들어섰을 때 나는 다시 한 번 물었다. 도로 표지판을 보았다. 나인스 애비뉴 북서쪽. 난 어안이 벙벙했다.

"놀랐지." 그는 수수께끼 같은 미소를 띠었다.

18

크리스천은 관리가 잘된 단층짜리 물막이 판자 지붕 집들을 연이어 지나쳤다. 아이들이 마당에서 야구를 하거나 거리에서 자전거를 타고 뛰어다니는 동네였다. 나무들 사이에 집들이 자리 잡고 있는 모습이 부유하고 건전해 보이는 곳이었다. 누굴 만나러 가는 건가? 누구?

몇 분 후 크리스천이 휙 좌회전을 하자, 1미터 80센티미터의 사암 벽에 붙은 하얀 금속 장식문이 나왔다. 크리스천이 문 손잡이에 있는 버튼을 누르니 키패드 도어가 조용히 내려갔다. 그가 키패드에 비밀번호를 누르자 양쪽 문이 활짝 열리면서 우리를 환영했다.

나를 힐끔 보는 그의 표정이 바뀌었다. 자신 없고, 심지어 불안해하는 듯했다.

"뭐예요?" 나는 목소리에 어린 걱정을 숨길 수가 없었다.

"생각을 한번 해봤어." 크리스천은 조용히 말하면서 사브를 몰고 문 사이로 슥 들어갔다.

차 두 대가 지날 만한 너비의 오솔길 위에 나무들이 죽 서 있었다. 한쪽에는 나무들이 빡빡한 숲을 빙 둘렀다. 다른 한편에는 한때는 경작지로 썼겠지만 지금은 휴한지인 너른 초지가 있었

다. 잡초와 들꽃이 그 땅을 다시 차지해서 전원적 풍경을 이루
었다. 늦은 저녁의 산들바람에 풀들이 물결처럼 부드러이 흔들
렸고 저녁 해가 들꽃을 금색으로 물들였다. 아름답고 무척 평온
한 모습이었다. 갑자기 나는 풀밭 위에 누워 맑고 푸른 여름 하
늘을 바라보고 싶었다. 속을 태우는 생각이었지만 어쩐지 이상
한 이유로 고향이 그리웠다. 참 이상하기도 하지.

오솔길은 굽이굽이 돌아 너른 차로로 이어지더니 분홍색 사암
으로 만든 지중해식의 장대한 집 앞까지 이르렀다. 궁전 같았다.
모든 조명이 다 켜져서 땅거미 속에서도 창문이 환히 빛났다. 차
네 대를 세울 수 있는 차고 앞에는 멋진 검은 BMW가 주차되
어 있었지만, 크리스천은 장엄한 주랑현관 앞에 차를 세웠다.

으음……. 여기 누가 사는지 궁금했다. 누굴 찾아온 거지?

크리스천이 불안하게 나를 힐끔 보며 차 시동을 껐다.

"열린 마음으로 받아들일 수 있어?"

나는 얼굴을 찡그렸다.

"크리스천, 당신을 처음 만난 날 이후로 열린 마음이 없었으
면 여기까지 못 왔을걸요."

그는 역설적이라는 듯 웃더니 고개를 끄덕였다. "좋은 지적
이야, 스틸 양. 가자."

어두운 나무문이 열리자 성실한 미소를 띠고 날렵한 라일락
색 정장을 입은 진한 갈색 머리 여자가 서서 기다리고 있었다.
플린 박사에게 좋은 인상을 주려고 민소매 남색 원피스를 입고
온 게 다행이었다. 그래, 그 여자처럼 킬힐을 신고 있진 않지만
그래도 청바지 차림은 아니니까.

"그레이 씨." 여자는 따뜻하게 미소 지었고 두 사람은 악수를
나누었다.

"켈리 씨." 그는 예의 바르게 인사했다.

여자는 나를 보고 웃더니 한 손을 내밀었고 나도 그 손을 잡고 악수했다. 그 여자 또한 '저 남자, 정말 꿈결같이 멋지지 않아? 내 남자였으면'이라는 신호를 발산하듯 얼굴을 붉힌 것을 나는 놓치지 않았다.

"올가 켈리예요." 여자는 사근사근하게 소개했다.

"아나 스틸입니다."

대체 이 여자는 누굴까? 여자는 한쪽으로 물러섰고 우리를 집 안으로 안내했다. 집 안에 발을 들여놓은 순간 충격을 받았다. 집은 텅 비어 있었다. 완전히 텅 비었다. 우리가 있는 곳은 거대한 현관홀이었다. 벽은 빛바랜 앵초꽃 같은 노란색으로 군데군데 그림을 걸었던 자국이 있었다. 남아 있는 것이라고는 오래된 크리스털 조명뿐이었다. 바닥은 칙칙한 경재 마루였다. 우리 양쪽에는 닫힌 문이 있었지만 크리스천은 내게 사정을 파악할 겨를을 주지 않았다.

"가자."

그는 내 손을 잡고 아치형 복도를 지나 더 큰 안쪽 로비로 갔다. 그는 주 거실로 나를 이끌었다. 거실도 역시 커다란 빛바랜 양탄자 말고는 텅 비어 있었다. 내가 이제까지 본 중 가장 큰 양탄자였다. 오, 거기에도 크리스털 샹들리에가 네 개 있었다.

하지만 방들을 지나 열린 프렌치 도어 너머 거대한 석조 테라스로 나갔을 때 크리스천의 의도는 이제 명확해졌다. 우리 아래에는 축구 경기장 반만 한, 잘 다듬은 잔디밭이 있었지만 그 너머의 전망이 무척 훌륭했다. 와.

파노라마 같은 풍경이 거칠 것 없이 펼쳐져 숨이 막혔다. 아찔할 정도였다. 퓨젓 사운드 위에 황혼이 깔려 있었다. 끝에는 베인브리지 섬이 있고, 수정처럼 맑은 저녁 하늘 끝에는 빛나는 피와 불꽃같은 오렌지 같은 석양이 올림픽 국립공원 너머로 천천히 가라앉았다. 주홍색 햇살이 오팔과 아콰마린을 품고 세룰리안블루 하늘에 피처럼 흘렀다. 진자줏빛으로 물든 오리구름과 사운드 너머의 육지가 이 광경에 한데 섞여들었다. 자연이 만들어낸 최고의 시각적 교향악이 하늘에서 연주되면서 사운드의 깊고 고요한 물 위에 비쳤다.

나는 이 전망에 푹 빠져 지고의 아름다움을 흡수하기 위해 가만히 응시했다.

경이에 차서 나도 모르게 숨을 죽이고 있었다는 것을 나중에서야 깨달았다. 크리스천은 여전히 내 손을 잡고 있었다. 마지못해 시선을 돌리자, 그가 불안하게 나를 쳐다보고 있었다.

"이 전망을 보여주려고 나를 데려온 거예요?" 나는 속삭였다.

그가 진지한 표정으로 고개를 끄덕였다.

"아찔하네요, 크리스천. 고마워요."

나는 다시 한 번 이 광경을 한껏 즐겼다. 그가 내 손을 놓았다.

"평생 이런 광경을 보면서 살면 어떻겠어?" 그가 작은 소리로 물었다.

뭐? 얼굴을 그쪽으로 휙 돌렸다. 놀란 푸른 눈과 생각에 잠긴 회색 눈이 마주쳤다. 내 입이 저절로 벌어졌고 나는 그를 멍하니 바라보았다.

"항상 해변에 살고 싶었어. 사운드 위아래로 항해하며 이 집들을 탐냈지. 이곳이 시장에 나온 건 얼마 되지 않았어. 이 집을 사서 허물고 새 집을 짓고 싶어. 우리를 위해."

그의 눈은 희망과 꿈으로 반투명하게 빛났다.

세상에. 어쨌든 꼿꼿이 서 있기는 했지만 어지러웠다. 여기

산다고! 이 아름다운 항구에! 평생…….

"그냥 생각이야." 그가 조심스레 덧붙였다.

뒤를 돌아보며 집 안의 인테리어를 감정해보았다. 이게 얼마나 나갈까? 한 백만, 천만 달러는 되겠지. 난 감도 잡을 수 없었다. 세상에.

"어째서 허물려고 해요?" 나는 그를 돌아보았다. 그는 풀이 죽었다. 아, 그게 아닌데.

"좀 더 환경친화적인 집을 짓고 싶어. 최신 환경 기술을 사용해서. 엘리엇이 지을 수 있을 거야."

방을 다시 돌아보았다. 올가 켈리 양이 저편 문간에 어슬렁거리고 있었다. 이 여자는 부동산업자였다, 당연히. 그 방은 거대하고 천장이 두 배 높이라서 에스칼라의 큰 방과 약간 비슷한 인상을 주었다. 그 위에는 발코니가 있었다. 2층에는 계단이 있을 터였다. 거대한 벽난로가 있고 테라스로 이어지는 프렌치 도어가 한 줄로 죽 나 있었다. 구세계의 매력이 있는 집이었다.

"집을 좀 더 돌아볼 수 있어요?"

그가 눈을 깜박였다.

"그럼." 그는 영문을 모르겠다는 듯 어깨를 으쓱했다.

우리가 다시 안으로 들어가자 켈리 양의 얼굴이 크리스마스트리처럼 환해졌다. 기쁘게 우리에게 집 구경을 시켜주며 재잘재잘 홍보문구를 늘어놓았다.

집은 거대했다. 6에이커의 부지 위에 1,200제곱미터의 크기였다. 주 거실뿐만 아니라 식당 겸용 (아니, 연회장 겸용) 부엌에 가족실이 딸려 있고(가족이라니!), 음악실, 도서실, 서재가 있었다. 또 놀랍게도 실내 풀장, 증기 사우나가 달린 운동실까지도 있었다. 지하실에는 극장과 놀이실이 있었다. 으흠……

놀이실이라니, 어떤 종류의 놀이를 거기서 할 수 있을까?

켈리 양은 온갖 종류의 특징을 늘어놓았지만 근본적으로 그 집은 아름답고 한때는 행복한 가정의 보금자리였던 것이 분명했다. 이제는 약간 낡았지만 따뜻한 사랑과 보살핌을 조금만 기울이면 치유할 수 없는 것도 아니었다.

켈리 양을 따라 장대한 주 현관을 따라 2층으로 올라갔을 때 난 흥분을 억누를 수 없었다. ······이 집은 내가 가정에서 바랄 수 있는 모든 것을 갖추고 있었다.

"있는 집을 좀 더 친환경적이고 자급적으로 만들 순 없어요?"

크리스천이 어찌할 바를 모르고 눈을 깜박였다. "엘리엇에게 물어봐야지. 형이 이 분야의 전문가니까."

켈리 양은 우리를 주 침실로 이끌었다. 전신 높이의 창문이 발코니 쪽으로 열려서 전망이 무척 장관이었다. 침대에 누워 돛단배와 바뀌는 날씨를 하루 종일 내다볼 수 있었다.

2층에는 여분의 침실이 다섯 개 있었다. 아이들! 그 생각은 한쪽으로 치워버렸다. 그렇지 않아도 생각할 게 너무 많았다. 켈리 양은 바쁘게 크리스천에게 이 부지 안에 마구간과 방목지까지도 수용할 수 있다고 떠들고 있었다. 말이라니! 몇 번 받았던 승마 교습의 끔찍했던 기억이 마음을 스치고 지났지만 크리스천은 듣고 있는 것 같지 않았다.

"방목지는 지금 목초지가 있는 곳에 있겠죠?" 내가 물었다.

"네." 켈리 양이 환히 대답했다.

내게 그 목초지는 종일 긴 풀숲에 누워서 소풍을 할 수 있는 곳 같았다. 네 발 달린 악마가 돌아다니는 곳이 아니라.

다시 주 거실에 오자 켈리 양은 분별 있게 자리를 비켜주었고 크리스천은 나를 다시 한 번 테라스로 데리고 나갔다. 태양이 지고 올림픽 반도 일대의 불빛이 사운드 저 멀리에서 반짝거렸다.

크리스천이 나를 팔에 안고 집게손가락으로 턱을 들어올린 후 강렬하게 내려다보았다.

"생각할 게 많지?" 그의 표정은 읽을 수 없었다.

나는 고개를 끄덕였다.

"이 집을 사기 전에 네가 좋아할지 확인하고 싶었어."

"전망요?"

그가 고개를 끄덕였다.

"전망이 멋져요. 여기 이 집도 마음에 들고요."

"그래?"

나는 수줍게 미소 지었다. "크리스천, 목초지에서 나는 완전히 넘어갔는걸요."

날카롭게 숨을 들이쉬며 그의 입술이 벌어졌다. 그러더니 얼굴이 환한 미소로 변했다. 그의 손이 갑자기 내 머릿속으로 들어왔고 그의 입이 내 입으로 내려왔다.

시애틀로 돌아가면서 크리스천의 기분은 상당히 바뀌었다.

"그래, 살 거예요?" 내가 물었다.

"그래."

"에스칼라는 부동산에 내놓고요?"

그는 얼굴을 찡그렸다. "어째서 그래야 해?"

"새 집값에……." 나는 말꼬리를 흐렸다. 물론이시겠지. 얼굴이 붉어졌다.

그가 나를 보고 씩 웃었다. "날 믿어. 이 정도 낼 돈은 있으니까."

"부자인 게 좋아요?"

"그래. 그렇지 않은 사람 있으면 나와보라고 하시지." 그가 음험하게 말했다.

그래, 이런 화제는 재빨리 집어치우자.

"아나스타샤, 너도 곧 부자로 사는 법을 배워야 해. 네가 만약 받아들이면." 그의 목소리가 부드러워졌다.

"난 한 번도 부자가 되길 갈망한 적 없어요, 크리스천." 나는 찡그렸다.

"알아. 네게서 사랑하는 점이지. 하지만 그렇다고 해도 넌 한 번도 굶주려본 적이 없잖아." 그는 간결하게 말했다. 그의 말에 정신이 확 들었다.

"어디로 가는 거예요?" 나는 화제를 바꾸려고 밝게 물었다.

"축하하러." 크리스천이 긴장을 풀었다.

아! "뭘 축하해요, 집?"

"벌써 잊었어? 대리 편집자가 된 것."

"아, 그렇죠." 난 씩 웃었다. 믿을 수 없게도 잊고 있었다.

"어디로요?"

"저 높이, 내 클럽에."

"당신 클럽요?"

"그래, 그중 하나."

마일하이 클럽은 콜럼비아 타워의 76층에 위치하고 있어 크리스천의 아파트보다도 높았다. 아주 세련된 클럽으로 머리가 핑핑 돌 듯한 시애틀 전망이 보였다.

"샴페인, 아가씨?" 내가 바 의자에 걸터앉자 크리스천은 내게 차게 식힌 샴페인 잔을 건넸다.

"네. 고맙군요, 선생님." 나는 교태부리듯 마지막 말을 강조하며 속눈썹을 고의적으로 파닥였다.

나를 보는 그의 얼굴이 어두워졌다. "내게 지금 추파 던지는 거야, 스틸 양?"

"네, 그레이 씨. 그렇다면 어떻게 하겠어요?"

"뭔가 생각해낼 수 있을 것 같군." 그의 목소리는 나지막했다. "가자, 자리가 준비됐다니까."

자리에 가까이 갔을 때 크리스천이 내 팔꿈치를 잡고 멈췄다.

"가서 팬티 벗고 와." 그가 속삭였다.

응? 달콤한 전율이 등뼈를 타고 흘렀다.

"가." 그가 조용히 명령했다.

뭐, 뭐라고? 그는 미소 짓지 않고 참으로 진지했다. 허리 아래의 모든 근육이 죄어들었다. 나는 그에게 샴페인 잔을 건네고 휙 뒤로 돌아 화장실로 향했다.

제길. 뭘 하려는 걸까? 그나저나 이 클럽 이름은 참 적절하기도 했다.

화장실은 현대 디자인의 정수였다. 모두 짙은 나무와 검은 돌로 장식되어 있고 전략적으로 위치를 맞춰 설치한 할로겐 조명에서 빛이 쏟아져 고였다. 화장실 칸에 들어가서 나는 속옷을 벗으며 슬며시 웃었다. 다시 한 번 남색 원피스로 갈아입고 온 것을 다행으로 여겼다. 플린 박사를 만나러 갈 때 적절한 의상이라고 생각했지만 오늘 저녁이 이런 방향으로 전환하리라고는 예상하지 못했다.

벌써 흥분이 되었다. 어째서 그는 내게 이런 영향을 끼치는 걸까. 너무나 쉽게 그의 마법에 빠지는 것이 아닌지 약간 분한 마음도 들었다. 이제 우리가 남은 저녁 내내 우리의 문제와 최근의 사건들에 대해서 얘기나 하면서 보내지는 않으리라는 것을 알았다. ……하지만 어떻게 그에게 저항할 수 있을까?

거울에 비친 내 모습을 확인하니 흥분으로 눈이 반짝이고 얼굴이 붉어져 있었다. 문제. 혐오스러운 문제들.

심호흡을 하고 다시 클럽 안으로 향했다. 이전에 한 번도 팬티 없이 돌아다녀 본 적이 없는 양. 내 안의 여신은 분홍 깃털 목도리와 다이아몬드를 두르고 야하기 그지없는 구두를 신고 뽐내며 걸었다.

내가 자리로 돌아가자 크리스천이 예의 바르게 일어섰다. 그의 표정은 읽을 수 없었다. 그는 평소처럼 완벽하게 냉정하고 침착하며 태연한 모습이었다. 물론 이제 그 속이 다르다는 것을 나는 알고 있지만.

"내 옆에 앉아." 나는 그가 앉은 옆자리로 슬쩍 들어갔다.

"대신 주문해뒀어. 기분 나쁘지 않지?"

그는 내가 아까 반쯤 마신 샴페인 잔을 건네며 나를 강렬히 바라보았다. 그의 살피는 눈길 아래서 내 피는 새로이 불이 붙었다. 그는 두 손을 허벅지에 두었다. 나는 긴장해서 다리를 살짝 벌렸다.

웨이터가 잘게 부순 얼음 위에 굴을 담은 요리를 가져왔다. 굴. 우리 두 사람이 히스먼의 개인 식사실에서 만났던 기억이 마음을 채웠다. 그때는 계약에 대해서 의논했었지. 오, 맙소사. 그때 이후로 얼마나 먼 길을 왔는지.

"지난번에 네가 굴을 좋아하는 것 같아서." 그의 목소리는 낮고 유혹적이었다.

"그때 처음 먹어본 것이라서." 나는 벌써 호흡이 가빴고 목소리에서 티가 났다. 그의 입술이 실룩이며 미소를 띠었다.

"아, 스틸 양. 넌 언제나 되어야 배우게 될까?"

그는 접시에서 굴을 집으며 허벅지에 놓았던 다른 손을 들었다.

나는 기대감에 움찔했지만 그는 레몬 조각을 집었을 뿐이었다.

"뭘 배워요?" 이런, 맥박이 질주하고 있었다. 그의 길고 능숙한 손가락은 레몬을 부드럽게 굴 위에 짰다.

"먹어."

그는 껍데기를 내 입 가까이 대주었다. 나는 입술을 살짝 벌렸고 그는 부드럽게 껍데기를 아랫입술에 놓았다.

"고개를 살짝 뒤로 젖혀."

시키는 대로 했더니 굴이 내 목을 타고 흘러내렸다. 그는 내게 손대지 않았다. 오직 껍데기만 닿았을 뿐이었다.

크리스천은 자기도 한 개 먹더니 내게 또 하나 먹여주었다. 열두 개가 모두 사라질 때까지 이 고문 같은 과정을 반복했다. 그의 살은 내게 절대 닿지 않았다. 그 때문에 나는 미칠 것 같았다.

"여전히 굴을 좋아하는군?"

마지막 굴을 먹자 그가 말했다.

나는 얼굴을 붉힌 채 고개를 끄덕이면서 그의 손길을 갈망했다.

"좋아."

나는 내 자리에서 꿈틀거렸다. 어째서 이렇게 섹시한 걸까?

그는 한 손을 태연하게 자기 허벅지에 다시 놓았고 나는 녹아내렸다. 지금, 제발. 날 만져요. 내 안의 여신은 팬티 외에는 아무것도 입지 않은 알몸으로 무릎을 꿇고 빌었다. 그는 한 손으로 자기 허벅지를 위아래로 쓸더니 다시 원래 자리에 놓았다.

웨이터가 우리 샴페인 잔을 다시 채우고 접시를 치웠다. 잠시 후 그는 메인 요리를 가지고 돌아왔다. 놀랍게도 아스파라거스와 감자 소테, 홀랜다이즈 소스를 곁들인 농어 요리였다.

"아주 좋아하는 요리인가 봐요. 그레이 씨?"

"그렇고말고, 스틸 양. 히스먼에서는 대구였던 것 같지만."

그의 손이 다시 허벅지 위아래로 움직였다. 내 숨결이 치솟았지만 그는 여전히 날 만지진 않았다. 너무 큰 좌절감이 들었다. 나는 대화에만 집중하려고 했다.

"그때 계약 얘기를 하려고 개인 식사실에 갔던 생각이 나네요."

"행복한 나날이었지." 그가 히죽 웃었다. "이번에는 너랑 섹스하게 될 거라는 희망을 품고 있어." 그는 손을 들어 나이프를 집었다.

하!

그는 농어를 한 입 먹었다. 일부러 이러는 게 분명했다.

"그거 너무 믿지 마요." 나는 입술을 비죽이며 말했고 그는 재미있다는 듯 나를 보았다.

"계약 이야기가 나왔으니 말인데요, 그 비공개 합의서." 나는 덧붙였다.

"찢어버려." 그가 잘라 말했다.

뭐.

"뭐라고요? 정말?"

"그래."

"내가 폭로 기사를 들고 〈시애틀 타임즈〉로 달려가면 어쩌려고?"

그의 웃음소리는 정말 듣기 좋았다. 그는 참으로 어려 보였다.

"아니, 난 널 믿어. 널 믿고 유리하게 해석할 작정이니까."

아, 난 그를 향해 수줍게 웃었다. "동감."

그의 눈이 밝아졌다. "이 드레스 입어서 참 기쁜데."

그 말에 쾅, 욕망이 그렇지 않아도 과열된 핏속을 흘렀다.

"어째서 그럼 나를 만지지 않나요?" 나는 식식댔다.

"내 손길이 그리워?" 그는 웃었다. 재미있어하다니, 나쁜 자식.

"그래요." 나는 분해서 끓어올랐다.

"밥이나 먹어."

"날 안 만질 거죠?"

"그래, 안 할 거야." 그가 고개를 저었다.

뭐? 나는 큰 소리로 숨을 들이켰다.

"집에 갔을 때 네가 어떤 느낌일지 상상만 해." 그가 속삭였다. "너를 집에 데려가고 싶어 죽겠군."

"내가 여기 76층에서 불붙으면 다 당신 탓이에요." 나는 이를 악물고 중얼거렸다.

"아, 아나스타샤. 그걸 끌 방법을 찾을 거야." 그는 나를 보고 호색하게 웃었다.

부글부글 끓으며 나는 농어를 뒤적였다. 내 안의 여신은 조용히 의심스러운 생각에 빠져 눈을 가늘게 떴다. 우리라고 이 게임을 못할 줄 알고. 히스먼에서 식사하는 동안 기초는 익혔다. 농어를 한 입 넣었다. 입에서 살살 녹았다. 눈을 감고 맛을 음미했다. 다시 눈을 떴을 땐 크리스천 그레이를 향한 유혹을 개시했다. 아주 천천히 치마를 위로 올리며 허벅지를 좀 더 드러냈다.

크리스천은 생선을 찍어 입에 넣으려다 중간에 딱 멈춰버렸다.

날 만져요.

한 박자 지난 후 그는 식사를 계속 이어갔다. 나는 그를 무시하고 농어를 한 입 더 먹었다. 그런 후 나이프를 내려놓고 손가락 끝으로 가볍게 피부를 두드리며 허벅지 안쪽을 쓸었다. 내게도 정신 산란한 행동이었다. 특히 그의 손길을 갈망하고 있을 때는. 크리스천은 다시 한 번 멈췄다.

"네가 뭘 하는지 알아." 그의 목소리는 낮고 허스키했다.

"나도 당신이 안다는 걸 알죠, 그레이 씨." 나는 조용히 대답했다. "그게 초점이에요."

아스파라거스 줄기를 집은 후 속눈썹을 내리깔고 곁눈질로 그를 보면서 홀랜다이즈 소스에 넣고 빙빙 돌렸다.

"전세를 뒤집지는 못해, 스틸 양." 그는 히죽 웃으며 내게서 아스파라거스를 빼앗아갔다. 놀랍고도 짜증나게도 또 내게 손을 대진 않았다. 아니, 이건 옳지 않아. 계획과 맞지 않는다고. 하!

"입을 벌려." 그가 명령했다.

이 의지력 게임에서 나는 지고 있었다. 다시 한 번 그를 올려다보았더니 그의 눈은 환한 회색으로 타오르고 있었다. 입술을 살짝 벌리고 혀로 아랫입술을 핥았다. 크리스천은 미소를 지었고 눈은 한층 더 어두워졌다.

"더 크게." 그의 입이 벌어져 혀가 보였다. 나는 속으로 신음하며 아랫입술을 깨물고 그가 하라는 대로 했다.

날카롭게 숨을 들이켜는 소리가 들렸다. 그도 그렇게 면역이 있는 건 아니었다. 잘됐네. 마침내 그를 자극하게 되었으니.

시선을 그에게 둔 채로 아스파라거스 끝을 입에 넣고 살짝 빨았다. 섬세하게……. 홀랜다이즈 소스 때문에 입에 군침이 돌았다. 나는 기대감에 조용히 신음하며 베어 물었다.

크리스천은 눈을 감았다. 봐! 그가 다시 눈을 떴을 땐 동공이 커져 있었다. 내게 미친 효과는 즉각적이었다. 나는 신음하여 손을 뻗어 그의 허벅지를 만지려 했다. 놀랍게도 그는 다른 손을 이용해서 내 손목을 잡았다.

"아, 그러면 안 되지, 스틸 양."

그는 내 손을 입에 가져가더니 입술로 손가락 관절을 살며시 쓸었다. 나는 꿈틀거렸다. 마침내! 좀 더 해요, 제발.

"만지지 마." 그는 나를 조용히 꾸짖고는 내 손을 다시 무릎 위에 얹어 주었다. 참으로 좌절케 하는 동작이었다. 이렇게 짧은 접촉은 무척이나 불만스러웠다.

"이건 공정한 게임이 아니잖아요." 나는 입술을 내밀었다.

"알아." 그는 건배하자는 뜻으로 샴페인 잔을 들었고 나도 그를 따라했다.

"승진 축하해, 스틸 양."

우리는 잔을 부딪쳤고 나는 얼굴을 붉혔다.

"네, 예상 밖의 일이에요."

그는 뭔가 불쾌한 생각이 마음속을 스쳐가기라도 한 양 얼굴을 붉혔다.

"먹어." 그가 명령했다. "식사를 다 마치면 집에 데려갈 테니 그때 진짜 축하를 하자고."

그의 표정은 무척 달아올랐고 무척 원초적이었으며 무척 명령조였다. 나는 녹아들었다.

"배가 고프지 않아요. 음식은요."

그는 철저하게 즐기면서 고개를 저었다. 하지만 동시에 눈을 가늘게 뜨기도 했다.

"먹어. 아니면 널 내 무릎 위에 눕힐 테니. 바로 여기서. 다른 손님들에게 구경거리를 줄 거야."

그의 말에 나는 꿈지럭거렸다. 설마! 그와 근질거리는 손바닥이 뭘 어쩌겠어. 나는 입을 일자로 꾹 다물고 그를 바라보았다. 그는 아스파라거스 줄기를 집더니 홀랜다이즈 소스에 찍었다.

"이것 먹어." 나직하고 유혹적인 목소리였다.

나는 기꺼이 따랐다.

"넌 정말 많이 안 먹는다니까. 우리가 만난 이후로 몸무게가 준 것 같다." 상냥한 어조였다.

내 무게에 대해선 생각하고 싶지 않았다. 솔직히 말하면, 이렇게 날씬한 쪽이 마음에 들었다. 아스파라거스를 삼켰다.

"난 그저 집에 가서 사랑을 나누고 싶을 뿐이에요." 나는 애처롭게 중얼거렸다. 크리스천이 씩 웃었다.

"나도 그래. 그럴 거고. 다 먹어."

마지못해 음식에 집중하고 다시 먹기 시작했다. 솔직히 난 팬티와 모든 걸 다 벗어던지지 않았나. 마치 사탕을 받지 못한 어린아이 같았다. 그는 너무도 약을 올렸다. 맛있고 섹시하고 못된 인간. 그리고 내 것인 사람.

그가 이든에 대해서 물었다. 알고 보니 케이트와 이든의 아버지와 사업 관계라고 했다. 음…… 세상 참 좁네. 그가 플린 박사나 집 얘기를 꺼내지 않아 다행이었다. 지금은 우리 대화에 집중할 수 없기 때문이었다. 난 집에 가고 싶었다.

육체적 기대가 우리 사이에서 펼쳐졌다. 그는 너무도 능숙했다. 나를 기다리게 하는 것. 배경을 만드는 것. 음식을 먹는 간간이 그는 손을 내 허벅지에 올리며 다리 가까이에 두었다. 그래도 여전히 나를 만지지 않고 더 애태우기만 했다.

나쁜 자식! 마침내 나는 음식을 다 먹고 나이프와 포크를 접시에 놓았다.

"착하기도 하지." 이 말에는 무척이나 많은 약속이 담겨 있었다.

나는 그를 향해 얼굴을 찡그렸다.

"이젠 뭐 해요?" 욕망이 내 배를 갉고 있었다. 오, 난 이 남자를 원했다.

"이제? 가야지. 네가 무슨 기대를 가지고 있는 것 같으니, 스틸 양. 내 능력을 최대로 발휘해 채워줄 작정이야."

뭐!

"능력을…… 최대로 발휘해서요?" 난 더듬었다. 맙소사.

그는 씩 웃으며 일어섰다.

"계산은 안 해요?" 숨도 못 쉬고 내가 물었다.

그는 머리를 한쪽으로 기울였다. "난 여기 회원이야. 나중에 한꺼번에 계산서를 보내지. 가자, 아나스타샤. 너 먼저."

그가 옆으로 비켜서자 나는 팬티를 입고 있지 않다는 사실을 인식하며 일어섰다.

그가 내 옷을 벗기기라도 하는 양 음험하게 바라보았다. 나는 그의 육체적 평가를 만끽했다. 내가 아주 섹시해진 느낌이었다. 이 아름다운 남자가 나를 갈망한다. 이런 흥분을 항상 느끼게 될까? 고의로 그의 앞에 멈춘 후 나는 원피스 엉덩이 부분의 주름을 폈다.

크리스천이 내 귀에 속삭였다.

"너를 집에 데려갈 때까지 기다릴 수 없을 것 같아." 그렇지만 여전히 그는 내게 손을 대진 않았다.

나가는 길에 그는 웨이터에게 차에 대해 뭐라고 지시했지만 나는 듣지 못했다. 내 안의 여신은 기대감에 하얀 빛을 발산하고 있었다. 이런, 시애틀 전체도 밝히겠네.

중년 남녀와 같이 서서 엘리베이터를 기다렸다. 문이 열리자 크리스천은 내 팔꿈치를 잡고 구석으로 몰았다. 주변을 돌아보니 사방이 온통 뿌연 검은 유리로 둘러져 있어 마치 거울 같았다. 다른 남녀가 들어왔다. 몸에 약간 안 맞는 갈색 양복을 입은 남자가 크리스천에게 인사했다.

"그레이." 그는 정중하게 목례했다. 크리스천도 목례로 답했지만 아무 말 하진 않았다.

그 남녀가 엘리베이터 문을 마주 보고 우리 앞에 섰다. 분명히 친구 사이인 듯했다. 여자가 식사 후에 들뜨고 활기가 넘쳤는지 큰 소리로 수다를 떨었다. 약간 취한 것 같은 느낌도 있었다.

문이 닫히자 크리스천은 신발 끈을 묶기 위해 잠깐 내 옆에서 허리를 굽혔다. 이상하다, 신발 끈은 풀리지 않았는데. 신중하게 그가 한 손을 내 발목에 대는 바람에 나는 화들짝 놀랐다. 그가 일어설 때 그의 손도 따라서 재빨리 내 다리 위로 올라오며 내 피부를 맛있게 훑었다. 헉. 그의 손이 내 엉덩이에 닿았을 때 나는 놀라움에 터진 소리를 죽여야 했다. 크리스천은 내 뒤로 움직였다.

아, 맙소사. 나는 내 앞에 있는 사람들 뒤통수만 바라보며 입을 떡 벌렸다. 그들은 우리가 무엇을 하는지 전혀 알지 못하고 있었다. 그는 다른 손으로 내 허리를 감아 자기 쪽으로 끌어당기면서 손가락이 탐험하는 동안 내가 움직이지 못하도록 고정했다. 엘리베이터는 쏙 내려가다 53층에서 멈추고 손님을 더 태웠다. 하지만 난 그런 데 신경 쓸 겨를이 없었다. 오로지 손가락들의 작은 움직임에만 집중했다. 우리가 뒤로 물러서자 부드럽게 돌던 손가락들은 이제 앞으로 나아가며 탐험을 계속했다.

그의 손가락이 목표 지점을 찾았을 때 난 다시 신음을 억눌러야 했다.

"언제나 항상 준비가 되어 있군, 스틸 양." 그는 한 손가락을 내 안으로 넣으며 속삭였다. 나는 꿈틀거리며 숨을 들이쉬었다. 이렇게 사람이 많은데 어떻게 이럴 수가 있지?

"가만히 꼼짝 말고 있어." 그가 내 귀에 대고 중얼거렸다.

나는 얼굴을 붉혔다. 일곱 명과 함께 있는 엘리베이터 안에 갇힌 몸은 뜨겁고 욕망에 젖었다. 그중 여섯 명은 구석에서 무슨 일이 일어나고 있는지 꿈에도 몰랐다. 그의 손가락이 계속해서 내 몸 안에 들어갔다 나왔다 했다. 내 숨소리……. 이런, 정말 곤혹스러웠다. 나는 그에게 멈추라고 하고 싶었다. 아니, 계속하라고…… 아니, 멈추라고. 나는 맥을 못 추고 늘어져 그에게 기댔고 그는 나를 감은 팔에 힘을 주었다. 그의 일어선 부분이 내 엉덩이에 닿았다.

엘리베이터는 44층에 또 멈췄다. 아…… 이 고문이 얼마나 오래 계속될까. 들어왔다…… 나갔다…… 들어왔다…… 나갔다……. 나는 그의 끈질긴 손가락에 대고 살짝 허리를 돌렸다. 그동안 내내 손대지 않다가 하필 지금을 택하다니! 여기를! 그 사실에 나는 무척이나 음란해진 기분이었다.

"쉿." 그가 속삭였다. 두 사람이 더 탔지만 전혀 개의치 않는 듯했다. 엘리베이터는 점차 복작거렸다. 크리스천은 좀 더 뒤로 움직였고 우리는 모서리에 바짝 붙었다. 그는 나를 꼭 붙들고 고문을 계속했다. 내 머리카락에 코를 묻었다. 우리는 구석에서 서로 안고 서 있는 사랑에 빠진 젊은 연인처럼 보일 게 분명했다. 누군가 굳이 돌아보다 우리가 뭘 하고 있는지 본다면……. 그때 그가 두 번째 손가락을 내 안에 넣었다.

제길! 나는 신음했다. 내 앞의 남녀가 전혀 눈치를 못 채고 아직도 재잘재잘 수다를 떨고 있다는 사실이 고마웠다.

아, 크리스천. 당신이 내게 어떻게 하는지. 나는 머리를 그의 가슴에 기대고 눈을 감은 채로 그의 가차 없는 손가락에 몸을 맡겼다.

"느끼면 안 돼." 그가 속삭였다. "나중을 위해 아껴둬야지."

그는 한 손을 내 배에 대고 살짝 누르면서 달콤한 괴롭힘을 이어갔다. 무척이나 황홀한 느낌이었다.

마침내 엘리베이터가 1층에 닿았다. 땡 소리와 함께 문이 열리고 그와 동시에 손님들이 빠져나가기 시작했다. 크리스천은 손가락을 천천히 빼고 내 목덜미에 키스했다. 뒤돌아보니 그는 미소를 지었고 다시 한 번 안 맞는 갈색 옷을 입은 남자에게 목례를 했다. 남자는 아내와 함께 엘리베이터를 나가며 역시 답으로 목례를 해 보였다. 하지만 나는 거의 알아차리지도 못했다. 대신 꼿꼿이 서서 헐떡이는 숨을 고르는 데만 집중을 했다. 이런, 몸이 아프고 빼앗긴 기분이었다. 크리스천이 나를 놓아주는 바람에 그에게 기대지 않고 혼자 서야만 했다.

나는 뒤를 돌아보았다. 그는 냉정하고 흐트러짐 하나 없이 평소의 차분한 모습 그대로였다. 으음…… 이건 공정하지 않았다.

"준비됐어?"

그는 짓궂게 눈을 빛내면서 먼저 집게손가락을, 다음으로는 가운뎃손가락을 입에 쏙 밀어넣고 빨았다.

"아주 좋은데, 스틸 양."

그 모습에 나는 경련을 일으킬 뻔했다.

"그런 짓을 하다니 믿을 수가 없네요." 나는 실로 산산이 부서질 뻔했다.

"내가 뭘 할 수 있는지 알면 놀랄걸, 스틸 양."

그가 흐트러진 내 머리카락 한 가닥을 귀 뒤로 넘겨주었다. 가벼운 미소가 그의 유쾌한 기분을 드러냈다.

"널 집에 데려가고 싶지만, 어쩌면 차까지밖에 못 갈지도 모르겠는데."

그가 내 손을 잡아 엘리베이터 안으로 이끌며 씩 웃었다.

뭐? 차 안에서 섹스를? 그냥 여기 로비의 차가운 대리석 바닥에서 하면 안 돼…… 제발?

"가자."

"그래요, 나도 원해요."

"스틸 양!" 그는 짐짓 기겁한 척 나를 꾸짖었다.

"난 차 안에서 섹스한 적 한 번도 없는걸요." 나는 중얼거렸다. 크리스천은 걸음을 멈추더니 바로 그 손가락으로 내 턱을 집어 고개를 뒤로 젖히고 나를 노려보았다.

"그 말을 들으니 무척 기쁜데. 해봤다면 무척 놀랐을 거야. 미치는 건 말할 것도 없고."

나는 눈을 깜박이며 얼굴을 붉혔다. 물론이지. 섹스는 오로지 그하고만 했으니까. 난 얼굴을 찡그렸다.

"내 말은 그 뜻이 아니잖아요."

"무슨 뜻이었는데?" 그의 어조는 예기치 않게 거칠었다.

"크리스천, 그저 표현일 뿐이에요."

"유명한 표현이지. '난 차 안에서 섹스한 적 한 번도 없어요.' 그래, 그냥 말이 나왔겠지."

왜 이러는 거야?

"크리스천, 별다른 생각 없었어요. 세상에…… 당신은 지금 막 사람들 가득한 엘리베이터 안에서 내게 그런 짓을 해놓고. 그러니 정신이 하나도 없죠."

그가 눈썹을 치켰다. "내가 무슨 짓을 했는데?"

나는 험악한 표정을 지어 보았다. 내 입으로 말하라고 하다니.

"나를 흥분시켰잖아요, 그것도 엄청. 이제 나를 집으로 데려가서 섹스해요."

그는 입을 떡 벌리더니 놀란 웃음을 터뜨렸다. 지금은 무척이
나 어리고 태평해 보였다. 아, 그의 웃음소리를 듣다니. 드문 일
인 만큼 참 좋았다.

"참 타고난 낭만주의자로군, 스틸 양."

그는 내 손을 잡았고 우리는 건물을 나가 주차요원이 내 사브
를 세워놓은 자리로 갔다.

"그래, 넌 차 안에서 섹스하고 싶다 이거지."

크리스천이 시동을 켜며 중얼거렸다.

"아주 솔직히 말하면 로비 바닥에서 했어도 좋았을 거예요."

"솔직히 말하면 나도 그랬을 거야. 하지만 한밤에 체포당하
고 싶진 않거든. 그렇다고 화장실에서 하고 싶지도 않았고. 뭐,
오늘은."

뭐? "그럴 가능성이 있었다는 거예요?"

"아, 그럼."

"그럼 돌아가요."

그는 시선을 내 쪽으로 돌리더니 웃었다. 그의 웃음은 전염성
이 있었다. 곧 우리 둘 다 웃기 시작했다. 박장대소를 터뜨리니
카타르시스가 밀려왔다. 그는 한 손을 내 무릎에 올려놓더니 손
가락으로 능숙하고 부드럽게 어루만졌다. 나는 웃음을 멈췄다.

"인내심을 가져, 아나스탸사."

그는 다시 차를 시애틀 거리로 몰고 갔다.

차를 에스칼라 차고에 세우고 시동을 껐다. 갑자기 갑갑한 차
안에서 우리 사이의 분위기가 바뀌었다. 음란한 기대감을 안고
나는 쿵쿵 뛰는 심장을 억누르려 애쓰며 그를 보았다. 그는 문

에 기대며 내 쪽으로 돌았다. 한쪽 팔꿈치는 운전대에 얹은 채였다.

그는 엄지손가락과 집게손가락으로 자기 아랫입술을 잡아당겼다. 그의 입은 사람 마음을 마구 흐트러뜨렸다. 그 입이 내게 닿길 원했다. 그는 나를 강렬히 바라보았다. 그의 눈은 어두운 회색이었다. 내 입이 바짝 말랐다. 그는 천천히 섹시한 미소를 지었다.

"내가 고른 때와 장소에서 차에서 섹스를 할 거야. 지금 당장은 내 아파트의 표면 어디든 그 위에서 널 가질 거야."

마치 그가 내 허리 아래에 신호를 주는 느낌이었다. 내 안의 여신이 아라베스크와 파 드 바스크 동작을 취했다.

"그래요." 내 목소리는 몹시 숨이 차고 필사적인 듯 들렸다.

그가 아주 약간 몸을 앞으로 숙였다. 나는 키스를 기대하며 눈을 감았다. 마침내 왔구나. 하지만 아무 일도 없었다. 무한히 길게 느껴지는 몇 초 후 눈을 떴더니 그가 나를 보고 있었다. 그가 무슨 생각을 하는지는 알 길이 없었지만 뭐라 말하기도 전에 그가 다시 한 번 내 정신을 홀트렸다.

"지금 키스하면 아파트까지 올라가지도 못할걸. 자, 가자."

하! 이 남자보다 더 사람을 좌절시키는 게 있을까? 그는 차에서 내렸다.

다시 한 번 엘리베이터를 기다리는 동안 내 몸은 기대감으로 쿵쿵 뛰었다. 크리스천은 내 손을 잡고 엄지손가락을 리드미컬하게 움직여 내 손가락 관절을 쓰다듬었다. 한 번 쓰다듬을 때마다 그 느낌이 내 몸에 메아리쳤다. 오, 이 손이 내 온몸에 닿기를 바랐다. 이미 준 고문만으로도 힘들었다.

"그래, 즉각적 만족은 어떻게 된 거예요?" 기다리는 동안 나는 중얼거렸다.

"모든 상황에 적당한 건 아냐, 아나스타샤."

"언제부터요?"

"오늘 저녁부터."

"어째서 나를 그렇게 고문하는 거예요?"

"눈에는 눈이지, 스틸 양."

"내가 어떻게 당신을 고문했다고?"

"알 것 같은데."

고개를 들어 보았으나 그의 표정은 읽기 힘들었다. 내 대답을 원하는구나……. 그거야.

"유예된 만족도 꽤 좋은데." 나는 수줍은 미소를 지었다.

그가 불쑥 내 손을 잡아당겼고 갑자기 나는 그의 팔에 안겼다. 그는 내 목덜미에 떨어진 머리를 그러모아 잡아당기면서 내 머리를 뒤로 젖혔다.

"허락하겠다고 말하게 하려면 뭘 해야 하지?

그의 열정적인 질문에 나는 다시 한 번 허를 찔렸다. 그의 사랑스럽고 진지하며 필사적인 표정을 눈을 깜박이며 쳐다보았다.

"내게 시간을 좀 줘요……."

그는 신음하더니 마침내 내게 키스했다. 길고 거칠게. 엘리베이터 안에서 우리는 손과 입과 혀와 입술과 손가락과 머리카락뿐이었다. 짙고 강한 욕망이 내 피를 질주하며 이성을 가렸다. 그가 나를 벽에 밀어붙이고 하체로 고정했다. 한 손은 머리카락 속에 넣고 다른 한 손은 턱을 잡아 꼼짝 못하게 했다.

"네가 날 가졌어." 그가 속삭였다. "내 운명은 너의 손에 달렸어."

그의 말은 나를 취하게 했다. 과열된 상태에 빠진 나는 그의 옷을 찢고 싶었다. 내가 그의 재킷을 벗길 때 엘리베이터가 아파트에 도착했다. 우리는 현관으로 구르듯 나갔다.

크리스천이 엘리베이터 옆 벽에 나를 밀어붙였다. 그의 재킷이 바닥에 스르르 떨어졌다. 그의 손은 내 다리 위로 올라왔다. 그동안 그의 입술은 내내 내 입술을 떠날 줄 몰랐다. 그는 내 원피스를 걷어올렸다.

"먼저 이 표면부터 시작할까." 그는 갑자기 나를 휙 들어올렸다. "두 다리를 내게 감아."

나는 시키는 대로 했고 그는 나를 들어 현관 탁자 위에 눕히고 내 다리 사이에 섰다. 난 평소 있던 꽃병이 사라졌다는 것을 눈치챘다. 허? 그는 청바지 주머니에서 포일 포장을 꺼내 내게 건네며 바지 단추를 풀었다.

"네가 얼마나 나를 흥분시켰는지 알아?"

"뭐라고요?" 나는 헐떡였다. "아니…… 난……."

"그래, 그랬지." 그가 중얼거렸다. "줄곧."

그는 내 손에서 포일 포장을 빼앗아 들었다. 아, 이건 너무 빠르잖아. 하지만 그가 감질나게 애를 태운 끝이라 나는 그를 몹시도 원했다. 지금. 그는 내려다보며 콘돔을 꼈고 두 손을 내 허벅지에 대고 다리를 넓게 벌렸다.

그는 자리를 잡다가 멈칫했다.

"눈을 뜨고 있어. 널 보고 싶으니까."

그는 내 두 손을 잡고 천천히 내 안으로 가라앉았다.

나는 노력했다. 정말로 노력했다. 하지만 그 느낌은 무척이나 황홀했다. 그가 계속 애태운 끝에 기다려왔던 것. 아, 그 충만감, 이 느낌……. 나는 신음하며 탁자 위에서 등을 활처럼 휘었다.

"떠!"

그가 내 손을 더 꽉 잡고 내 안으로 날카롭게 찔러 들어오자 나는 신음을 내질렀다.

눈을 떴더니 그가 눈을 크게 뜨고 내려다보고 있었다. 그는 천천히 물러났다가 다시 한 번 내 안으로 가라앉았다. 그의 입이 '아'라고 외치는 듯 늘어졌지만 소리는 나오지 않았다. 그의 흥분, 나에 대한 반응을 보니 내 안에도 불이 붙었고 피가 혈관을 태웠다. 내 눈에 박힌 그의 회색 눈이 타올랐다. 그는 리듬을 탔고 나는 그를 누리고 만끽했다. 그를 보면서 나를 보면서, 그의 정열과 그의 사랑을 보면서, 우리는 함께 부서졌다.

그를 감싸고 폭발할 때 나는 비명을 질렀고 크리스천도 따랐다.

"그래, 아나!"

그는 손을 놓고 내 위에서 무너지며 머리를 내 가슴에 댔다. 내 다리는 아직 그를 감고 있었다. 인내심 있고 자상한 성모 그림 앞에서 나는 그의 머리를 받쳐 끌어안고 숨을 골랐다.

그가 머리를 들어 나를 보았다.

"나 아직 안 끝났어."

그는 중얼거리며 몸을 일으켜 내게 키스했다.

나는 크리스천의 침대에 알몸으로 누워 있었다. 그의 가슴 위에서 뻗어 숨을 헐떡였다. 맙소사. 그의 에너지는 사그라질 줄 모르는 걸까? 크리스천은 손가락으로 내 등을 쓸었다.

"만족했어, 스틸 양?"

나는 그렇다는 뜻으로 중얼거렸다. 말할 기운도 남아 있지 않았다. 나는 고개를 들어 초점 흐린 눈으로 그를 바라보며 따뜻하고 정다운 눈빛에 젖었다. 아주 신중하게 나는 머리를 아래로 숙였다. 내가 그의 가슴에 키스하려 한다는 것을 알리려고.

그는 잠깐 굳었지만 나는 그의 가슴 털에 키스하며 땀과 섹스가 뒤섞인 독특한 크리스천 냄새를 들이마셨다. 머리가 핑 돌았다. 그가 내려다보며 옆으로 몸을 굴려 나는 그의 옆에 눕게 되었다.

"모든 이에게 섹스가 다 이런 걸까요? 사람들이 다 이렇게 한다면 놀라운데."

나는 갑자기 수줍은 기분에 속삭였다.

그는 씩 웃었다. "모든 사람이 그런지는 내가 대표로 말할 수 없지만 너와 함께하면 꽤 특별한 건 확실해, 아나스타샤."

그는 몸을 숙이면서 내게 키스했다.

"당신이 꽤 특별하기 때문이죠, 그레이 씨."

나는 미소 지으며 그의 얼굴을 어루만졌다. 그가 당황해서 나를 보며 눈을 깜박였다.

"늦었다. 자."

그는 키스 후에 누우면서 나를 끌어당겼다. 우리는 포개진 숟가락처럼 누웠다.

"당신, 칭찬을 싫어하죠."

"자, 아나스타샤."

흐음…… 하지만 그는 정말로 꽤 특별한데. 이런…… 어째서 그걸 모르는 걸까?

"난 그 집 좋았어요." 나는 중얼거렸다.

그는 잠시 아무 말도 하지 않았지만 웃고 있음을 느낄 수 있었다.

"난 네가 좋아. 자." 그는 내 머리카락에 코를 비볐고 나는 그의 팔에 안전히 안겨 잠에 빠져들었다. 석양과 프렌치 도어와 너른 계단의 꿈을 꾸었다. 그리고…… 웃고 있는 구릿빛 머리의 꼬마 소년이 킥킥대면서 목초지를 뛰어갔고 나는 그를 뒤따랐다.

"간다, 자기."

크리스천은 내 귀 바로 아래에 키스했다.

나는 눈을 떴다. 아침이었다. 몸을 돌려 그를 보았지만 그는 벌써 일어나서 옷을 입고 산뜻하고 달콤한 모습으로 내게 몸을 숙였다.

"몇 시죠?" 아, 안 돼……. 지각하기 싫은데.

"걱정 마. 난 조찬 모임 있어서 나가는 거야."

그는 코를 내 코에 비볐다.

"냄새가 무척 좋아요."

나는 그의 아래서 기지개를 켰다. 어젯밤의 과한 행위 덕에 팔다리가 기분 좋게 저리고 뻐근했다. 나는 두 팔을 그의 목에 감았다.

"가지 마요."

그가 머리를 한쪽으로 기울이고 눈썹을 치켰다. "스틸 양, 한 남자가 정직한 하루의 노동을 하러 나가는데 그걸 막는 거야?"

나는 졸린 머리를 끄덕였고 그는 수줍게 미소 지었다.

"네가 무척 유혹적이긴 해도 가봐야 해." 그는 내게 키스하며 일어섰다. 그는 몹시도 날렵한 진청색 정장과 하얀 셔츠를 입고 남색 타이를 맸다. 어디로 보나 사업가다웠다. 섹시한 CEO.

"이따가 봐, 자기." 그는 인사하고 가버렸다.

시계를 봤더니 벌써 7시였다. 알람이 울렸는데도 계속 잤던 모양이었다. 음, 일어날 시간이었다.

샤워를 하다가 어떤 생각이 스치고 지나갔다. 나는 크리스천을 위해 또 다른 생일 선물을 준비할 생각이었다. 모든 것을 갖고 있는 남자에게 뭔가 준다는 건 어려웠다. 큰 선물은 벌써 주었고 기념품 가게에서 산 다른 물건도 가지고 있었지만 새로 줄 선물은 사실 나를 위한 것이었다. 기대감에 몸을 끌어안으며 샤워기를 껐다. 준비를 해야 했다.

옷장으로 들어가서는 목 부분이 네모나게 파이고 몸에 딱 맞는 진홍색 원피스를 골랐다. 목이 꽤 깊게 파였다. 그래, 이 정도는 직장에서도 괜찮을 거야.

이제 크리스천의 선물. 나는 그의 넥타이를 찾아 서랍을 뒤지기 시작했다. 맨 아래 서랍에서 바래고 찢어진 청바지를 찾아냈다. 그가 오락실에서 입는 바지, 입으면 무척이나 섹시하게 보이는 바지. 나는 손으로 그 옷을 부드럽게 쓰다듬었다. 어머나, 천이 무척이나 부드러웠다.

그 아래에서 크고 평평한 검은 마분지 상자를 찾아냈다. 즉시 흥미가 치솟았다. 이 안에는 뭐가 있지? 다시 불법 침입한 기분이 들어 그저 상자만 응시했다. 상자를 꺼내 흔들어보았다. 서류나 원고가 들어 있는 듯 무거웠다. 나는 충동을 억누르지 못하고 뚜껑을 열었다. 그랬다가 재빨리 다시 닫았다. 젠장, 빨간 방에서 찍은 사진이었다. 충격 때문에 나는 뒤로 주저앉았고 그 이미지를 내 머리에서 지우려 했다. 어째서 저 상자를 열었을까? 어째서 그는 저것들을 그대로 가지고 있을까?

나는 몸을 떨었다. 잠재의식이 나를 보고 얼굴을 찌푸렸다. 널 만나기 전이잖아. 잊어버려.

그 말이 옳았다. 일어서다가 그의 넥타이들이 옷장 맨 끝에 걸려 있는 것을 보았다. 내가 제일 좋아하는 타이를 찾아서 재빨리 나왔다.

그 사진들은 나를 만나기 전의 것이다. 내 잠재의식이 맞다는 듯 고개를 끄덕였지만 아침을 먹으러 큰 방으로 갔을 때는 마음이 더 무거웠다. 존스 부인은 따뜻하게 웃다가 얼굴을 찡그렸다.

"괜찮아요, 아나?"

"네." 나는 건성으로 대답했다. "저기 흠…… 오락실 열쇠 있으세요?"

부인은 잠깐 놀라 멈칫했다.

"네, 그럼요." 부인은 허리띠에서 열쇠 꾸러미를 뺐다.

"아침으로 뭐 먹을래요?"

부인은 열쇠를 건넸다.

"그냥 그래놀라요. 금방 올게요."

이제 이 선물을 해야 할지 더 갈피를 잡을 수 없었지만, 하지 말아야 할 이유는 사진을 발견했다는 것뿐이었다. 아무것도 바뀐 건 없어! 내 잠재의식이 다시 호통을 치며 반달 안경 너머로 노려보았다. 네가 본 사진은 섹시했지. 내 안의 여신이 끼어들었다. 마음속으로 나는 그녀를 향해 얼굴을 찡그렸다. 그래, 그랬지. 내게는 너무도.

그 외에 또 무엇을 숨기고 있을까? 재빨리 박물관 서랍장을 뒤져 필요한 것을 꺼내고 오락실 문을 닫았다. 호세가 이걸 발견하지 말아야 할 텐데!

열쇠를 도로 존스 부인에게 건네고 자리에 앉아 아침을 먹었다. 크리스천이 없으니 기분이 기묘했다. 사진의 영상이 달갑지 않게 마음속으로 끼어들어 와 춤을 추었다. 누구인지 궁금했다. 레일라였나?

출근하는 차 안에서 크리스천에게 사진을 찾았다고 얘기를 해야 할지 말아야 할지 마음속으로 갈등했다. 안 돼, 잠재의식이 에드바르트 뭉크의 〈절규〉 얼굴을 하고 비명을 질렀다. 나는 그 말이 맞다는 결론을 내렸다.

책상에 앉아 있을 때 내 블랙베리가 징 울렸다.

보낸 사람: 크리스천 그레이
제목: 표면
날짜: 2011년 6월 17일 08:59
받는 사람: 아나스타샤 스틸

계산해보니 적어도 30개의 표면은 더 탐험할 수 있겠더군. 그거 하나하나 다 해볼 날을 고대하고 있어. 그런 다음에는 바닥도 있고 벽도 있고, 발코니도 잊지 말아야지.
그 다음에는 내 사무실도 있으니……
보고 싶군. x

크리스천 그레이
남자다운 힘이 넘치는 CEO, 그레이 엔터프라이즈 홀딩스, Inc.

그의 이메일에 미소를 지을 수밖에 없었다. 아까 느꼈던 주저하는 마음은 날아가버렸다. 그가 지금 원하는 건 나였다. 지난밤의 모험이 내 마음으로 흘러들어왔다. ……엘리베이터, 현관, 침대. 남자다운 힘이 넘친다는 말이 맞았다. 그에 어울리는 여성적 표현은 뭔지 막연히 생각해보았다.

보낸 사람: 아나스타샤 스틸
제목: 낭만?
날짜: 2011년 6월 17일 09:03
받는 사람: 크리스천 그레이

그레이 씨,
정말 한 가지 생각밖에 없네요.
아침식사 같이 못해서 섭섭했어요.
하지만 존스 부인이 아주 잘 상대해주셨죠.
A x

보낸 사람: 크리스천 그레이
제목: 흥미로운데
날짜: 2011년 6월 17일 09:07
받는 사람: 아나스타샤 스틸

존스 부인이 뭘 잘 상대해줬는데?
뭘 꾸미고 있어, 스틸 양?

크리스천 그레이
호기심 생긴 CEO, 그레이 엔터프라이즈 홀딩스, Inc.

어떻게 알았지?

보낸 사람: 아나스타샤 스틸

제목: 콧등을 두드리며

날짜: 2011년 6월 17일 09:10

받는 사람: 크리스천 그레이

어디 보자, 깜짝 선물이에요.

난 일해야 해요……. 가만 놔둬요.

사랑해요.

A x

보낸 사람: 크리스천 그레이

제목: 좌절

날짜: 2011년 6월 17일 09:12

받는 사람: 아나스타샤 스틸

네가 나한테 뭐 숨기는 건 싫은데.

크리스천 그레이

CEO, 그레이 엔터프라이즈 홀딩스, Inc.

나는 블랙베리의 작은 화면을 들여다보았다. 메일에 숨겨진 격렬함에 깜짝 놀랐다. 어째서 이런 기분을 느끼는 걸까? 내가 이전 연인들과 찍은 선정적 사진을 숨긴 것도 아닌데.

보낸 사람: 아나스타샤 스틸

제목: 응석 받아주죠

날짜: 2011년 6월 17일 09:14
받는 사람: 크리스천 그레이

당신 생일이잖아요.
또 다른 깜짝 선물.
토라지지 마요.
A x

그는 즉시 답장을 보내지 않았다. 나는 회의에 불려갔기 때문에 오래 붙잡고 있을 여유가 없었다.

다음에 블랙베리를 들여다보았을 때는 벌써 오후 4시인 것을 알고 기겁했다. 하루가 다 어디로 갔을까? 크리스천에게는 아무런 메시지가 없었다. 나는 다시 메일을 보내보기로 했다.

보낸 사람: 아나스타샤 스틸
제목: 안녕
날짜: 2011년 6월 17일 16:03
받는 사람: 크리스천 그레이

나랑 말 안 할 거예요?
오늘 내가 호세랑 한잔하러 가고 걔가 오늘 밤 우리 집에 자러 온다는 것 잊지 마요.
당신도 올지 다시 한 번 생각해봐요.
A x

답장이 없자, 불안한 느낌이 스멀스멀 피어올랐다. 그가 괜찮기를 바랐다. 휴대전화는 음성사서함으로 연결되었다. 가장 무뚝뚝한 어조로 "그레이입니다. 메시지를 남겨주십시오."라는 안내만 나올 뿐이었다.

"안녕, 음…… 나예요. 아나. 괜찮아요? 전화해요."

메시지에 대고 더듬거렸다. 이전에 그에게 메시지를 남긴 적이 없었다. 전화를 끊으면서 얼굴이 붉어졌다. 물론 너라는 걸 모르겠냐, 멍청아! 잠재의식이 나를 보고 눈을 흘겼다. 그의 개인 비서 안드레아에게 전화를 하고 싶은 유혹이 강하게 들었으나 그건 너무 도가 지나친 행동이었다. 마지못해 나는 업무를 계속했다.

불현듯 전화가 울려 내 가슴이 쿵 튀어올랐다. 크리스천! 하지만 아니었다. 케이트였다. 내 가장 친한 친구, 마침내!

"아나!" 케이트는 어디인지 모르지만 대뜸 소리를 질렀다.

"케이트! 돌아왔니? 보고 싶었잖아."

"나도 그랬어. 할 말이 너무 많다. 지금 시택 공항이야. 나랑 내 남친이랑."

케이트는 무척이나 그녀답지 않게 킥킥 웃었다.

"잘됐다. 나도 너한테 할 말이 무척 많아."

"아파트에서 만날까?"

"나 호세랑 술 한잔하기로 했어. 너도 와."

"호세가 시애틀에 왔어? 그럼. 어딘지 문자 쳐."

"그래." 나는 환히 웃었다.

"잘 지내, 아나?"

"그럼 좋지."

"크리스천이랑 아직 사귀고?"

"그럼."

"잘됐네, 이따가 봐!"

아, 얘까지 이런 말을. 엘리엇의 영향력은 정말 끝이 없구나.

"그래. 이따가 봐, 자기." 내가 씩 웃을 때 케이트가 전화를 끊었다.

와. 케이트가 집에 왔다. 그동안 있었던 일을 어떻게 얘기해야 할까? 빼먹지 않도록 써놔야겠다.

한 시간 후 사무실 전화가 울렸다. 크리스천? 아니, 클레어였다.

"안내 데스크에 아나 찾는 남자가 왔어요. 대체 어떻게 이렇게 훈남을 많이 알아요, 아나?"

호세가 온 모양이었다. 시계를 힐끔 보았다. 5시 55분이었다. 살짝 들뜬 기운이 몸속을 훑었다. 호세를 못 본 지도 한참되었다.

"아나, 와! 너 멋지다. 어른 같아." 호세가 나를 보며 미소 지었다.

멋진 옷을 입었기 때문이겠지⋯⋯. 이런!

그가 나를 꼭 껴안았다.

"게다가 키도 컸네."

호세는 감탄하며 웅얼거렸다.

"신발 때문이지, 뭐. 너도 나쁘지 않은데."

그는 청바지에 검은 티셔츠를 입고 흑백 체크무늬 플란넬 셔츠를 입고 있었다. "짐 챙겨올 테니, 나가자."

"좋아. 여기서 기다릴게."

붐비는 바에서 롤링 록스 맥주 두 병을 받아서 호세가 앉아 있는 자리로 갔다.

"크리스천 집은 잘 찾았어?"

"응. 안에는 안 들어가봤어. 그냥 고용인 엘리베이터로 사진만 배달했지. 테일러라는 사람이 받아갔어. 꽤 어마어마한 집이던데."

"그래. 안을 봤어야 하는데."

"보고 싶어서 죽겠다. 살루드(건배), 아나. 시애틀이 잘 맞나 봐."

병을 부딪치며 나는 얼굴을 붉혔다. 내게 잘 맞는 건 크리스천이었다.

"살루드. 전시회 어땠는지 얘기해줘."

그는 환히 웃으며 이야기를 털어놓았다. 사진을 세 장만 빼고 다 팔아서 학자금 대출을 갚고도 여윳돈이 좀 남았다고 했다.

"그리고 포틀랜드 관광청에서 풍경 사진을 좀 찍어달라는 의뢰를 받았어. 꽤 멋지지 않냐?"

호세는 의기양양하게 말을 맺었다.

"어머, 호세. 멋지다. 그렇지만 공부에 방해되지 않겠어?" 나는 얼굴을 찡그렸다.

"아니. 너희들도 가고. 같이 어울려 다니던 애들 셋도 가고, 그래서 이젠 시간이 많아."

"널 바쁘게 하는 섹시한 여학생은 없어? 지난번에 보니까 여자들 대여섯 명이 네 주위에 모여서 네가 하는 말 하나도 놓치지 않으려고 귀를 쫑긋 세우고 듣던데." 나는 한쪽 눈썹을 치켰다.

"아니야, 아나. 그들 중 내게 맞는 사람은 하나도 없는걸." 호세는 짐짓 허세를 부렸다.

"아, 그래, 호세 로드리게스. 여자 킬러." 나는 킥킥 웃었다.

"어이, 나도 잘 나갈 때가 있다고, 스틸." 그는 약간 상처받은

251

표정을 지었고 나는 누그러졌다.

"물론 그렇겠지." 나는 그를 살살 달랬다.

"그래, 그레이는 어때?" 그의 어조가 좀 더 차갑게 바뀌었다.

"좋아. 우리도 좋고." 나는 웅얼거렸다.

"진지하다고 했지?"

"응. 진지해."

"너에 비해 너무 나이가 많은 거 아냐?"

"어머, 호세. 너 우리 엄마가 뭐라고 하는지 알잖아. 난 태어날 때부터 노숙했다고."

호세의 입이 심술궂게 휘어졌다.

"어머니는 어떻게 지내셔?"

그렇게 우리는 위험 지대에서 벗어났다.

"아나!"

몸을 돌려 보니 케이트가 이든과 함께 있었다. 케이트는 근사해 보였다. 햇빛에 바랜 딸기색 금발, 황금빛으로 그을린 피부, 미소로 환히 웃는 얼굴, 하얀 캐미솔과 딱 맞는 화이트 진이 아주 맵시 있게 어울렸다. 바의 모든 눈이 케이트를 향했다. 나는 자리에서 펄쩍 뛰어올라 케이트를 안아주었다. 아, 이 친구를 얼마나 기다렸는지!

케이트가 나를 떼어내더니 팔 길이만큼 몸을 뒤로 빼고 찬찬히 살폈다. 강렬한 시선에 내 얼굴이 붉어졌다.

"너 살 빠졌구나, 아나. 그것도 많이. 좀 달라 보이네. 어른처럼. 어떻게 된 거야?" 케이트는 엄마 닭처럼 잔소리를 했다. "옷은 예쁘다. 잘 어울려."

"네가 간 후에 많은 일들이 있었어. 나중에 말할게. 우리 둘만 있을 때." 캐서린 캐버너의 심문을 당할 준비는 아직 되어 있지 않았다. 케이트는 의심스럽게 나를 보았다.

"괜찮아?" 케이트는 부드럽게 물었다.

"그래." 나는 미소를 지었지만 크리스천이 어디 있는지 알면 더 기쁠 것 같았다.

"잘됐구나."

"안녕, 이든." 그를 향해 웃었더니 그가 나를 살짝 안았다.

"안녕, 아나." 그가 내 귀에 대고 속삭였다.

호세가 이든을 보고 살짝 찡그렸다.

"미아와 점심은 어땠어요?"

"재미있었어." 이든은 비밀스럽게 대답했다.

오?

"이든, 호세 알죠?"

"이전에 한 번 만난 적 있었죠." 호세는 악수를 나누며 이든을 재보았다.

"그래요, 밴쿠버에 있는 케이트 집에서." 이든은 호세를 보면서 유쾌하게 웃었다. "좋다. 술 마실 사람?"

화장실로 향했다. 거기서 우리가 어디 있는지 크리스천에게 문자를 보냈다. 어쩌면 그가 이리로 올지도 몰라. 그에게서 온 부재중 전화도 없고 이메일도 없었다. 크리스천답지 않았다.

"무슨 일이야, 아나?"

내가 자리로 돌아오자 호세가 물었다.

"크리스천과 연락이 안 돼. 별일 아니면 좋겠는데."

"별일 아니겠지. 맥주 한 잔 더 할래?"

"물론."

케이트가 옆으로 기댔다. "이든 말로는 어떤 미친 스토커 옛날 여자 친구가 아파트에 총 들고 쳐들어왔었다며?"

"음…… 그래." 나는 사과하듯 으쓱했다. 아, 이런. 이 얘기를 지금 해야 해?

"아나, 대체 어떻게 되고 있는 거야?"

케이트가 갑자기 말을 하다 말고 전화를 확인했다.

"안녕, 자기." 케이트가 전화를 받았다. 자기라니! 케이트는 얼굴을 찡그리다 말고 나를 보았다. "물론." 케이트는 내게로 몸을 돌렸다. "엘리엇인데…… 너랑 통화하고 싶다는데."

"아나." 또박또박 들리는 엘리엇의 목소리는 조용했다. 불길하게 머리가 쭈뼛했다.

"무슨 일이에요?"

"크리스천 일이에요. 포틀랜드에서 아직 안 와서."

"네? 무슨 뜻이에요?"

"크리스천이 탄 헬리콥터가 실종됐어요."

"찰리 탱고?" 숨이 모두 내 몸에서 빠져나갔다. "안 돼요!"

19

나는 최면에 걸려 불꽃을 응시했다. 크리스천 아파트의 벽난로 안에서 활활 타오르는 환한 주황색 불꽃은 남색 끄트머리를 휘날리며 춤추고 얽혔다. 불에서 뿜어져 나오는 열기와 어깨에 두른 담요에도, 나는 추웠다. 뼛속까지 얼어붙을 정도로 추웠다.

나는 먹먹한 목소리들을 인식했다. 여러 개의 먹먹한 목소리들. 하지만 그 목소리는 저 멀리서 윙윙 울리는 배경음이었다. 무슨 말인지는 알아들을 수 없었다. 내가 들을 수 있는 말, 집중할 수 있는 것은 불에서 나오는 가스가 부드럽게 식식대는 소리였다.

생각은 어제 보았던 집과 거대한 벽난로로 향했다. 장작을 태우는 진짜 벽난로였다. 진짜 불 앞에서 크리스천과 사랑을 나누고 싶었다. 이 불 앞에서 크리스천과 사랑을 나누고 싶었다. 그래, 즐거웠을 거야. 분명히 우리가 사랑을 나눈 모든 순간이 그랬듯이 그것도 기억할 만한 순간으로 만들었겠지. 나는 냉소적으로 콧방귀를 뀌었다. 심지어 우리가 그저 섹스한 것에 불과했을 때에도. 그래, 그것들도 영원히 기억에 남을 거야. 그는 어디 있지?

불꽃이 흔들리며 깜박거렸고 나는 그 불에 사로잡혀 아무 감각도 느낄 수 없었다. 그저 너울거리고 이글거리는 불의 아름다움에만 집중했다. 불꽃이 마법을 걸었다.

아나스타샤, 넌 내게 마법을 걸었어.

그가 내 침대에서 처음으로 잤을 때 그가 말했다. 아, 아니야…….

나는 두 팔로 나를 감쌌다. 세계가 멀어져가며 현실이 내 의식 속으로 흘러들었다. 서서히 기어온 공허함이 안에서 점점 커져갔다. 찰리 탱고가 실종되었다.

"아나, 여기."

존스 부인이 나를 부드럽게 달랬다. 그 목소리가 나를 다시 방 안, 현재, 고통 속으로 데려왔다. 부인은 내게 차를 건넸다. 나는 잔과 받침을 감사하며 받았지만 달그락거리는 소리에 내 손이 떨리고 있음을 깨달았다.

미아가 내 건너편, 커다랗기 짝이 없는 'U'자형 소파에 앉아서 그레이스의 손을 잡고 있었다. 두 사람은 아름다운 얼굴에 고통과 근심을 새기고서 나를 보고 있었다. 그레이스는 늙어 보였다. 아들을 걱정하는 어머니의 모습. 나는 무심하게 그들을 보고 눈을 깜박였다. 안심시키는 미소도 보일 수 없었지만 눈물을 흘릴 수도 없었다. 아무것도 없었다. 그저 멍한 감각과 점점 커져가는 공허뿐. 일자형 식탁 근처에 모여서 진지한 얼굴로 조용히 이야기를 나누는 엘리엇, 호세, 이든을 보았다. 부드럽게 죽인 목소리로 무언가 의논 중이었다. 그들 뒤에는 존스 부인 혼자 부엌에서 바쁘게 움직이고 있었다.

케이트는 텔레비전 룸에서 지역 뉴스를 확인하고 있었다. 커다란 평면 텔레비전에서 희미하게 끽끽대는 소리가 들렸다. 그 뉴스를 다시 참고 볼 수가 없었다. 크리스천 그레이 실종. 텔레비전에 나타난 그의 아름다운 얼굴.

멍하니, 이 방 안에 이처럼 많은 사람들이 있는 것을 본 적이 없다고 생각했다. 그런데도 사람들은 이 방의 크기 때문에 난쟁이처럼 보였다. 갈피를 잃고 걱정에 빠진 사람들의 작은 섬들이 내 남자의 집 안에 있다. 이 사람들이 여기 있는 것을 알면 그는 뭐라 생각했을까?

어딘가에서 테일러와 캐릭이 정보를 찔끔찔끔 던지는 지역 경찰과 대화 중이었다. 하지만 그건 의미 없는 행동이었다. 사실상 그는 실종된 상태니까. 여덟 시간째 실종 중이었다. 아무런 흔적도 없고 연락도 없었다. 수색은 취소되었다. 내가 알고 있는 사실은 이 정도였다. 너무 어두웠다. 그런데도 우리는 그가 어디 있는지 몰랐다. 다쳤을지도, 굶주리고 있을지도, 혹은 더 심한 일을 당했을 수도. 아니야!

나는 또 한 번 말없이 신에게 기도를 올렸다. 부디 크리스천이 무사하게 해주세요. 부디 크리스천이 무사하게 해주세요. 머릿속에서 반복하고 또 반복했다. 내 주문, 내 생명줄, 필사적인 절망에서 매달릴 수 있는 유일하게 확실한 것. 최악의 상황은 생각하지 않으려했다. 아니, 그런 생각은 하지 마. 희망은 있다.

'넌 내 생명줄이야.'

크리스천의 말이 내게 돌아와 떠돌았다. 그래, 언제나 희망은 있어. 절망하면 안 돼. 그의 말이 메아리가 되어 마음속에서 울려 퍼졌다.

'이젠 즉각적 만족을 적극적으로 지지하게 되었지. 카르페 디엠, 아나.'

어째서 난 현재를 즐기지 못했을까?

'내가 청혼한 건 마침내 내 남은 평생을 함께하고 싶은 사람

을 만났기 때문이야.'

눈을 감고 말 없는 기도를 올리며 몸을 까닥까닥 흔들었다. 그의 남은 평생이 이렇게 짧게 하진 마세요. 우리는 아직 충분한 시간이 없었어요. 겨우 몇 주 동안 수없이 많은 일들을 함께 했다. 이렇게 끝날 리가 없었다. 우리의 다정했던 순간. 립스틱, 올림픽 호텔에서 처음으로 사랑을 나눴을 때, 내 앞에 무릎을 꿇고 자신을 바쳤을 때, 마침내 그를 만질 수 있었을 때.

'나도 마찬가지야, 아나. 난 널 사랑하고 널 필요로 해. 날 만져, 제발.'

아, 그를 얼마나 사랑하는지. 그가 없이는 아무것도 아니었다. 그림자일 뿐이었다. 모든 빛이 가려졌다. 안 돼, 안 돼, 안 돼. 불쌍한 크리스천.

'이게 나야, 아나. 나의 모든 것이지…… 나는 이제 너의 것이고. 어떻게 해야 네게 이걸 깨닫게 할 수 있지? 내가 할 수 있는 모든 방식으로 너를 원한다는 걸 알릴 수 있지? 내가 너를 사랑한다는 걸.'

나도 그래요, 50가지 빛깔을 가진 나의 남자.

눈을 뜨고 불을 좀 더 멍하니 보았다. 우리가 함께했던 시간이 마음을 스쳤다. 우리가 항해하고 글라이더를 탔을 때 소년처럼 즐거워하던 크리스천. 가면무도회에서 온화하고 세련되면서도 뜨겁게 섹시하던 크리스천. 춤, 아, 그래. 아파트에서 시내트라의 노래에 맞춰서 춤을 추며 방을 돌았던 크리스천. 어제 그 집에서 불안한 희망을 품었던 크리스천. 그 눈부신 전망.

'내 세계를 네 발밑에 바칠 거야, 아나스타샤. 난 널 원해. 몸과 영혼을 영원히.'

오, 제발. 그가 무사하게 해주세요. 이렇게 갈 순 없어요. 그는 내 우주의 중심이에요.

나도 모르게 흐느낌이 목구멍을 빠져나왔다. 한 손으로 내 입을 막았다. 안 돼, 강해져야 해.

호세가 갑자기 내 옆에 왔다. 아니면 거기 한참 있었나? 알 수 없었다.

"네 어머니나 아버지에게 전화할래?" 호세가 다정하게 물었다.

"아니!" 나는 고개를 저으며 호세의 손을 잡았다. 말이 나오지 않았다. 그랬다간 녹아버릴 게 뻔했다. 하지만 그의 손의 온기와 부드러운 힘도 어떤 위안을 주지 못했다.

아, 엄마. 생각만 해도 입술이 떨려왔다. 전화를 해야 할까? 아니, 엄마의 반응을 감당할 수 없었다. 어쩌면 레이 아빠라면. 아빠는 그렇게 감정적으로 나온 적이 없었다. 심지어 마리너스가 졌을 때에도.

그레이스가 일어서서 남자들 쪽으로 가는 바람에 정신이 흐트러졌다. 아마 그레이스가 살면서 이토록 오래 가만히 앉아 있었던 적은 처음이리라. 미아도 일어나 내 옆에 와서 앉더니 다른 손을 잡았다.

"돌아올 거예요."

미아의 목소리는 처음에는 결연했으나 마지막에는 갈라졌다. 휘둥그레 뜬 눈은 가장자리가 붉게 부었다. 창백한 얼굴은 수면 부족으로 일그러져 있었다.

이든을 올려다보았더니 그는 미아와 엘리엇을 보고 있었다. 엘리엇은 어머니를 안았다. 시계를 흘깃 보았다. 11시가 넘어 자정을 향하고 있었다. 망할 시간! 한 시간씩 지날 때마다 마음을 갉아먹는 공허가 퍼져가며 내 기운을 빼고 숨을 막았다. 내 몸 깊은 곳에서는 최악의 상황에 대처하고 있음을 알았다. 눈을 감은 채로 미아와 호세의 손을 각각 잡고 또다시 말없이 기도했다.

다시 눈을 떴을 때는 불꽃을 좀 더 응시했다. 그의 수줍은 미소를 떠올렸다. 내가 가장 좋아하는 그의 표정. 진정한 크리스천을 엿볼 수 있는 얼굴. 나의 진정한 크리스천. 그에게는 너무나 많은 사람이 있었다. 통제광, CEO, 스토커, 섹스의 신, 돔. 동시에 장난감을 가진 소년. 나는 미소 지었다. 차, 보트, 비행기, 찰리 탱고 헬리콥터…… 내 잃어버린 소년. 지금은 정말로 잃어버렸다. 미소가 시들고 고통이 뚫고 흘러갔다. 샤워기 안에서 립스틱 자국을 씻던 그가 떠올랐다.

'난 쓰레기야, 아나스타샤. 껍데기만 남은 인간이야. 난 마음이 없어.'

목에 걸린 덩어리가 커져갔다. 아, 크리스천. 있어요. 당신은 정말로 마음이 있어요. 그리고 그 마음은 내 것이에요. 그걸 영원히 아끼고 싶어요. 그가 아무리 복잡하고 까다롭다 해도 나는 그를 사랑했다. 항상 사랑할 것이다. 다른 사람이 있을 수는 없었다. 절대로.

스타벅스에 앉아서 크리스천의 장점과 단점을 재던 생각을 했다. 그 모든 단점, 오늘 아침 발견했던 사진까지도 이제는 하찮게 되었다. 그저 그만 있으면 되었고 돌아오기만 하면 되었다. 아, 제발. 하느님, 그를 돌려보내주세요. 무사하게 해주세요. 이젠 교회도 갈게요……. 뭐든 할게요. 아, 그를 찾을 수 있다면 현재를 즐길 텐데. 그의 목소리가 다시 한 번 내 마음속에 울려 퍼졌다.

'카르페 디엠, 아나.'

불 속을 깊이 들여다보았다. 불꽃이 여전히 서로 핥고 감기며 밝게 타올랐다. 그때 그레이스가 비명을 질렀다. 모든 것이 슬로모션으로 움직였다.

"크리스천!"

고개를 돌리는 순간 그레이스가 내 뒤 어딘가에서 서성거리고 있다가 큰 방 건너편으로 뛰어갔다. 현관에는 허탈한 크리스천이 서 있었다. 그는 셔츠에 정장 바지만 입고 있었고 남색 재킷과 신발, 양말은 손에 들고 있었다. 그는 피곤하고 더러웠지만 무척이나 아름다웠다.

맙소사…… 크리스천. 살아 있었구나. 나는 멍하니 쳐다보며 환상을 보는 건지 정말로 그가 그 자리에 있는지 분간하려 했다.

그는 그야말로 당황해서 영문을 모르는 표정이었다. 그레이스가 목에 매달리며 볼에 입을 맞추자 재킷과 신발을 떨어뜨리고 그녀를 잡았다.

"어머니?"

크리스천은 어쩔 줄 모르고 어머니를 내려다보았다.

"널 다시는 못 보는 줄 알았잖아." 그레이스는 우리 모두의 공포를 대신해서 말했다.

"어머니, 저 여기 있잖아요." 그의 목소리에서 깜짝 놀란 기색이 느껴졌다.

"오늘 이 엄마는 죽어도 수천 번은 더 죽었어." 그레이스는 내 생각을 그대로, 거의 들리지 않는 목소리로 속삭였다. 그레이스는 더 이상 눈물을 참지 못하고 숨을 들이마시며 흐느꼈다. 크리스천은 기겁한 건지 부끄러운 건지 모를 표정으로 찡그리더니 한 박자 후 어머니를 크게 끌어안았다.

"아, 크리스천." 그레이스는 팔로 아들을 안더니 그의 목에 대고 울었다. 자제심을 다 잃어버린 듯했다. 크리스천은 그저 어머니를 안고 앞뒤로 흔들어 얼렀다. 내 눈에도 타는 듯한 눈물이 고였다. 캐릭이 복도에서 소리를 질렀다.

"살아 있구나! 이럴 수가, 크리스천이 왔어!"

캐릭은 휴대전화를 붙들고 테일러의 사무실에서 나와 두 사람을 동시에 안았다. 눈은 달콤한 안도감으로 꼭 감았다.

"아버지?"

미아가 내 옆에서 알아들을 수 없는 소리를 지르더니 일어나서 부모님에게로 뛰어가 한데 끌어안았다.

마침내 눈물이 폭포수처럼 내 뺨을 타고 흘러내렸다. 그가 왔다. 무사하다. 하지만 난 움직일 수 없었다.

캐릭이 처음으로 몸을 떼더니 눈물을 닦고 크리스천의 어깨를 두드렸다. 미아도 가족들을 놓아주었고 그레이스도 물러섰다.

"미안하다." 그레이스가 웅얼거렸다.

"어머니, 왜 그러세요. 괜찮아요." 여전히 깜짝 놀란 기색이 역력했다.

"어디 갔었어? 무슨 일이었어?" 그레이스가 고함을 지르면서 머리를 손에 묻었다.

"어머니."

크리스천은 어머니를 다시 품에 안고 이마에 입을 맞추었다.

"저 여기 있잖아요. 괜찮아요. 그저 포틀랜드에서 돌아오는데 좀 오래 걸린 것뿐이에요. 이 환영단은 다 뭐죠?"

그는 고개를 들어 방 안을 둘러보았고 마침내 내 눈과 마주쳤다.

그는 눈을 깜박이며 잠깐 호세를 보았고 호세는 내 손을 놓았다. 크리스천의 입이 굳어졌다. 나는 그의 모습을 음미했다. 안도감이 나를 훑고 지나며 내 기운을 다 소진해버렸지만 내 마음은 하늘로 올랐다. 하지만 아직 눈물은 그칠 줄 몰랐다. 크리스천은 다시 어머니에게로 관심을 돌렸다.

"어머니, 저 괜찮아요. 무슨 일이에요?"

크리스천은 안심하듯 물었고 그레이스는 두 손을 그의 얼굴 양쪽에 댔다.

"크리스천, 네가 실종되었다고 해서. 네 비행 계획은…… 시애틀에 제시간에 돌아오지 않았잖아? 어째서 연락을 안 한 거니?"

크리스천이 놀라움에 양쪽 눈썹을 치켰다.

"이렇게 오래 걸릴 줄 몰랐거든요."

"전화는 왜 안 했어?"

"휴대전화 배터리가 나갔어요."

"어디서 수신자 부담 전화라도 했어야지."

"어머니, 얘기하자면 길어요."

"아, 크리스천. 다신 이런 짓 하기만 해봐! 알겠어?" 어머니는 반쯤 소리치다시피 했다.

"알았어요, 어머니."

그는 엄지손가락으로 어머니의 눈물을 닦고 다시 한 번 안아주었다. 어머니가 진정을 하자, 크리스천은 어머니를 놓고 미아를 안아주었다. 미아는 오빠의 가슴을 세게 쳤다.

"얼마나 걱정했는 줄 알아!" 미아는 톡 쏘았다. 역시 눈물투성이었다.

"집에 왔잖아, 세상에." 크리스천이 웅얼거렸다.

엘리엇이 앞으로 나서자 크리스천은 미아를 캐릭에게 넘겨주었다. 캐릭은 한 팔로 아내의 어깨를 감싸고 있다가 다른 팔로 딸을 감쌌다. 엘리엇은 크리스천을 가볍게 안아주더니 크리스천이 화들짝 놀라게 그의 등을 세게 후려쳤다.

"다시 봐서 반갑다." 엘리엇은 자기 감정을 감추려고 약간 툴툴댔다.

눈물이 얼굴을 따라 흘러내렸지만 나는 이 광경을 다 볼 수는 있었다. 큰 방 안을 가득 적신 건 바로 이것이었다. 조건 없는 사랑. 그는 확실히 조건 없는 사랑을 받고 있었다. 그가 지금까지 결코 받아들이지 않았던 사실이었기에 지금도 어쩔 줄 몰라 하고 있었다.

이것 봐요, 크리스천. 이 모든 사람들이 당신을 사랑하고 있잖아요! 어쩌면 이젠 믿기 시작할지도 모르겠네요.

케이트가 내 뒤에 서 있었다. TV실에서 나왔던 게 분명했다. 케이트는 부드럽게 내 머리카락을 어루만졌다.

"그가 정말 여기 왔구나, 아나." 케이트는 위로했다.

"이제 내 여자에게 인사 좀 해야겠는데요." 크리스천은 부모님에게 말했다. 두 분 다 고개를 끄덕이고 미소 짓더니 옆으로 물러섰다.

그가 내게로 돌아왔다. 회색 눈은 밝았지만 피곤해 보였고 아직도 영문을 모르는 듯했다. 내 몸 어딘가에서 힘이 솟아나 비틀비틀 일어서서 그의 두 팔 안으로 뛰어들 수 있었다.

"크리스천!" 나는 흐느꼈다.

"쉿." 그가 내 머리카락에 얼굴을 묻고 깊이 들이마셨다. 나는 눈물에 젖은 얼굴을 들었고 그는 지나치게 짧은 키스를 해주었다.

"안녕." 그가 나직이 말했다.

"안녕." 나도 속삭였다. 목 안의 덩어리가 뜨거웠다.

"보고 싶었어?"

"약간."

그가 씩 웃었다. "그럼 그렇지." 부드러운 손길로 그는 내 눈에서 그칠 줄 모르고 흘러내리는 눈물을 닦아주었다.

"난, 난……." 목이 막혔다.

"알아. 쉿…… 나 여기 있어. 여기 있잖아……."

그는 웅얼거리며 다시 점잖게 키스했다.

"괜찮아요?"

나는 그를 놓으며 가슴, 팔, 허리에 손을 댔다. 아, 내 손가락 아래 느껴지는 이 따뜻하고 생생하며 관능적인 남자의 느낌이 그가 여기, 내 앞에 서 있다는 것을 확인해주었다. 그가 돌아왔다. 그는 그다지 움찔하지 않았다. 그저 나를 강렬히 바라볼 뿐이었다.

"괜찮아. 나 아무 데도 안 가."

"아, 하느님, 감사합니다."

나는 그의 허리를 다시 감았고, 그는 좀 더 나를 껴안았다.

"배고프지 않아요? 뭐 마실 것 필요하지 않아요?"

"그래."

나는 뭔가 가져다주기 위해 뒤로 물러나려 했으나 그가 나를 놔주지 않았다. 그는 나를 두 팔 아래 꼭 끼고 한 손을 호세에게 뻗었다.

"그레이 씨." 호세가 차분하게 인사했다.

크리스천은 콧소리를 냈다. "크리스천이라고 불러요."

"크리스천, 돌아오신 것 환영해요. 무사하셔서 다행입니다. 아, 그리고…… 여기 묵을 수 있게 해줘서 고맙습니다."

"별 말씀을."

그는 눈을 가늘게 떴으나 존스 부인이 갑자기 나타나 옆에 서는 바람에 주의가 흐트러졌다. 이제야 난 존스 부인이 평소처럼 깔끔한 모습이 아님을 깨달았다. 아까까지만 해도 눈치채지 못했었다. 머리는 흐트러졌고 부드러운 회색 레깅스에 'WSU 쿠거스'라고 쓰인 헐렁한 회색 스웨트 셔츠를 입고 있어 더 작아 보였다. 몇 년은 젊어 보이는 모습이었다.

"뭘 가져다 드릴까요, 그레이 씨?" 부인은 티슈로 눈가를 닦았다.

크리스천은 정답게 미소 지었다. "맥주 주세요, 게일. 버드와이저로. 먹을 것도 좀."

"내가 가져올게요." 나는 내 남자에게 뭐라도 해주고 싶은 마음에 자원했다.

"아니, 가지 마." 그는 내게 두른 팔에 더 힘을 주었다.

그의 나머지 가족이 모여들었고 이든과 케이트도 끼었다. 크리스천은 이든과 악수했고 케이트에게는 짧은 볼맞춤을 했다. 존스 부인은 맥주 한 병과 잔을 가지고 돌아왔다. 그는 병은 받았지만 잔은 됐다고 고개를 저었다. 존스 부인은 미소를 지으며 부엌으로 돌아갔다.

"더 강한 걸 달라고 하지 않다니 놀랐는데." 엘리엇이 말했다. "무슨 망할 일이 있었던 거야? 처음에 아버지가 네 잠자리 비행기가 실종되었다고 전화해서 이 일을 알았어."

"엘리엇!" 그레이스가 꾸짖었다.

"헬리콥터." 크리스천은 이를 득득 갈며 엘리엇의 말을 고쳐주었지만, 엘리엇은 씩 웃고 있었다. 가족끼리 평소에 많이 하는 농담이 아닐까 싶었다.

"어디 앉으면 얘기해줄게."

크리스천은 나를 소파로 데려갔고 모두들 크리스천만 보면서 자리에 앉았다. 그는 맥주를 쭉 들이켰다. 그러다 현관에서 서성거리는 테일러를 보고 고개를 끄덕였다. 테일러도 고개를 끄덕였다.

"자네 딸은?"

"괜찮습니다. 허위 경보였습니다."

"잘됐네." 크리스천이 미소를 지었다.

딸? 테일러의 딸이 어떻게 된 거지?

"돌아오셔서 기쁩니다, 사장님. 달리 분부하실 일이라도 있으십니까?"

"헬리콥터를 가져와야 해."

테일러가 고개를 끄덕였다. "지금 할까요? 아니면 아침에 해도 됩니까?"

"아침에 해도 될 것 같아, 테일러."

"알겠습니다. 사장님. 다른 일은 없으십니까?"

크리스천이 고개를 젓고 병을 들어 보였다. 테일러는 보기 드문 미소를 지었다. 크리스천의 미소보다 더 보기 힘든 표정이었다. 그런 후에는 사무실 또는 방으로 물러났다.

"크리스천, 무슨 일이 있었니?" 캐릭이 따져 물었다.

크리스천은 이야기를 시작했다. 그는 밴쿠버의 워싱턴 주립대학의 기금 문제를 해결하러 부하인 로스와 함께 찰리 탱고로 이동했다고 했다. 나는 무슨 얘기인지 따라갈 수 없었다. 무척이나 어지러웠다. 그저 크리스천의 손을 잡고 바라보기만 했다. 잘 다듬은 손톱, 긴 손가락, 손목의 주름, 손목시계—시계판이 작은 오메가 시계였다. 내가 아름다운 옆얼굴을 바라보는 동안 그가 이야기를 계속했다.

"로스가 이전에 세인트 헬렌 산을 본 적이 없다고 해서, 돌아오는 길에는 일종의 축하로 우회로를 타기로 했죠. 그 직전에 임시 비행 제한 경보가 해제되었다는 신호를 받았기 때문에 돌아보고 싶었어요. 뭐, 그렇게 했던 게 다행이에요. 우리는 대략 지상에서 60미터 정도로 낮게 날고 있었는데 갑자기 계기반에 불이 들어오더군요. 꼬리에 불이 붙은 거예요. 다른 도리 없이 모든 전기 장치를 끄고 착륙했죠." 그는 고개를 흔들었다. "실버 레이크에 착륙해서 로스를 내려주고 불을 끄려고 했죠."

"불? 양쪽 엔진에?" 캐릭이 질겁했다.

"네."

"젠장, 하지만 내 생각엔······."

"맞아요." 크리스천이 아버지의 말을 막았다. "그렇게 저공비행을 하고 있었던 게 순전히 운이 좋았죠."

내 몸이 파들파들 떨려왔다. 그는 내 손을 놓고 한 팔을 둘렀다. "추워?" 그가 물었다. 나는 고개를 저었다.

"불은 어떻게 껐어요?" 케이트가 보도기자로서의 본능을 발휘해서 물었다. 참, 케이트는 가끔 지나치게 간단명료한 말투를 쓸 때가 있었다.

"소화기로. 항상 가지고 다녀야 하니까. 법으로 정해진 사안인데." 크리스천은 평온하게 말했다.

오래전 그가 했던 말이 내 마음속에 돌았다. '매일 하늘에 감사하지. 그날 나를 인터뷰하러 온 사람이 캐서린 캐버너가 아니라 너라는 사실에.'

"어째서 전화하거나 무전을 치지 않았니?" 그레이스가 물었다.

크리스천이 고개를 저었다. "전기가 나가면 무전을 칠 수 없어요. 게다가 불이라도 나면 큰일이니까 켤 수도 없었고요. 블랙베리의 GPS가 작동하고 있어서 가장 가까운 길까지 나갈 수 있었죠. 거기까지 걷는 데 네 시간 걸렸어요. 로스는 하이힐을 신고 있었고." 크리스천의 입이 못마땅하다는 듯 꾹 다물어졌다.

"거긴 전화가 안 터져요. 기퍼드에는 수신국이 없어서. 로스의 배터리가 먼저 나갔죠. 내 건 가는 도중에 꺼졌고."

세상에. 나는 굳어졌고 크리스천은 자기 무릎 위로 날 끌어당겼다.

"그럼 시애틀까지는 어떻게 왔니?"

그레이스는 우리 두 사람 모습에 약간 놀란 듯 눈을 깜박이며 물었다. 그러시겠지. 난 얼굴을 붉혔다.

"우리는 히치하이크를 하고 온갖 자원을 이용했어요. 로스와 나 둘 다 합쳐서 600달러가 있었으니 누군가에게 뇌물을 주고 태워달라고 해야겠다 싶었죠. 그런데 트럭 운전사가 멈추더니 집까지 태워다 주겠다고 하더군요. 돈도 거절하고 점심도 나눠 주었죠."

크리스천은 끔찍한 기억이라는 듯 고개를 흔들었다.

"얼마나 오래 걸리던지. 운전사는 휴대전화가 없더군요. 이상하지만 사실이에요. 미처 생각도 못했고."

그는 말을 멈추고 가족을 올려다보았다.

"우리가 걱정하리라는 걸?" 그레이스가 코웃음 쳤다. "아, 크리스천. 우리는 정신 나가는 줄 알았어!"

"너 뉴스에도 났다, 동생."

크리스천은 눈을 굴렸다. "그래. 이 환영 인파와 밖에 서 있는 사진기자들 무리를 보니 그랬을 것 같네. 미안해요, 어머니. 운전사에게 전화할 수 있는 데 어디 세워달라고 했어야 하는 건데. 그런데 한시라도 빨리 돌아오고 싶어서."

그는 호세를 힐끔 보았다.

아, 그래서 그런 거야? 호세가 여기 묵을 테니까. 그 생각에 나는 얼굴을 찡그렸다. 세상에, 걱정도 팔자지.

그레이스가 고개를 저었다.

"네가 온전히 돌아와서 기쁠 뿐이란다, 아들."

내 몸에서 긴장이 빠져나가기 시작해서 머리를 그의 가슴에 얹었다. 그에게서는 야외활동을 하고 온 것처럼 약간 땀 냄새와 그 특유의 바디워시, 크리스천 냄새가 났다. 세상에서 가장 반가운 향기였다. 눈물이 다시 뺨으로 굴러떨어졌지만 이번에는 감사의 눈물이었다.

"양쪽 엔진 다?" 캐릭은 못 믿겠다는 듯 얼굴을 찡그렸다.

"저도 영문을 모르겠어요." 크리스천은 어깨를 으쓱하며 한 손으로 내 등을 쓸었다.

"어이." 그가 속삭였다. 그는 손가락으로 내 턱을 들어 고개를 뒤로 젖혔다. "그만 울어."

나는 숙녀답지 못하게 손등으로 코를 닦았다.

"그럼 다시는 사라지지 마요." 나는 코를 훌쩍였고 그의 입술이 위로 올라갔다.

"전기 이상이라니…… 그 참 이상하다." 캐릭이 되뇌었다.

"그래요, 저도 그런 생각을 했는데. 하지만 지금 당장은 침대로 가고 그 모든 거지 같은 것들은 내일 생각하고 싶어요."

"그럼 이제 언론에 크리스천 그레이가 안전하고 무사히 발견되었다는 것을 알려도 되나요?" 케이트가 말했다.

"그래요. 안드레아와 내 홍보팀이 언론은 알아서 처리할 테니. 로스가 집에 도착한 후에 안드레아에게 전화했겠지."

"그래, 안드레아가 전화해서 아직 살아 있다고 알려주더구나." 캐릭이 씩 웃었다.

"그 여자 월급을 올려줘야겠네요. 이렇게 늦게까지 근무하다니." 크리스천이 말했다.

"우리한테 눈치 주는 것 같은데. 신사 숙녀 여러분, 우리 사랑하는 동생은 피부를 위해 잠을 자야 한답니다." 엘리엇이 넌지시 코웃음 쳤다. 크리스천이 형을 향해 얼굴을 찡그렸다.

"캐리, 우리 아들이 무사하네요. 이제 나 좀 집에 데려다 줘요." 캐리? 그레이스는 다정하게 남편을 바라보았다.

"그래, 우리도 잠 좀 자야지." 캐릭은 미소 띤 얼굴로 아내를 내려다보았다.

"자고 가세요." 크리스천이 붙잡았다.

"아니, 됐다. 나도 집에 가고 싶어. 네가 무사한 걸 봤으니 됐지."

크리스천은 마지못해 나를 소파 위에 내려놓고 일어섰다. 그레이스는 다시 한 번 가슴에 머리를 대고 아들을 안으며 만족해서 눈을 감았다. 크리스천은 어머니를 두 팔로 감쌌다.

"엄마가 얼마나 걱정했는지 아니?" 그레이스가 속삭였다.

"전 괜찮아요, 엄마."

그레이스는 아들 품에 안긴 채로 뒤로 몸을 젖히고 찬찬히 살폈다.

"그래, 그런 것 같구나."

그레이스는 천천히 말하며 나를 힐끔 보고 미소 지었다. 나는 얼굴을 붉혔다.

우리는 캐릭과 그레이스를 현관까지 배웅했다. 우리 뒤에선 미아와 이든이 서로 뜨겁게 속삭이고 있는 듯했지만 무슨 소리인지는 들리지 않았다.

미아는 이든을 보고 수줍게 미소 지었고 그는 입을 떡 벌리더니 고개를 저었다. 갑자기 미아는 팔짱을 끼고 몸을 휙 돌렸다.

이든은 좌절감을 똑똑히 드러내며 한 손으로 이마를 문질렀다.

"엄마, 아빠. 나랑 같이 가." 미아가 뚱하게 말했다. 아마 오빠만큼 종잡을 수 없는 성격 같았다.

케이트가 나를 꼭 껴안았다.

"내가 바베이도스에서 아무것도 모르고 행복하게 노는 동안 여기서는 심각하게 난리가 났던 모양인데. 너희 둘은 서로에게 미쳐 있는 게 뻔하고. 크리스천이 무사해서 다행이야. 그 사람 위해서뿐만 아니라, 아나, 너를 위해서도."

"고마워, 케이트." 나는 속삭였다.

"뭐. 우리가 동시에 사랑에 빠질 줄 누가 알았겠니?" 케이트가 씩 웃었다. 와. 케이트가 인정하다니.

"그것도 형제와!" 나는 키득키득 댔다.

"어쩌면 우리는 동서가 될지도 모르지." 케이트가 농담조로 말했다.

내 몸이 순간 굳어졌다. 케이트가 한 발 물러서 '너 나한테 말 안 한 것 있지?'라는 표정으로 쳐다보자 나는 마음속으로 나 자신에게 발길질을 했다. 얼굴이 붉어졌다. 젠장, 그가 청혼했다고 말해야 하나?

"자, 자기." 엘리엇이 엘리베이터에서 케이트를 불렀다.

"내일 얘기해, 아나. 오늘은 지쳤을 테니."

안도감이 밀려왔다.

"물론이지, 너도 마찬가지잖아. 오늘 먼 길 왔으니."

우리는 다시 한 번 껴안았고 케이트와 엘리엇은 그레이 가족을 따라 엘리베이터에 올라탔다. 이든은 크리스천과 악수하고 나를 가볍게 안아주었다. 그는 정신이 산란한 듯싶었으나 그들을 따라 엘리베이터에 탔고, 문이 닫혔다.

우리가 현관에서 돌아오자 호세가 복도에서 어정거리고 있었다.

"저기, 난 들어가 볼게. 두 사람만 있을 수 있도록." 그가 말했다.

나는 얼굴을 붉혔다. 어째서 이렇게 어색하지?

"어딘지는 알죠?" 크리스천이 물었다.

호세는 고개를 끄덕였다.

"네, 아까 도우미이신……."

"존스 부인이셔." 내가 알려주었다.

"그래, 존스 부인이 아까 보여주셨어. 집이 굉장히 좋던데요, 크리스천."

"고맙군요." 그는 예의 바르게 말하며 내 옆에 서서 한 팔을 내 어깨에 둘렀다. 그는 몸을 기울여 내 머리카락에 키스했다.

"존스 부인이 챙겨준 음식 좀 먹으러 가야겠군. 잘 자요, 호세."

크리스천은 호세와 나를 현관에 놔두고 큰 방으로 도로 들어갔다.

와! 호세와 단둘이 남겨두다니.

"음, 잘 자."

호세는 불현듯 불편해 보였다.

"잘 자, 호세. 여기 있어줘서 고마워."

"물론이지, 아나. 네 부자 거물 남자 친구가 언제든 실종되면 옆에 있어줄게."

"호세!" 나는 그를 나무랐다.

"농담한 거야. 화내지 마. 나 아침 일찍 간다. 나중에 보자, 알겠지? 그동안 보고 싶었어."

"그래, 호세. 곧 만나자. 오늘 밤은 미안해. 너무…… 난장판

이어서." 나는 사과의 의미로 씩 웃었다.

"뭐." 그도 같이 웃었다. "난장판이었지." 그가 나를 안아주었다. "정말이야, 아나. 네가 행복해서 기쁘다. 하지만 네가 날 필요로 하면 언제든 올 거야."

나는 그를 올려다보았다. "고마워."

호세는 내게 슬픈, 달콤쌉쌀한 미소를 보낸 후 위층으로 올라갔다.

나는 큰 방으로 돌아갔다. 크리스천은 소파 옆에 서서 읽을 수 없는 표정으로 나를 보고 있었다. 마침내 우리 둘만 남아 서로를 바라보았다.

"그 친구, 아직 너한테 반했는데." 그가 중얼거렸다.

"당신은 어떻게 아나요, 그레이 씨?"

"그 증상 나도 잘 알거든, 스틸 양. 같은 증상으로 고생하고 있으니까."

"당신을 다시는 못 보는 줄 알았어요."

그 말이 불쑥 입에서 나왔다. 내가 느꼈던 최악의 공포는 이제 그 짧은 한 마디에 간결하게 싸여 쫓겨났다.

"보기보다 그렇게 심한 상황은 아니었어."

나는 그의 재킷과 신발을 바닥에서 주워들고 그에게로 다가갔다.

"내가 가져갈게." 그가 재킷에 손을 뻗었다.

크리스천은 내가 마치 살아가야 할 이유라도 되는 양 내려다보았고 내 표정도 거울에 비친 듯 똑같았다. 그가 여기 있다. 정말로 여기에. 그는 나를 품 안으로 잡아당겨 감싸 안았다.

"크리스천." 나는 숨을 헉 들이켰고 다시 눈물이 굴러떨어졌다.

"쉿." 그가 내 머리에 키스하며 달랬다. "알아……. 착륙하기 전 정말 무시무시했던 공포의 순간, 내 생각은 오직 너뿐이었어. 네가 나의 부적이야, 아나."

"당신을 잃어버린 줄 알았어요."

우리는 서로 안고 서 있었다. 서로를 연결하고 확인하며. 그를 안은 팔에 더 힘을 꽉 주었을 때 내가 아직도 그의 신발을 들고 있다는 걸 깨달았다. 나는 신발을 시끄럽게 바닥에 떨어뜨렸다.

"가서 나와 샤워하자." 그가 중얼거렸다.

"좋아요." 그를 올려다보았다. 놓치고 싶지 않았다. 그는 손가락으로 내 턱을 쳐들었다.

"알지? 비록 눈물에 젖어 있어도 넌 정말 아름답다는 걸, 아나 스틸."

그는 몸을 숙여 내게 부드럽게 키스했다.

"너의 입술은 정말 부드럽고." 그가 내게 다시 키스하며 한층 깊이를 더해갔다.

아, 내가 이걸 잃어버릴 수도 있었다고 생각하면……. 나는 생각을 멈추고 내 몸을 맡겼다.

"내 재킷을 좀 내려놔야겠는데." 그가 나직이 말했다.

"떨어뜨려요." 나는 그의 입술에 대고 속삭였다.

"안 돼."

나는 몸을 떼고 영문을 몰라 그를 올려다보았다.

그는 나를 보고 씩 웃었다. "이것 때문에."

가슴 안주머니에서 그는 내가 주었던 작은 선물 상자를 꺼냈다. 그는 재킷을 소파에 걸치고 상자를 그 위에 올려놓았다.

현재를 즐겨, 아나. 내 잠재의식이 키득키득 들쑤셨다. 그래, 자정이 지났으니 원칙적으로는 그의 생일이었다.

"열어봐요." 속삭이는 나의 심장이 쿵쿵 뛰기 시작했다.

"네가 그 말을 하길 기다렸어." 그가 나직이 말했다. "그동안 이것 때문에 내가 얼마나 미치는 줄 알았는데."

나는 장난꾸러기처럼 웃었다. 어질어질하기 시작했다. 그는 내게 수줍은 미소를 보였고, 가슴이 쿵쿵 뛰긴 했어도 그의 유쾌하지만 호기심이 돋는 표정에 나도 즐거워서 녹아버릴 것만 같았다. 그는 능숙한 손가락으로 상자의 포장을 풀고 열었다. 작은 직사각형 플라스틱 열쇠고리를 꺼내는 그의 이마에 주름이 잡혔다. 그 열쇠고리는 깜박깜박 불이 들어오는 LED 화면처럼 작은 픽셀로 이루어진 그림이 끼워져 있었다. 시애틀 도시 전경 위에 대담하게 시애틀(SEATTLE)이라는 글자가 쓰여 있는 그런 그림이었다.

그는 잠깐 열쇠고리를 쳐다보더니 영문을 모르겠다는 얼굴로 나를 보았다. 찡그린 표정 때문에 그의 아름다운 이마가 일그러졌다.

"뒤집어봐요." 나는 숨을 참고 속삭였다.

뒤집었을 때 그의 눈길이 재빨리 날아와 내게 꽂혔다. 휘둥그레 뜬 회색 눈은 경이와 기쁨으로 생생하게 살아났다. 못 믿겠다는 듯 그의 입술이 살짝 벌어졌다.

'좋아요(YES)'라는 글자가 열쇠고리 위에 깜빡깜빡 들어왔다.

"생일 축하해요." 나는 속삭였다.

20

"나랑 결혼해주겠어?" 그가 못 믿겠다는 듯 속삭였다.

나는 붉어진 얼굴로 초조하게 고개를 끄덕였다. 그의 반응을 확실히 믿을 수 없어 걱정스러웠다. 잃어버렸다고 생각한 이 남자. 그는 내가 얼마나 그를 사랑하는지 정말로 몰랐던 걸까?

"말로 해줘." 그가 부드럽게 명령했다. 그의 눈길은 강렬하고 뜨거웠다.

"좋아요. 결혼할게요."

그는 날카롭게 숨을 들이켜더니 갑자기 움직였다. 평소의 모습과 전혀 어울리지 않게 나를 잡아 빙빙 돌렸다. 웃고 있는 그는 젊고 태평해 보였으며 기쁨에 차서 기분이 한껏 올랐다. 나는 몸을 지탱하기 위해 그의 팔을 잡았다. 근육이 내 손가락 밑에서 물결치는 게 느껴졌다. 전염성 있는 그의 웃음이 나를 쓸고 갔다. 어지럽고 머리가 멍했다. 한 남자에게 완전히 아주 매료된 여자. 그는 나를 내려놓고 키스했다. 세게. 그의 손이 내 얼굴 양쪽을 잡았고 그의 혀는 끈질기게 설득하며…… 흥분시켰다.

"아, 아나."

그는 다시 한 번 내 입술에 대고 속삭였고 그 희열에 나는 비틀거렸다. 그는 나를 사랑했고 그 사랑에는 한 점 의심도 없었다. 나는 이 맛있는 남자를 음미했다. 다시는 볼 수 없을지도 모른다고 생각했던 남자. 그가 기뻐하는 기색이 뚜렷했다. 반짝이는 눈, 젊은 웃음. 안도감은 손에 잡힐 듯 생생했다.

"당신을 잃어버렸다고 생각했어요."

아직도 그의 키스 때문에 현기증이 일고 숨이 막혔다.

"나를 너에게서 떼어놓으려면 135를 망가뜨리는 것보다 더한 짓을 해야 할걸."

"135요?"

"찰리 탱고. 유로콥터 EC135 모델이거든. 세계에서 가장 안전한 기종이지."

이름을 알 수는 없지만 어두운 감정이 그의 얼굴에 잠깐 스쳐서 나는 정신이 흐트러졌다. 나한테 말하지 않은 게 있나? 뭐라 묻기도 전에 그가 가만히 멈추더니 찡그리며 내려다보았다. 순간 그가 내게 말을 해주리라는 생각이 들었다. 나는 생각에 찬 그의 눈을 깜박이며 들여다보았다.

"잠깐, 이거 플린 박사 만나기 전에 줬잖아."

그는 열쇠고리를 들어 보았다. 거의 기겁한 듯했다.

맙소사, 이 얘기를 왜 꺼내는 걸까? 나는 짐짓 태연한 표정을 지으면서 고개를 끄덕였다.

그의 입이 벌어졌다.

나는 사과하듯 어깨를 으쓱했다.

"플린 박사님이 무슨 얘기를 하든 내게는 아무런 상관이 없다는 말을 하고 싶었어요."

크리스천은 못 믿겠다는 듯 눈을 깜박였다.

"그럼 어제 저녁, 대답을 해달라고 내가 빌 때도 벌써 대답은 나와 있었다는 거네?"

그는 의기소침한 듯했다. 나는 그의 반응을 재려고 필사적으로 노력하며 고개를 끄덕였다. 그는 놀라움으로 멍해진 표정으로 나를 보았지만 곧 눈을 가늘게 떴고 입은 유쾌한 냉소로 비틀렸다.

"그렇게 사람을 걱정하게 해놓고." 그가 불길하게 속삭였다. 나는 그를 보고 웃으면서 다시 한 번 어깨를 으쓱했다.

"아, 귀여운 척 애교 떨지 마, 스틸 양. 지금 당장 내가 원하는 건……"

그는 한 손으로 머리를 훑더니 고개를 저으며 방향을 바꿨다.

"내가 이처럼 불안에 떨도록 내버려두다니 믿을 수가 없는데."

그의 표정이 미묘하게 바뀌더니 눈은 짓궂게 빛났고 입은 호색한 웃음을 띠며 실룩였다.

세상에 맙소사. 전율이 나를 타고 흘렀다. 무슨 생각을 하는 걸까?

"응징을 준비해야겠어, 스틸."

응징? 어머나! 그가 장난을 치고 있는 건 알았지만 어쨌든 예방 차 그에게서 한 발 물러났다.

그가 씩 웃었다. "그걸 게임이라고 하는 거야?" 그가 속삭였다.

"내가 널 잡을 텐데." 그의 눈이 강렬한 장난기로 환히 타올랐다. "게다가 입술까지 깨문다 이거지." 그가 위협적으로 덧붙였다.

내 몸 안쪽이 즉시 죄어왔다. 이런. 내 미래의 남편이 게임을 하고 싶어 하네. 나는 한 발짝 더 뒤로 물러났다가 몸을 돌려 도망가려 했으나…… 소용없었다. 크리스천이 한 번에 나를 휙 붙잡았고 나는 기쁨과 놀람, 충격에 비명을 꽥 질렀다. 그는 나를 어깨에 둘러메고 복도를 내려갔다.

"크리스천!" 나는 위층에 있는 호세를 신경 쓰며 식식댔으나 우리 소리가 거기까지 들릴지는 의심스러웠다. 나는 그의 등허리를 잡아 몸을 지탱하다가 어떤 용감한 충동이 들었는지 그의 엉덩이를 찰싹 쳤다. 그도 나를 도로 찰싹 쳤다.

"아야!"

"샤워할 시간이야." 그가 의기양양하게 선언했다.

"내려놔요!" 나는 못마땅한 소리를 내려 했으나 실패했다. 내 싸움은 허사였다. 그의 팔이 내 허벅지를 단단히 죄고 있었다. 게다가 어떤 이유에서인지 키득키득 웃음이 멈추질 않았다.

"이 신발, 좋아하는 거야?" 그는 욕실 문을 열면서 흥미롭다는 듯 물었다.

"이 신발이 바닥에 닿는 편을 좋아하죠." 나는 으르렁거리는 소리로 대답하려 했으나 목소리에 밴 웃음기 때문에 그다지 효과가 없었다.

"원한다면 뭐든지 따르지, 스틸 양."

그는 나를 내려놓지 않고 신발을 벗겨 타일 바닥에 내던졌다. 그는 화장대 옆에 멈추더니 주머니를 비웠다. 꺼진 블랙베리, 열쇠, 지갑, 열쇠고리. 이 각도에선 거울에 비친 내 모습이 어떨지 볼 수가 없으니 상상만 할 따름이었다. 그는 주머니를 다 비우자 즉시 거대한 샤워기 안으로 들어갔다.

"크리스천!" 나는 큰 소리로 항의했다. 그의 의도는 이제 명확했다.

그는 물을 최대로 틀었다. 이런! 북극처럼 차가운 물이 내 엉덩이에 철퍼덕 쏟아지자 나는 꺅 비명을 질렀다. 그러다 다시 한 번 호세가 위에 있다는 생각에 찔끔해서 입을 다물었다. 차가운 물이 내 원피스와 팬티, 브라를 적셨다. 나는 속속들이 젖었지만 다시 키득키득 터진 웃음을 멈출 수가 없었다.

"싫어요! 내려놔요!" 나는 그의 엉덩이를 다시 쳤다. 이번에는 좀 더 세게. 크리스천은 나를 내려놓으며 자신의 젖은 몸 아래로 미끄러뜨렸다. 그의 하얀 셔츠가 가슴에 달라붙었고 정장 바지도 흠뻑 젖었다. 나도 젖어버렸다. 얼굴이 붉어지고 머리가 어지럽고 숨이 막혔다. 내려다보는 그는 무척, 무척이나 믿을 수 없게 섹시했다.

그는 제정신을 되찾고 눈을 빛내더니 다시 내 얼굴을 감싸며 입술을 자기 입술에 갖다 댔다. 그의 키스는 부드러웠고 나를 아껴주었고 정신을 산란하게 했다. 나는 이제 더 이상 옷을 다 입은 채로 크리스천의 샤워기 안에서 젖어버렸다는 사실에 신경 쓰지 않았다. 그저 폭포수처럼 쏟아지는 물 아래 우리 둘만 있을 뿐이었다. 그가 돌아왔다. 무사했다. 내 것이었다.

나도 모르게 그의 셔츠로 손이 올랐다. 셔츠는 그의 가슴에 착 달라붙어 하얀 천 아래 뭉친 털까지도 다 드러나 보였다. 나는 셔츠 자락을 바지에서 확 잡아 끌어냈고 그는 내 입에 대고 신음했지만 입술은 나를 떠날 줄 몰랐다. 내가 셔츠 단추를 벗기기 시작하자 그는 내 지퍼에 손을 대고 천천히 내리기 시작했다. 그의 입은 더 끈질기고 더 선정적이 되어 혀로 내 입을 침범했고 내 몸은 욕망으로 폭발했다. 나는 그의 셔츠를 세게 잡아당겨 찢었다. 단추가 사방으로 튀며 타일 바닥에 떨어지더니 어디론가 사라져버렸다. 젖은 천을 그의 어깨와 팔에서 벗겨내면서 나는 그를 벽에 밀어붙이며 내 옷을 벗기려는 그의 시도를 방해했다.

"커프스 링크." 그는 젖은 셔츠가 힘없이 달라붙어 있는 손목을 들어 보였다.

더듬대는 손가락으로 나는 황금 커프스 링크를 차례로 푼 다음 아무렇게나 타일 바닥에 떨어지도록 놔두었다. 다음으로는 셔츠도 던져버렸다. 그의 눈은 떨어지는 물속에서 내 눈을 탐색했다. 활활 타오르는 시선은 육욕적이고 물을 데울 듯이 뜨거웠다. 나는 그의 바지 허리밴드에 손을 댔지만 그가 머리를 흔들며 내 어깨를 잡아 빙글 돌려 앞을 보게 했다. 그는 내 내 지퍼를 아래까지 한참 내린 후 젖은 머리카락을 목에서 치우고 혀로 목덜미를 머리선까지 핥았다가 다시 키스하고 빨면서 내려왔다.

나는 신음을 내뱉었다. 천천히 그는 어깨에서 원피스를 벗기면서 가슴을 지났다. 그동안에도 내 귀 아래 목에 키스를 퍼부었다. 그는 브라를 아래로 밀어내며 내 젖가슴을 자유롭게 풀어주었다. 그의 손이 젖가슴 주위를 돌며 각각 감싸 줘었다.

"참 아름다워." 그가 속삭였다.

내 팔은 가슴 아래에 걸려 있는 브라와 원피스에 묶여버렸다. 팔은 아직도 소매 속에 있었지만 손만은 자유로웠다. 나는 머리를 굴려 크리스천이 목에 더 쉽게 접근할 수 있도록 하면서 가슴을 그의 마술적 손 안으로 밀어붙였다. 나는 뒤로 손을 돌렸다. 탐구심이 강한 내 손가락이 그의 일어선 부분과 닿았을 때 그가 숨을 날카롭게 헉 들이켜는 달가운 소리를 냈다. 그는 그 부분을 환영하는 내 두 손에 밀어붙였다. 이런, 어째서 그는 내가 바지를 벗기도록 하지 않은 걸까?

그가 내 젖꼭지를 잡아당기기 시작했다. 그의 전문가적인 손길 아래에서 젖꼭지는 딱딱해지며 늘어났고 그의 바지에 대한 생각은 다 사라져버렸다. 날카롭고 색정적인 쾌락이 내 배 속에서 치솟았다. 나는 머리를 젖혀 그에게 대고 신음했다.

"그래." 그가 나직이 말하더니 입을 맞댄 채로 나를 다시 한 번 뒤로 돌렸다. 그러면서 내 브라와 원피스, 팬티를 한꺼번에 끌어내렸고 옷가지들은 그의 셔츠와 함께 젖은 천 더미가 되어 샤워실 바닥으로 떨어졌다.

나는 옆에 놓여 있는 바디워시를 잡았다. 크리스천은 내가 뭘 하려는지 알자 굳었다. 그의 눈을 똑바로 바라보면서 나는 달콤한 향기가 나는 젤을 손바닥에 조금 짜고 그의 가슴 앞에서 들어 보였다. 말하지 않은 질문에 대한 답변을 기다리는 것이었다. 그는 눈을 크게 떴지만 거의 알아볼 수 없을 정도로 살짝 고개를 끄덕였다.

조심스레 나는 한 손을 그의 가슴에 대고 비누를 피부에 문지르기 시작했다. 날카롭게 숨을 들이마시는 그의 가슴이 위로 올랐지만 그는 꼼짝 않고 가만히 있었다. 한 박자 후 그가 두 손으로 내 엉덩이를 꼭 죄었지만 밀어내진 않았다. 대신 나를 신중하게 바라보았다. 표정은 두려움보다는 강렬함 쪽에 가까웠지만 그의 호흡이 빨라지는 동안 입술이 벌어졌다.

"괜찮아요?" 내가 속삭였다.

"그래." 짧고 숨찬 대답은 거의 헐떡임과 같았다. 나는 우리가 함께했던 수많은 샤워를 떠올렸지만 올림픽 호텔에서 했던 샤워의 기억은 달콤씁쓸했다. 뭐, 이젠 그를 만질 수 있으니까. 나는 부드럽게 원을 그리며 내 남자를 씻겼다. 겨드랑이로 갔다가 갈빗대를 지나고 행복한 오솔길로 가서 바지 허리밴드에 이르렀다.

"내 차례야." 그가 속삭이더니 샴푸를 집었다. 그는 쏟아지는 물속에서 나오도록 자세를 바꾼 후 내 머리 위에 샴푸를 조금 짰다.

나는 이것을 그를 그만 씻기라는 신호로 이해하고 손가락을 그의 허리밴드에 걸었다. 그는 샴푸로 내 머리를 감겼다. 단단하고 긴 손가락이 내 두피를 마사지했다. 온갖 스트레스를 겪었던 저녁 후에 내가 필요로 했던 것은 바로 이것이었다.

그가 쿡쿡 웃기에 한 눈을 살짝 떠 봤더니 그가 내려다보며 미소 짓고 있었다. "하고 싶어?"

"음⋯⋯."

그가 씩 웃었다. "나도." 그는 몸을 숙여 내 이마에 키스했고 손가락으로는 여전히 내 두피를 부드럽고도 세게 주물렀다.

"뒤로 돌아봐."

권위적인 명령에 나도 시키는 대로 했다. 그의 손가락이 천천히 내 머리 위를 오가며 씻기고 긴장을 풀어주고 사랑해주었다. 아, 이건 천상의 행복이었다. 그는 샴푸를 조금 더 짜서 뒤로 늘어진 긴 머리채를 부드럽게 감겼다. 다 마치자 그는 나를 도로 샤워 속에 밀어넣었다.

"머리를 뒤로 젖혀봐." 그가 부드럽게 명령했다.

나는 순순히 따랐고 그는 부드럽게 머리를 헹궜다. 다 마쳤을 때, 나는 다시 한 번 그를 마주보았고 천천히 그의 바지로 접근했다.

"당신의 온몸을 씻겨주고 싶어요." 나는 속삭였다.

그는 삐뚜름한 미소를 짓더니 두 손을 들어 '난 당신 거야, 자기'라는 뜻의 동작을 취했다.

나는 씩 웃었다. 마치 크리스마스 같았다. 지퍼를 금방 내렸다. 곧 그의 바지와 팬티는 우리가 입었던 나머지 옷가지와 같은 신세가 되었다. 나는 일어서서 바디워시와 스펀지를 집었다.

"나를 보니 좋은가 봐요." 나는 건조하게 말했다.

"난 너를 보면 언제나 좋지, 스틸 양." 그가 히죽 웃었다.

나는 스펀지에 바디워시를 짜고 그의 가슴 위 행로를 다시 따라갔다. 그는 이제 한층 덜 긴장된 모습이었다. 내가 실제로 손을 대지는 않았기 때문인 것 같았다. 나는 스펀지를 들고 아래로 내려갔다. 그의 배를 지나 행복한 오솔길을 따라, 음모를 헤치고, 그의 일어선 부분 위까지 닿았다.

나는 그를 올려다보았다. 그는 내리깐 눈에 관능적 갈망을 담고 바라보았다. 음…… 이 표정이 좋아. 나는 스펀지를 놓고 두 손을 이용해서 그를 단단히 잡았다. 그는 눈을 감고 머리를 살짝 뒤로 젖힌 후 신음하며 하체를 내 손 안으로 밀었다.

아, 좋아! 무척이나 흥분이 되었다. 내 안의 여신은 구석에 쭈그려 울던 저녁 이후에 다시 등장했다. 이번에는 야한 빨간 립스틱을 바르고 있었다.

그의 타오르는 눈이 갑자기 내 눈과 얽혔다. 그는 뭔가 기억해낸 듯했다.

"오늘 토요일이지."

그의 눈이 음란한 경이로 불붙었고 그는 내 허리를 잡고 끌어올려 야만적으로 키스했다.

우, 속도가 달라졌잖아!

그의 손이 내 미끄럽고 젖은 몸을 쓱 내려가 내 여성 위를 맴돌았다. 그의 손가락은 탐색하고 약 올렸고 그의 입은 가차 없었다. 나는 숨도 쉴 수가 없었다. 다른 손은 내 젖은 머리 속에 넣어 내가 풀려난 그의 정열을 전력으로 감당하는 동안 꼼짝 못하게 만들었다. 그의 손가락들이 내 안에서 움직였다.

"아." 나는 그의 입에 대고 신음했다.

"그래." 그는 식식대며 두 손으로 내 엉덩이를 받쳐 들었다.

"다리를 내게 감아."

내 다리는 순종했고 나는 그의 목에 조개처럼 바짝 매달렸다. 그는 나를 벽에 밀어붙이더니 잠깐 멈추고 내려다보았다.

"눈을 떠. 널 보고 싶으니까."

나는 깜박이며 눈을 떴다. 심장이 쿵쾅거렸고 피는 몸속을 뜨겁고 무겁게 돌진했다. 진짜, 흉포한 욕망이 내 몸속에서 솟구쳤다. 그때 그가 내 안으로 스르르 들어왔다. 아, 무척이나 천천히 들어와 나를 채우고 소유권을 주장했다. 피부와 피부가 맞닿았다. 나는 그의 몸에 밀어붙이며 크게 신음했다. 일단 나를 채우자 그는 한 번 멈추었다. 그의 얼굴은 강렬히 긴장했다.

"아나스타샤, 넌 내 거야."

"언제나요."

그가 의기양양하게 웃다가 자세를 바꾸는 바람에 나는 숨을 헉 들이켰다.

"이제 모든 이에게 알려도 되겠지. 네가 좋다고 했으니."

그의 목소리에는 존중이 가득했다. 그는 몸을 숙이며 자신의 입으로 내 입을 사로잡고 움직이기 시작했다. 느리고도 달콤하게. 내 몸이 활처럼 휠 때 나는 눈을 감고 머리를 젖혔다. 내 의지력은 그에게 굴복했고 취하게 하는 느릿한 리듬에 노예가 되었다.

그의 이가 내 턱을 쓸다가 목으로 내려왔다. 그러면서 그는 점점 더 속도를 붙여 나를 앞으로, 위로 밀어붙였다. 나는 이 지상, 쏟아지는 샤워, 오늘 저녁의 차가운 두려움에서 점점 멀어졌다. 그저 한 몸이 되어 움직이는 나와 내 남자뿐이었다. 서로가 서로에게 완전히 흡수되어 하나가 되었고 우리의 호흡과 신음이 뒤섞였다. 나는 그가 나를 소유한다는 황홀한 느낌을 누렸고 내 몸은 그의 주위에서 꽃을 피웠다.

이 사람을 잃을 수도 있었어⋯⋯. 그리고 나는 그를 사랑해⋯⋯. 그를 몹시도 사랑했다. 나는 갑자기 내 사랑의 거대함과 그를 향한 헌신의 깊이에 압도당했다. 평생을 이 남자를 사랑하면서 보낼 것이었다. 그 경외심과 더불어 나는 그를 감싸 안고 폭발했다. 치유하는 카타르시스를 주는 오르가즘이었다. 눈물이 내 뺨을 타고 흘러내릴 때 나는 그의 이름을 크게 불렀다.

그도 절정에 올라 내 안으로 자기를 쏟아냈다. 얼굴을 내 목에 묻고 그는 바닥에 주저앉았다. 나를 꼭 껴안고 내 얼굴에 키스를 했다. 따뜻한 물이 우리 위로 떨어지며 깨끗이 씻어낼 때 그도 키스로 내 눈물을 씻어주었다.

"손가락이 쭈글쭈글해졌어요."

나는 섹스 후의 만족감에 젖어 그의 가슴에 기댔다. 그는 내 손가락을 들어 입술에 대고 하나하나 키스했다.

"욕실에서 나가야겠다."

"여기가 편안한걸요."

난 그의 다리 사이에 앉아 있었고 그가 나를 꼭 끌어안았다. 나는 움직이고 싶지 않았다.

크리스천도 웅얼웅얼 같은 뜻을 표시했다. 하지만 갑자기 나는 뼛속까지 피곤이 몰려와 지쳐버렸다. 이번 주에는 너무 많은 일이 있었다. 평생의 드라마라고 해도 충분할 만큼 많은 일들이었다. 그런데 이제 곧 결혼까지 한다. 믿을 수 없는 웃음이 키득키득 내 입술에서 새어나왔다.

"뭐가 그렇게 재미있어, 스틸 양?" 그가 정답게 물었다.

"바쁜 한 주였네요."

그가 씩 웃었다. "그랬지."

"당신이 온전하게 돌아와서 정말 하느님께 감사드려요. 그레이 씨."

무슨 일이 생겼을지도 모른다는 생각에 정신이 번쩍 들었다. 그는 긴장했고 나는 그 생각을 떠올리게 한 것을 즉시 후회했다.

"두려웠어." 놀랍게도 그가 고백했다.

"아까?"

진지한 표정으로 그는 고개를 끄덕였다.

세상에나. "가족들을 안심시키려고 가볍게 말한 거예요?"

"그래, 너무 낮게 날고 있어서 제대로 착륙하기 어려웠지. 하지만 어떻게든 해냈어."

젠장. 내 눈이 그의 눈을 훑었다. 떨어지는 물을 맞고 있는 그는 엄숙해 보였다.

"얼마나 긴박했어요?"

"아주 긴박했지." 그가 잠깐 말을 멈췄다. "끔찍했던 몇 초 동안, 널 다시 못 보는 줄 알았어."

나는 그를 꼭 껴안았다. "당신 없는 삶은 생각도 할 수 없어요, 크리스천. 난 당신을 무척 사랑하니까 겁주지 마요."

"나도 그래." 그가 숨을 내쉬었다. "너 없는 내 인생은 텅 비었어. 널 무척이나 사랑해." 그는 나를 안은 팔에 힘을 주면서 내 머리에 코를 비볐다. "널 절대로 놓지 않을 거야."

"나도 떠나고 싶지 않아요. 절대로." 나는 그의 목에 키스했다. 그는 몸을 숙여 부드럽게 내 입을 맞췄다.

잠시 후, 그가 몸을 움직였다.

"가자. 너를 말려주고 침대에 재워야겠어. 나도 피곤하고 너도 두들겨 맞은 사람처럼 나가떨어지기 직전이고."

나는 몸을 뒤로 떼고 그의 단어 선택에 한쪽 눈썹을 둥글게 치켰다. 그는 머리를 한쪽으로 기울이며 히죽 웃었다.

"스틸 양이 뭐 할 말이 있나 본데."

나는 고개를 저으면서 비틀비틀 일어섰다.

나는 침대 위에 앉아 있었다. 크리스천이 내 머리를 말려주겠다고 우겼다. 그는 아주 능숙했다. 어쩌다 그렇게 되었는지는 불쾌한 생각이라 즉시 치워버렸다. 새벽 2시였고 잘 준비가 되었다. 크리스천이 내려다보며 침대 위에 오르기 전 다시 한 번 열쇠고리를 살폈다. 그는 놀랍다는 듯 고개를 저었다.

"이거 참 깔끔하네. 내가 이제껏 받아본 생일 선물 중 최고야."

그가 부드럽고 따뜻한 눈으로 나를 힐끔 보았다.

"주세페 디나탈레 사인이 있는 포스터보다 더 좋은데."

"일찍 말해줄 수도 있었지만, 당신 생일이기 때문에…… 당신처럼 없는 게 없는 사람에게 뭘 주겠어요? 난 그래서 날…… 주자고 생각했어요."

그는 열쇠고리를 침대 옆 탁자에 놓고 내 옆으로 들어와 자기 가슴으로 꼭 끌어당겼다. 우리는 숟가락처럼 포개진 자세로 누웠다.

"완벽한 선물이야. 너처럼."

나는 생긋 웃었지만 그는 내 표정을 볼 수가 없었다.

"나는 완벽과는 거리가 멀어요. 크리스천."

"나를 비웃는 거야, 스틸 양?"

어떻게 아는 거지? "어쩌면요." 나는 키득키득 웃었다. "뭐 물어봐도 돼요?"

"물론." 그가 내 목에 코를 비볐다.

"포틀랜드에서 서둘러 돌아올 때 전화 못한 거요. 정말 호세 때문이에요? 내가 개랑 단둘이만 있을까 봐?"

그는 아무 말도 하지 않았다. 나는 몸을 돌려 그를 마주 보았다. 내 비난하는 말투에 그의 눈이 커졌다.

"얼마나 웃긴지 알아요? 그 때문에 당신 가족이랑 내가 얼마나 스트레스를 겪었는지 생각이나 해봤어요? 우리 모두 당신을 무척 사랑한다고요."

그는 두어 번 눈을 깜박이더니 수줍은 미소를 지었다.

"사람들이 그렇게나 걱정할 줄 몰랐어."

나는 입을 꾹 다물었다.

"당신이 사랑받고 있다는 사실을 대체 어떻게 해야 그 돌머리에 집어넣겠어요?"

"돌머리?" 그가 놀라움에 눈썹을 치켰다.

그래요. "돌머리."

"내 머리가 내 신체의 어느 다른 곳보다 특히 더 딱딱하다고 생각해본 적은 없는데."

"난 진지하다고요! 농담 그만둬요. 나 아직도 화 풀리지 않았어요. 당신이 무사히 집에 온 덕분에 약간 가려지긴 했지만……." 걱정스러웠던 몇 시간을 회상하니 목소리가 흐려졌다. "뭐, 내가 무슨 생각했는지 알겠죠."

그의 눈빛이 부드러워지더니 손을 뻗어 내 얼굴을 어루만졌다.

"미안해, 알았어."

"가여운 어머님은 어쩌고요. 어머님과 당신이 함께 있는 모습은 무척 감동적이었어요."

그는 수줍게 미소 지었다. "어머니의 그런 모습은 나도 본 적이 없어. 보통은 자기절제가 강하시거든. 아주 충격이었어."

"봤죠? 모두들 당신을 사랑해요." 나는 미소를 띠었다. "어찌면 이제 당신도 믿게 되었을지 모르겠네요."

나는 몸을 굽혀 그에게 부드럽게 키스했다.

"생일 축하해요, 크리스천. 당신이 이날을 나와 함께할 수 있게 이 세상에 와줘서 기뻐요. 아직 내가 내일을 위해 준비한 것 못 봤죠 아, 오늘……." 나는 생긋 웃었다.

"더 있어?"

그는 놀라며 물었다. 그의 얼굴에 숨이 막힐 듯한 웃음이 활짝 떠올랐다.

"아, 그럼요. 그레이 씨. 하지만 그때까지 기다려요."

나는 갑자기 꿈, 혹은 악몽에서 깨어났다. 맥박이 쿵쿵 뛰었다. 겁에 질려 뒤로 돌아보니 안심되게도 크리스천이 내 옆에 깊이 잠들어 있었다. 내가 몸을 뒤척였기 때문에 크리스천도 몸을 꿈틀거리며 잠 속에서 한 팔을 뻗어 내게 둘렀다. 머리는 내 어깨에 얹은 채로 쌕쌕 숨을 내쉬었다.

방 안에는 빛이 가득했다. 8시였다. 크리스천이 이처럼 늦잠을 자는 일은 드물었다. 나는 똑바로 누워 질주하는 심장이 가라앉기를 기다렸다. 이 불안함은 왜일까? 간밤의 여운일까?

나는 몸을 돌려 그를 마주보았다. 그가 여기 있다. 안전하게. 마음을 진정코자 심호흡을 하며 그의 아름다운 얼굴을 보았다. 이젠 너무도 익숙한 얼굴, 올록볼록한 선과 그림자까지도 영원히 내 마음에 아로새겨질 얼굴이었다.

그는 잠잘 때 훨씬 어려 보였다. 오늘 그가 한 살 더 먹는 날이라는 생각을 하니 웃음이 나왔다. 나는 내 몸을 감싸고 내 선물에 대해 생각을 해보았다. 우…… 그가 어떻게 할까? 어쩌면 아침식사를 침대로 가져다주는 것으로 시작해야 할지도. 하지만 호세가 아직도 여기 있을 수도 있었다.

호세는 일자형 식탁에 앉아 시리얼을 먹고 있었다. 그를 보니 얼굴을 붉힐 수밖에 없었다. 호세는 내가 크리스천과 밤을 보냈다는 것을 알았다. 어째서 갑자기 이렇게 수줍은 기분이 드는 걸까? 벌거벗거나 한 것도 아닌데. 나는 바닥까지 끌리는 실크 가운을 입고 있었다.

"안녕, 호세." 나는 용기를 내어 뻔뻔하게 미소를 지었다.

"안녕, 아나!" 호세의 얼굴이 밝아졌다. 진짜로 반가워하는 기색이었다. 놀리거나 음란한 경멸 따위는 찾아볼 수 없었다.

"잘 잤어?" 내가 물었다.

"그럼. 전망 죽이던데."

"그래, 참 특별하지." 이 아파트의 주인처럼. "진짜 남성용 아침식사 먹고 싶어?" 나는 놀렸다.

"좀 주면 좋지."

"오늘 크리스천 생일이거든. 그래서 아침 차려서 침대로 가져가려고."

"깼어?"

"아니. 어제 일로 몹시 고단했나 봐."

나는 재빨리 호세에게서 시선을 돌려 내 얼굴의 홍조를 보지 못하도록 서둘러 냉장고로 갔다. 이런, 호세일 뿐인데. 달걀과 베이컨을 냉장고에서 꺼낼 때 호세가 씩 웃었다.

"너, 그 사람 정말 좋아하는구나. 그렇지?"

나는 입술을 꾹 다물었다. "나 그 사람 사랑해, 호세."

잠시 호세는 눈을 동그랗게 떴으나 곧 웃음을 지었다.

"왜 아니겠냐?"

그는 큰 방을 손으로 두루뭉술하게 가리켰다.

나는 그를 보고 험악하게 인상을 썼다.

"야, 됐네요."

"어이, 아냐. 장난친 거야."

음…… 앞으로는 언제나 이런 의심을 받게 되는 걸까? 돈 때문에 크리스천과 결혼한다고?

"진짜로 농담이야. 너 그런 여자애 아닌 거 내가 알잖아."

"오믈렛 괜찮아?"

나는 화제를 바꾸려 물었다. 정말로 말싸움 하고 싶지 않았다.

"물론."

"나도 하나."

크리스천이 큰 방으로 어슬렁어슬렁 걸어오며 말했다. 맙소사, 섹시한 엉덩이에 오직 파자마 바지만 걸치고 있잖아?

"호세." 그가 고개를 까닥했다.

"크리스천." 호세도 엄숙하게 답례했다.

크리스천은 나를 돌아보고 히죽 웃었다. 일부러 그러는 것이었다. 나는 어떻게든 평정을 찾으려 필사적으로 노력하며 눈을 가늘게 떴다. 크리스천의 표정이 미묘하게 바뀌었다. 자기 속셈을 내가 안다는 걸 알았지만, 신경 쓰지 않았다.

"침대로 아침 가져다주려고 했는데."

그는 비틀비틀 걸어와서 한 팔을 두르고 내 턱을 들었다. 그러고는 입에 쪽 소리 나도록 키스했다. 이 얼마나 크리스천답지 않은 행동인지!

"안녕, 아나스타샤."

나는 그를 보고 얼굴을 찡그리며 점잖게 행동하라고 하고 싶었지만, 오늘은 그의 생일이었다. 나는 얼굴을 붉혔다. 어째서 그는 자기 영역표시에 저렇게나 열심일까?

"안녕, 크리스천. 생일 축하해요."

나는 그에게 미소를 보냈고 그도 나를 보고 히죽 웃었다.

"다른 선물도 꽤 기대가 되는데."

그는 그렇게만 말했다. 나는 고통의 빨간 방처럼 얼굴이 빨개졌고 불안하게 호세를 보았다. 그는 뭔가 못 먹을 것을 삼킨 표정이었다. 나는 시선을 돌리고 요리에만 전념했다.

"그래서 오늘 계획은 뭐죠, 호세?"

크리스천은 의자에 걸터앉으며 겉으로는 태연하게 물었다.

"아버지와 아나 아빠인 레이를 만나러 가려고요."

크리스천이 얼굴을 찡그렸다.

"두 분이 아는 사이?"

"네, 군대 동기시라서. 서로 연락이 끊긴 채로 지내다가 아나와 내가 대학에서 다시 만나서 알게 되었죠. 나름 귀여우세요. 이젠 두 분이 절친하게 지내시거든요. 우리는 낚시 여행을 갈 계획입니다."

"낚시?" 크리스천은 진정으로 흥미가 동하는 듯했다.

"그래요. 여기 연안 바다에는 월척들이 많거든요. 무지개송어가 아주 크게 자라죠."

"맞아요. 형 엘리엇과 나도 언젠가 15킬로그램짜리 무지개송어를 잡은 적이 있죠."

두 사람이 낚시 이야기를? 낚시가 대체 뭐기에? 난 한 번도 그것을 이해하지 못했다.

"15킬로그램이요? 나쁘지 않은데요. 하지만 아나의 아버지는 기록을 갖고 계시죠. 19킬로그램짜리를 잡으셨다니까요."

"농담이겠지! 그런 말 안 하시던데."

"그건 그렇고, 생일 축하합니다."

"고마워요. 그럼 어디로 낚시를?"

나는 빠져나왔다. 이건 내가 알 필요 없는 얘기였다. 하지만 한편으로는 안도하기도 했다. 봤어요, 크리스천? 호세는 그렇게 나쁜 애가 아니라니까요.

호세가 갈 때쯤 되자 두 사람은 서로 꽤 편해진 듯했다. 크리스천은 재빨리 티셔츠와 청바지 차림에 맨발로 호세와 나를 따라 현관까지 배웅했다.

"재워줘서 고마워요." 두 사람이 악수를 나눌 때 호세가 인사했다.

"언제든지." 크리스천은 미소를 지었다.

호세가 나를 살짝 안았다. "몸조심해, 아나."

"그럼. 이렇게 보니 정말 좋다. 다음번엔 진짜 좋은 데 가서 마시자."

"그 말 안 지키기만 해봐." 그는 엘리베이터 안에서 손을 흔들고 가버렸다.

"봐요, 나쁜 애 아니죠."

"아직도 네 팬티 속으로 기어들고 싶어 하는데, 뭐. 하지만 그거야 저 친구 탓만 할 수 없지."

"크리스천, 그거 아니에요!"

"넌 정말 모르는군?" 그는 히죽 웃으며 내려다보았다. "쟤 너를 원해. 그것도 몹시."

나는 얼굴을 찡그렸다. "크리스천, 쟨 그냥 친구예요. 좋은 친구."

갑자기 내가 하는 말이 크리스천이 로빈슨 부인에 대해서 하는 말처럼 들린다는 것을 깨달았다. 그 생각은 심란했다.

크리스천은 달래는 뜻으로 두 손을 들었다.

"난 싸우고 싶지 않아."

아, 우리 싸우는 것 아니잖아? 싸우는 건가? "나도 그래요."

"저 친구에게 우리 결혼할 거라고 말 안 했잖아."

"그럼요. 엄마와 레이 아빠에게 먼저 말해야 한다고 생각했어요."

이를 어째. 청혼을 승낙한 후 가장 처음으로 든 생각이 그것이었다. 이런, 부모님이 뭐라고 할까?

크리스천이 고개를 끄덕였다.

"그래, 그 말이 맞네. 음…… 네 아버지에게 따님을 달라고 부탁해야 할까?"

나는 웃었다. "아, 크리스천…… 지금이 무슨 18세기인 줄 알아요."

맙소사. 레이 아빠가 뭐라고 할까? 그런 대화를 할 생각을 하니 겁부터 났다.

"전통이잖아." 크리스천이 어깨를 으쓱했다.

"그건 나중에 얘기해요. 지금은 다른 선물을 주고 싶으니까."

내 목적은 그의 관심을 다른 데로 돌리는 것이었다. 내 선물에 대한 생각이 의식 속에 타올라 큰 구멍을 남겼다. 그에게 주고 어떤 반응을 보이는지 봐야했다.

그가 수줍은 미소를 보이자 내 심장이 덜컥 뛰었다. 아마 평생 살면서 저 미소를 아무리 봐도 질리지 않을 것 같았다.

"또 입술을 깨물고 있네."

그가 나의 턱을 잡아당겼다.

그의 손가락이 나를 만질 때 전율이 몸을 뚫고 지나갔다. 아무 말 없이, 남아 있는 약간의 용기를 끌어모아 그의 손을 잡고 다시 침실로 데려갔다. 나는 그의 손을 놓고 침대 옆에 서 있게 한 후 침대 옆에서 남은 선물 상자 두 개를 꺼냈다.

"둘이나?" 그는 놀라 물었다.

나는 심호흡을 했다.

"이건 음, 어제 사건 전에 사둔 거예요. 지금은 어떨지 모르겠네요."

나는 마음이 바뀌기 전에 꾸러미 하나를 건넸다. 그는 내 자신 없는 속마음을 감지하고 당황해서 나를 바라보았다.

"내가 열어봐도 정말 괜찮겠어?"

나는 걱정스레 고개를 끄덕였다.

크리스천은 포장을 뜯고 놀란 눈으로 상자를 보았다.

"찰리 탱고예요." 나는 속삭였다.

그는 씩 웃었다. 상자 안에는 태양 전지로 작동되는 커다란 날개가 붙어 있는 작은 나무 헬리콥터가 들어 있었다. 그는 열어보았다.

"태양열 전지네, 와."

미처 깨닫기도 전에 그는 침대에 앉아 조립을 시작했다. 헬리콥터는 뚝딱 조립되었고 크리스천은 손바닥 위에 올려놓았다. 푸른 나무 헬리콥터였다. 그는 올려다보며 평범한 미국 소년 같은 눈부신 미소를 지었다. 그는 헬리콥터를 창가로 가져가 햇볕을 쬐었다. 헬리콥터 날개가 돌아가기 시작했다.

"저거 봐." 크리스천은 찬찬히 살폈다.

"이 기술로 우리가 벌써 무엇을 할 수 있는지."

크리스천은 헬리콥터를 눈높이로 올리고 돌아가는 날개를 보았다. 그는 그 광경에 매혹되었고 작은 헬리콥터를 보며 생각에 잠긴 그를 보는 것도 매혹적이었다. 무슨 생각을 할까?

"마음에 들어요?"

"응, 정말 좋아. 고마워."

그는 나를 잡고 살짝 키스했다. 그러더니 다시 헬리콥터 날개가 돌아가는 것을 보았다.

"이거 내 사무실 글라이더 옆에 두어야겠다."

그는 날개가 도는 것을 보면서 산만하게 말했다. 그는 햇볕에서 손을 치웠고 날개는 천천히 돌다가 멈췄다.

나는 얼굴이 갈라질 정도로 함박웃음을 지었다. 내 몸을 껴안고 싶었다. 그가 마음에 들어 한다. 물론, 그는 대체 에너지 기술에 골몰하고 있었다. 서둘러 사느라 그 점은 깜빡 잊고 있었다. 헬리콥터를 서랍장 위에 올려놓고 그는 나를 향했다.

"찰리 탱고를 회수하는 동안 이게 내 친구가 되어주겠네."

"회수할 순 있대요?"

"모르겠어. 그러길 바라. 못하면 그녀가 그립겠지."

그녀? 이런 무생물에게까지 살짝 질투심을 느끼는 나 자신에게 충격을 받았다. 내 잠재의식이 멸시하듯 코웃음을 쳤다. 나는 무시해버렸다.

"다른 상자에는 뭐가 들었어?" 그의 눈은 아이 같은 흥분으로 커졌다.

맙소사. "이 선물이 당신을 위한 건지 나를 위한 건지 모르겠어요."

"정말?" 내 말이 그의 흥미를 돋우었다는 것을 알았다. 초조하게 두 번째 상자를 건넸다. 그는 조심스레 흔들어보았다. 무겁게 덜거덕거리는 소리가 났다. 그가 올려다보았다.

"뭐가 그렇게 불안해?"

그는 영문을 몰라 물었다. 나는 어깨를 으쓱했지만 당황하고 흥분해서 얼굴을 붉혔다. 그는 한쪽 눈썹을 치켰다.

"내 호기심을 자극하는데, 스틸 양."

그의 속삭임이 내 몸을 타고 흘렀다. 욕망과 기대감이 내 배 속에서 씨를 뿌렸다.

"네 반응이 재미있는데. 대체 무슨 속셈이야?" 그는 의아한 듯 눈을 가늘게 떴다.

나는 숨을 죽이고 입술을 꼭 다문 채로 가만히 있었다.

그는 상자 뚜껑을 열고 작은 카드를 꺼냈다. 나머지 내용물은 얇은 종이에 싸여 있었다. 그는 카드를 폈다가 재빨리 내게로 시선을 보냈다. 눈은 충격, 혹은 놀람으로 휘둥그레졌다. 어느 쪽인지는 몰랐다.

"당신에게 무례한 짓을 하라고?" 그가 웅얼거렸다.

나는 고개를 끄덕이고 침을 꿀꺽 삼켰다. 그는 신중하게 한쪽으로 머리를 기울이고 내 반응을 살피더니 얼굴을 찡그렸다. 그런 후에는 다시 상자에 관심을 돌렸다. 하늘색 포장지를 뜯고 내용물을 꺼냈다. 눈가리개, 유두 집게, 버트 플러그, 그의 아이팟과 은회색 넥타이, 그리고 마지막이지만 절대 하찮다고 할 수 없는 오락실 열쇠.

그는 어둡고 읽을 수 없는 표정으로 나를 보았다. 아, 이런. 너무 섣부른 행동이었나?

"하고 싶어?" 그가 부드럽게 물었다.

"네." 나직이 대답했다.

"내 생일 선물로?"

"그래요." 내 목소리가 이보다 더 작아질 수 있을까?

수많은 감정이 그의 얼굴을 스치고 지났다. 그중 어느 하나도 제대로 맞힐 수 없었지만 결국 남은 감정은 걱정이었다. 음…… 그렇게 기대했던 반응은 아닌데.

"확실해?"

"채찍이나 그런 게 아니라면요."

"그건 알겠어."

"그래요, 그럼 괜찮아요. 확실해요."

그는 고개를 젓더니 상자의 내용물을 보았다. "섹스에 미치고 만족을 모르는 연인이라. 뭐, 이런 것을 할 수 있을지도 모르겠군."

그는 거의 혼잣말하듯 중얼거리더니 내용물을 다시 상자 안에 넣었다. 그가 나를 다시 힐끔 보았을 때는 표정이 완전히 바뀌어 있었다. 맙소사, 눈이 타올랐고 입술엔 천천히 에로틱한 미소를 띠었다. 그는 한 손을 내밀었다.

"자." 요청이 아니었다. 배가 죄어왔다. 깊은 곳 아래에서 아주 세게.

그의 손 위에 손을 올렸다.

"따라와." 그가 명령했다. 그를 따라 침실을 나갈 때 심장이 입까지 튀어올랐다. 욕망이 매끈하고도 뜨겁게 핏속을 달려 나갔고 몸속 모든 것들이 굶주린 기대감으로 조여들었다. 마침내!

21

크리스천은 오락실 바깥에서 멈췄다.

"이거 정말 확실한 거지?" 그의 눈길은 달아올랐지만 한편으로 근심스럽기도 했다.

"그래요." 나는 수줍게 미소를 지었다.

그의 눈빛이 부드러워졌다. "하고 싶지 않은 건 있어?"

예기치 않은 그의 질문에 내 정신은 궤도에서 벗어났고 과부하에 걸렸다. 한 가지 생각이 떠올랐다.

"사진 찍는 건 싫어요."

그는 가만히 굳었다. 머리를 한쪽으로 기울이고 의아한 듯 나를 살피는 그의 표정이 굳어 있었다.

아, 어째. 그가 왜인지 물을 거라고 생각했지만 다행스럽게도 그냥 넘어갔다.

"좋아."

그는 이맛살을 찌푸리며 문을 열더니 한쪽으로 서서 나를 먼저 방 안으로 들여보냈다. 나를 따라 안으로 들어와 문을 닫는 동안 내게서 떨어지지 않는 그의 시선을 느꼈다.

선물 상자를 서랍장 위에 올려놓고 그는 아이팟을 꺼내 스위치를 켜고, 벽에 걸린 음악 시스템 앞에서 손을 한 번 흔들었다.

그 손동작에 흐린 유리문이 말없이 열렸다. 그가 버튼을 몇 개 누르니 지하철 지나가는 소리가 방 안에 울려 퍼졌다. 볼륨을 줄이자 몽환적이고 느릿한 일렉트로닉 계열 음악이 나오더니 곧 엠비언트 음악으로 바뀌었다. 한 여자가 노래를 부르기 시작했다. 가수가 누구인지는 몰랐지만 목소리는 부드러우면서도 긁어대는 듯했다. 정확히 절제된 비트는 느긋했고…… 에로틱했다. 아. 우리가 사랑을 나눌 때 깔릴 배경 음악이었다.

크리스천이 몸을 돌려 방 한가운데에 서 있는 나를 향했다. 내 심장이 쿵쿵 뛰고 피가 혈관 속에서 노래를 하며 음악의 유혹적인 박자에 맞춰 뛰었다. 적어도 그렇게 느껴졌다. 그는 느긋한 걸음걸이로 걸어오더니 내가 더 이상 입술을 깨물지 못하도록 턱을 잡았다.

"뭘 하길 원해, 아나스타샤?"

그는 내 입꼬리에 부드럽고 점잖은 키스를 했다. 손가락은 여전히 내 턱을 잡고 있었다.

"당신 생일이잖아요. 뭐든 원하는 대로." 나는 속삭였다.

그는 엄지손가락으로 내 아랫입술을 쓸며 다시 한 번 이맛살을 찌푸렸다.

"내가 여기 오고 싶어 한다고 생각해서 온 거야?"

말은 부드러웠지만 눈빛은 강렬했다. "아니에요." 난 다시 속삭였다. "내가 여기 오고 싶어서 온 거예요."

그의 시선이 음험해졌고 내 반응을 재면서 점점 더 대담해졌다. 영원처럼 느껴지는 시간이 흐른 뒤에 그가 입을 열었다.

"아, 가능성은 수없이 많아, 스틸 양."

낮고 흥분된 목소리였다.

"하지만 먼저 네가 알몸이 되어야지."

그는 내가 입은 가운의 끈을 잡아당겼다. 앞섶이 벌어지며 실크 잠옷이 드러났다. 그는 한발 물러나더니 체스터필드 소파 팔걸이에 태연하게 앉았다.

"네 옷을 벗어. 천천히." 그는 관능적이고 도전적인 표정을 지었다.

나는 경련하듯 침을 삼키면서 허벅지를 한데 오므렸다. 벌써 다리 사이가 축축해졌다. 내 안의 여신은 벌거벗고 줄을 서서 대기하면서 술래잡기를 하자고 했다. 나는 그에게서 손을 떼지 않으면서 가운을 어깨에서 밀어내 살짝 움직여 바닥에 떨어뜨렸다. 최면을 거는 회색 눈동자는 열을 띠었고 그는 집게손가락으로 입술을 쓸었다.

잠옷의 가는 끈을 어깨에서 늘어뜨리며 잠시 그를 본 후 완전히 벗겨냈다. 잠옷이 물결치며 스르르 몸에서 미끄러져서 발밑에 고였다. 이제 알몸이 된 나는 헐떡이듯 숨을 몰아쉬었다. 아, 내 몸은 벌써 준비가 되었다.

크리스천은 잠시 멈칫했다. 나는 그의 표정에 어린 솔직한 육체적 기대감에 놀랐다. 그는 일어서서 서랍장으로 가더니 은회색 넥타이―내가 가장 좋아하는 넥타이를 집었다. 그는 손가락 사이로 넥타이를 빼더니 몸을 돌려 무심히 내게 다가왔다. 미소가 그의 입술에 뛰놀았다. 그가 내 앞에 섰을 때 나는 손을 내놓으라고 하기를 기대했지만 그는 그러지 않았다.

"옷을 너무 조금 입은 것 같은데, 스틸 양." 그는 웅얼거렸다. 그는 넥타이를 내 목에 감고 천천히, 하지만 솜씨 있게 맸다. 윈저 노트라는 매듭인 듯했다. 그는 매듭을 조이면서 손가락으로 내 목덜미 아래를 쓸었다. 전류가 몸에 총알처럼 흐르자 나는 숨을 헉 들이켰다. 그는 넥타이의 넓은 쪽을 길게 늘어뜨렸다.

그 끝이 내 음모를 스칠 정도로 길게.

"이제 무척 근사해, 스틸 양."

그는 몸을 숙여 부드럽게 내 입술 위에 키스했다. 가벼운 키스라서 나는 더 원했다. 욕망이 몸에서 음란하게 소용돌이처럼 돌았다.

"이제 뭘. 해야 하지?" 그가 갑자기 넥타이를 집어 휙 잡아당기는 바람에 내 몸은 앞으로 쏠리며 그의 품 안으로 떨어졌다. 그의 손이 내 머리카락 안으로 쑥 들어오더니 내 머리를 뒤로 잡아당겼다. 그는 정말로 내게 키스했다, 거칠게. 그의 혀는 용서와 자비를 몰랐다. 한 손이 거침없이 내 등을 내려가 엉덩이를 감쌌다. 몸을 뗐을 때 그는 헐떡였고 나를 보는 그의 눈은 녹아내린 회색이었다. 나는 욕망을 채우지 못하고 남겨져서 숨을 헐떡였다. 이성이 완전히 흐트러졌다. 그의 관능적인 공격 이후에 내 입술은 부어오를 것 같았다.

"돌아봐."

그의 부드러운 명령에 나는 복종했다. 그는 내 머리카락이 넥타이에 끼지 않도록 잡아 빼서 재빨리 땋았다. 그가 땋은 머리채를 잡아당기자 내 머리가 뒤로 젖혀졌다.

"네 머릿결은 참으로 아름다워, 아나스타샤."

그가 내 목에 키스하자 전율이 내 등뼈를 타고 위아래로 흘렀다.

"그냥 그만두라고만 하면 돼. 알겠지?" 그는 내 목에 대고 속삭였다.

"아나스타샤, 이 물건들은 말이지." 그는 버트 플러그를 들었다. "이건 한 사이즈 커. 넌 애널 경험이 없으니까, 이걸로 시작하고 싶진 않을 거야. 먼저 이걸로 하자."

304

그가 새끼손가락을 들어올리자 나는 충격받아 숨을 들이켰다. 손가락을? 거기에? 그가 나를 보고 히죽 웃었다. 계약서에 언급되는 주먹 넣기라는 단어를 본 불쾌한 기억이 마음에 떠올랐다.

"그냥 손가락으로 하자. 한 개만."

그가 내 마음을 읽는 기이한 능력을 발휘해서 대답했다. 내 눈이 그에게 가 박혔다. 어떻게 저럴 수 있는 거지?

"이 집게는 좀 지독해." 그는 유두 집게를 찔렀다. "이걸 사용하자." 그는 서랍장에서 다른 종류의 집게를 꺼냈다. 거대한 검은색 머리핀처럼 생겼지만 작은 흑옥석이 여러 개 매달려 있었다.

"이건 조절할 수 있거든."

크리스천의 목소리에는 상냥한 근심이 어려 있었다.

나는 눈을 휘둥그레 뜨고 깜박였다. 크리스천, 내 섹스 멘토. 이런 것들에 대해선 그가 나보다 훨씬 더 잘 알았다. 어찌해도 따라잡을 수 없겠지. 나는 얼굴을 찡그렸다. 그는 대부분 일들에 대해서 나보다 훨씬 더 잘 알았다. 요리만 빼고.

"알겠어?"

"네." 입이 말랐다. "뭘 하려는지 말해줄 건가요?"

"아니, 따라가면서 생각나는 대로 하는 거야. 이건 미리 짠 플레이가 아니야, 아나."

"난 어떻게 행동하면 돼요?"

그가 미간을 찌푸렸다. "네가 원하는 대로 뭐든."

아!

"내 또 다른 자아가 나오길 기대했어, 아나스타샤?"

그의 어조에는 희미하게 놀리는 기색이 있었고 동시에 곤혹

305

스러워하는 것 같기도 했다. 나는 눈을 깜박였다.

"음, 네. 나 그 사람 좋아하니까요."

그는 은밀한 미소를 짓더니 엄지손가락으로 내 뺨을 쓸어내렸다.

"그렇군."

그의 엄지손가락이 아랫입술을 지났다.

"난 네 연인이야, 아나스타샤. 네 돔이 아니라. 네가 웃고 소녀처럼 키득대는 소리를 듣는 게 좋아. 네가 느긋하고 행복했으면 좋겠어. 호세의 사진에서처럼. 그게 바로 내 사무실로 굴러 들어온 여자지. 내가 사랑에 빠진 여자."

입이 떡 벌어지며 반가운 온기가 심장 속에 피어났다. 기쁨, 순수한 기쁨이었다.

"이런 말들을 했지만 또한 무례한 짓을 하는 것도 좋아, 스틸 양. 내 또 다른 자아는 기술을 한두 개 알지. 자, 그럼 시키는 대로 하고 뒤돌아."

그의 눈이 짓궂게 번득였고 기쁨이 날카롭게 아래로 움직이며 나를 꽉 죄고 허리 아래 모든 힘들을 움켜쥐었다. 나는 시키는 대로 했다. 뒤에서 그가 서랍 하나를 열었고 잠시 후 다시 앞으로 와서 섰다.

"이리 와."

그가 명령하며 넥타이를 잡아당겨 탁자로 이끌었다. 소파를 지나갈 때 처음으로 모든 회초리와 매가 사라졌다는 것을 깨달았다. 거기에 정신이 팔렸다. 어제 들어왔을 때만 해도 있었는데? 기억이 나지 않았다. 크리스천이 없앴을까? 존스 부인이? 크리스천이 생각의 흐름을 방해했다.

"여기 위에 무릎을 꿇길 바라." 탁자 앞에 섰을 때 그가 말했다.

아, 그래. 대체 무슨 생각일까? 내 안의 여신은 알고 싶어서 좀이 쑤셨다. 벌써 공중 이단 뛰기로 탁자 위에 훌쩍 올라가 숭배하는 표정으로 그를 보고 있었다.

그는 조심스레 나를 탁자 위로 들어올렸고 나는 그의 앞에서 무릎을 꿇고 앉았다. 내 우아한 동작에 나조차도 놀랐다. 이제 우리는 눈높이가 같아졌다. 그는 두 손을 내 허벅지에 올려놓고 무릎을 쥐더니 다리를 벌리고 바로 내 앞에 섰다. 그의 표정은 무척 진지했다. 그의 내리깐 눈은 더 음험해지고…… 정욕을 품었다.

"두 팔을 등 뒤로 돌려. 네게 수갑을 채울 테니까."

그는 가죽 수갑을 뒷주머니에서 꺼내더니 자기 두 손을 내 몸 뒤로 돌렸다. 이거구나. 이번에는 어디까지 데려갈까?

그가 가까이 있다는 사실에 취할 것 같았다. 이 남자가 내 남편이 될 사람이었다. 남편에게 이런 정욕을 품을 수 있을까? 그런 얘기를 들어본 기억이 없었다. 나는 그에게 저항할 수 없었다. 벌린 입술로 그의 턱을 쓸면서, 혀로는 짧은 수염을 훑었다. 따끔하기도 하고 부드럽기도 해서 머리를 핑 돌게 만드는 감촉이었다. 숨결이 흔들리더니 그가 몸을 떼며 경고했다.

"그만둬. 아니면 우리가 원하는 것보다 훨씬 더 빨리 끝날지도 모르니까."

순간 그가 화가 났을지도 모른다고 생각했지만 곧 그는 미소를 지었다. 달아오른 눈은 흥미로 불타올랐다.

"당신에겐 저항할 수 없단 말이에요." 나는 입술을 내밀었다.

"내가?" 그가 건조하게 말했다.

나는 고개를 끄덕였다.

"자, 내 집중력을 흐트러트리지 마. 아니면 재갈을 물릴 테니까."

"당신 집중력을 흐트러트리는 게 좋은데." 나는 속삭이며 고집 세게 쳐다보았다. 그는 나를 향해 한 쪽 눈썹을 치켰다.

"아니면 엉덩이를 치든지."

아! 난 미소를 숨기려 했다. 바로 얼마 전만 해도 이런 위협을 받으면 수그러들 때가 있었다. 같은 방에 있어도 제멋대로 키스할 용기를 내지도 못했던 때가 있었다. 이젠 깨달았다. 그를 더 이상 겁내지 않는다는 것을. 이건 하나의 깨달음이었다. 나는 장난꾸러기처럼 씩 웃었고 그도 나를 마주보며 히죽 웃었다.

"얌전하게 굴어." 그는 으르렁거리며 물러나더니 가죽 수갑을 손바닥에 찰싹 쳤다. 그의 행동에 말 없는 경고가 숨어 있었다. 나는 뉘우치는 척하려고 했고 성공한 모양이었다. 그가 다시 다가왔다.

"그게 더 낫군."

그는 다시 한 번 수갑을 가지고 내 뒤로 몸을 숙였다. 나는 그를 만지고픈 마음은 억눌렀지만 찬란한 크리스천 향기는 깊이 들이마셨다. 지난밤의 향기로 아직 신선했다. 으음…… 이걸 병에 담아야 할까 봐.

손목에 수갑을 채우길 기대했으나 그는 그것을 각각 내 팔꿈치 위에 채웠다. 그 때문에 등이 활처럼 휘었고 가슴을 앞으로 내밀게 되었지만 팔꿈치는 서로 닿지 않았다. 그는 다 마치고 감상하기 위해 뒤로 물러섰다.

"기분 괜찮아?"

무척 편안한 자세는 아니었지만 그가 이것으로 무엇을 할지 알고 싶다는 기대감에 짜르르한 흥분을 느꼈다. 나는 욕망으로 힘이 빠지는 것을 느끼면서 고개를 끄덕였다.

"좋아." 그는 뒷주머니에서 눈가리개를 꺼냈다.

"이제 볼 만큼 본 것 같아서."

그는 눈가리개를 머리 위에 씌우며 내 눈을 가렸다. 숨결이 더 빨라졌다. 우아, 보지 못한다는 게 어째서 이렇게 에로틱할까? 나는 여기에 결박당하고 무릎을 꿇린 채 기다렸다. 달콤한 기대감이 배 속 깊은 곳에 뜨겁고 무겁게 고였다. 하지만 아직도 들을 수는 있었다. 일정한 비트의 선율이 이어졌다. 음악은 내 몸 안에서 울렸다. 이전에는 느끼지 못했다. 아마 반복 재생으로 설정해놓은 모양이었다.

크리스천이 물러섰다. 뭘 하고 있을까? 그는 장으로 돌아가서 서랍 하나를 열었다 닫았다. 잠시 후 그가 돌아왔다. 그가 앞에 서 있는 것을 느낄 수 있었다. 공기 중에는 톡 쏘는, 풍부한 사향 같은 냄새가 감돌았다. 군침이 돌 정도로 맛있는 냄새였다.

"내가 가장 좋아하는 넥타이를 망치고 싶진 않거든."

그가 매듭을 풀자 넥타이가 천천히 펼쳐졌다.

넥타이 꼬리가 몸을 따라 올라가며 간질이자 나는 날카롭게 숨을 들이켰다. 넥타이를 망친다고? 그가 무엇을 하는지 알아내려고 열심히 들었다. 그는 두 손을 한데 비비고 있었다. 그의 손가락 관절이 갑자기 내 뺨 위를 쓸더니 턱 선을 따라 내려갔다.

그의 손길이 맛있는 전율을 실어 보내자 내 몸이 그 관심을 받고 펄쩍 뛰었다. 그는 한 손으로 내 목을 주물렀다. 달콤한 향이 나는 기름으로 매끄러워진 손은 천천히 내 목을 따라 내려와 쇄골을 지났고 다시 어깨로 올라왔다. 그러면서 손가락으로는 계속 부드럽게 주물렀다. 아, 마사지를 받고 있구나. 기대했던 것과는 달랐다.

그는 다른 손을 반대편 어깨에 놓더니 또 한 번 애를 태우듯 천천히 쇄골을 가로질렀다. 그가 점점 아파오는, 그의 손길을

갈구하느라 아픈 내 가슴으로 다가가자 나는 부드러운 신음을
뱉었다. 정말 감질났다. 나는 몸을 더 휘어 그의 능숙한 손 안으
로 밀어붙였지만 그의 손가락은 천천히, 계산된 동작으로, 음악
에 맞추어 옆구리로 미끄러지며 일부러 가슴을 피했다. 나는 신
음했지만 쾌락 때문인지, 좌절 때문인지 알 수 없었다.

"넌 너무 아름다워, 아나."

그의 목소리는 낮고 허스키했다. 그의 입이 내 귀 옆에 닿았
다. 마사지를 계속 하는 동안, 그의 코가 내 턱을 따라 내려왔
다. 가슴 아래로, 배 옆을 지나, 아래로……. 그가 내 입술에 스
치듯 키스하더니 코로 내 목을 따라 훑었다. 맙소사, 내 몸에 불
이 붙었다……. 그가 가까이 있음에, 손길에, 말에.

"그리고 곧 기쁠 때나 슬플 때나 사랑하고 함께할 내 아내가
되지."

아, 그래. "사랑하고 아낄 아내." 이런.

"내 몸을 다해 당신을 숭배할 거야."

나는 고개를 뒤로 젖히며 신음했다. 그의 손가락이 음모를 헤
치고 내 여성 위에 가 닿았다. 그는 손바닥으로 내 클리토리스
를 문질렀다.

"그레이 부인."

그는 손바닥으로 나를 누르며 속삭였다.

나는 신음했다.

"그래." 그는 손바닥으로 계속 애를 태우면서 속삭였다. "입
을 벌려."

내 입은 벌써 헐떡이느라 벌어져 있었다. 좀 더 크게 벌리자
그가 커다랗고 차가운 금속을 입술 사이로 밀어넣었다. 유아용
고무젖꼭지 같은 모양으로 작은 홈과 새김이 있었고 끝에는 사

슬이 달려 있었다. 크기가 컸다.

"빨아." 그가 부드럽게 명령했다. "그걸 네 몸속에 넣을 거야."

내 몸속에? 몸속 어디에? 심장이 입안으로 덜컥 뛰어 올랐다.

"빨아." 그가 반복하며 손바닥으로 자극하는 동작을 멈췄다.

아, 그만두지 마요! 고함치고 싶었지만 입이 가득 차 있었다. 기름 바른 두 손은 다시 내 몸 위로 올라와 그동안 내버려두었던 젖가슴을 감싸 쥐었다.

"계속 빨아야 해."

그는 엄지손가락과 집게손가락으로 부드럽게 양쪽 젖꼭지를 굴렸다. 그의 전문적인 손길에 젖꼭지는 단단해지고 길어지며 쾌락의 전류를 다리 사이까지 내려보냈다.

"네 가슴은 정말 아름다워, 아나."

그가 중얼거리자 내 젖꼭지는 응답으로 한층 더 딱딱해졌다. 그는 만족하듯 웅얼거렸고 나는 신음했다. 그의 입술이 내 목을 따라 내려오며 한쪽 가슴을 향했다. 부드럽게 물고 빨기를 반복하면서 마침내 젖꼭지에 닿았다. 그때 갑자기 따끔하게 죄어오는 집게를 느꼈다.

"아!" 입안에 든 장치 때문에 신음을 제대로 낼 수가 없었다. 세상에, 황홀한 느낌이었다. 원초적이고 고통스러우며 쾌락에 가득 찬…… 아, 그 조이는 아픔. 그가 꽉 집힌 젖꼭지를 부드럽게 혀로 씻었다. 그러면서 다른 쪽에도 집게를 집었다. 두 번째 집게의 고통도 똑같이 거셌다……. 하지만 그만큼 좋았다. 나는 더 크게 신음했다.

"느껴봐." 그가 속삭였다.

아, 느껴요. 느껴요. 느껴요.

"이걸 줘."

그는 장식 금속 젖꼭지를 내 입에서 부드럽게 잡아당겼고 나는 놔주었다. 그의 손이 다시 한 번 몸을 따라 내려와 내 여성으로 향했다. 그는 손에 다시 기름을 발랐다. 두 손이 내 엉덩이로 돌아갔다.

나는 숨을 헉 들이켰다. 뭘 하려는 거지? 그가 손가락으로 엉덩이 사이를 훑을 때 나는 무릎을 꿇은 자세로 긴장했다.

"쉿, 편안히."

그가 귀에 대고 속삭였고, 손가락이 나를 어루만지고 애태우는 동안 목에 키스했다.

뭘 하려는 거지? 다른 손이 내 배로 내려와 여성에 닿았고 다시 한 번 손바닥으로 덮었다. 그는 손가락들을 내 안에 집어 넣었고 나는 크게 감탄하는 신음을 질렀다.

"이걸 네 안에 넣을 거야." 그가 중얼거렸다. "여기가 아니라." 그의 손가락이 엉덩이 사이를 훑으며 기름을 발랐다.

"여기에." 그가 손가락을 계속 돌리면서 안으로 넣었다 빼며 질 앞벽을 건드렸다. 나는 신음했고 집게에 집힌 젖꼭지는 부풀어 올랐다.

"아."

"이제 조용히 해."

그는 손가락을 빼고 그 물건을 내 안으로 밀어넣었다. 그는 내 얼굴을 감싸고 입으로 내 입을 범하듯 키스했다. 아주 희미하게 딸각하는 소리가 들렸다. 즉시 내 안의 플러그가 진동하기 시작했다. 바로 거기에서! 숨을 헉 들이쉬었다. 특별한 느낌이었다. 이전에 느꼈던 어떤 것도 뛰어넘는 느낌.

"아!"

"편안히."

크리스천이 입으로 헐떡임을 막으면서 나를 가라앉혔다. 그의 손이 아래로 내려가더니 아주 부드럽게 집게를 잡아당겼다. 나는 크게 비명을 질렀다.

"크리스천, 제발!"

"쉿, 아가씨. 버텨."

너무 심했다. 과한 자극이 사방에 넘쳤다. 내 몸이 오르기 시작했다. 무릎을 꿇은 상태에선 이 솟아오르는 느낌을 통제할 수 없었다. 아, 맙소사. 이걸 감당할 수 있을까?

"착하지." 그가 달랬다.

"크리스천." 나는 헐떡였다. 내 귀에도 필사적으로 들리는 소리였다.

"쉿, 느껴, 아나. 두려워할 거 없어."

그의 손은 이제 내 허리 위에 있었지만 나는 이제 그의 손이나 내 안에 있는 것, 집게 그 어떤 것에도 집중할 수가 없었다. 내 몸은 쌓아올려지고 올려져서 폭발에 이르렀다. 가차 없는 진동과 젖꼭지의 다디단 고문. 세상에나. 너무 강렬해져만 갔다. 그의 손이 내 엉덩이에서 아래로 내려가며 둥글게 돌았다. 미끄럽게 기름 바른 손은 내 피부를 만지고 느끼고 주물렀다. 내 엉덩이를 주물렀다.

"무척 아름다워."

그는 웅얼거리더니 갑자기 부드럽게 기름을 바른 손을 내 안으로 밀어넣었다. ……거기에! 내 엉덩이 안에. 헉. 낯설고 충만하고 금지된 느낌이 들었다. 하지만, 오…… 무척이나…… 좋았다. 그는 넣었다 뺐다 하며 천천히 움직였고 위로 들린 내 턱을 이로 쓸었다.

"몹시 아름다워, 아나."

나는 저 높은 곳에 매달렸다. 넓디넓은 골짜기 위 높이. 위로 솟구치기도 했고 동시에 아찔할 정도로 떨어져 내려 땅으로 돌진했다. 더 이상 버틸 수 없었다. 압도적인 충만감에 몸이 경련을 일으키며 절정에 올랐다. 내 몸이 폭발할 때 나는 오직 감각밖에 남지 않았다. 온 사방에. 크리스천이 집게를 하나씩 떼자 달콤하고 달콤한 고통의 감각이 솟아 젖꼭지가 노래를 불렀으나 아, 너무나 좋았다. 내 오르가즘, 이 오르가즘은 끝없이 이어졌다. 그의 손가락은 그 자리에 남아 부드럽게 들어갔다 나왔다를 반복했다.

"악!" 나는 비명을 질렀고 크리스천이 나를 감싸고 꼭 안았다. 내 몸 안쪽은 계속 무자비하게 쿵쿵 뛰었다.

"안 돼!" 나는 다시 애원하며 고함을 질렀다. 내 몸이 계속 경련을 일으키자 이번에는 그가 바이브레이터와 손가락을 내 몸에서 끄집어냈다.

그가 수갑 한 쪽을 풀자 두 팔이 앞으로 뚝 떨어졌다. 머리를 어깨에 기대며 나는 잊었다. 이 모든 벅찬 감각에 나를 잃었다. 내게 남은 것은 오직 흩어진 숨결, 소진된 욕망, 달콤하고 달가운 망각뿐이었다.

막연하게 크리스천이 나를 들어 침대로 데려가는 게 느껴졌다. 나는 차가운 새틴 이불 위에 누웠다. 잠시 후 여전히 기름을 바른 그의 손이 내 다리 뒤와 무릎, 종아리, 어깨를 부드럽게 문질렀다. 그가 옆에 눕자 침대가 약간 움푹 꺼지는 느낌이 들었다.

그가 눈가리개를 벗겼지만 나는 눈을 뜰 기력이 없었다. 그는 땋은 머리를 잡아 머리카락을 풀고 앞으로 몸을 숙여 내 위에 부드럽게 키스했다. 오로지 고르지 못한 내 숨소리만이 이 방의 침묵을 깨며 지속되었고 나는 살며시 지상으로 내려앉았다. 음악이 멈췄다.

"무척 아름다워." 그가 중얼거렸다.

간신히 한쪽 눈을 떠보니 그가 부드럽게 웃으며 내려다보고 있었다.

"안녕." 그가 말했다. 내가 대답 대신 끙 소리밖에 내지 못하자 그의 미소가 커졌다.

"충분히 무례했어?"

나는 고개를 끄덕이며 마지못한 웃음을 보여주었다. 세상에, 더 이상 무례했다간 우리 둘 다 엉덩이를 때려야 할 거예요.

"당신이 날 죽이려는 줄 알았어요." 나는 웅얼거렸다.

"오르가즘으로 죽다." 그가 히죽거렸다. "죽으려면 그보다 더 나쁜 방법도 많아."

그는 이렇게 말해놓고는 불쾌한 기억이 마음을 스친 듯 살짝 찡그렸다. 나는 손을 뻗어 그를 어루만졌다.

"이걸론 날 언제든지 죽일 수 있겠는데요."

그가 찬란한 알몸 상태이고 시작할 준비가 되어 있다는 것을 깨달았다. 그가 내 손을 잡고 관절에 키스하자, 나는 몸을 일으키며 두 손으로 그의 얼굴을 잡고 입을 내 쪽으로 끌어당겼다. 그는 짧게 키스하고 멈췄다.

"이게 내가 원하는 거야." 그는 웅얼거리며 베개 밑에 손을 넣어 오디오 리모콘을 찾았다. 버튼을 누르니 부드러운 기타 선율이 벽 주위에 울려 퍼졌다.

"너와 사랑을 나누고 싶어."

내려다보는 그의 눈은 환히 빛나는 사랑의 진실함으로 타오르고 있었다. 배경에는 익숙한 목소리가 〈더 퍼스트 타임 에버 아이 소 유어 페이스(내가 당신 얼굴을 처음 보았을 때)〉를 부드럽게 불렀다. 그의 입술이 나를 찾았다.

그의 몸을 꽉 조이면서 다시 한 번 분출했을 때, 크리스천은 머리를 뒤로 젖히고 내 이름을 크게 부르면서 내 품 안에서 풀려나갔다. 그가 나를 자기 가슴으로 꼭 끌어당겼다. 우리는 거대한 침대 한가운데에 내가 그의 몸을 타고 있는 자세로 앉아 코와 코를 맞댔다. 이 순간, 이 음악에 맞추어 이 남자와 기쁨을 함께하는 순간, 오늘 아침 여기에서 그와 함께했던 강렬한 경험과 이번 주에 일어났던 사건들이 모두 새롭게 나를 압도했다. 육체적일 뿐만 아니라, 감정적으로도. 나는 이 모든 감정에 완전히 휩쓸려버렸다. 무척이나 깊이 그와 사랑에 빠져 있었다. 처음으로 그가 내 안전에 대해서 느끼는 감정을 어렴풋하게나마 이해할 수 있을 것만 같았다.

어제 그가 찰리 탱고 사고로 하마터면 위험해질 뻔했다는 사실을 생각하면 몸이 부르르 떨려왔고 눈물이 고였다. 그에게 무슨 일이라도 생겼더라면……. 나는 그를 무척 사랑했다. 걷잡을 수 없는 눈물이 뺨을 타고 흘렀다. 크리스천에게는 너무 많은 면이 있었다. 달콤하고 다정한 성격, 거세고 '난 너한테 하고 싶은 건 뭐든지 할 테니까 넌 따라만 와'라고 하는 도미넌트의 면. 50가지 빛깔을 가진 남자. 모두 그였다. 모두 굉장했다. 모두 내 것이었다. 또, 우리가 서로 잘 알지 못하고 넘어야 할 문제들이 산더미처럼 있지만 서로를 위해서 그렇게 하리라는 것도 알았다. 평생토록 그렇게 할 수 있으니까.

"어이." 그가 두 손으로 내 머리를 잡고 내려다보았다. 그는 아직도 내 안에 있었다.

"어째서 우는 거야?"

그의 목소리는 근심으로 가득했다.

"당신을 무척이나 사랑하니까요." 나는 속삭였다. 그는 내 말을 흡수하면서 마치 약을 먹은 듯 반쯤 눈을 감았다. 다시 눈을 떴을 때는 사랑으로 불타고 있었다.

"나도 그래, 아나. 넌 나를…… 온전하게 만들지."

그가 내게 부드럽게 키스했을 때 로버타 플랙의 노래가 끝났다.

우리는 오락실 침대에 함께 앉아 이야기를 나누고 또 나눴다. 나는 그의 무릎에 앉았고 우리 다리가 서로 얽혔다. 빨간 새틴 이불은 고귀한 고치처럼 우리를 감쌌고 나는 시간이 얼마나 흘렀는지도 몰랐다. 크리스천은 히스먼에서 사진 촬영 때 애기를 하며 내가 케이트의 성대모사를 하자 웃음을 터뜨렸다.

"생각해보면 나를 인터뷰하러 온 사람은 케이트였을 수도 있었군. 감기를 내려주신 하느님께 감사를."

크리스천이 내 코에 키스했다.

"케이트는 독감이었어요, 크리스천." 나는 그를 꾸짖었다. 손가락으로 나른하게 그의 가슴 털을 쓸면서 그가 잘 버틴다는 사실에 감탄했다.

"회초리는 다 사라졌네요."

나는 아까 신경이 쓰였던 부분을 떠올렸다. 그는 여러 번 내 머리카락을 귀 뒤에 넘겨주었다.

"네가 그 고정 한계를 넘을 수 있을 것 같지 않아서."

"그래요, 못할 것 같아요."

나는 눈을 크게 뜨고 속삭였다. 그러면서 반대편 벽에 줄지어 걸린 채찍과 패들, 플로거를 나도 모르게 슬쩍 보았다. 그가 내 시선을 따랐다.

"저것도 치워버렸으면 좋겠어?" 그는 재미있어하면서도 진지하게 물었다.

"저 채찍…… 갈색은 빼고요. 저 스웨이드 플로거도." 나는 얼굴을 붉혔다.

그가 내려다보며 미소 지었다.

"좋아. 채찍과 플로거는 남겨두자. 와, 스틸 양, 정말 너랑 있으면 놀랄 일뿐이라니까."

"당신도 마찬가지예요, 그레이 씨. 그게 내가 당신을 사랑하는 점 중 하나죠."

나는 그의 입꼬리에 부드럽게 키스했다.

"그것 말고 사랑하는 점은 뭔데?"

그가 눈을 크게 떴다.

그가 이런 질문을 한다는 건 그에는 엄청난 일임을 알았다. 겸허한 마음이 들어 나는 눈을 깜박였다. 나는 그의 모든 것을 사랑했다. 50가지 빛깔의 변덕까지도. 크리스천과 함께하는 삶은 절대로 지루하지 않으리라는 것을 알았다.

"이것." 나는 집게손가락으로 그의 입술을 쓸었다. "이걸 사랑해요. 여기서 나오는 것도, 이걸로 내게 해주는 것도. 그리고 이 안." 그의 관자놀이를 어루만졌다. "무척이나 영리하고 재치 있고 지성적이고 여러 가지 일에 유능하죠. 하지만 무엇보다도 나는 이 안에 있는 것을 사랑하죠."

손바닥으로 부드럽게 그의 가슴을 누르며 고르게 뛰는 심장을 느꼈다.

"당신은 내가 아는 사람 중에 가장 동정심이 많아요. 당신이 하는 일, 일을 하는 방식, 그건 정말 감탄이 절로 나오죠." 나는 속삭였다.

"감탄이 절로 나온다고?"

그는 당황스러워했지만 얼굴에는 장난기가 어렸다. 다음 순간 그의 얼굴이 변모하면서 부끄럽기라도 한 양 수줍은 미소가 나타났다. 나는 그에게 몸을 던지고 싶었다. 그래서 그렇게 했다.

나는 새틴 이불과 그레이에 싸여서 졸고 있었다. 그가 내 몸에 코를 비벼 잠을 깨웠다.

"배고파?"

"흠…… 배고파 죽겠어요."

"나도 그래."

윗몸을 일으켜 침대에 뻗어 있는 그를 내려다보았다.

"오늘 당신 생일이잖아요, 그레이 씨. 뭔가 만들어드리죠. 뭘 원하세요?"

"날 놀라게 해봐."

그는 한 손으로 내 등을 훑으며 부드럽게 쓸었다.

"블랙베리로 어제 놓친 메시지를 확인해봐야겠어."

그는 한숨을 지으며 몸을 일으키려 했고 이제 이 특별한 시간은 끝났다는 것을 알았다…… 지금은.

"샤워하자." 그가 말했다.

생일 맞은 소년을 내가 뭐라고 거절하겠어?

크리스천은 서재에서 전화하는 중이었다. 테일러가 진지한 얼굴로 함께 있었지만 청바지와 딱 달라붙는 검은 티셔츠를 캐주얼하게 입은 모습이었다. 나는 부엌에서 부산을 떨며 점심을 만들었다. 냉장고에 연어 스테이크를 찾아내서 레몬에 절이고 샐러드를 만들고 꼬마감자를 삶았다. 유난히 느긋하고 행복했고 세상 꼭대기에 오른 기분이었다. 말 그대로. 커다란 창문으로 몸을 돌려 찬란한 푸른 하늘을 내다보았다. 그 모든 대화…… 그 모든 섹스……. 흐음. 한 여자가 그에 익숙해질 수 있을까.

테일러가 서재에서 나오는 바람에 공상이 깨졌다. 나는 아이팟 소리를 줄이고 이어폰을 뺐다.

"안녕하세요, 테일러."

"아나." 그가 목례했다.

"따님은 괜찮으세요?"

"네, 고맙습니다. 전처 말로는 맹장에 걸렸다고 했지만 평소처럼 지나치게 수선 떤 거예요."

테일러가 눈을 굴려 나는 놀랐다.

"소피는 괜찮습니다. 다만 배앓이를 심하게 하고 있어서."

"안됐네요."

테일러는 미소를 띠었다.

"찰리 탱고의 위치는 찾았어요?"

"네, 회수팀이 가는 중입니다. 오늘 늦게면 보잉 필드에 와 있을 겁니다."

"아, 잘됐네요."

그는 내게 긴장한 웃음을 지어 보였다. "더 분부하실 일이 있으십니까?"

"아니, 아니요." 나는 얼굴을 붉혔다. 테일러가 이처럼 공손하게 말하는 데 익숙해질 날이 올까? 그렇게 말하면 무척 나이든 기분이 들었다. 적어도 서른 살은 된 기분.

그는 고개를 끄덕이고 큰 방에서 나갔다. 크리스천은 아직 통화 중이었다. 나는 감자가 익기를 기다렸다. 그때 어떤 생각이 떠올랐다. 가방을 가져와 블랙베리를 꺼냈다. 케이트가 보낸 문자가 있었다.

오늘 저녁에 봐. 수다 쭈우우우욱 떨어보자~

나도 답장했다.

그래~

케이트랑 수다를 떨 수 있다니 좋은데.
이메일 프로그램을 열어 크리스천에게 빠른 메시지를 보냈다.

보낸 사람: 아나스타샤 스틸
제목: 점심
날짜: 2011년 6월 18일 13:12
받는 사람: 크리스천 그레이

그레이 씨,
점심이 거의 다 준비되었다는 것을 알리려 메일 보냅니다.
오늘 아간 혼이 쑥 빠지는 변태 섹스를 했다는 것도 알려드리고요.
생일 변태 섹스는 추천할 만하더군요.
게다가 또 하나. 당신 사랑해요.
A x
(당신의 약혼녀)

귀를 기울이고 반응을 조심스레 기다렸다. 하지만 그는 여전히 통화 중이었다. 나는 어깨를 으쓱했다. 어쩌면 너무 바쁜지도 모르지. 내 블랙베리가 진동했다.

보낸 사람: 크리스천 그레이
제목: 변태 섹스
날짜: 2011년 6월 18일 13:15
받는 사람: 아나스타샤 스틸

어떤 부분에 혼이 쭉 빠졌는데?
필기해놓으려고.

크리스천 그레이
아침의 격한 활동 후 굶주리고 기운 빠진 CEO, 그레이 엔터프라이즈 홀딩스, Inc.

추신: 네 서명 좋은데.
추추신: 대화의 기술은 어쩌고?

보낸 사람: 아나스타샤 스틸
제목: 굶주려요?
날짜: 2011년 6월 18일 13:18
받는 사람: 크리스천 그레이

그레이 씨,
아까 보낸 메일의 첫 줄, 점심이 정말로 준비되었다는 사실에 관

심을 가져주시겠습니까? 그러니까 이 굶주리고 기운 빠졌다는 말은
다 헛소리죠. 변태 섹스에서 혼이 쭉 빠진 부분은…… 솔직히 전체
예요. 필기를 읽어보고 싶은데요. 게다가 괄호 안의 서명도 좋고요.

A x

(당신의 약혼녀)

추신: 언제부터 그렇게 말이 많아졌어요? 게다가 통화하면서!

전송을 누르고 고개를 들어보니 그가 싱긋 웃으면서 내 앞에
서 있었다. 무슨 말을 하기 전에 그가 일자형 식탁을 돌아와서
나를 두 팔에 안고 깊은 키스를 했다.

"그게 다야, 스틸 양."

그는 나를 놔주더니 청바지에 자락을 뺀 흰 셔츠 차림에 맨발
로 다시 서재로 돌아갔다. 나는 숨도 못 쉬고 그 자리에 남아 있
었다.

연어에 곁들일 물냉이와 고수를 준비하고, 사워크림 딥을 만
들었다. 식사는 일자형 식탁에 차렸다. 그가 일할 때는 방해하
기 싫었지만 서재 문간으로 가서 섰다. 그는 아직도 통화 중이
었다. 막 섹스한 머리카락에 환한 회색 눈, 보기만 해도 배가 부
른 모습이었다. 그는 나를 보자 고개를 들더니 눈을 떼지 못했
다. 그는 살짝 얼굴을 찡그렸는데, 나 때문인지 전화 통화 때문
인지는 알 수 없었다.

"그냥 들어오게 하고 가만 놔둬. 내 말 알겠니, 미아?" 그는
식식대면서 눈을 흘겼다. "좋아."

나는 밥을 먹는 흉내를 냈고 그는 씩 웃더니 고개를 끄덕였다.

"나중에 보자." 그가 전화를 끊었다. "한 통화만 더해도 돼?"

"그래요."

"그 원피스 너무 짧은 것 아냐?"

"마음에 들어요?" 나는 빙그르르 돌아보았다. 캐롤라인 액튼이 구입해준 옷이었다. 부드러운 터키색 선드레스로 해변에서 입으면 더 적당할 옷이었다. 하지만 오늘은 여러 면으로 아름다운 날이었다. 그는 얼굴을 찡그렸고 나는 풀이 죽었다.

"그 옷을 입으니 환상적으로 아름다운데, 아나. 하지만 그런 모습의 너를 다른 사람에겐 보여주고 싶진 않아."

"아!" 나는 험악하게 얼굴을 찌푸렸다. "여긴 집이잖아요, 크리스천. 직원 말고는 아무도 없어요."

그의 입이 비틀렸다. 재미있어하는 기색을 숨기려 하거나 정말은 우습다고 생각하지 않는지도 몰랐다. 하지만 결국 그는 확인하듯 고개를 끄덕였다. 나는 그를 보고 고개를 절레절레 저었다. 정말 진심일까? 나는 부엌으로 돌아갔다.

5분 후, 그는 전화를 들고 내 앞에 섰다.

"너 대신 레이에게 전화했어." 그의 눈은 조심스러웠다.

즉시 공기가 몸에서 빠져나갔다. 나는 전화를 들고 수화기를 덮었다.

"아빠에게 말했죠!" 나는 식식댔다. 크리스천이 고개를 끄덕였다. 내가 곤란해하는 표정을 짓자 그의 눈이 휘둥그레졌다.

젠장! 나는 깊은 숨을 들이켰다. "안녕, 아빠."

"크리스천 말로는 청혼했다던데." 아빠가 말했다.

침묵이 우리 둘 사이에 깔리는 동안 나는 필사적으로 할 말을 찾았다. 레이 아빠는 평소처럼 말이 없어서 이 소식을 듣고 어떤 반응인지 전혀 감이 잡히지 않았다.

"아빠 뭐라고 말했어요?" 내가 먼저 침묵을 깼다.

"너하고 얘기해보고 싶다고 했다. 약간 급작스럽지 않냐, 애니? 그 사람 안 지 얼마 되지도 않았잖아. 내 말은, 좋은 사람이 긴 한데 낚시도 잘하고……. 하지만 그렇게 빨리?"

아빠의 목소리는 차분하고 절제되었다.

"네, 급작스럽긴 하죠……. 잠깐만요."

성급히 크리스천의 걱정스러운 눈길에서 멀어지기 위해 부엌에서 나와 커다란 창문으로 향했다. 발코니 문이 열려 있어서 햇빛 속으로 나갔다. 가장자리까지 나갈 배짱이 없었다. 너무 높았다.

"급작스러운 건 아는데요……. 음, 나 그 사람 사랑해요. 그 사람도 나 사랑하고요. 그 사람이 결혼하고 싶다고 하는데, 앞으로 다른 사람은 없을 것 같아요."

이제까지 의붓아버지와 한 대화중에서 가장 친밀한 대화일지 모른다는 생각에 얼굴이 붉어졌다.

수화기 저편에서 아버지는 아무 말도 없었다.

"네 엄마에겐 말했고?"

"아니요."

"애니…… 그 사람이 부자고 남편감으로는 훌륭하다는 건 안다. 하지만 결혼이라니? 그건 중대한 인륜지대사인데. 확실해?"

"그 사람과는 앞으로 행복하게 살 수 있어요." 나는 속삭였다.

"휴." 잠시 후 아버지는 한층 더 누그러진 말투로 말했다.

"그 사람은 제 모든 것이에요."

"애니, 애니, 애니. 넌 심지가 굳은 아이지. 네가 무슨 일을 하려는지 잘 알고 했으면 좋겠구나. 그 사람 좀 다시 바꿔주렴."

"네, 아빠. 결혼식에 같이 입장해주실 거죠?" 나는 조용히 물었다.

"아, 아가." 아버지의 목소리가 갈라졌다. 한동안 아무 말 없었다. 마침내 입을 열었을 때 그 목소리에 실린 감정 때문에 눈물이 솟았다. "그보다 더 기쁜 일은 없지."

오, 레이 아빠. 정말 사랑해요……. 나는 울음을 참기 위해 침을 꿀꺽 삼켰다.

"고마워요, 아빠. 다시 크리스천을 바꿔줄게요. 그 사람에게 잘해주세요. 내가 사랑하니까요."

레이 아빠가 전화 건너편에서 미소를 띠고 있다고 생각했지만 잘 알 수는 없었다. 레이 아빠의 속마음은 항상 짐작하기 어려웠다.

"그러고 말고, 애니. 그럼 언제 이 아빠한테 한 번 오렴. 크리스천 데리고."

경고도 없이 전화를 한 크리스천에게 화가 나서 방으로 쿵쿵 돌아가 수화기를 건네면서 표정으로 내가 얼마나 언짢은지 티를 냈다. 그는 재미있어하며 전화를 받아 다시 서재로 들어갔다.

2분 후 그가 다시 나타났다.

"아버지께서 다소 못마땅해하시긴 했지만 결국 축복을 해주셨어."

그는 뿌듯하게, 무척이나 뿌듯하게 말했다. 사실 그 바람에 나는 키득키득 웃음을 터뜨렸고 그는 나를 보고 씩 웃었다. 그는 중요한 인수합병 협상을 마친 사람처럼 행동했다. 어떤 면에서는 그렇긴 했다.

"여, 꽤 요리 잘하는데."

크리스천은 마지막으로 입에 넣은 음식을 삼키면서 화이트와인 잔을 들어 보였다. 그의 칭찬을 받자 기분이 확 피는 듯했지만 앞으로는 주말밖에 요리를 해줄 수 없다는 생각이 떠올랐다. 얼굴을 찡그렸다. 난 요리를 좋아하는데. 생일이니까 케이크를 구웠어야 했을까. 시계를 확인했다. 아직 시간은 있었다.

"아나?"

그가 내 생각을 방해했다.

"왜 사진 찍지 말라고 한 거야?"

그의 질문에 화들짝 놀랐다. 무엇보다도 목소리가 속을 정도로 부드럽기 때문이기도 했다.

아, 젠장, 사진. 나는 빈 접시를 쳐다보며 무릎 위에 놓인 손가락을 꼼지락거렸다. 뭐라 말하지? 그가 편집한 〈펜트하우스 펫〉을 봤다는 건 절대 말하지 않기로 했는데.

"아나." 그가 딱딱거렸다. "뭐야?"

그의 말에 나는 펄쩍 뛰었다. 그 목소리에는 그를 쳐다볼 수밖에 없는 명령이 숨어 있었다. 더 이상 그에게 겁먹지 않는다고 생각한 때가 언제였더라?

"당신 사진을 봤어요." 나는 속삭였다.

그의 눈이 충격으로 휘둥그레졌다. "금고에 들어갔었어?" 못 믿겠다는 말투였다.

"금고요? 아뇨. 당신이 금고가 있다는 것도 몰랐는데."

그는 얼굴을 찡그렸다. "영문을 모르겠군."

"옷장 속에 있던데요. 상자 안에. 당신 넥타이를 찾고 있는데 상자가 청바지 아래 있었어요. 보통 오락실에서 입는 청바지. 오늘은 아니었지만……." 얼굴이 붉어졌다.

그는 얼이 빠져서 나를 보고 입만 벌리더니 이 정보를 이해하려고 하면서 한 손으로 머리를 훑었다. 생각에 빠져 턱을 문질렀지만 얼굴에 떠오른 곤혹스러운 불쾌감은 감출 수 없었다. 돌연히 그는 성이 난 듯 고개를 흔들었다. 하지만 재미있어하는 것도 같았다. 희미한 감탄의 표정이 그의 입가에 어렸다. 그는 두 손을 맞대고 내게 다시 집중했다.

"네가 생각하는 그런 것 아냐. 나도 다 까마득하게 잊고 있었어. 상자를 치웠거든. 그 사진들은 내 금고에 있어."

"누가 옮겼는데요?" 나는 속삭였다.

그는 침을 꿀꺽 삼켰다. "그런 짓을 할 사람은 한 사람밖에 없지."

"아, 누구요? 그리고 무슨 뜻이에요, '네가 생각하는 그런 것 아냐'라니?"

그는 한숨을 지으며 머리를 한쪽으로 기울였다. 난처해하는 듯했다. 그래도 싸지! 내 잠재의식이 으르렁댔다.

"냉혹하게 들릴지 모르지만 그건 보험이었어."

그는 내 반응을 각오하며 속삭였다.

"보험요?"

"노출될 때를 대비해서."

내 비어 있는 머릿속에 불쾌하게 땡 울리는 소리와 함께 불이 들어왔다.

"아."

할 말이 생각나지 않았다. 눈을 감았다. 그거였구나. 50가지 빛깔로 엉망진창 망가진 사람. 바로 여기, 바로 지금 있었다.

"그래요. 그 말이 맞네요. 냉혹하게 들려요." 나는 중얼거렸다.

설거지를 하러 일어섰다. 더 이상 알고 싶지 않았다.

"아나."

"그들도 알아요? 여자들…… 서브들?"

그는 얼굴을 찡그렸다. "물론 알지."

아, 그렇구나. 대단하네. 그는 나를 잡고 자기에게로 끌어당겼다.

"그 사진들은 금고에 있어야 해. 오락적 용도가 아니야."

그가 말을 멈췄다.

"어쩌면 맨 처음 사진을 찍었을 땐 그랬을지도 모르지. 그렇지만……."

그는 내게 탄원하듯 말을 멈췄다.

"아무 의미도 없어."

"그걸 옷장에 넣은 사람은 누구예요?"

"레일라일 수밖에 없지."

"비밀번호는 어떻게 알고?"

그는 어깨를 으쓱했다. "별로 놀랍지 않아. 비밀번호는 긴데 별로 쓰는 적이 없거든. 내가 한 번 적어놓고 바꾼 적이 없었어." 그는 고개를 저었다. "레일라가 또 뭘 아는지 모르겠군. 다른 것도 거기서 꺼냈는지."

그는 얼굴을 찡그리며 관심을 내게로 돌렸다.

"자, 그 사진은 다 없앨게. 네가 원한다면."

"당신 사진이니까 알아서 해요, 크리스천."

"그런 식으로 말하지 마."

그는 두 손으로 내 머리를 잡고 시선을 맞췄다.

"그런 삶은 원하지 않아. 난 우리의 삶을 원해, 함께."

세상에. 이 사진에 대한 내 공포 아래에는 편집증이 깔려 있다는 것을 어떻게 아는 걸까?

"아나, 우린 오늘 아침 모든 유령을 물리친 것 같군. 그런 기분이야. 넌 안 그래?"

난 눈을 깜박이며 그의 오락실에서 보냈던 아주, 아주 쾌락적
이며 낭만적이고 노골적인 아침을 떠올렸다.

"그래요." 나는 미소를 지었다. "그래요, 나도 그런 기분이에요."

"좋아." 그가 몸을 숙여 키스하며 나를 품에 안았다. "찢어버
릴게."

"자, 그럼 난 일하러 가야겠다. 미안해. 하지만 오늘 오후에
처리해야 할 일이 산더미처럼 많아."

"그래요. 난 엄마한테 전화 좀 할게요." 나는 얼굴을 찌푸렸
다. "그런 다음 장 보러 가서 당신에게 케이크를 만들어줄래요."

그는 씩 웃었다. 어린 소년처럼 눈이 반짝반짝 빛났다.

"케이크?"

나는 고개를 끄덕였다.

"초콜릿 케이크?"

"초콜릿 케이크가 좋아요?"

그의 웃음은 전염성이 있었다. 난 고개를 끄덕였다.

"어디 한 번 할 수 있나 볼까요, 그레이 씨."

그는 한 번 더 키스했다.

엄마는 깜짝 놀라 할 말을 잃었다.

"엄마, 무슨 말이라도 해요."

"너 임신한 건 아니지, 아냐?" 엄마는 기겁해서 속삭였다.

"아니, 아니야. 엄마, 그런 거 아니야."

실망감이 심장을 갈랐고 엄마가 나를 그렇게 생각한다는 게
슬펐다. 하지만 축 가라앉은 기분으로 엄마가 내 친아버지와 속
도위반 결혼을 했다는 기억을 떠올렸다.

"미안하다. 하지만 너무 갑작스러워서. 크리스천이야 놓치면 안 될 남자긴 하지만 넌 너무 어리잖아. 세상을 좀 더 봐야지."

"엄마, 그냥 나를 위해서 잘됐고 기쁘다고 하면 안 돼? 나 그 사람 사랑해요."

조지아에서 그는 나를 서브미시브로 삼길 원했다. 하지만 그 말은 엄마에게 할 수 없었다.

"날짤 잡았니?"

"아니."

"네 아버지가 살아 있었더라면 좋았을걸." 엄마가 나직이 말했다. 오, 싫어……. 이러지 마요. 이런 얘긴 싫어, 지금은.

"알아요, 엄마. 나도 아빠가 알았으면 좋겠다고 생각해."

"네 아빤 널 딱 한 번밖에 안지 못했지만 무척 뿌듯해했지. 네가 세상에서 제일 예쁜 아기라고 생각했어."

이 귀에 박힌 이야기를 할 때 엄마의 목소리는 죽은 듯 착 가라앉았다. 그 다음에는 눈물바람이겠지.

"알아요, 엄마."

"그런 후에 죽었어." 엄마는 코를 훌쩍였다. 나는 매번 이럴 때마다 엄마가 속상해한다는 것을 알았다.

"엄마." 전화선 너머로 손을 뻗어 엄마를 안아주고 싶었다.

"멍청한 아줌마가 되어서 이게 무어람." 엄마는 코를 훌쩍였다. "물론 기쁘지, 우리 딸. 레이도 아니?"

엄마는 평정을 회복한 듯했다.

"크리스천이 방금 알렸어."

"아, 그래. 참 자상하구나. 잘됐네."

엄마는 우울한 듯했지만 노력하고 있었다.

"그래, 그랬어." 난 웅얼거렸다.

"아나, 딸. 엄마가 진심으로 사랑한다. 널 위해서 잘된 일이고 기뻐. 그리고 둘 다 인사하러 와야지."

"알겠어요, 엄마. 나도 사랑해요."

"밥이 불러서 가봐야겠다. 날짜 잡으면 알려줘. 계획을 세워야지. 결혼식은 성대하게 할 거니?"

성대한 결혼식이라니, 무슨 소리. 한 번도 생각해본 적 없었다. 성대한 결혼식? 아니, 그런 건 원하지 않았다.

"아직 모르겠어. 알게 되면 전화할게요."

"그래. 이제 몸조심하고 무사히 지내. 너희 둘이 알콩달콩 지내야지…… 나중에 아이들 생기면 시간 다 빼앗기니까."

아이라니! 음…… 그때 다시 한 번 어머니가 나를 아주 어린 나이에 가졌다는 익히 알고 있는 사실이 떠올랐다.

"엄마, 내가 엄마 인생을 망친 건 아니지?"

엄마는 숨을 헉 들이켰다. "무슨 말이니, 아나. 그런 생각 하지도 마. 넌 네 아빠와 내게 생긴 가장 큰 행운이었단다. 그저 네 아빠가 여기 있어서 이렇게 장성한 딸이 결혼하는 모습을 보면 얼마나 좋았을까 생각했을 뿐이야."

엄마는 다시 그리운 기분에 젖어 훌쩍이기 직전이었다.

"나도 그렇게 생각해."

나는 전설 속의 아버지를 생각하며 고개를 절레절레 저었다.

"엄마, 끊어야 한다면서요. 금방 다시 전화할게."

"사랑한다, 딸."

"나도요, 엄마. 안녕."

크리스천의 부엌은 꿈의 작업실이었다. 요리에 대해서 아무것도 모르는 사람치고 모든 도구를 다 갖춰놓았다. 존스 부인도 요리를 좋아할까 궁금했다. 필요한 것이라고는 케이크에 바를 고급 초콜릿뿐이었다. 케이크 두 판을 구워 식혀놓고 가방을 들고 나가 크리스천의 서재 안에 삐죽 머리를 들이밀었다. 그는 컴퓨터 앞에 앉아 집중하는 중이었다. 그가 고개를 들고 나를 보고 웃었다.

"나 재료 사러 가게에 좀 갔다 올게요."

"그래." 그는 얼굴을 찡그렸다.

"왜요?"

"밑에 청바지나 뭐 그런 거 입을 거지?"

아, 제발. "크리스천, 그래 봤자 그냥 다리예요."

그는 유쾌한 기색 없이 바라보았다. 이러다가 싸움 날 것 같았다. 게다가 오늘은 그의 생일이었다. 나는 말 안 듣는 십 대가 된 기분으로 눈을 흘겼다.

"해변에라도 가면 어쩔 거예요?"

전술을 바꿔보았다.

"지금 여긴 해변이 아니잖아."

"해변에 가도 반대할 거예요?"

그는 잠시 생각해보았다. "아니." 간결한 대답이었다. 나는 다시 한 번 눈을 흘기면서 생긋 웃었다.

"뭐, 그럼 그냥 해변이라고 상상해요. 이따가 봐요."

나는 몸을 돌려 현관으로 튀었다. 그에게 따라잡히기 전에 엘리베이터에 안에 들어갈 수 있었다. 문이 닫힐 때 나는 상큼하게 웃으면서 그에게 손을 흔들었고 그는 실눈을 뜨고 속수무책으로 바라만 보았다. 하지만 다행히 재미있어하는 것 같긴 했다. 그는 짜증난다는 듯 고개를 저었지만 그의 모습은 더 이상 보이지 않았다.

아, 흥미진진했다. 아드레날린이 쿵쿵 뛰며 혈관을 흘렀고 가슴 밖으로 튀어나올 것 같았다. 하지만 엘리베이터가 내려가자 내 기분도 같이 가라앉았다. 이런, 내가 무슨 짓을 한 거지?

사자의 수염을 건드린 꼴이었다. 돌아가면 그가 미친 듯이 화를 낼 텐데. 내 잠재의식이 손에는 버드나무 회초리를 들고 반달 안경 너머로 나를 노려보고 있었다. 젠장. 내가 얼마나 남자 경험이 없나 생각했다. 이전에는 한 번도 남자랑 살아본 적 없었으니까. 뭐, 레이 아빠를 제외하곤. 하지만 아빠는 셈에 넣을 수 없다. 아빠니까, 아니 아빠라고 생각하는 분이니까.

이젠 크리스천이 있었다. 그는 한 번도 다른 사람과 진심으로 같이 살아본 적이 없었다. 물어봐야겠지. 그가 내게 말을 걸기라도 하면.

하지만 내가 좋아하는 건 뭐든 입을 수 있어야 한다는 원칙을 강력히 고수하고 싶었다. 그의 규칙이 기억났다. 그래, 그도 힘들겠지. 하지만 큰 돈 주고 이 옷을 샀잖아? 니만 마커스 백화점에 구체적인 지시를 주었어야지. 짧은 건 안 돼!

이 치마는 그렇게 짧지도 않았다. 로비의 큰 거울에 비춰보았다. 뭐, 짧긴 짧네. 하지만 지금까지 저항했으니까. 그러니 그 결과에 맞서야겠지. 그가 무엇을 할까 건성으로 생각해보긴 했지만 지금은 일단 현금을 찾아야 했다.

자동입출금기 앞에서 영수증을 응시했다. 잔액 51,689달러 16센트. 5만 달러나 많잖아! 아나스타샤, 너도 곧 부자로 사는 법을 배워야 해. 네가 만약 받아들이면. 그게 시작되었구나. 나는 하찮은 내 돈 50달러를 찾아 가게로 향했다.

돌아와서는 부엌으로 곧장 갔다. 경계심으로 전율을 느낄 수

밖에 없었다. 크리스천은 아직도 그의 서재에 있었다. 이런, 오후 내내 있네. 얼마나 해를 입었는지 정면대결로 확인하는 것이 최상의 선택이라는 결정을 내렸다. 조심스럽게 서재 문 안으로 빼꼼히 고개를 드밀었다. 그는 창문을 내다보며 통화 중이었다.

"그래, 유로콥터 전문가는 월요일 오후에 온다고? ……좋아. 계속 보고해. 월요일 저녁이나 화요일 아침에 최초 발견 보고서 올리라고."

그는 전화를 끊고 의자를 빙그르르 돌렸지만 나를 보더니 굳어버렸다. 그의 표정은 무감했다.

"안녕." 내가 속삭였다. 그는 아무 말도 하지 않았다. 내 심장이 위 속으로 자유낙하했다. 조심스레 그의 서재로 들어가서 그가 앉아 있는 책상으로 돌아갔다. 그는 여전히 아무 말도 하지 않았지만 눈은 내게서 떼지 않았다. 50가지 빛깔로 멍청한 나 자신을 느끼면서 그의 앞에 섰다.

"다녀왔어요. 아직도 화났어요?"

그는 한숨을 짓더니 나의 손을 잡아 무릎에 앉히고 두 팔로 나를 감쌌다. 그는 코를 내 머리카락에 댔다. "그래."

"미안해요. 뭐에 씌어 그랬는지 모르겠어요."

나는 그의 무릎 위에서 웅크리며 천상의 크리스천 향기를 들이마셨다. 그가 화를 내고 있어도 여전히 안전한 기분이었다.

"나도 그래. 네가 좋아하는 거 마음대로 입어."

그는 손으로 내 맨다리와 허벅지를 훑었다.

"게다가 이 원피스는 이점이 있네."

그는 몸을 숙여 내게 키스했다. 우리 입이 닿는 순간, 보상이라도 하듯 정열, 혹은 정욕과 깊이 자리 잡고 있던 욕구가 몸 안을 질주했고 핏속에서 욕망이 불타올랐다. 나는 그의 머리를 두 손으로 잡고 손가락을 그의 머리카락 속에 찔러 넣었다. 그의 몸이 반응하는 순간 그가 키스했고, 굶주린 듯 내 아랫입술, 목과 귓불을 잘근잘근 깨물었다. 그의 혀가 내 입으로 침범했고, 미처 깨닫기도 전에 그는 바지 지퍼를 내리고 나를 무릎 위에 걸터앉히며 내 안으로 들어왔다. 나는 의자 등받이를 붙잡았다. 다리가 바닥에 닿을 듯 말 듯했다. 우리는 같이 움직이기 시작했다…….

"네가 사과하는 방식이 마음에 드는데." 그가 내 머리카락에 대고 나직이 말했다.

"난 당신 방식이 마음에 드는데." 나는 키득키득 웃으며 그의 가슴으로 파고들었다. "끝났어요?"

"세상에, 아나. 더 하고 싶어?"

"아니요! 당신 일."

"30분쯤 지나면 끝나. 음성사서함에 남긴 네 메시지 들었어."

"어제 보낸 거?"

"걱정하는 목소리던데."

나는 그를 더 꼭 껴안았다.

"그랬죠. 답장을 안 하다니 당신답지 않잖아요."

그가 내 머리카락에 키스했다.

"당신 케이크도 30분 후에 준비가 되어 있을 거예요."

나는 미소를 보내며 그의 무릎에서 내려왔다.

"기대하고 있지. 굽는 동안에도 맛있는 냄새가 나던데. 마음이 동하는 냄새."

나는 괜히 어색한 기분에 수줍게 웃었다. 그도 나와 같은 표정을 지었다. 이런, 이래도 우리가 정말로 그렇게 다른 사람일까?

어쩌면 그의 어린 시절, 빵을 굽던 기억 때문인지도 몰랐다. 몸을 숙여 그의 입꼬리에 가볍게 키스하고 부엌으로 돌아갔다.

준비를 다 마쳤을 때 그가 서재에서 나오는 소리가 났다. 나는 케이크 위에 한 개만 꽂아놓은 황금색 초에 불을 붙였다. 그는 내게로 다가오며 입에 귀에까지 걸렸다. "생일 축하합니다." 나는 부드럽게 노래를 불러주었다. 그가 몸을 숙인 후 눈을 감으면서 촛불을 불어 껐다.

"소원을 빌었어."

그는 다시 눈을 뜨며 말했다. 그의 표정에 어떤 이유에선가 나는 얼굴을 붉혔다.

"케이크 크림이 아직 부드러워요. 좋아했으면 좋겠는데."

"얼른 맛보고 싶은데, 아나스타샤."

그의 목소리가 무척 섹시했다. 나는 한 조각씩 잘라 각자의 앞에 놓았고 우리는 작은 포크로 퍼먹었다.

"으음." 그가 감탄하듯 신음했다. "이것 때문이라도 너랑 결혼하고 싶다."

나는 안도감에 웃음을 터뜨렸다. ……좋아하는구나.

"우리 가족 만날 준비는 됐어?"

크리스천은 R8의 시동을 껐다. 우리가 선 곳은 그의 부모님 댁의 차로였다.

"네. 부모님에게 말할 거예요?"

"물론. 부모님이 어떤 반응을 보이실까 무척 기대되는데."

그는 짓궂게 웃더니 차에서 내렸다.

7시 20분이었다. 따뜻한 날이긴 했지만 만에서는 차가운 저녁 바람이 불어왔다. 나는 숄을 여미면서 차에서 내렸다. 오늘

아침에 옷장을 뒤지다가 찾아낸 에메랄드색 칵테일 드레스를
입고 있었다. 거기 어울리는 넓은 허리띠를 맸다. 크리스천은
내 손을 잡았고 우리는 앞문으로 향했다. 노크도 하기 전에 캐
릭이 문을 활짝 열었다.

"크리스천, 어서 와라. 생일 축하한다, 아들."

캐릭은 크리스천이 내민 손을 잡았지만 악수 대신 짧게 포옹
하는 바람에 크리스천을 놀라게 했다.

"어…… 고맙습니다, 아버지."

"아나, 다시 만나니 무척 좋네." 그는 나도 안아주었고 우리
는 집 안으로 들어갔다.

거실에 발을 딛기도 전에 케이트가 복도를 따라 우리 쪽으로
달려왔다. 무척이나 격분한 얼굴이었다.

아, 안 돼!

"당신 두 사람! 할 말이 있어요."

케이트는 특유의 '나한테 괜한 장난치면 죽을 줄 알아'라는
어투로 으르렁거렸다. 나는 불안하게 크리스천을 보았고, 그는
어깨를 으쓱하며 케이트 비위를 맞추기로 한 모양이었다. 우리
는 영문을 몰라 하는 캐릭을 거실 문 앞에 놔두고 케이트를 따
라 식당으로 들어갔다. 케이트는 문을 닫고 나를 돌아보았다.

"대체 이 쓰레기는 뭐야?"

케이트는 식식대며 종이 한 장을 흔들어보였다. 나는 어안이
벙벙해서 종이를 받아 재빨리 살펴보았다. 입이 바짝 말랐다.
맙소사. 크리스천에게 보낸 이메일 답장이었다. 계약서에 대해
의논하는 내용.

22

얼굴에서 모든 색깔이 빠져나가고 피는 얼음처럼 바뀌었으며 공포가 몸을 질주했다. 본능적으로 나는 케이트와 크리스천 사이에 섰다.

"뭔데 그래?" 크리스천이 조심스러운 어조로 물었다.

그의 말엔 대꾸하지 않았다. 케이트가 이런 짓을 하다니 믿을 수가 없었다.

"케이트! 이건 너랑 아무 상관없어."

나는 케이트를 쩨려보았다. 분노가 공포를 대신했다. 어떻게 이래? 지금, 오늘은 아니잖아. 크리스천의 생일에. 내 반응에 놀랐는지 케이트가 휘둥그레 뜬 눈으로 쳐다보았다.

"크리스천, 당신은 가요." 나는 부탁했다.

"아니, 아니 보여줘." 그가 손을 내밀자, 말싸움해봤자 아무런 소용없다는 것을 알았다. 차갑고 엄한 목소리였다. 마지못해 이메일을 건넸다.

"저 자식이 너에게 어떻게 한 거야?" 케이트는 크리스천을 무시해버렸다. 케이트는 참으로 무시무시해 보였다. 수만 가지의 에로틱한 영상들이 재빨리 마음을 스쳐가 나는 얼굴을 붉혔다.

"이건 네가 상관할 일이 아니야, 케이트."

목소리에 묻어나는 분노를 누를 수 없었다.

"이건 어디서 났지?"

크리스천은 머리를 한쪽으로 기울이고 무표정하게 물었지만 목소리는…… 빈정대듯 부드러웠다. 케이트는 얼굴을 붉혔다.

"그건 이 얘기랑 상관없잖아요."

그가 엄하게 쏘아보자 케이트는 서둘러 말을 이었다.

"재킷 주머니 속에 있었어. 당신 것 같던데. 아나의 침실 문 앞에 걸려 있던 것."

크리스천의 타는 회색 눈과 마주하자, 케이트의 강철 같던 태도가 약간 흔들렸지만, 곧 다시 회복하여 그를 험악한 표정으로 쏘아보았다.

몸매를 드러내는 새빨간 드레스를 입은 케이트는 적개심의 화신이었다. 정말 멋졌다. 하지만 어째서 케이트가 내 옷을 살피고 있었을까? 보통 그 반대면 모르지만.

"누구에게 얘기했나?" 크리스천의 목소리는 비단 장갑 같았다.

"아니요! 물론 아니죠."

케이트는 모욕이라도 받은 양 딱딱거렸다. 그는 뒤돌아 벽난로로 향했다. 케이트와 내가 말없이 바라보고 있는 가운데 그는 난로 선반 위에서 라이터를 들어 종이에 불을 붙인 후 난로 속으로 집어넣었다. 불붙은 종이는 천천히 떠돌아 난로 받침으로 떨어진 후 스러졌다. 방 안에 침묵이 내리깔렸다.

"엘리엇에게도?" 나는 다시 케이트에게로 관심을 돌렸다.

"아무에게도." 케이트는 강조했다. 처음으로 곤혹스럽고 상처받은 표정이었다. "난 그저 네가 괜찮은지 알고 싶었을 뿐이야, 아나." 케이트가 낮은 소리로 말했다.

"난 괜찮아, 케이트. 사실 괜찮은 것 이상이야. 제발, 크리스천과 나는 좋아. 아주 좋아. 이건 옛날 얘기야. 그러니까 무시해 버려."

"무시해? 어떻게 무시할 수 있어? 이 사람이 널 어떻게 했어?"

케이트의 초록 눈에는 진심 어린 근심이 가득했다.

"그는 내게 아무 짓도 안 했어, 케이트. 정말로 나는 좋아."

케이트는 나를 보고 눈만 깜박였다.

"정말?"

크리스천이 한 팔로 나를 감싸고 끌어당겼다. 눈은 케이트에게서 떠나지 않았다.

"아나는 내 아내가 되기로 했어요, 캐서린."

그는 조용히 말했다.

"아내!" 케이트는 소리를 지르며 못 믿겠다는 듯 눈을 크게 떴다.

"우린 결혼할 겁니다. 오늘 저녁에 약혼 발표할 예정이고." 크리스천이 말했다.

"오!" 케이트가 나를 보고 입을 떡 벌렸다. 어안이 벙벙한 표정이었다. "내가 달랑 16일 네 옆에 없었던 동안에 그런 일이 일어났어? 너무 갑작스럽다. 그래서 어제 내가 말했을 때……."

케이트는 어찌 할 바를 모르고 나를 바라보았다.

"그럼 이 이메일은 여기 어떻게 들어맞는 거야?"

"아무 데도 안 맞아, 케이트. 잊어버려, 제발. 난 그를 사랑하고 그도 나를 사랑해. 이러지 마. 이 사람 파티랑 우리의 밤을 망치지 마."

나는 애원했다. 케이트는 눈을 깜박였다. 느닷없이 그 눈이 눈물로 반짝였다.

"그래, 물론 말하지 않을게. 넌 괜찮은 거지?" 케이트는 재차 확인했다.

"이보다 더 행복할 순 없을 것 같아."

나는 속삭였다. 크리스천이 아직도 한 팔로 내 어깨를 감싸고 있었지만 케이트는 무시하고 내 손을 잡았다.

"정말 괜찮은 거지?" 케이트는 희망을 담아 물었다.

"그래." 나는 씩 웃었고 기쁨이 되돌아왔다. 케이트는 이제 제 모습으로 돌아왔다. 내 행복이 반사되었는지 케이트도 나를 보고 미소를 지었다. 나는 크리스천의 팔 아래서 빠져나왔고 케이트가 나를 갑자기 포옹했다.

"오, 아나. 이걸 읽었을 때 내가 얼마나 걱정했는지 아니. 무슨 생각을 해야 할지 몰랐어. 나한테 설명해줄 거지?"

"언젠가는. 지금은 아냐."

"좋아. 아무에게도 말 안 할게. 널 정말 사랑하니까, 아나. 넌 내 친자매나 같아. 내 생각엔 그저…… 난 그냥 어떤 생각을 해야 할지 몰랐어. 미안해. 네가 행복하다니까 나도 행복하다."

케이트는 크리스천을 똑바로 보고 사과를 반복했다. 크리스천은 고개를 끄덕였다. 눈은 빙산 같았고 표정은 변하지 않았다. 아, 어째. 아직도 화가 났구나.

"정말로 미안해. 네 말이 맞아. 내가 상관할 바가 아니지." 케이트가 내게 속삭였다.

그때 문을 노크하는 소리가 들려 케이트와 나는 떨어졌다. 그레이스가 머리를 들이밀었다.

"얘야, 무슨 일 없지?" 그레이스가 아들에게 물었다.

"아무 일 없어요, 그레이 부인." 케이트가 재빨리 말했다.

"괜찮아요, 어머니." 크리스천이 대답했다.

"잘됐구나." 그레이스가 안으로 들어왔다. "그럼 우리 아들을 생일 축하의 의미로 한 번 안아줘도 괜찮겠지."

그레이스는 우리 두 사람을 보고 환히 웃었다. 크리스천이 어머니를 꼭 안아주며 즉시 냉정한 태도를 풀었다.

"생일 축하한다, 아들."

그레이스는 그의 품 안에서 눈을 감고 부드럽게 말했다. "네가 아직도 우리 곁에 있어서 얼마나 기쁜지 몰라."

"엄마, 전 괜찮아요." 크리스천이 미소를 지으며 내려다보았다. 그레이스는 몸을 떼고 자세히 살피더니 웃음을 지었다.

"네가 행복하니 정말 기쁘다." 그레이스는 크리스천의 얼굴을 쓰다듬었다.

그도 어머니를 보고 웃었다. 1천 메가와트짜리 환한 미소였다.

어머니도 아시는구나! 언제 말했지?

"자, 젊은이들. 이제 비밀 얘기 끝났으면 갈까. 지금 크리스천이 정말로 온전한지 확인하려고 한 무리의 사람이 모여 있으니까. 또 생일 축하도 하고."

"곧 갈게요."

그레이스는 불안하게 케이트와 나를 힐끔 보았지만 우리가 미소를 짓고 있으니 안심한 모양이었다. 그레이스는 우리가 나갈 수 있도록 문을 열어주면서 내게 살짝 윙크했다. 크리스천이 손을 내밀었고 나는 그 손을 잡았다.

"크리스천, 정말 미안해요."

케이트가 겸손하게 말했다. 겸손한 케이트라니! 참 볼만한 구경거리였다. 크리스천이 고개를 끄덕였고 우리는 케이트를 따라 나갔다.

복도에서, 나는 불안하게 크리스천을 올려다보았다.

"어머니가 우리 일 아세요?"

"그럼."

"아."

집요한 캐버너 양에 덕분에 하마터면 우리 저녁이 다른 방향으로 흘러갈 뻔했다는 생각을 했다. 몸이 부르르 떨렸다. 크리스천의 과거 생활 방식의 잔재가 모든 사람에게 드러나다니.

"뭐, 오늘 저녁은 시작부터 흥미롭네요."

나는 그를 보고 다정하게 웃었다. 그는 내려다보았다. 돌아왔네. 재미있어하는 표정. 다행이었다.

"언제나 그렇듯이 스틸 양. 넌 참 상황을 과소평가해서 말하는 능력이 있어."

그는 내 손을 들어 입술에 갖다 대고 손가락 관절에 키스했다. 우리가 거실에 들어갔을 때, 갑작스레 귀가 멀 듯한 박수 소리가 터져 나왔다.

뭐야, 대체 사람이 얼마나 많이 온 거지?

방 안을 재빨리 살폈다. 그레이 가족이 모두 있었고, 이든은 미아 옆에 서 있었다. 플린 박사는 아내로 보이는 여자와 함께 왔다. 보트 관리인 맥, 키가 크고 잘생긴 흑인(내가 처음 크리스천을 만난 날 사무실에서 본 기억이 났다), 미아의 못된 친구 릴리, 잘 모르는 여자 둘. 그리고…… 맙소사, 마음이 쿵 가라앉았다. 그 여자…… 로빈슨 부인.

그레첸이 샴페인 잔을 들고 나타났다. 목이 깊게 파인 검은 드레스를 입었고 머리는 양 갈래로 묶는 대신 위로 올렸다. 눈썹을 팔락이고 퍼덕이며 크리스천을 쳐다보았다. 박수갈채가 가라앉고 사람들의 시선이 모두 기대하듯 그에게 쏠리자, 크리스천이 내 손을 꽉 쥐었다.

"고맙습니다, 여러분. 이것부터 필요할 것 같군요."

그는 그레첸의 쟁반에서 두 잔을 들어올리며 살짝 미소를 보냈다. 그레첸은 폭발하거나 기절할 것만 같았다. 그는 내게 한 잔을 건넸다.

크리스천은 방 안에 있는 다른 사람들에게 잔을 들어 보였다. 그 즉시 사람들이 앞으로 밀려들어왔다. 그 선두에 있는 사람은 검은 옷을 입은 사악한 여인이었다. 대체 다른 색은 안 입는 거야?

"크리스천, 얼마나 걱정을 했는지."

엘레나는 크리스천을 살짝 포옹하고 양 볼에 키스했다. 내가 손을 빼려고 했지만 그가 놓아주지 않았다.

"괜찮아요, 엘레나." 크리스천은 차갑게 대답했다.

"왜 나한테 전화 안 했어?" 엘레나는 간절히 호소하듯 물으며 그와 시선을 마주치려 했다.

"바빴거든요."

"내 메시지 못 받았어?"

크리스천은 불편하게 몸을 꿈지럭거리더니 나를 더 끌어안으며 한 팔을 내게 둘렀다. 엘레나를 보는 그의 얼굴은 무감했다. 엘레나는 더 이상 나를 무시할 수 없자, 내 쪽으로 예의 바르게 고개를 까닥했다.

"아나, 참 예쁘네요." 엘레나는 그르렁대는 소리로 인사했다.

"엘레나, 고마워요." 나도 그르렁대는 소리로 맞섰다.

나는 그레이스의 눈길을 보았다. 그레이스는 우리 셋을 보며 얼굴을 찡그리고 있었다.

"엘레나, 중대 발표가 있어요."

크리스천은 아무 사심 없이 엘레나를 보았다.

엘레나의 맑은 푸른 눈이 흐려졌다. "그래." 엘레나는 짐짓 미소를 꾸며내며 뒤로 한 발짝 물러섰다.

"여러분."

크리스천이 외쳤다. 그는 방 안의 소란이 가라앉기까지 잠깐 기다렸고 모든 눈은 다시 그에게 향했다.

"오늘 와주셔서 고맙습니다. 조용한 가족 모임인 줄 알았는데, 즐거운 깜짝 파티였군요."

그는 미아를 지목하듯 쳐다보았고, 미아는 살짝 웃으며 그에게 손을 흔들었다. 크리스천은 못 말린다는 듯 고개를 저으며 말을 이었다.

"로스와 나는……."

그는 근처에 서 있는 빨간 머리 여자를 가리켰다. 그 옆에는 작고 명랑한 금발 여자가 서 있었다.

"어제 정말 아슬아슬한 고비를 겪었습니다."

아, 저 사람이 같이 일한다는 로스였군.

여자는 웃음을 띠고 잔을 들어 보였다. 그도 목례로 답했다.

"그래서 오늘 개인적으로 무척 좋은 소식을 여러분과 같이 나눌 수 있어서 특히 기쁩니다. 이 아름다운 여성……." 그는 내려다보았다. "아나스타샤 로즈 스틸 양이 제 청혼을 받아주었다는 것을 오늘 여러분에게 처음으로 알려드립니다."

놀라 숨을 헉 들이켜는 소리가 들렸고 어색한 환호성이 울리더니 우레와 같은 박수갈채로 이어졌다. 이런, 정말 현실이 되었구나. 내 얼굴은 케이트의 드레스처럼 새빨개졌을 것이 분명했다. 크리스천이 내 턱을 잡고 입술을 들더니 재빨리 키스했다.

"넌 곧 내 것이 되겠지."

"벌써 당신 것인데." 나는 속삭였다.

"법적으로." 그는 입 모양으로 말하면서 짓궂은 미소를 지었다.

미아 옆에 서 있는 릴리는 낙담한 표정이었다. 그레첸은 쓰고 맛없는 것을 삼킨 사람 같았다. 불안하게 모인 사람들을 둘러보다 엘레나를 보았다. 입이 떡 벌어져 있었다. 어안이 벙벙했고 심지어 기겁한 것 같았다. 그 여자가 혼비백산하는 모습을 보니 작고 강렬한 만족감을 누를 수 없었다. 그런데 대체 여기서 뭐 하고 있는 거람?

캐릭과 그레이스가 내 무정한 생각을 끊었다. 그레이 가족이 모두 몰려와 돌아가며 나를 안고 키스를 퍼부었다.

"아, 아나. 우리 가족이 된다니 정말 기뻐." 그레이스가 말을 쏟아냈다. "크리스천이 변한 건…… 그 애는 행복해 보여. 얼마나 감사한지."

그레이스가 어찌나 기뻐하는지 나는 당황해서 얼굴을 붉혔지만 속으로는 기뻤다.

"반지는 어디 있어?" 미아는 나를 포옹하며 외쳤다.

"음……." 반지라니! 이런, 반지 생각은 못했네. 나는 크리스천을 올려다보았다.

"둘이 함께 고를 거야." 크리스천이 동생을 노려보았다.

"아, 그런 표정 짓지 마, 오빠!" 미아는 오빠를 나무라며 두 팔로 감싸 안았다. "오빠가 결혼하다니 정말 신 나."

아는 사람 중에 그레이의 노려보는 표정에 기죽지 않는 사람은 미아가 유일했다. 나는 곧잘 움츠러들었는데……. 뭐, 과거에는 그랬지.

"언제 결혼할 거야? 날짜는 잡았어?"

미아가 환한 얼굴로 오빠를 올려다보았다.

크리스천은 고개를 저었다. 짜증 내는 기색이 역력했다.

"아무 생각 없고 아직 안 잡았어. 아나와 상의해봐야지."

그는 언짢은 투로 말했다.

"결혼식은 화려하게 하면 좋겠다. 여기서."

오빠의 신랄한 어조에도 아랑곳하지 않고 미아는 열정적으로 말을 쏟아냈다.

"어쩌면 우리는 내일 라스베이거스로 날아갈지도 몰라."

그는 동생에게 으르렁댔지만 대가로 미아 그레이 특허의 삐침 표정을 당해내야 했다. 그는 눈을 홉뜨면서 엘리엇을 돌아보았고, 형은 어제에 이어 두 번째로 동생을 꼭 안아주었다.

"잘했어, 동생." 그는 크리스천의 등을 두드렸다.

방 안의 반응은 상대하기가 버거웠다. 몇 분 후에는 어느새 크리스천 옆에 서서 플린 박사와 이야기하고 있었다. 엘레나는 사라진 듯했고 그레첸은 뚱하게 잔을 채웠다.

플린 박사 옆에는 무척 매력적인 젊은 여자가 있었다. 검은색에 가까운 진한 머리는 길고, 인상적인 가슴을 지녔으며, 개암 빛 눈은 아름다웠다.

"크리스천." 플린이 손을 내밀었다. 크리스천이 반갑게 악수했다.

"존, 리안."

크리스천은 검은 머리 여자의 뺨에 키스했다. 여자는 작고 예뻤다.

"무사해서 다행입니다. 크리스천이 없으면 내 인생이 얼마나 지겹겠어요. 쪼들리는 건 말할 것도 없고."

크리스천이 히죽 웃었다.

"존!" 리안이 꾸짖는 바람에 크리스천의 즐거움은 한층 배가되었다.

"리안, 이쪽은 내 약혼녀 아나스타샤예요. 아나, 이쪽은 존의 부인."

"마침내 크리스천의 마음을 사로잡은 여성을 만나게 되다니 기쁘네요." 리안은 부드럽게 웃었다.

"고맙습니다." 나는 다시 당황하며 인사했다.

"그날은 시치미 뚝 떼고 구글리(크리켓에서 완곡구를 의미―옮긴이) 하나 멋지게 굴렸는데요, 크리스천."

플린 박사는 즐거워하면서도 못 믿겠다는 듯 고개를 저었다. 크리스천이 얼굴을 찡그렸다.

"존, 크리켓 비유 좀 그만해요." 리안이 눈을 흘겼다. "두 분 정말 축하하고, 크리스천 생일도 축하해요. 참 멋진 생일 선물이네요." 리안은 나를 보고 활짝 미소를 지었다.

플린 박사나 엘레나가 여기 올 줄 몰랐기 때문에 충격이었다. 박사에게 뭐 물어볼 게 있나 머리를 굴렸지만 생일 파티는 정신과 상담을 받기에 적당한 장소는 아니었다.

몇 분 동안 우리는 잡담을 나누었다. 리안은 전업주부로서 어린 아들 둘을 키우고 있었다. 나는 이 부인 때문에 플린 박사가 미국에서 개업을 한 게 아닐까 생각했다.

"그 사람은 이제 상태가 좋아졌어요, 크리스천. 치료에 아주 잘 반응했고. 2주 후에는 퇴원시켜 외래진료로 바꿀까 생각 중입니다."

플린 박사와 크리스천의 목소리는 나직했지만 나는 무례하게 리안의 말에는 건성으로 대답하며 귀를 기울였다.

"그래서 애들 놀이 모임이랑 기저귀는……."

"정말 시간을 많이 뺏기겠네요."

나는 다시 리안에게 관심을 돌리며 얼굴을 붉혔다. 리안은 다정하게 웃었다. 크리스천과 플린은 레일라 이야기를 하는 것이 분명했다.

"나 대신 뭘 좀 물어봐요." 크리스천이 소곤거렸다.

"그래, 아나스타샤는 무슨 일을 하세요?"

"아나라고 불러주세요. 전 출판사에서 일해요."

크리스천과 플린 박사는 한층 더 목소리를 낮췄다. 좌절스러웠다. 하지만 우리 곁에 내가 아까 누군지 몰라봤던 두 여자가 오자 두 사람도 대화를 그만두었다. 두 여자는 아까 본 로스와 명랑한 금발 여자였다. 크리스천은 그 금발 여자가 로스의 파트너인 그웬이라고 했다.

로스는 매력적인 사람이었고 나는 곧 두 사람이 에스칼라 반대편에 살고 있다는 것을 알게 되었다. 로스는 크리스천의 헬기 조종 능력에 대해 침이 마르도록 칭찬했다. 찰리 탱고를 탄 건 처음이었는데 다시 탄다고 해도 전혀 주저하지 않을 것 같다고 했다. 이제까지 만난 여자 중에서 크리스천에게 반하지 않은 사람은 처음이었다. 음…… 이유는 분명해 보였다.

그웬은 냉소적 유머 감각이 있는 잘 웃는 여자였고 크리스천은 두 사람과 같이 있을 때 특히 편안해 보였다. 서로 잘 아는 사이였다. 일 이야기를 하지는 않았지만, 로스는 크리스천에 필적할 정도로 영리한 여자라는 분위기가 풍겼다. 또한 호탕하게 목을 울리며 웃었고 담배 냄새가 많이 났다.

우리는 여유롭게 잡담을 나누었지만 그레이스가 나와 저녁식사는 부엌에서 뷔페 스타일로 진행된다고 알렸다. 손님들은 천천히 집 뒤로 돌아갔다.

미아가 복도에서 나를 붙들었다. 연분홍색 가벼운 베이비돌 드레스를 입고 킬힐을 신은 미아는 마치 크리스마스트리에 걸린 요정처럼 내 위에 우뚝 섰다. 미아는 칵테일 잔 두 개를 들고 있었다.

"아나."

미아는 음모를 꾸미듯 속삭였다. 크리스천을 올려다보니 그는 '행운을 빌어, 미아는 나도 처치곤란이니까'라는 표정을 지으며 내 손을 놓았다. 나는 미아와 함께 식당으로 슬그머니 들어갔다.

"자요."

미아는 장난스럽게 말했다. "우리 아버지의 특제 레몬 마티니예요. 샴페인보다 훨씬 나아요."

미아가 잔을 건네주고 불안하게 바라보는 가운데 나는 머뭇거리며 한 모금 삼켰다.

"흠…… 맛있네요. 하지만 강해요."

미아는 뭘 바라는 거지? 내게 술을 먹이려는 건가?

"아나, 충고가 필요해요. 그래도 릴리하고는 이야기할 수 없어요. 걔는 매사 비판적이거든요."

미아는 눈을 굴리더니 나를 보고 생긋 웃었다.

"걔, 아나를 얼마나 샘내는지 몰라요. 언젠가 크리스천이랑 자기가 사귈 줄 알았나 봐요."

미아는 터무니없다는 듯 웃음을 터뜨렸고 나는 속으로 움츠러들었다.

이건 앞으로 오랫동안 맞서야 할 문제가 되겠지. 다른 여자들이 내 남자를 원하는 것. 달갑지 않은 생각을 머리에서 밀어내고 당장 손에 든 문제로 정신을 돌렸다. 마티니를 한 모금 더 마셨다.

"될 수 있는 한 도울게요. 말해봐요."

"알겠지만 이든과 난 최근에 아나 덕분에 만났어요." 미아가 환히 웃었다.

"그래요." 대체 무슨 이야기를 하려고 그럴까?

"아나, 이든은 나랑 데이트하기 싫대요." 미아는 입을 삐죽였다.

"아." 나는 할 말을 잃고 눈만 깜박이며 미아를 보았다. 어쩌면 그는 그저 당신에게 반하지 않았을 수도.

"그게, 참 이상하게 들렸어요. 자기 여동생이 우리 오빠랑 사귀니까 자긴 나랑 데이트할 수 없대요. 알겠지만, 이든은 그게 무슨 근친상간이라고 생각해요. 하지만 그 사람이 나를 좋아하는 건 알아요. 어쩌죠?"

"아, 알겠어요."

나는 시간을 좀 벌려고 했다. 뭐라고 하지?

"일단 친구로 지내기로 하고 시간을 두고 보면 안 될까요? 만난 지 얼마 안 됐잖아요."

미아는 한쪽 눈썹을 찡그렸다.

"봐요. 물론 나도 크리스천을 만난 지 얼마 안 됐지만……."

나는 무슨 말을 하고 싶은지 몰라 얼굴을 찡그렸다.

"미아, 이건 이든과 둘이서 해결해야 하는 문제 같아요. 나 같으면 먼저 친구로 시작하겠어요."

미아가 씩 웃었다.

"그 표정은 크리스천 오빠에게 배웠나 봐요."

나는 얼굴을 붉혔다. "충고가 필요하면 케이트에게 물어봐요. 케이트는 자기 오빠 기분을 좀 알지도 모르니까."

"그렇게 생각해요?"

"그럼요." 나는 격려의 미소를 띠었다.

"좋아요. 고마워요, 아나."

미아는 나를 다시 한 번 껴안고는 들뜬 표정으로 그런 굽 높은 구두를 신은 사람치고는 대단히 씩씩하게 문으로 뛰어가 케이트를 귀찮게 하러 갔다. 마티니를 한 모금 더 마시고 미아를 따라가려는데 어떤 사람과 딱 마주쳤다.

엘레나가 방 안으로 힘차게 들이닥쳤다. 굳은 얼굴에는 냉혹한 분노에 찬 결의가 어려 있었다. 엘레나는 조용히 등 뒤로 문을 닫고 험악한 얼굴로 쳐다보았다.

아, 젠장.

"아냐." 엘레나가 코웃음을 쳤다.

샴페인 두 잔과 손에 들고 있는 독한 칵테일 때문에 약간 어지러웠지만 남아 있는 침착함을 다 끌어모았다. 얼굴에서 핏기가 빠져나갔을 테지만 할 수 있는 한 차분하고 동요하지 않은 듯 보이려고 내 잠재의식과 내 안의 여신을 다 소집했다.

"엘레나." 입이 말랐지만 작고 흔들림 없는 목소리로 말했다. 대체 왜 이 여자는 내 부아를 돋우려는 걸까? 지금은 뭘 원하는 걸까?

"진심 어린 축하를 전하려고 했는데, 적당하지 못한 것 같네요."

사람을 꿰뚫어보는 듯한 차가운 푸른 눈이 혐오감으로 가득차서 내 눈을 차갑게 보았다.

"당신 축하는 필요도 없고 원하지도 않아요, 엘레나. 여기서 당신을 보다니 놀랍기도 하고 실망스럽기도 한데요."

엘레나는 한쪽 눈썹을 치켰다. 강한 인상을 받은 듯했다.

"당신을 상대할 가치가 있는 적이라고 생각하지도 않았죠, 아나스타샤. 그런데 볼 때마다 놀라게 하네요."

"나도 전혀 그런 생각 하지 않았어요." 나는 차갑게 거짓말을 했다. 크리스천이 자랑스러워하겠지. "이제 괜찮으면 난 시간을 당신과 낭비하느니 좀 더 유익한 일을 하고 싶네요."

"그렇게 빨리 빠져나갈 순 없죠, 아가씨."

엘레나는 문에 기대 나갈 수 없도록 막았다.

"대체 어쩌자고 크리스천의 청혼을 받아들인 거예요? 잠깐이라도 당신이 크리스천을 행복하게 할 수 있다고 생각한다면 아주 오산일 텐데."

"내가 크리스천이랑 뭘 하건 말건 당신이 상관할 바가 아닐 텐데요."

나는 냉소적이면서도 다정하게 미소를 지었다. 엘레나는 무시했다.

"그는 욕구가 있어요. 당신은 채워줄 수도 없는 욕구."

"크리스천의 욕구에 대해서 당신이 뭘 안다고 그래요?" 나는 으르렁댔다. 분개심이 안에서 환히 타오르고 아드레날린이 몸에서 솟구쳤다. 어떻게 이 망할 계집이 내게 설교를 해?

"당신은 그래봤자 역겨운 아동 성추행범이에요. 나보고 처리하라고 하면 당신을 제7지옥에 던져넣고 웃으면서 걸어나올 걸요. 자, 이제 내 앞에서 비켜요. 아니면 내가 그렇게 해줄까요?"

"오늘 아주 큰 실수한 거예요, 아가씨."

엘레나는 길고 늘씬하고 섬세하게 다듬은 손가락을 흔들었다.

"어떻게 감히 우리의 생활 방식을 판단해요? 아무것도 모르면서. 당신이 무슨 일에 말려들고 있는지 전혀 알지도 못하는 주제에. 당신처럼 남자 돈 보고 덤벼드는 생쥐 같은 계집과 크리스천이 행복할 거라 생각한다면……"

그만! 나는 남은 레몬 마티니를 그 여자의 얼굴에 끼얹었다.

"내가 무슨 일에 말려들고 있건 말건 당신이 뭔데 감히 이래라저래라 해요!" 나는 고함을 질렀다. "언제 정신 차릴 거예요?

오지랖 넓게 끼어들 일이 아니라니까!"

여자는 질겁한 얼굴로 입을 떡 벌리고 쳐다보더니 끈적한 술을 얼굴에서 닦아냈다. 엘레나는 내게 덤벼들 기세였지만 문이 열리는 바람에 갑자기 앞으로 비켜났다.

크리스천이 문 앞에 서 있었다. 순식간에 그는 상황을 이해했다. 얼굴이 잿빛이 되어 바들바들 떨고 있는 나와 흠뻑 젖어 납빛이 된 엘레나. 그의 아름다운 얼굴이 분노로 어두워지고 일그러지더니 우리 사이를 가로막고 섰다.

"대체 여기서 무슨 짓이죠, 엘레나?"

그의 목소리는 빙산처럼 차가웠고 적의가 서려 있었다.

엘레나는 그를 보며 눈을 깜박였다. "이 여자는 네게 어울리지 않아, 크리스천."

"뭐라고?" 그가 고함을 지르는 바람에 우리 둘 다 깜짝 놀랐다. 내 쪽에선 그의 얼굴이 보이진 않았지만 전신이 긴장한 게 느껴졌다. 그는 적의를 발산하고 있었다.

"빌어먹을, 내게 어울리는지 아닌지 당신이 뭘 안다고?"

"네겐 욕구가 있어, 크리스천." 엘레나는 더 부드러운 목소리로 달랬다.

"말했죠. 이전에. 당신이 전혀 상관할 일이 아니라고!" 그가 버럭 고함을 질렀다. 세상에. 무척 화가 난 크리스천이 그렇게 추하지 않은 머리를 쳐들었구나. 사람들이 들을지도 몰라.

"뭐지?" 그가 엘레나를 쏘아보며 말을 멈췄다. "당신은 괜찮다고 생각해요? 당신? 나한테 어울려?"

목소리는 부드러웠지만 경멸이 뚝뚝 떨어졌다. 갑자기 나는 여기서 나가고 싶었다. 이 친밀한 대결을 목격하고 싶지 않았다. 나는 방해자였다. 하지만 꼼짝도 할 수 없었다. 손발이 움직이려 하지 않았다.

엘레나가 침을 꿀꺽 삼키더니 몸을 꼿꼿이 세우는 듯했다. 자세가 명령하는 듯한 태도로 미묘하게 바뀌더니, 엘레나는 그에게 다가왔다.

"네게 일어난 최고의 행운은 나였어." 엘레나가 오만하게 씩씩댔다. "지금 널 봐. 미국에서 가장 부유하고 성공적인 사업가 중 한 명이지. 통제가 잘되고 추진력이 있고. 넌 아무것도 필요 없어. 넌 네 우주의 주인이야."

그는 마치 한 대 맞은 듯 뒤로 물러나며 전혀 믿을 수 없다는 듯 엘레나를 보고 입을 떡 벌렸다.

"너 좋아했잖아, 크리스천. 자신을 속이려 하지 마. 넌 자기 파괴의 길로 가고 있었고 내가 널 구했어. 철창 속에서 평생을 보낼 뻔한 걸 내가 구했다고. 네가 지금 아는 것 모두, 지금 필요로 하는 것 모두 내가 가르쳐줬어."

크리스천은 창백하게 겁에 질려 엘레나를 응시했다. 입을 열었을 때 목소리는 낮고 불신에 차 있었다.

"나한테 어떻게 섹스하는지 가르쳤지, 엘레나. 하지만 그건 껍데기뿐이었어, 당신처럼. 링컨이 떠난 것도 당연하지."

입안에 쓴맛이 돌았다. 내가 있을 자리가 아니었다. 하지만 그 자리에 얼어붙은 채로 두 사람이 서로의 몸을 갈라내는 음울한 광경에 마음을 빼앗겨버렸다.

"날 한 번도 안아준 적 없었지." 크리스천이 속삭였다. "날 사랑한다고 말한 적이 한 번도 없었어."

엘레나가 눈을 가늘게 떴다. "사랑은 바보나 하는 짓이야, 크리스천."

"내 집에서 나가!"

그레이스의 냉혹하고 격노한 목소리에 우리 모두 화들짝 놀랐다. 세 사람 모두 머리를 휙 돌렸다. 그레이스가 문 앞에 서 있었다. 그레이스가 엘레나를 이글거리는 눈으로 쏘아보자 생트로페에서 예쁘게 태운 엘레나의 얼굴이 창백해졌다.

모두 합동으로 숨을 죽이고 있는 동안 시간이 멈춘 듯했다. 그레이스는 신중하게 방 안으로 뚜벅뚜벅 걸어 들어와 엘레나 앞에 섰다. 엘레나에게서 떨어지지 않는 눈에는 분노가 타올랐다. 엘레나의 눈이 놀라서 휘둥그레진 순간, 그레이스는 세게 뺨을 때렸다. 그 소리가 식당 벽에 울릴 정도였다.

"내 아들에게 추잡한 손 뻗칠 생각 말고 내 집에서 당장 나가!"

그레이스는 이를 악물고 씩씩댔다.

엘레나는 붉어진 뺨을 부여잡고 잠시 공포와 충격에 찬 눈으로 그레이스를 쳐다보았다. 그러더니 문을 닫을 겨를도 없이 서둘러 나가버렸다.

그레이스는 천천히 몸을 돌려 크리스천을 보았다. 크리스천과 그레이스가 마주볼 때 무거운 침묵이 두꺼운 담요처럼 가라앉았다. 잠시 후, 그레이스가 입을 열었다.

"아나, 내가 아들을 조금 있다 넘겨줄 테니, 한 1, 2분만 아들과 단둘이 있을 수 있도록 해주겠어요?"

조용하고 허스키한 목소리는 무척이나 강인했다.

"그럼요." 재빨리 방 안에서 나가면서 불안하게 어깨 너머를 보았다. 하지만 내가 나가는데도 둘 다 나를 보지 않았다. 두 사람은 계속 서로만 바라보았고 말 없는 대화는 요란하게 울리는 듯했다.

복도에서 잠시 갈피를 잃었다. 심장이 쿵쿵 뛰고 피가 혈관을 질주했다. 공포가 밀려왔고 내가 짐작할 수 있는 범위를 넘어섰

다. 세상에 맙소사, 방금 일어난 사건만 해도 벅찼지만, 이제 그
레이스가 알아버리다니. 그레이스가 크리스천에게 뭐라고 할지
전혀 짐작도 할 수 없었다. 잘못된 일이라는 건 알지만 문에 대
고 귀를 기울였다.

"얼마나 오래됐니, 크리스천?" 그레이스의 목소리는 부드러
웠다. 거의 들리지 않을 정도였다.

그의 대답은 들리지 않았다.

"네가 몇 살 때?"

어머니의 목소리는 좀 더 끈덕졌다. "말해. 이렇게 되기 시작
한 게 몇 살 때였어?"

다시 한 번 크리스천의 목소리는 들을 수 없었다.

"별 일 없어요, 아나?" 로스가 나를 방해했다.

"네, 괜찮아요. 고마워요. 전……."

로스가 미소 지었다. "그저 가방 가지러 가려던 참이에요. 담
배가 필요해서."

아주 잠깐이지만 나도 한 대 달랄까 하는 생각이 들었다.

"전 화장실에 가야겠어요."

나는 이성과 생각을 그러모아 방금 목격하고 들은 이야기를
처리해야 할 필요가 있었다. 혼자 있기에는 위층이 안전한 장소
같았다. 로스가 응접실로 가는 모습을 본 후 두 계단을 한 번에
뛰어넘어 2층, 다음으로 3층으로 갔다. 내가 가고 싶은 곳은 딱
하나뿐이었다.

크리스천의 어린 시절 침실 문을 열고 들어가 닫으며 침을 꿀
꺽 삼켰다. 그의 침대로 가서 풀썩 드러누운 후 하얀 민무늬 천
장을 응시했다.

세상에 맙소사. 이건 의심할 나위 없이 이제껏 겪은 중에서도

가장 괴로운 대결이었고 이제는 얼얼한 느낌이 들었다. 내 약혼자와 그의 옛 연인. 이런 걸 봐야 하는 예비 신부는 없을 테지. 그렇게 말은 하지만 마음 한편으로는 그 여자가 진짜 정체를 드러냈다는 것이 기뻤다. 그렇기 때문에 거기 서서 참고 보았던 것이었다.

생각은 그레이스에게로 미쳤다. 불쌍한 그레이스. 그런 얘기를 다 듣게 되다니. 크리스천의 베개 하나를 꽉 붙들었다. 크리스천과 엘레나가 관계를 가졌다는 것이야 우연히 들었는지 모르나, 그 본질은 모를 거야. 그나마 다행이지. 나는 끙 신음했다. 난 뭘 하고 있는 거지? 아마도 저 사악한 마녀가 맞는지도 몰라.

아니야. 그 말을 믿지 않으려 했다. 엘레나는 무척이나 차갑고 잔인했다. 나는 크리스천에게 어울리는 사람이야. 그가 필요로 하는 것이야. 놀라울 정도로 명확한 순간, 그가 최근까지 어떻게 살아왔는지는 궁금하지 않았다. 하지만 이유는 궁금했다. 수도 없이 많은 여자들에게 그 같은 짓을 했던 이유가 뭘까. 몇 명인지는 알고 싶지도 않았다. 어떻게는 나쁘지 않았다. 모두 성인이었으니까. 플린이 무어라고 했더라. 모두 동의한 성인 사이에서 안전하고 이성적으로 실시된 관계였지. 문제는 '왜?'였다. 이유가 잘못되었다. 그 이유는 그가 품고 있는 어둠의 장소로부터 시작됐다.

눈을 감고 한 팔을 위에 댔다. 하지만 이제 그는 과거를 모두 뒤로 하고 빠져나왔다. 우리 둘 다 빛 속에 있었다. 나는 그의 눈부신 모습에 반했고, 그도 마찬가지였다. 우리는 서로를 인도할 수 있었다. 어떤 생각 하나가 떠올랐다. 제길! 마음을 갉아먹는 음흉한 생각이었고 나는 이 유령을 편안하게 잠재울 수 있는 공간에 있었다. 몸을 일으켰다. 그래, 해야만 해.

몸을 떨면서 일어나 신발을 벗고 책상으로 걸어가 위에 걸린 메모판을 살폈다. 어린 크리스천의 사진이 아직도 거기 있었다. 이전보다, 방금 목격했던 그와 로빈슨 부인 사이에 일어났던 광경을 보고 생각했던 것보다 더 쓰라렸다. 그리고 구석에는 작은 흑백사진이 있었다. 그의 어머니, 약쟁이 창녀.

책상 전등을 켜고 그 사진을 불을 비춰보았다. 난 이름도 몰랐다. 그와 무척 닮았지만 더 어리고 더 슬픈 얼굴이었다. 그 애달픈 얼굴을 보면서 내가 느낄 수 있는 감정이라고는 동정뿐이었다. 그 얼굴과 내 얼굴 사이에 닮은 점을 찾아보려 했다. 실눈을 뜨고 그 사진을 아주, 아주 가까이 들여다보았지만 아무런 닮은 점을 찾을 수 없었다. 어쩌면 머리카락 색깔뿐인지도. 하지만 그조차도 내 것보다 더 밝았다. 나는 그 여자와 전혀 닮지 않았다. 안심이 되는 점이었다.

내 잠재의식이 팔짱을 끼고 반달 안경 너머로 노려보며 혀를 찼다. 뭐 하러 자기를 고문해? 이미 청혼은 승낙했잖아. 네 누울 자리는 네가 폈지. 나는 그를 향해 입술을 꾹 악물었다. 그래, 그랬어. 그것도 아주 기꺼이. 난 그 자리에 크리스천과 함께 누울 거야. 평생. 내 안의 여신은 결가부좌를 틀고 앉아 평온하게 미소 지었다. 그래, 내 결정은 옳았어.

그를 찾아야만 했다. 크리스천이 걱정하고 있을 것이었다. 그의 방에 얼마나 오래 있었는지 알 수 없었다. 내가 도망갔다고 생각하겠지. 그의 과잉반응을 생각하며 눈을 굴렸다. 그와 그레이스 이야기가 끝났기를 바랐다. 그레이스가 또 다른 이야기를 했을지도 모른다 생각하니 몸이 떨렸다.

밖으로 나가다 나를 찾아 계단을 올라오는 크리스천과 맞닥뜨렸다. 긴장되고 피곤한 얼굴이었다. 나와 함께 이 집에 도착

했던 태평한 남자는 사라지고 없었다. 내가 계단참에 서 있자 그는 계단 맨 위 단에 멈추어서 우리는 같은 눈높이에서 마주보았다.

"안녕." 그가 신중하게 말했다.

"안녕." 나도 조심스레 대답했다.

"걱정했잖아……."

"알아요." 나는 그의 말을 끊었다. "미안해요. 파티에 참석할 기분이 아니어서. 그저 잠깐 떠나 있고 싶었어요. 생각 좀 하려고."

나는 손을 들어 그의 얼굴을 어루만졌다. 그는 눈을 감고 얼굴을 내 손에 기댔다.

"내 방에서 생각할 수 있다고 생각했어?"

"그래요."

그는 내 손을 잡고 잡아당겨 끌어안았다. 나는 기꺼이 그의 품에 안겼다. 세상에서 내가 가장 좋아하는 곳. 그에게선 갓 빤 옷, 바디워시, 크리스천 냄새가 났다. 지구상에서 가장 편안하고 흥분되는 향기였다. 그는 코를 내 머리에 대고 숨을 들이마셨다.

"그런 일들을 당하게 해서 미안해."

"당신 잘못이 아닌걸요, 크리스천. 그 여자가 어째서 여기 왔던 거예요?"

내려다보는 그의 입술이 사과하듯 비쭉했다.

"집안 친구니까."

나는 반응을 보이지 않으려 했다. "이젠 아니겠죠. 어머니는 어떠세요?"

"어머니는 지금 내게 잔뜩 노하셨어. 네가 여기 있어서 정말 기뻐. 파티가 한창이라 다행이고. 그렇지 않았으면 나는 벌써 이 세상 사람이 아니었겠지."

"그렇게 심했어요, 하?"

그는 진지한 눈으로 고개를 끄덕였다. 그의 반응에서 당혹감이 느껴졌다.

"그렇다고 어머니 탓을 할 처지는 아니죠." 나는 조용한 목소리로 달랬다.

그는 나를 꼭 껴안았다. 자기 생각을 가다듬는지 자신이 없는 모습이었다.

마침내 그가 대답했다. "그럴 순 없지."

와! 돌파구네. "앉을까요?" 내가 제안했다.

"물론, 여기?"

내가 고개를 끄덕이자 우리는 함께 계단 맨 위에 앉았다.

"그래, 기분이 어때요?"

나는 불안하게 그의 손을 잡고서, 슬프고 진지한 얼굴을 바라보았다.

그는 한숨지었다.

"해방된 기분이야."

그는 어깨를 으쓱하더니 환한 미소를 지었다. 눈부시고 태평한 크리스천 특유의 미소였다. 몇 분 전까지만 해도 존재했던 피로와 긴장은 사라져버렸다.

"정말요?" 나도 환한 미소로 답했다. 아, 그 미소를 위해서라면 깨진 유리 위를 기라고 해도 할 것 같았다.

"우리의 사업 관계는 끝났어. 종료."

나는 얼굴을 찡그렸다. "미용 사업도 청산할 거예요?"

그가 코웃음 쳤다. "그 정도로 복수심이 강하진 않아, 아나스타샤. 그건 그 사람에게 선물로 주겠어. 월요일에 변호사와 얘기를 할 거야. 그 사람에게 그 정도 빚은 졌으니까."

나는 한쪽 눈썹을 치켜세웠다.

"로빈슨 부인은 더 이상 없는 건가요?"

그가 순간 재미있다는 듯 입술을 비죽이며 고개를 저었다.

"사라졌어."

나는 생긋 웃었다. "친구를 잃게 되어 유감이네요."

그는 어깨를 으쓱하며 히죽 웃었다. "진심?"

"아뇨." 나는 얼굴을 붉히며 고백했다.

"가자." 그가 일어서며 손을 내밀었다. "우리가 주인공이니까 파티에 참석해야지. 심지어 마시고 취하고 싶은 기분까지도 드는데."

"당신도 취해요?" 나는 손을 잡으며 물었다.

"거친 십 대를 보낸 이후로는 그런 적 없었지." 우리는 계단을 내려갔다.

"뭐 먹었어?" 그가 물었다.

아, 젠장.

"아뇨."

"뭐 먹어야지. 엘레나의 몰골과 냄새로 봐서는 아버지의 특제 칵테일을 끼얹은 모양이던데."

그는 얼굴에 떠오른 유쾌한 기색을 지우려고 했으나 실패하고 말았다.

"크리스천, 난……."

그가 한 손을 들어 내 말을 막았다.

"싸우지 말자, 아나스타샤. 네가 술 취할 거면, 그래서 술을 내 옛날 애인들에게 끼얹을 거면 먼저 먹어야 해. 이게 제1규칙이잖아. 우리가 함께 보낸 첫날 밤 이후 벌써 논의를 했었잖아."

아, 그래. 히스먼에서.

복도에서 그는 잠깐 멈춰서 손가락으로 내 턱을 쓸며 어루만졌다.

"나는 몇 시간 동안 자지 않고 깨어서 네가 자는 모습을 보고 있었어." 그가 중얼거렸다. "심지어 그때부터 너를 사랑했는지도 몰라."

오.

그는 몸을 숙이고 내게 부드럽게 키스했고 나는 온몸이 녹아버렸다. 지난 한시간 동안 느꼈던 모든 긴장이 서서히 내 몸에서 빠져나갔다.

"많이 먹어." 그가 속삭였다.

"좋아요." 나는 순순히 따랐다. 지금 당장은 그를 위해서 무엇이든 할 수 있을 것 같은 기분이었기 때문이었다. 내 손을 잡고 그는 파티가 한창인 부엌으로 향했다.

"잘 가요, 존. 리안."

"다시 한 번 축하해요, 아나. 당신들 두 사람은 아주 좋은 부부가 될 겁니다."

플린 박사는 작별 인사를 하며 복도에서 팔짱을 끼고 선 우리에게 친절한 미소를 보냈다.

"조심히 가세요."

크리스천이 문을 닫고 고개를 저었다. 그가 내려다보았다. 눈이 갑자기 흥분으로 환해졌다.

이게 뭐지?

"식구들은 다 갔나 봐. 어머니는 너무 많이 마신 것 같고."

그레이스는 가족실에서 노래방을 틀어놓고 노래를 부르고 있었다. 케이트와 미아는 돈 내기를 하는 중이었다.

"어머니 탓만 할 수 있겠어요?" 나는 우리 사이의 공기를 가볍게 하고자 헤실헤실 웃었다. 성공했다.

"날 보고 비웃는 거야, 스틸 양?"

"어쩌면요."

"대단한 하루였어."

"크리스천, 최근 들어 당신과 보낸 하루하루가 정말 대단했어요." 내 목소리는 냉소적이었다.

그가 고개를 흔들었다.

"좋은 지적이야, 스틸 양. 가자. 보여줄 게 있어."

내 손을 잡고 그는 집 안을 가로질러갔다. 우리는 캐릭과 이든, 엘리엇이 야구 이야기를 하면서 칵테일을 마시고 남은 음식을 먹는 부엌을 지나쳤다.

"산책 나가?"

우리가 프렌치 도어 밖으로 나가자 엘리엇이 넌지시 놀렸다. 크리스천은 무시했다. 캐릭은 엘리엇을 보고 얼굴을 찡그리며 말없이 꾸짖듯 고개를 저었다.

계단을 올라 잔디밭으로 나가자 나는 구두를 벗었다. 반달이 만 위에 환히 비치고 있었다. 환한 달빛에 비친 세상 모든 것들은 수많은 빛깔의 회색으로 보였고, 저 멀리에서 시애틀 불빛이 깜박거렸다. 보트하우스에는 불이 켜 있었다. 시원한 달빛 속에 부드러이 빛을 발하는 등대였다.

"크리스천. 나 내일 교회에 가고 싶어요."

"응?"

"당신이 살아서 돌아오게 해달라고 기도를 드렸는데, 정말로 돌아왔죠. 적어도 그 정도는 하고 싶어요."

"그래."

우리는 손을 잡고 느긋한 침묵 속에서 잠깐 거닐었다. 그때 무슨 생각이 떠올랐다.

"호세가 찍은 내 사진은 어디에 걸 생각이에요?"

"새 집에 걸까 생각했어."

"그 집 샀어요?"

그는 발길을 멈추고 나를 보았다. 목소리엔 우려가 가득했다. "그래. 네가 좋아하는 것 같았는데."

"좋아요. 언제 샀어요?"

"어제 아침. 이제 그걸 어떻게 해야 할지 결정해야 해." 그는 안도하며 말했다.

"부수진 말아요, 제발. 정말 아름다운 집이에요. 그저 사랑과 관심으로 보살펴주기만 하면 돼요."

크리스천은 나를 힐끔 보더니 미소를 띠었다.

"그래. 엘리엇하고 얘기해보도록 하지. 형이 좋은 건축가를 알거든. 그 여자 건축가가 아스펜에 있는 집도 손을 봐줬고. 형이 리모델링을 할 수 있겠지."

지난번 잔디를 걸었을 땐 달빛 속에 그 위를 가로질러 보트하우스로 갔었다는 기억이 불현듯 떠올라 생긋 웃었다.

"왜?"

"나를 보트하우스로 데려갔던 때가 기억나서요."

크리스천이 조용히 쿡쿡 웃었다. "아, 그거 재미있었지. 사실……."

그는 갑자기 발길을 멈추더니 나를 어깨에 둘러멨다. 나는 꺅 비명을 질렀지만 거리는 이제 얼마 남지 않았다.

"내 기억이 정확하다면 그때 진짜 화가 났었죠." 나는 숨을 들이켰다.

"아나스타샤. 내가 화를 내면 항상 진짜야."

"아니, 그렇지 않으면서."

그가 내 엉덩이를 찰싹 때리더니 나무 문 바깥에 섰다. 그는 나를 땅에 쓱 내려놓고 내 손을 잡았다.

"그래, 더 이상은 아니지." 그는 몸을 숙이며 내게 키스했다. 거칠게. 그가 떨어져 나갔을 때 나는 숨도 쉴 수 없었다. 욕망이 몸을 질주했다.

그는 내려다보니 보트하우스 안에서 흘러나오는 한 줄기 불빛 속에서 그가 불안해하는 것이 보였다. 나의 불안한 남자, 백기사도 흑기사도 아닌 그저 평범한 남자. 아름답지만 그렇게까지 망가지지 않은 남자. 내가 사랑하는 남자. 나는 손을 들어 그의 얼굴을 어루만졌다. 구레나룻을 쓸고 턱을 따라 내려오다 집게손가락으로 그의 입술을 건드렸다. 그는 긴장을 풀었다.

"이 안에 네게 보여줄 게 있어."

그가 나직이 말하며 문을 열었다.

거친 형광등 불빛이 어두운 물 위에 까닥까닥 뜬 근사한 모터보트를 비추었다. 그 옆에는 나룻배가 있었다.

"이리 와." 크리스천이 내 손을 잡고 나무 계단을 올랐다. 맨위 문을 열고 내가 들어갈 수 있도록 옆으로 비켜났다.

입이 떡 벌어져 바닥까지 떨어질 정도였다. 다락방은 이전의 모습과 무척 달랐다. 방 안은 꽃으로 가득 찼다. 사방이 꽃이었다. 누군가 마술을 부려 아름다운 야생화와 크리스마스 전구로 정자를 지었고 부드럽고 희미한 빛을 발하는 소형 등이 온 방을 밝혔다.

얼굴을 휙 돌려 그의 얼굴을 보았다. 그는 읽을 수 없는 표정으로 쳐다보며 어깨를 으쓱했다.

"마음과 꽃을 원한다며." 그가 나직이 속삭였다.

지금 눈앞의 광경을 믿지 못하고 나는 그저 눈만 깜박였다.

"넌 내 마음을 가졌어." 그가 방 안을 손짓으로 가리켰다.

"그리고 여기 꽃도 있네요." 나는 그가 말한 문장을 떠올리며 속삭였다. "크리스천, 아주 예뻐요." 달리 할 말이 떠오르지 않았다. 심장이 입까지 튀어올랐고 눈물이 솟아 눈이 따끔했다.

내 손을 잡아당기며 그는 나를 안으로 이끌었다. 깨닫기도 전에 그는 내 앞에 한쪽 무릎을 꿇었다. 세상에…… 생각도 못했어! 숨이 멎었다.

그는 안주머니에서 반지 하나를 꺼내 나를 올려다보았다. 꾸밈없이 회색으로 빛나는 눈에는 감정이 흘러넘쳤다.

"아나스타샤 스틸. 널 사랑해. 남은 인생 동안 널 사랑하고 아끼고 보호하고 싶어. 내 것이 되어줘. 언제까지나. 나와 삶을 함께 해줘. 결혼해줘."

눈을 깜박이며 그를 내려다보는 동안 눈물이 떨어졌다. 50가지 빛깔을 가진 내 남자. 그를 무척 사랑했고 감정이 파도처럼 밀려와 오로지 한 마디밖에 할 수 없었다. "그래요."

그는 안도해서 싱긋 웃으며 반지를 천천히 내 손가락에 끼웠다. 타원형 다이아몬드가 박힌 아름다운 백금 반지였다. 와, 크기도 하네……. 크지만 소박하고 그 간결미 때문에 눈이 부셨다.

"아, 크리스천." 난 갑자기 기쁨에 벅차 흐느꼈다.

나는 그의 앞에 무릎을 꿇고 머리카락을 움켜쥐며 그에게 키스했다. 마음과 영혼을 다해 키스했다. 내가 사랑하고 나를 사랑하는 이 아름다운 남자에게 키스했다. 그의 손이 내 머리카락으로 올라왔고 그의 입이 내 입에 닿았다. 난 항상 그의 것이었고 그도 늘 나의 것이라는 것을 마음 깊이 알았다. 우리는 함께 여기까지 왔다. 앞으로 갈 길이 멀었지만 그래도 하늘이 맺어준 인연이었다. 그렇게 함께할 운명이었다.

깊은 숨을 들이마시자 담뱃불이 어둠 속에서 환히 타올랐다. 그는 담배 연기를 훅 내뿜으며 눈앞에서 스러져가는 연기 고리 두 개를 보았다. 연기는 달빛 아래서 희미한 유령처럼 사라졌다. 그는 지루해서 좌석에서 몸을 꿈지럭거리며 지저분한 갈색 종이로 싼 싸구려 버번 병을 들어 꿀꺽 들이켠 후 다시 허벅지 사이에 내려놓았다.

아직도 추적 중이라는 사실이 믿기지 않았다. 냉소가 떠올라 입술이 실룩였다. 헬리콥터는 무모하고 대담한 행동이었다. 평생 해본 일 중에서 가장 짜릿했다. 하지만 소용은 없었지. 그는 얄궂게 눈을 굴렸다. 그 개새끼가 망할 것을 정말 제대로 조종할지 누가 생각이나 했겠어?

그는 코웃음 쳤다.

그들은 그를 과소평가했다. 그레이가 한 순간이라도 제대로 생각했다면 조용히 꼬리를 내렸을 텐데. 망할 놈, 쥐뿔도 몰랐지.

평생 그런 식이었다. 사람들은 계속 그를 과소평가했다. 줄곧 책만 읽는 샌님으로. 빌어먹을! 책도 읽지만 기억력이 비상한 남자인 건 모르지. 내가 얼마나 많이 배웠고, 내가 얼마나 많이 아는지 모를걸. 그는 다시 코웃음을 쳤다. 그래. 너에 대해서 읽어 봤지, 그레이. 너에 대해 내가 얼마나 많이 아는지.

디트로이트 시궁창에서 자란 아이치고는 나쁘지 않지.

프린스턴 장학금을 탄 아이치고는 나쁘지 않아.

똥줄 빠지게 일해서 대학 가고 출판업에 뛰어든 사람치고는 나쁘지 않지.

그런데 이젠 아주 신세를 조졌다. 그레이와 그 조그만 년 때문에. 그는 집을 보고 험악하게 얼굴을 찌푸렸다. 그 집이 그가 멸시하는 모든 것을 상징이라도 하는 양. 하지만 아무 할 일이 없었다. 신파극 같은 사건만 벌어졌을 뿐이었다. 검은 옷을 입은 금발 여자가 눈물 바람으로 차로로 뛰어나와 하얀 벤츠를 타고 가버렸다.

무미건조하게 킬킬 웃다가 움찔했다. 젠장, 갈빗대가 쑤시네. 그레이의 부하 녀석에게 차인 자리가 아직도 쓰렸다.

그 장면을 마음속으로 재생해보았다. '개새끼, 스틸 양에게 다시 손대면, 널 죽여버릴 줄 알아.'

그 망할 새끼도 손을 봐줘야지. 그래, 대가를 톡톡히 치르도록 해줄 거야.

좌석에 다시 기댔다. 긴 밤이 될 것 같은데. 그대로 기다리고, 감시하고, 기다린다. 말보로 레드를 다시 한 번 길게 빨았다. 기회가 올 것이다. 곧 그의 기회가 올 것이었다.

《50가지 그림자, 해방》1권으로 이어집니다.

옮긴이 박은서

전문 번역가. 자율학습시간에 할리퀸 소설을 교과서에 몰래 끼워 넣어 읽으면서 영어와 로맨스를 함께 공부했다. 무엇이든 편견 없이 읽어낼 수 있는 다방면적 독서 취향을 기르고자 노력 중. 스마트폰과 온라인 대형 서점으로 종이책이 설 자리를 잃어가는 시대에도 사람들에게 읽히는 소설을 우리말로 소개하고 옮기고 싶은 희망이 있다.

50가지
그림자
심연 **2**

Fifty Shades Darker

2012년 8월 16일 초판 1쇄 발행
2017년 1월 18일 초판 11쇄 발행

지은이 | E L 제임스
옮긴이 | 박은서
발행인 | 이원주
책임편집 | 박윤희
책임마케팅 | 임슬기

발행처 | (주)시공사
출판등록 | 1989년 5월 10일(제3-248호)

주소 | 서울시 서초구 사임당로 82(우편번호 06641)
전화 | 편집(02)2046-2852·마케팅(02)2046-2800
팩스 | 편집·마케팅(02)585-1755
홈페이지 | www.sigongsa.com

ISBN 978-89-527-6647-2(04840)
      978-89-527-6643-4(set)